MINHA CABEÇA GIROU.

Este era o predador.

O animal.

O homem que queria me devorar.

E tudo que pude fazer foi aceitá-lo.

Meus braços envolveram seu pescoço. Minha boca se abriu ainda mais com seu ataque sensual e minha língua não ousou desafiar a sua. Ele me queria, então me teria.

Obedeça ou morra.

Ele estava certo.

Eu não queria morrer

Mas também não me importava de viver... para isso.

— Puta merda — ele sussurrou. — Não me lembro da última vez que quis alguém assim.

Suas palavras me assustaram quase tanto quanto suas presas afundando no meu lábio inferior. Gritei e, logo em seguida, gemi.

— Ah... — Gostei demais daquilo – e sua língua tocou a ferida aberta. Tremi violentamente, o prazer dominando todos os meus sentidos. — O que...? — Não consegui terminar, mas senti minhas pernas apertarem ao seu redor. — Kylan — murmurei, sem saber o que estava acontecendo.

Ele se mexeu entre minhas coxas, aumentando a sensação. Gemi baixinho, apoiando a cabeça em seu ombro.

O que você está fazendo comigo?

Um nó se formou dentro de mim e disparou eletricidade para todos os nervos.

— Desista — ele sussurrou, sua dureza acariciando meu clitóris através do jeans.

Como?

Por quê?

Já fui tocada ali antes, mas nunca assim. Geralmente, eu me contorcia, mas ele provocou uma demanda por mais.

— Agora, Raelyn. — Ele capturou meu queixo, puxando minha boca de volta para a sua e me mordeu novamente. Eu mal podia sentir a pontada de dor através da euforia que se seguiu.

E então estremeci.

A Aliança de Sangue

Inocência Perdida

Liberdade Perdida

Resistência Perdida

LIBERDADE
PERDIDA

Série Aliança de Sangue — Livro 02

TRADUÇÃO
ANDRÉIA BARBOZA

AUTORA BESTSELLER DO USA TODAY
LEXI C. FOSS

Liberdade Perdida

Série Aliança de Sangue — Livro 02

Lexi C. Foss

Design de capa: Julie Nicholls, Covers by Julie

Fotógrafo: CJC Photography

Modelo da foto: Garrett Riley

ISBN: 978-1-950694-55-6

Aos meus leitores, por abraçarem meu lado sombrio e por me darem a oportunidade de me divertir neste mundo cruel...

LIBERDADE PERDIDA

Série Aliança de Sangue — Livro 02

Houve um tempo em que a humanidade governava o mundo enquanto lycans e vampiros viviam em segredo.

Esse tempo já passou.

Bem-vindo ao futuro, onde as linhagens superiores fazem as regras.

PROSSIGA POR SUA CONTA E RISCO.

A Aliança de Sangue

O direito internacional substitui toda a governança nacional e será mantido pela Aliança de Sangue — um conselho global dividido em partes iguais entre lycans e vampiros.

Todos os recursos devem ser distribuídos igualmente entre lycans e vampiros, incluindo território e escravos de sangue. No entanto, a posição social e a riqueza ficarão a critério de cada grupos e casas.

Matar, machucar ou provocar um ser superior é passível de punição com morte imediata. Todas as disputas devem ser apresentadas à Aliança de Sangue para julgamento final.

Relações sexuais entre lycans e vampiros são estritamente proibidas. No entanto, parcerias de negócios, quando proveitosas e adequadas, são permitidas.

Os seres humanos são classificados como propriedade e não possuem direitos legais. Cada um será marcado através de um sistema de classificação com base no mérito, inteligência, linhagem, habilidade e beleza. Priorização a ser estabelecida no nascimento e finalizada no Dia do Sangue.

Por ano, doze mortais serão selecionados para competir pelo status imortal do sangue, a critério da Aliança de Sangue. Desses doze, dois serão mordidos para a imortalidade. Os outros vão morrer. Criar um lycan ou vampiro fora desse processo é ilegal e passível de punição com a morte imediata.

Todas as outras leis ficam a critério dos grupos e da realeza, mas não devem desafiar a Aliança de Sangue.

Prólogo

Kylan

Dia de sangue.

Humanos alinhados como gado no matadouro, todos aguardando seu destino, que estava nas mãos de uma rainha vampira a quem consideravam uma deusa.

Alguns tentavam fugir, outros choravam e vários aceitavam o que viria com humildade.

Suspirei. Esses mortais eram os sortudos — os primeiros cinco por cento do vigésimo segundo ano. Todos os outros estavam a caminho das fazendas de sangue ou eram mantidos para as caçadas da lua mensais.

Toda cerimônia era igual. Um jogo de poder destinado a manter os cordeirinhos na linha. Como se precisassem disso.

Olhei para os registros eletrônicos no telefone, observando os

1

atributos da seleção de harém deste ano. Nada de extraordinário. É claro que os mortais não poderiam florescer nessas condições.

— Está vendo alguém que te intrigue? — Robyn me perguntou, passando os dedos bem cuidados no meu braço coberto pelo paletó do terno.

Olhei de lado para a loira bonita em seu vestidinho preto.

— Além de você, querida?

Seus lábios vermelhos se curvaram, e o interesse brilhou em seus olhos azuis.

— Vamos escolher alguém juntos?

Ah, esse jogo. Jogamos tantas vezes. Agradável, sim. Sangrento também. E entediante. Ainda assim, eu tinha uma reputação a defender nessa dança e não podia me dar ao luxo de manchá-la. Não com os eventos recentes obscurecendo o meu bom nome.

— Você tem algum em mente? — perguntei, fingindo estar intrigado.

— Há uma morena com garantia. Prospecto cento e oito.

Folheei as imagens de humanos nus na tela, procurando por sua escolha. Uma mulher com cintura fina, sem curvas e olhos inexpressivos. Definitivamente, o tipo de Robyn. Ela adorava torturar os arruinados.

— Vou considerá-la — murmurei, forçando um sorriso. — Alguém mais?

Ela deu de ombros.

— O duzentos e trinta e oito não é ruim, mas é um pouco esquelético.

Era de se esperar quando a sociedade forçava os mortais a viver com um sustento mínimo. Uma olhada no perfil mostrou um garoto magrelo que não captou minha imaginação.

— Você sempre teve um bom olho para a beleza — elogiei, sem sinceridade.

— Sim — ela concordou, passando as unhas no meu bíceps. — Tenho mesmo.

— Está flertando? — provoquei, conhecendo-a muito bem.

Ela apertou meu braço.

— Flertar implica necessidade. Nós dois sabemos que eu poderia ter você de joelhos com um olhar, Kylan.

Eu me inclinei na sua direção, aproximando os lábios da sua orelha.

— A única que vai se ajoelhar é você, querida. — Mordi seu pescoço com força suficiente para sangrar. Ela sabia que não deveria tentar me dominar. — Não sou um dos seus brinquedos, Robyn.

Ela umedeceu os lábios e sua excitação fez com que os olhos escurecessem para um tom de safira.

— Então, escolheremos um que se submeta a nós dois.

— Um acordo que eu aceito — murmurei, relaxando quando Lilith se aproximou de seu trono. — É melhor você encontrar seu lugar, querida. Parece que nossa rainha está pronta para brilhar. — Ou ela era uma deusa agora? Humm. Assuntos políticos sempre me entediavam.

— Te vejo depois, meu bem. — Robyn me beijou na bochecha e se levantou, me deixando em paz.

Outros membros da realeza olharam na minha direção, mas nenhum foi corajoso o suficiente para se aproximar.

Sim, me considerem louco, incentivei, sem sorrir. *Afinal, matei meu harém por esporte, certo?*

Isso foi o que todos pensaram. No entanto, a sociedade pretendia me recompensar com mais humanos para o abate. Porque era assim que este mundo funcionava.

Um saco. Chato, necessário e terrivelmente antiquado.

Cânticos soaram pelo ar, dando as boas-vindas a Lilith.

Pobres cordeirinhos.

Que o Dia — ou o banho — de Sangue comece.

3

Capítulo um

Rae

O VESTIDO DE SEDA BRANCA grudava na minha pele úmida, apesar do ar frio. Minhas pernas tremiam, os músculos estavam tensos e outra frase foi dita no pódio diante de nós.

Willow ficou paralisada com o veredito — seu destino havia sido decidido. *O campo de reprodução.*

Meu estômago vazio apertou, e minha boca ficou seca. *Por favor, não me mande para lá, deusa. Por favor.*

Passei a vida me preparando para esse momento. Minhas notas nos testes estavam entre as melhores da minha turma, assim como a de Willow.

Bom estoque, o magistrado murmurou.

E se ele dissesse o mesmo sobre mim?

Engoli em seco. *Não entre em pânico. Eles sentirão o seu medo.*

— Vá em frente — o magistrado insistiu, gesticulando para a área no campo onde estavam reunidos aqueles destinados a procriar a futura raça humana.

Willow conseguiu sair do palco, com o rosto pálido.

Eu nunca mais a veria.

Seus olhos brilhantes encontraram os meus, e ela piscou uma vez antes de seguir o guarda da Vigília para a fila. Já tínhamos nos despedido no ônibus, algumas horas antes, mas vê-la partir naquele momento tornou tudo mais real.

Eu poderia ser enviada para as fazendas de sangue, colocada em uma jaula para uma caçada da lua ou sentenciada a uma vida curta de servidão.

Quase fechei as mãos. Não havia opções. Nem para onde correr. Não tinha onde me esconder. Eu tinha que enfrentar meu destino ou morrer.

Vários já haviam sido punidos por reações inadequadas. Os restos de Colleen estavam espalhados na lateral do palco — a cabeça estava perto da escada como um troféu mórbido para todos verem. *Aja como ela e pague o preço.*

Apenas respire, disse a mim mesma. *Tudo isso vai terminar em breve.* Ou começar.

— Prospecto setecentos e dois, classe cento e dezessete — o magistrado chamou. Silas roçou os nós dos dedos nos meus, se despedindo de mim antes de começar a caminhada para o seu destino.

Sou a próxima.

As palavras ecoaram na minha cabeça, obscurecendo minha visão. Era isso. Meus momentos finais antes de tudo mudar. Nada mais de aulas. Nem treinamento. Apenas minha futura posição na sociedade permanecia. Para onde me mandariam?

— A Copa Imortal — o magistrado anunciou.

Entreabri os lábios.

Puta merda.

Silas conseguiu.

Ele entrou.

Passamos a maior parte da última década trabalhando para a conquista desse objetivo, esperando que um de nós — Willow,

Silas ou eu — conseguisse.

Fiquei com os olhos vidrados. Deusa, isso significava que ele poderia viver uma vida plena. Feliz. Imortal. Mas também, que eu não teria chance.

— Só restam duas vagas — o magistrado murmurou, parecendo se divertir. Mas era claro que ele iria se divertir. Lycans e vampiros adoravam a Copa Imortal. Cresci assistindo-a todos os anos, me preparando e desejando uma chance.

A tensão se acumulava nas filas, todos sentindo as chances escapando de nossas mãos. Apenas doze teriam a oportunidade de lutar pela imortalidade. Minhas pontuações me qualificavam para estar entre eles, mas poderia dizer o mesmo sobre Willow.

Eles vão me fazer reproduzir...

Pare. Você ainda não sabe.

— Prospecto setecentos e três, classe cento e dezessete. — A designação familiar fez minha coluna se arrepiar. Era a minha vez de enfrentar o meu destino. Todo o foco se voltou para mim quando comecei a caminhar com o olhar baixo. Respingos de sangue coloriam a grama fresca, com os corpos daqueles que haviam desobedecido caídos. Exceto pela cabeça de Colleen, cujos olhos mortos me observavam enquanto eu subia as escadas.

Respire.

Inspirei lentamente, expirei e repeti enquanto os saltos altos ressoavam no palco. O vestido de seda balançou contra as minhas pernas, a frente aberta apenas para revelar que eu não usava nada por baixo — um requisito para todos os graduados.

Me ajoelhei diante do magistrado, com a cabeça inclinada em reverência. Ele me ignorou em favor do seu livro e passou o dedo no topo de uma página com uma paciência que eu não sentia.

— Interessante. — Ele limpou a garganta, o veredicto pairando entre nós. — O prospecto setecentos e três também está destinado à Copa Imortal.

Meu coração parou de bater.

O quê?

Ouvi direito? A Copa Imortal?

Estou sonhando?

— Isso deixa apenas uma posição disponível — o magistrado

continuou, e sua voz me atraiu de volta para o presente.

Não era sonho.

Era realidade.

Fiquei de pé, com os membros tensos pelo choque. *Vou lutar pela imortalidade. Com Silas.*

Minhas pernas ganharam força a cada passo em direção à Vigília que me esperava. Ele não se incomodou em manter uma postura intimidadora, só andou ao meu lado com passos despreocupados. Ninguém fugiria dessa oportunidade, mesmo sabendo que só dois sobreviveriam.

Silas ficou à margem, com as mãos soltas ao lado do corpo, mas senti sua alegria ao me juntar a ele. Porque eu sentia o mesmo por ele. Dois de nós chegaram ao topo.

Ah, mas Willow. Caramba. Isso ia deixá-la mais magoada do que ser enviada para o campo de reprodução. Nossas pontuações nos testes foram as mesmas, nossas aparências tinham uma classificação bem acima da média e nosso físico era aceitável.

Algo na sua genética deveria ter predeterminado sua aptidão para a procriação.

As juntas de Silas tocaram as minhas quando assumi a posição ao seu lado. Não ousei olhá-lo, nem demonstrei reconhecimento ao carinho naquele simples gesto. Mas eu o compreendi.

Estou muito feliz que você esteja aqui, ele estava dizendo. *E também sinto muito pela Willow.*

Nós três éramos inseparáveis e conhecidos por nossos padrões competitivos. Eu odiava Silas por sempre me superar. Meus lábios ameaçaram se curvar com a lembrança de todos os momentos em que Willow e eu planejamos formas de derrubá-lo. Então ele nos pegou no meio da sessão e nossas vidas mudaram para sempre.

Senti outro toque de seus dedos perto dos meus — sua maneira sutil de me dizer para me concentrar. Sempre me treinando, mesmo agora.

Engoli minhas emoções. O destino de Willow estava fora de nossas mãos.

Sempre me lembrarei de você, jurei. *Sinto muito.*

A palavra teceu uma teia que ficaria trancado para sempre em meu coração, juntamente com as memórias de nossas vidas juntas.

Hoje, eu renasci.

Já não seria mais conhecida como o prospecto setecentos e três da classe cento e dezessete.

Meu nome agora era Concorrente da Copa Imortal número onze, classe cento e dezessete.

E se eu vencesse, seria conhecida como Rae — o nome que escolhi.

A eletricidade vibrava em meus braços, peito e membros. A verdadeira competição começaria imediatamente após a cerimônia. Apenas dez passariam para a próxima fase. Eu estaria entre eles.

O magistrado continuou sua chamada, atribuindo destinos.

— Harém real.

— Treinamento de Vigílias.

— Campo de procriação.

— Acasalar com Lycan.

— Setor de serviços de Lilith City.

— Harém do clã.

Cada designação me fazia sentir cada vez mais aliviada. As Vigílias tinham sido a minha segunda escolha. Nenhum dos outros tinha apelo, mas todos eram um destino melhor do que as fazendas de sangue ou a caçada na lua.

Ser caçada por lycans durante a lua cheia... estremeci. *Não, obrigada.*

— Prospecto mil — o magistrado finalmente chamou, designando o humano final a ser classificado. — Setor de serviços do Clã Clemente.

Meu estômago se apertou com o nome familiar. Clementes eram reconhecidos como o clã lycan mais poderoso. O alfa deles estava prestes a se aposentar, e seu filho — Edon — estava assumindo o controle. Quem ganhasse a Copa Imortal deste ano, se juntaria ao clã ou às filas de vampiros de Jace. A elegibilidade mudava todo ano, e nossa classe era a escolha deles.

A região de Jace era a minha preferência, não que eu fosse poder escolher.

— Isso conclui o nosso Dia de Sangue anual — a deusa anunciou, assumindo o palco. Ajoelhamos em respeito, com as cabeças inclinadas. — Vigílias, por favor, escoltem suas respectivas equipes até as saídas. Os prospectos do harém e os participantes da Copa Imortal permanecerão.

Está começando.

Esta era a parte que eles nunca explicavam — a seleção inicial. Enquanto doze tinham a oportunidade de competir, apenas dez competidores sobreviviam para assistir à primeira competição. Ninguém sabia como os números eram reduzidos.

Estava prestes a descobrir.

— Levantem-se, meus filhos — a deusa murmurou. Sua voz era tão bonita quanto parecia no filme. Esta era a minha primeira vez em sua presença real. O vestido vermelho justo tinha um recorte no umbigo e os longos cabelos loiros caiam até a cintura. Apesar das minhas pontuações mais altas em apelo físico, meus cabelos ruivos e pele clara não se comparavam a ela. Outra designação de seu status superior e do meu de humilde humana.

Isso vai mudar quando eu ganhar.

Fiquei com os outros, com os olhos baixos enquanto considerava meus oponentes. Mais da metade deles eram desconhecidos de outras escolas. Mas eu conhecia Silas, Clarence e Daniella. As fraquezas de Silas não eram as que eu usaria. O mesmo não podia ser dito sobre meus outros ex-colegas de classe.

O silêncio caiu sobre nós quando os últimos humanos saíram com seus acompanhantes da Vigília.

Adeus, Willow, pensei, fechando os olhos. *Seremos amigas para sempre. Você nunca será esquecida.*

O farfalhar de roupas fez minhas pálpebras se abrirem e meus membros tensionarem.

Vampiros e lycans estavam nos rodeando — a realeza e os alfas da matilha. Seus trajes elegantes ostentavam riqueza e status, e seu silêncio pretendia nos intimidar. Anos de estudo me ajudaram a identificá-los pelos emblemas. Cada um usava um símbolo de seu território ou clã, geralmente em um anel, mas alguns em colares ou pulseira.

Jace.

Robyn.

Alfa do Clemente.

Hazel.

Alfa do Clã Stella.

Estabilizei minha pulsação, me concentrando na respiração. Eles só queriam dar uma boa olhada nos humanos que tinham potencial para se juntarem a eles. Mais nada.

Claude.

Kylan.

Alfa do Clã Ernest e sua companheira.

Naomi.

Eles continuaram andando com passos eram silenciosos sobre o cascalho. Alguns estavam atrás de mim, alguns na frente, todos circulando e admirando, mas sem tocar. Silas permaneceu absolutamente imóvel ao meu lado. Me concentrei nele, no nosso futuro, no destino que desejávamos. Na imortalidade.

— O que acham? — A deusa perguntou enquanto a multidão se deslocava para permitir sua entrada. Ela parou a alguns metros de distância, com os dedos delicados entrelaçados diante do corpo.

— Estes são os melhores? — um homem rude questionou e o rosnado em sua voz indicou que era um lycan.

— Vamos lá, Walter. Você deve ver pelo menos algum potencial. — Ela parecia esperançosa, mas um tom de repreensão ficou nítido em seu tom. Uma combinação que garantia sua posição como chefe da hierarquia.

O Alfa do Clã Clemente, Walter, bufou em resposta.

— Vamos em frente, Lilith. Estou cansado deste jogo e é a minha última rodada.

Minha respiração ficou presa na garganta com o uso do nome da deusa, não com sua denominação formal. Um humano seria morto por tal insolência. Ela puniria um lycan, ainda mais um alfa, pelo crime?

— Está com pressa para reivindicar seu harém? — ela brincou com a voz cheia de humor. — Mas é claro que está. Vocês todos estão. Vigílias, por favor, tragam os prospectos para se juntarem aos selecionados para a Copa Imortal.

Comecei a franzir a testa, mas rapidamente parei o movimento. Emoção era uma fraqueza que eu não podia demonstrar. Agora, não. Nunca.

Os lycans e vampiros se afastaram, permitindo que os humanos designados para os haréns se juntassem a nós, formando um U.

— Excelente — a deusa murmurou. — Agora podemos começar o verdadeiro processo de seleção. Todos vocês diante de nós são a nata da colheita, recebendo as maiores pontuações de aptidão em todas as categorias que valorizamos. É por isso que oferecemos a vocês o presente de conviverem com nossos mais estimados.

Me forcei a engolir. *Isso soa ameaçador...*

— Os selecionados para os haréns participarão de um curso de treinamento de dois meses para aprender a melhor forma de atender às nossas necessidades físicas. Mas um grupo de escolhidos terá a oportunidade de só estudar, subordinados a realeza ou alfa. Ou subordinados ao harém existente, se essa for a preferência. — O sorriso na voz dela não correspondia à implicação de suas palavras.

Ela estava sugerindo que a realeza e os alfas escolheriam candidatos para servi-los — agora — sem nenhum treinamento? Recebemos instrução sexual na escola, mas nada no nível que eles exigiriam.

Isso se aplica aos haréns, não a...

— Temos um histórico de seleção do melhor para nossa Copa Imortal, algo que é um pouco decepcionante, uma vez que apenas dois de vocês sobrevivem até o fim. Como é um desperdício de potencial, todos vocês devem ser considerados durante esta rodada para ajudar a garantir que a realeza e os alfas não percam a oportunidade desejada. Bem — ela bateu palmas —, Vigílias? Por favor, ajudem os candidatos a se despirem.

Meu coração acelerou.

Era assim que eles diminuíam o número para dez? Não através de uma batalha ou de um combate mortal, mas dando à realeza e aos alfas a opção de adicionar um de nós a seus haréns?

Um Vigília passou diante de mim e arrancou o vestido dos meus ombros.

Não lutei com ele. Não gritei, nem apontei que eu o teria removido sozinha se ele tivesse me dado um momento para processar. Em vez disso, deixei o tecido cair e o chutei com o sapato de salto antes que ele tivesse a chance de tocar minhas pernas.

11

Silas jogou sua roupa no chão ao lado da minha, seu corpo musculoso deixando os outros envergonhados. Eu o vi nu em inúmeras ocasiões e fiz parceria com ele em várias demonstrações na classe. Dizer que nos conhecíamos bem seria eufemismo.

Ele permaneceu por perto e seu corpo me ofereceu um conforto que eu não podia negar. Com nossos olhares ainda baixos, os vampiros e lycans se aproximaram, se alinhando à nossa frente.

— Kylan, o espaço é seu — a deusa falou, dando prioridade para o nobre mais antigo de todos. Seu nome provocou um calafrio na minha coluna. A realeza era essencialmente composta por deuses que lideravam territórios divididos e cada um deles era conhecido por alguma coisa.

Kylan era pela crueldade.

Ele avançou usando um terno todo preto com gravata combinando. Com o olhar baixo, não conseguia ver seu rosto, mas conhecia bem suas feições: cabelos e olhos escuros, maçãs do rosto pronunciadas e um queixo firme coberto por barba por fazer. Lindo, como todos os vampiros eram, e com uma natureza brutal.

— Humm, e só eu tenho permissão? — ele questionou, andando devagar, fazendo suas escolhas.

— Matar seu harém não significa que você tem direito a mais da safra deste ano —uma mulher respondeu com óbvio desdém.

— Tente não fazer mal a eles antes de provarmos.

— Sempre gostei da sua sinceridade, Naomi. — O tom dele continha um toque de diversão que morreu enquanto ele continuava. — Mas como seu ancião, recomendo que se lembre a quem está se dirigindo.

Até a realeza tinha uma hierarquia, e Kylan estava no topo. Um frio congelou o ar, a implicação em sua advertência carregando o peso esperado.

Tente mexer comigo. Eu te desafio, ele parecia estar dizendo.

E pela reação, ninguém queria aceitar a oferta.

— Me desculpe — Naomi resmungou.

— Está desculpada — Kylan se aproximou do harém dos vampiros, levantou a mão, e ela desapareceu do meu campo de visão. — Ela é bonita. — A mulher gritou em resposta à sua ação.

Kylan fez um muxoxo. — Bem, isso com certeza não serve.

Ele repetiu a ação com vários outros, todos reagindo da mesma forma. Kylan suspirou de forma dramática, abrindo caminho. Murmurou várias palavras em um idioma antigo que fez alguns de seus irmãos rirem.

A palma da mão dele deslizou sobre uma mulher perto de mim, fazendo-a recuar. Quase revirei os olhos. Se ela não aguentava o toque de um vampiro da realeza, não tinha chance nesses jogos.

Quando Kylan finalmente me alcançou, forcei meus membros a relaxarem e mantive a respiração calma. *Vá em frente, vampiro. Não há nada aqui para você ver.*

Seu olhar pareceu queimar minha pele exposta, deixando focos de calor em seu rastro. Lutei contra um calafrio quando meu corpo assumiu o controle no lugar da minha cabeça.

Não o atraia, disse a mim mesma. *Apenas finja indiferença.*

Ele roçou no meu quadril com os nós dos dedos, quase como se tivesse me ouvido e quisesse testar minha determinação. Não me mexi, nem reagi.

Foco.

Apenas inspire, depois expire.

Repita.

Kylan agarrou meu queixo e me forçou a olhar para cima. Os olhos castanhos escuros capturaram os meus. Senti uma faísca atingir meu corpo e quase me derrubar. Agarrei seu braço, precisando de algo estável para me firmar. O contato visual com um vampiro era proibido, uma demonstração de desobediência. No entanto, ele só me forçou a encontrar seu olhar e me manteve ali, a poucos centímetros do seu rosto.

Ele inclinou a cabeça para o lado com a expressão curiosa.

Engoli em seco, incerta. Ele estava tentando me forçar a me comportar mal? Para lhe dar um motivo para me punir?

Não. Eu não seria enganada com tanta facilidade.

Cravei as unhas em seu paletó, enrijeci o antebraço, pronta para reagir, para empurrar, para fazer *qualquer coisa.*

Espere... estou tocando *nele.*

Ah, merda...

Travei a mão no lugar e me recusei a soltar, reagindo de forma totalmente errada nessa situação. Abri a boca, prestes a pedir desculpas, quando seus lábios cobriram os meus.

Fiquei imóvel, incapaz de processar o que estava acontecendo.

Ele está me beijando.

Por que ele está fazendo isso?

Sua língua deslizou para dentro da minha boca, me explorando.

Ah, não. Isso não era bom. Eu não podia permitir que Kylan se interessasse, não com a imortalidade ao alcance das minhas mãos.

Você não pode me querer, pensei.

Mas como eu transmitiria isso?

Eu... eu...

Faça alguma coisa!

Tensionei o queixo, frustrada e sem saber como parar o que acontecia — como *fazê-lo* parar. Ele apertou ainda meu queixo, de forma dolorosa e seu grunhido vibrou em meu peito. Levei muito tempo para perceber o porquê, para perceber o que eu tinha feito.

Sua língua estava presa entre os meus dentes.

Eu havia acabado de mordê-lo.

Acabei de morder um vampiro da realeza.

E não era qualquer vampiro, mas Kylan, o membro mais antigo de todos.

14

Capítulo dois

Kylan

ELA ME *MORDEU.*

Pelo alarme que irradiava de seus olhos azul gelo, a reação a chocou quase tanto quanto a mim. No entanto, suas unhas continuaram cravadas no meu paletó.

Uma lutadora. Corajosa. Exatamente o que eu precisava.

Minha propensão a escolher do harém lycan — só para irritar os lobos — desapareceu rapidamente.

Envolvi a palma da mão na parte de trás do pescoço da ruiva e apertei.

— Isso foi um erro, cordeirinho — sussurrei de forma sombria. Porque agora eu a queria. Demais.

Seus lábios se entreabriram, mas nenhum som escapou. Nem mesmo um pedido de desculpas.

Ah, eu ia gostar dessa.

Dei um passo para trás, puxando-a comigo.

— Se eu a matar antes que a seleção termine, posso selecionar uma substituta? — perguntei a Lilith, sem interromper o contato visual da minha conquista escolhida.

— Considerando sua exibição insolente, com certeza permitirei. — A irritação no tom de Lilith quase fez meus lábios se curvarem. É claro que ela desejaria punir a garota por sua reação. Isso apenas tornava a beleza de cabelos ruivos ainda mais perfeita.

Mordisquei seu lábio inferior trêmulo e aumentei meu aperto em seu pescoço enquanto a arrastava comigo de volta ao círculo da realeza. Nos deram espaço, ninguém querendo arriscar receber respingos de sangue.

Coisa que eles esperavam que eu fizesse.

Pena que eu não lhes daria um show.

— Deveria te forçar a ficar de joelhos, te fazer me implorar por perdão — grunhi. — Mas não tenho certeza se confio nessa sua boca.

— Walter, por favor — Lilith falou, fazendo sinal para o Alfa Clemente tomar a vez. Iríamos alternar pela próxima hora, mais ou menos, pois todo mundo selecionaria seu prêmio inicial. Em seguida, os candidatos à Copa Imortal seriam reorganizados para cumprir os dez requisitos.

O que o cordeiro não sabia era que eu tinha acabado de salvar sua vida. Porque se eu não a tivesse escolhido, um dos lycans teria. Ela era linda demais para ser desperdiçada na Taça Imortal, com aqueles cabelos ruivos, olhos azuis claros e pele macia. E as curvas perfeitas também eram de dar água na boca.

Ela não desviou o olhar e o desafio estava escrito na expressão da sua boca. Por que ameacei forçá-la a ficar de joelhos? Ou por que a tirei da competição? Talvez as duas coisas.

Passei os lábios nos dela novamente e sorri quando ela apertou a mandíbula.

— Ah, você tem um desejo de morte, minha jovem — murmurei. — Posso decidir ficar com você só pelo prazer de te despedaçar. — As palavras foram ditas mais para os que estavam ao nosso redor do que para ela.

Ela não respondeu, mas o fogo em seus olhos azuis me disse tudo o que eu queria saber. Esta tinha espírito. Raridade nos dias de hoje. A maioria dos humanos estava destruída quando os encontrava, com a mente fragilizada por décadas de tratamento cruel ou recondicionamento. Mas ela possuía um fogo com o qual eu queria brincar, não sufocar.

— Como devo chamá-la, cordeirinho? — perguntei contra seus lábios.

Ela semicerrou os olhos, me deliciando ainda mais. Estava contra mim, usando só um par de saltos altos, com a vida em minhas mãos, e me *encarou*.

Um grito vindo do campo confirmou a escolha de Walter. Ignorei os uivos de aprovação e foquei no meu prêmio. Como eu havia deixado passar o perfil dela? Supus que devia ter olhado rápido demais.

— Jace — Lilith chamou, se referindo ao segundo mais antiga da realeza.

O nome azedou meu humor consideravelmente. Alguém estava puxando o meu tapete, e eu suspeitava fortemente que o vampiro real despreocupado e divertido fosse o culpado. A recente nomeação de Darius como soberano apenas solidificou minha suspeita.

Um arrepio estremeceu a mulher em meus braços e o ar da meia-noite gelou sua pele nua. Parecia que um pouco da sua bravata havia desaparecido e os elementos a tocavam agora.

Eu a soltei para tirar o paletó. Os seres humanos eram muito frágeis e suscetíveis a doenças. Não poderia permitir que ela enfraquecesse muito rápido.

Ela ergueu as sobrancelhas quando coloquei o paletó feito à mão ao redor de seus ombros.

— O quê? Surpresa por eu querer manter vivo o único membro do meu harém? — perguntei baixinho. Puxei as lapelas do casaco sobre seus seios, trazendo-a para mim. — Tenho planos para você, querida. Vai precisar da sua força.

Ela engoliu em seco, seu olhar finalmente deixando o meu para observar meus lábios antes de subir de novo.

Jace fez sua seleção enquanto eu observava minha nova

escrava, e Lilith chamou o próximo alfa. Sua escolha resultou em um grito estridente que não perturbou nem um pouco meu cordeirinho. Ela continuou a me encarar com firmeza pelas próximas rodadas, me surpreendendo pra caramba. Qualquer outro humano teria desviado o olhar em deferência ou subserviência após meros segundos. Mas ela, não.

— Me diga o seu nome — exigi, mas minhas palavras foram só para ela.

Outro grito soou quando um dos lycans se apresentou ao seu novo brinquedo da maneira mais antiga. Eu poderia fazer o mesmo, inclinar essa mulher no chão e transar com ela até que ela me respondesse, mas esse não era o meu estilo.

— Seu nome — repeti, puxando o paletó. — Ou vou encontrar outra maneira mais criativa de fazer você falar.

Os grunhidos que soaram à nossa esquerda pontuaram minha ameaça. Ela engoliu em seco e seu olhar gelado derreteu um pouco com os primeiros sinais de desconforto. O destino finalmente estava tornando sua presença conhecida. Quase tive pena da mulher, mas não consegui. Os seres humanos existiam para servir aos seus superiores, e ela me serviria conforme necessário.

E ela iria gostar também.

Passei os dedos em seus cabelos para envolver seus fios grossos.

— Você está testando minha paciência, cordeirinho. Sugiro que se esforce antes de ver os resultados da minha impaciência.

— Por quê? Assim você pode mudar meu nome antes de me matar?

Puta merda. A mulher exalava sexo em todos os sentidos. Em seu olhar, seus lábios carnudos, naquelas deliciosas curvas escondidas embaixo do paletó e no tom sensual da sua voz. Nem me importei que ela ainda tivesse evitado minha pergunta. Só ouvi-la falar era o suficiente para acalmar a tempestade mais turbulenta.

Segurei seu cabelo com mais firmeza e o puxei até que ela estremeceu.

— Continue agindo com atrevimento. — Era tanto uma ameaça quanto um pedido, entrelaçados em duas palavras sussurradas.

Lute comigo.

Se submeta a mim.

Me dê tudo.

Deslizei a mão que estava nas lapelas do paletó para seu quadril nu. Ela apoiou as mãos no meu abdômen quando a forcei a se aproximar. Rocei os lábios em sua bochecha antes de me aproximar da sua orelha.

— Quero saber qual nome devo gemer mais tarde, quando estiver dentro de você.

Seu arrepio não teve nada a ver com o frio e tudo a ver com a minha promessa letal. E, no entanto, ela permaneceu tensa, como se estivesse pronta para me bater.

Fascinante.

— Prospecto setecentos e três, classe cento e dezessete — ela respondeu. — Divirta-se com isso.

Deixei uma risada escapar — alta e divertida — fazendo com que vários outros olhassem em nossa direção. Eu os ignorei em favor da mulher desafiadora diante de mim.

— Você é adorável.

Suas íris azuis congelaram enquanto ela permanecia em silêncio novamente.

Meu pau já estava duro e latejava com a demonstração óbvia de resistência. Esta não seria derrubada facilmente. Destemida, sem vergonha, sem vontade de se deitar e aguentar. Não sabia que humanos como ela ainda existiam.

— Vamos nos divertir muito juntos, cordeirinho — sussurrei, roçando os lábios nos seus a cada palavra. — E você vai me dizer seu nome. — Porque eu sabia que ela tinha um. Todos tinham, mas nossos registros não se incomodavam em rastreá-los.

O desafio era nítido, o que me excitou.

Puta merda, senti falta disso. Uma mulher que realmente podia se defender, que se recusava a se curvar diante de mim por causa do meu status.

Mesmo cercada por predadores, ela não vacilou. Porque preferia que eu a matasse do que a levasse para casa, talvez? Humm, pensamento decepcionante. Um que eu não agradeceria. Minha pergunta para Lilith sobre a seleção de outra foi só para manter minha imagem. Não, esta mulher mal-humorada, que eu pretendia manter, e suas tendências guerreiras poderiam mantê-la viva neste jogo perigoso chamado vida.

A isca perfeita.

Eu a girei em meus braços, puxando-a de volta contra meu peito e a prendi com meus antebraços.

— Assista. — Falei a palavra em seu ouvido. — Veja o que seu destino pode se tornar. — Membros da realeza e alfas trocavam membros de harém o tempo todo. Não que eu já tenha participado, mas ela não precisava saber disso.

Os humanos restantes, ainda em processo de seleção se aproximaram. A maioria dos meus irmãos já havia feito suas escolhas. Robyn tinha escolhido o homem magricela em vez da morena. Ele se ajoelhou aos pés dela, que passava os dedos pelo cabelo dele como se fosse um cachorro.

A escolha de Jace foi a linda morena que eu gostei. Ela não parecia tão nervosa agora que ele a envolveu em seu paletó. Ele encontrou meu olhar com uma sobrancelha arqueada, me desafiando a comentar sobre suas ações semelhantes. Não aceitei o desafio e, em vez disso, segui o olhar da minha escrava até o humano loiro entre os selecionados para a Copa Imortal.

Eu o reconheci pelos arquivos. Ele estava fora dos limites para esta rodada, marcado como uma perspectiva que Jace e Walter haviam concordado em tornar imortal. A maneira como ele mantinha os ombros esticados, as pernas fortes abertas e a expressão entediada, me fez concordar com a designação. Seis dos humanos eram favorecidos e deles, aquele, com certeza era o que prometia mais.

Mas com o que meu cordeiro estava tão arrebatado?

Seu foco não vacilou, nem mesmo quando Naomi passou uma unha do esterno dele até a virilha. Ela adorava transar com os recrutas. Se ela não fosse uma vadia, eu poderia gostar dela.

Ou provavelmente, não.

Meu cordeiro ficou tenso quando Naomi pressionou os lábios no ouvido do macho para sussurrar uma provocação. Seus lábios se curvaram em resposta, me intrigando, mas não tanto quanto a respiração instável da minha escrava. Ela não relaxou até Naomi passar para a próxima vítima.

— Ah, uma fraqueza — sussurrei em seu ouvido, baixo o suficiente para que ninguém mais pudesse ouvir, exceto ela. Não que alguém estivesse prestando atenção. Estavam muito ocupados entretendo seus novos brinquedos ou salivando pelo restante da colheita.

Ela endureceu os ombros novamente, me fazendo sorrir contra seu pescoço.

— Ah, sim, definitivamente uma fraqueza. — Mordi a pele macia que cobria seu pulso estrondoso. — Se eu te matar, poderia pegá-lo. Sempre achei que os homens são mais hábeis em certas atividades do que as mulheres. — Passei o nariz ao longo de sua mandíbula. — O que acha, cordeirinho? Devo me desfazer de você e solicitar a companhia dele? Ou talvez você tenha algo que possa me atrair de outra maneira?

Uma ameaça cruel que a deixou tremendo contra mim. Eu quase odiava fazer isso, mas não pude deixar passar a oportunidade de reafirmar meu domínio. Meus irmãos a teriam matado no segundo em que os mordeu. Eu não esperava gratidão ou que ela rastejasse, mas queria seu nome. Eu a pressionaria até que ela me desse.

— Tique taque — provoquei, acariciando sua garganta. — Seu silêncio está me entediando.

Ela segurou meu antebraço e o apertou enquanto seu corpo tremia. Foi a segunda vez que ela me usou como suporte sem perceber. A primeira me intrigou tanto que não fui capaz de me afastar. Então ela selou seu destino com aquele beijo.

— Rae. — A palavra mal chegou aos meus ouvidos sobre os gemidos animalescos vindos do lado de fora. Jenkins, o Alfa do Clã do Inverno, havia dado sua nova escrava humana para o filho brincar e o jovem lycan não perdeu tempo.

Minha fêmea tentou se virar, me surpreendendo. Apertei seus quadris e permiti que ela se movesse, depois encontrei seu olhar furioso.

— Meu nome — disse lentamente. Sua voz era um ronronar gutural que intrigou meus sentidos masculinos. — Meu nome é Rae.

— Rae — repeti, provando a única sílaba na língua. — Humm.
— Gostei, mas parecia muito fraco para ela. Muito rápido. *Que tal...*
— Raelyn.

Ela balançou a cabeça.

— Não, é Rae.

— Gosto mais de Raelyn.

Ela semicerrou os olhos mais uma vez.

— Se ia mudar meu nome, pra que perguntar?

— Porque eu queria te ouvir falar.

— Como um cachorro.

— Exatamente.

Ela me encarou com tanta emoção que não consegui impedir que meus lábios se curvassem. Gostei muito da voz dela, mas, humm, eu gostaria de provocar esse seu olhar na cama.

— Seu segredo está seguro comigo, cordeirinho — prometi.

Ela franziu a testa.

— Que segredo?

Pressionei os lábios em seu ouvido, não querendo que ninguém ouvisse.

— Qualquer segredo que você compartilhe com esse humano.
— Mordi seu lóbulo, expirando devagar e passando os braços ao seu redor. — Mas seja o que for, acabou. Porque você é minha agora, Raelyn.

Capítulo três

RAE

MINHA LÍNGUA PARECIA ESTAR GROSSA, como se Kylan tivesse me mordido e não o contrário. Seu corpo duro sustentou o meu, e seus lábios murmuravam no meu ouvido palavras que eu não queria ouvir.

Porque você é minha agora, Raelyn.

Como meu destino se transformou nisso?

Em um minuto, eu estava destinada à Copa Imortal. Agora, um membro da realeza me possuía. Tudo porque eu não consegui controlar meu corpo. Depois que Kylan sugeriu para a deusa que poderia me matar, parei de tentar. Por que o que aquilo importava? Se ele fosse me matar no fim das contas, eu poderia cair com a dignidade intacta.

Só que ele ameaçou o Silas. A minha fraqueza. A única coisa

que Kylan poderia usar para me atingir e me forçar a me comportar. Porque eu não poderia deixar que meu comportamento matasse meu amigo. Principalmente depois de tudo que passamos juntos. Ele merecia uma chance. Eu faria qualquer coisa para ver isso. Incluindo me comportar bem com o membro da realeza a quem prefiro matar a transar.

Kylan tinha estragado tudo.

Não, isso não era verdade. Eu estraguei tudo quando o mordi. Quando reagi.

Ele deu um beijo no meu pescoço.

— Alguém já te mordeu, Raelyn?

Cerrei os dentes com o uso desse nome ridículo.

— Isso importa? — respondi, evitando a pergunta. — Você vai me morder de qualquer maneira. — E usar meu corpo para seu prazer.

De todos os membros da realeza, eu tinha que ser escolhida pelo que gostava de violência. O recente massacre do seu harém havia sido um assunto muito discutido entre meus professores vampiros. Ninguém se importava de verdade com as vidas perdidas, apenas com o sangue desperdiçado e a possibilidade de que Kylan estivesse ficando louco.

E agora, ele era meu dono.

Seus incisivos deslizaram sobre meu pulso em sinal de aviso.

— Quando eu fizer uma pergunta, espero uma resposta. Você já foi mordida?

Cravei as unhas em seu abdômen reto.

Por Silas, lembrei a mim mesma. *Faça isso para salvá-lo. Então, quando ele estiver a caminho do próximo estágio, você pode recuar.*

Porque, de jeito nenhum, eu me deitaria por vontade própria com esse vampiro da realeza. Lindo ou não, prefiro morrer. E eu morreria lutando.

— Não — me forcei a dizer. — Nunca.

Ele sorriu contra o meu pescoço.

— Humm, outro ponto a seu favor. — Ele beijou minha garganta, depois a mandíbula e voltou seus olhos escuros para os meus. — Continue me intrigando, Raelyn, e posso deixar você viver. — Ele colocou meu cabelo atrás da orelha antes de apertar minha nuca. — Como foram suas pontuações nos estudos sexuais?

Ele estava perguntando por que isso é tudo que importa para um homem de sua posição. No entanto, me senti compelida a corrigi-lo nessa questão.

— Me classifiquei como uma das primeiras da turma em *todas* as disciplinas.

— Imagino que eles te qualificariam para a Copa Imortal — ele murmurou. — Mas quero detalhes de sua pontuação em artes sexuais. Em que atos você se destaca e quais técnicas exigem mais... — ele baixou o olhar para o paletó que cobria meus seios — treinamento?

— Kylan? — a Deusa o chamou, fazendo com que ele mudasse o foco para onde ela estava. — Você decidiu? Os outros terminaram.

— Humm. — Ele olhou para mim e seu olhar cruel era impossível de ser decifrado. — Me responda, Raelyn. — O *que ainda* ficou por dizer.

Engoli em seco. *São só resultados de testes como de qualquer outro curso.*

— Sou classificada como excelente em atividades orais e minha tolerância à dor está bem acima da média. A única área em que recebi uma pontuação negativa foi em jogo submisso, mas ainda assim, fiquei acima da média em comparação com a minha classe.

— E a única razão pela qual recebi essa pontuação negativa foi porque tive dificuldade em desistir do controle quando Silas liderou nossos exercícios conjuntos. Parecia errado me submeter a ele, independentemente do quanto ele fosse talentoso na arte das preliminares.

Os lábios de Kylan se curvaram.

— Obrigado, Raelyn. — Ele me girou em seus braços, colocando minhas costas em seu peito novamente e a mão na minha garganta enquanto o outro braço envolvia a parte inferior do meu abdômen.

O olhar azul de Silas brilhou quando se encontrou com o meu, o medo irradiando de suas profundezas.

Ficarei bem, tentei dizer a ele. *Não demonstre que você se importa.*

O silêncio se estendeu, e Kylan manteve o aperto em mim.

Não vou chorar.

Não vou implorar.

Ficarei calma.

Pontos negros brilhavam diante dos meus olhos, mas não antes de eu sentir a dor nas feições de Silas.

Deusa, eu esperava que Kylan não o escolhesse. Mas eu sabia que ele o faria. Tudo isso era um jogo cruel para me forçar a falar, para dar um exemplo do meu comportamento.

Tudo havia dado errado. Terrivelmente errado.

Me desculpe, Silas. Sinto muito mesmo.

O polegar de Kylan roçou meu pulso enfraquecido e seu toque pareceu uma marca contra a minha pele.

— Parece que o jogo da respiração pode ser algo a se explorar mais tarde — sussurrou contra o meu ouvido. Ele diminuiu o aperto apenas o suficiente para permitir que o ar voltasse para os meus pulmões. Inspirei com avidez, sentindo meus olhos embaçarem com a humilhação da reação necessária do meu corpo.

Uma fraqueza.

Eu o odiava naquele momento mais do que qualquer outro.

Ele estava me sacaneando.

Fingindo me matar, só para demonstrar o quanto seria fácil, e fez Silas assistir.

— Acho que vou gostar de acabar com esta, Lilith — Kylan falou com um sorriso na voz. — Obrigado por me conceder a oportunidade de ficar com ela.

— Se você tem certeza — ela respondeu. — Parece mais trabalho do que vale.

— Ah, vou gostar do entretenimento. — Ele acariciou a base do meu pescoço, mantendo a palma da mão contra a minha garganta. Conseguia respirar, mas não era muito, e o braço ao redor do meu estômago não estava ajudando.

— Bem, então isso conclui nosso processo de seleção. Agora há apenas a questão da noite, as filas restantes dos participantes da Copa Imortal.

Contei os membros restantes e encontrei apenas seis. Todos os outros foram selecionados. Dois estavam no chão, com o peito imóvel e as partes inferiores... desviei o olhar, incapaz de processar o que havia acontecido com eles. Um dos corpos era de Daniella.

Poderia ter sido eu...

O aperto de Kylan afrouxou um pouco mais, e seus lábios roçaram em minha têmpora como se sentisse a direção dos meus pensamentos.

Mas, não. Isso era impossível. Se ele pudesse ler mentes, eu seria uma mulher morta, porque ele veria todas as formas com as quais eu adoraria matá-lo. Vampiros não podiam morrer — ou é o que diziam —, mas eu adoraria encontrar uma maneira de derrubá-lo. *Fazê-lo me* implorar para respirar.

— Jace, Walter, por favor. — A Deusa fez um gesto como se dissesse: *resolvam.*

Jace entregou seu novo membro do harém ao vampiro que estava ao seu lado — um homem de cabelos escuros que não reconheci como parte da realeza. Ao lado dele, havia uma mulher de cabelos e olhos também escuros, usando um vestido formal feito de tecido transparente. Ela olhava para o chão.

Uma humana. Mas não da seleção. Eu já havia notado a ela e seu senhor, que agora estava olhando diretamente para mim com impressionantes olhos verdes. Baixei o olhar com um estremecimento.

Perdi completamente a cabeça hoje?

Não, só a minha vida.

— Ela é uma virgem de sangue — Kylan comentou baixinho contra o meu ouvido. — E se comprometeu recentemente com Darius, o novo soberano de Jace.

Pisquei. Ele acabou de me explicar algo?

E o que era uma virgem de sangue?

Olhei para a mulher de novo. Linda, bem-cuidada e sem sinal de medo. Ela parecia entediada, assim como seu mestre, que havia se concentrado nos eventos que se desenrolavam diante de nós. Jace selecionou dois humanos, mantendo as palmas das mãos nos ombros deles. Walter estava com um, e parecia estar lutando para encontrar o segundo.

Silas não se mexeu, manteve a postura confiante enquanto seu olhar permanecia em outro ponto. *Boa sorte*, eu queria dizer a ele. *Não que você precise.*

27

A palma da mão de Kylan deslizou até o meu queixo, forçando minha cabeça para trás em um ângulo que me permitiu encontrar seu olhar.

— O que eu disse sobre essa história ter acabado, Raelyn? — ele perguntou baixinho enquanto suas pupilas queimavam ao luar.

Meu pescoço doía pela posição desconfortável, além de quase ter sido estrangulada. Tentei responder, mas não consegui, já que a garganta estava fechada. Meus olhos se encheram de lágrimas, me fazendo odiá-lo ainda mais. Nunca chorei. Nunca implorei. Nunca reclamei. No entanto, não estava nem há uma hora em sua presença e queria chorar.

Quero te matar, disse a ele com os olhos, já que minha voz se recusou.

Ele sorriu antes de me soltar, apoiando as mãos nos meus quadris para me manter contra si. Sua ereção pressionou minhas costas, confirmando que o ódio entre nós não era recíproco.

Transar com ele seria o meu pior pesadelo se tornando realidade. Porque enquanto minha mente o desprezava, meu corpo reagia de forma favorável.

Sua força e poder serviam como um afrodisíaco e seu rosto parecia ter sido criado pelos céus. Um homem lindo envolto em músculo e experiência — não pude negar o apelo físico. E pelo que entendi, a mordida de um vampiro possuía um êxtase diferente de tudo que um humano poderia dar a outro.

Ele tiraria de mim o que quisesse e um lado doente meu apreciaria enquanto todo o resto teria ódio dele.

Seus lábios acariciaram meu pescoço novamente e senti a respiração quente contra a minha pele.

— Vou te destruir, cordeirinho — ele sussurrou de forma sombria. — Você nunca mais irá pensar nele quando terminarmos.

Senti um calafrio na coluna. Porque ele tinha razão. Depois que ele despedaçasse a minha alma, não teria mais motivos para pensar em ninguém, muito menos em Silas.

Baixei o olhar e um sentimento de derrota se instalou dentro de mim.

Eu conhecia muitos que desejavam esse destino — viver uma vida de luxo com a realeza ou os alfas. Mas ao ver o campo ao meu redor, os corpos inertes, sentindo o macho excitado atrás de mim ameaçando meu destino, percebi que tudo era só glamour. Um falso senso de esperança incutido em nós desde o nascimento para nos manter na linha. E para quê? Por uma pequena chance de imortalidade?

Valeria a pena?

Silas diria que sim. Eu esperava.

— Esses são os prospectos que vocês desejam adicionar? — a Deusa perguntou, com a voz surpresa.

— Eles não sobreviverão, nem servem para os lycans. Envie-os para a chance. — Walter parecia enojado ao empurrar os humanos que escolheu para a seleção da Copa Imortal.

Eu teria sobrevivido, pensei com um grunhido mental. Os dois que ele escolheu já eram mansos e já estavam destruídos. Pelo menos, os selecionados por Jace tinham mérito, mesmo que não tivessem chance contra Silas ou mesmo contra mim.

Mas não estou mais competindo.

Ter o destino que desejei por tanto tempo arrancado das minhas mãos depois de apenas alguns minutos experimentando a glória que poderia vir, era realmente um ato cruel. No entanto, muito apropriado.

Vampiros e lycans adoravam brincar com a comida e seus escravos.

Isso não era diferente.

Kylan me envolveu em seus braços novamente, e havia em seu toque uma pontada de conforto que rejeitei imediatamente. Ele não era melhor que o resto deles. Na verdade, era pior.

Palavras soaram no ar, a deusa elogiou os escolhidos para a Copa Imortal, falou algo sobre treinamento de harém e depois liberou a todos. Mas tudo isso ficou turvo em minha mente. Não me importava mais. Não havia sentido.

Silas encontrou meu olhar e no seu havia uma mistura de emoção e tristeza que partiu meu coração.

Mate todos eles, tentei transmitir a ele. *Fique firme, meu amigo.*

Ele me deu um aceno sutil antes de se virar para desaparecer, e Kylan suspirou.

— Se você não pode ignorar um simples comando meu, como

vou treiná-la para servir?

Mordi a língua. *Não reaja ainda. Aguarde até Silas estar seguro.*

— Me siga, escrava — ele exigiu e me soltou.

Meus pés ameaçaram fazer o oposto — ficar de pé e encará-lo em desafio. Mas minha mente me levou a obedecer.

Ele nos conduziu através da realeza e todos lhe deram um amplo espaço, o desconforto com a sua presença era evidente. Os rumores afirmavam que ele estava ficando louco, um ancião que estava perdendo a cabeça para a imortalidade.

Considerei isso enquanto caminhávamos. Seu controle sobre mim e nossa situação sugeria que seu estado mental era saudável e claro, forte até. Ele poderia estar brincando comigo, especialmente porque sugeriu me matar há pouco tempo.

Isso importa?, pensei. *Ele vai te destruir, lembra?*

Um arrepio percorreu minha coluna com o pensamento. Ele poderia dizer muitas coisas com essa afirmação.

Kylan me levou a um pequeno carro preto com duas portas. Ouvi um bipe quando ele apertou um botão e a porta se levantou.

— Entre, cordeirinho.

Vários humanos estavam perto de carros, à espera e os outros membros da realeza e alfas caminhavam lentamente na nossa direção. Parecia que Kylan havia liderado o grupo.

Ele arqueou uma sobrancelha com a minha hesitação.

— Me desobedecendo de novo?

Sempre, quase respondi. Em vez disso, me acomodei no assento e olhei para frente. Sua risada foi interrompida pelo fechamento da porta, mas ele ainda sorria ao se sentar no banco do motorista ao meu lado.

— Cinto de segurança — ele falou, se inclinando sobre mim para pegar o item em questão. — Segurança em primeiro lugar.

Sozinha em um carro com um vampiro sádico. Sim. Muito seguro.

— Silêncio — ele falou, afivelando o seu cinto também. — Está me entediando de novo, Raelyn.

— Prefere que eu cante e dance? — perguntei enquanto Jace passava pelo nosso carro com o braço ao redor da mulher que Kylan chamou de virgem de sangue. Darius seguia atrás deles com o novo membro do harém ao seu lado. — Você não tem soberanos — falei, me lembrando dos meus estudos sobre o território dele. — Sempre achei isso estranho.

Ele ligou o motor e o som gutural era poderoso como seu mestre.

— Soberanos são lacaios de confiança — Kylan respondeu, saindo do lugar. — E eu não confio em ninguém.

Uma mulher apareceu na frente do carro com as mãos nos quadris, fazendo com que Kylan parasse abruptamente antes de sair da vaga.

A fêmea da realeza inclinou a cabeça para o lado, fazendo-o suspirar.

— Certo. — Ele parou, mas não desligou o motor. — Não toque em nada ou serei forçado a te punir. — Ele me lançou um olhar que dizia que estava falando sério. — Agora fique aqui como uma boa escrava.

Capítulo quatro

RAE

MINHAS MÃOS DOÍAM com a força com que enterrei as unhas na pele. Vampiros e lycans haviam falado comigo a vida toda, mas nunca com tanta condescendência.

Kylan saiu do carro sem olhar para trás antes de encontrar a mulher — Robyn — à minha frente. Ele passou a mão ao redor do pescoço dela e a puxou para um beijo que me deixou enjoada.

Vampiros eram sempre afetuosos. Esses dois não eram diferentes, mas a maneira como ele lidava com ela denotava uma história sobre a qual eu não queria saber nada.

Robyn passou as mãos nas laterais do corpo dele até os ombros, como se o possuísse. Ele sorriu contra a boca da vampira antes de segurar os pulsos dela com a mão livre. O que quer que ele tenha dito em tom de reprimenda, provocou nela um sorriso total satisfação.

Revirei os olhos e observei a aquisição recente dela. Estava ajoelhado no chão — ainda nu — e com a cabeça baixa. Ela havia colocado uma coleira de metal ao redor do pescoço dele e a conectou a uma guia que havia deixado cair para tocar em Kylan.

Então ele disse algo que fez com que os lábios da vampira se curvassem em uma carranca. Depois ela olhou diretamente para mim no banco do carona. A barbárie se escondia em seus olhos, me fazendo reconsiderar a reputação de Kylan como cruel. Aquele olhar não deixava nada para a imaginação sobre o que ela queria fazer comigo.

Kylan queria me destruir.

Essa mulher queria me retalhar.

Eu deveria desviar o olhar, mas com qual propósito? Meu destino já estava selado nas mãos de um monstro.

Robyn caminhou em direção ao carro, mas Kylan a segurou pelo cotovelo e a puxou de volta para si, o que fez com que sua expressão elegante se transformasse na do poderoso predador escondido sob as roupas extravagantes.

Não pude ouvi-los, mas a conversa claramente não estava a favor dela, que fez uma careta para ele, mas baixou o olhar em submissão. Ele deu um beijo no topo de sua cabeça, como se elogiasse um animal de estimação. Quaisquer que fossem as banalidades que ele havia sussurrado, pareciam tê-la acalmado um pouco, mas suas mãos permaneceram fechadas quando ele se afastou.

— Te vejo em breve, Robyn — ele falou ao abrir a porta.

— Sim — a mulher respondeu enquanto pegava a guia de volta. Ela puxou o humano em sua direção com tanta força que ele escorregou pelo cascalho.

Estremeci com a exibição e entreabri os lábios quando ela forçou o macho a rastejar atrás dela à medida que se afastava.

Kylan nos levou para longe da cena, e eu fiquei bastante aliviada, apesar de não conhecer nosso destino. Ele me deu seu paletó e me tratou com certa humanidade em comparação aos demais. Meu pescoço ainda doía por causa de suas atenções, mas eu preferia isso a uma coleira e guia.

E as proezas sexuais no campo... tremi. Kylan poderia ter feito muito pior. Então por que não o fez?

O silêncio se estabeleceu entre nós, reconfortante e ameaçador enquanto ele pegava uma estrada vazia com a luz da lua iluminando nosso caminho. Não existia nada aqui além de terras agrícolas. Sem construções ou outras estruturas, sem sinais da cidade, só as estrelas em um céu escuro. Na verdade, era até pacífico, diferente dos arredores da minha antiga universidade. Atiradores de elite, guardas, muros de cimento com arame farpado e claraboia eram o cenário principal.

Humm, desejei que houvesse árvores aqui. Nunca vi uma, mas a paisagem coberta de grama, mesmo à noite, era linda.

— A Robyn gosta de quebrar seus brinquedos — Kylan falou baixo.

Desviei o olhar da serenidade ao nosso redor para olhar o diabo ao meu lado.

— E você? — perguntei, incapaz de me impedir. — Do que gosta? — *Vou te destruir*, suas palavras sussurradas mais cedo voltaram aos meus pensamentos, me provocando.

— Adoro submissão — ele murmurou, curvando os lábios. — Mas amo uma lutadora.

A paisagem passou depressa por nós quando ele acelerou, e meu estômago revirou com o momento estranho e sua resposta. Ele queria que eu me opusesse a ele, que eu dissesse que não. Foi por isso que ele me escolheu — porque sabia que eu não me submeteria facilmente.

Ele quer me forçar a aceitá-lo fisicamente. Me machucar da maneira mais severa, tomando meu corpo, quer eu goste ou não.

Um tremor que não conseguia esconder me abalou profundamente. Já havia visto isso acontecer inúmeras vezes, ouvi os gritos e até testemunhei esse tipo de coisa hoje à noite no campo. Mas saber que ele ansiava por isso, que estava me levando para casa com toda a intenção de me machucar, fez com que a bile subisse na minha garganta.

Ele vai me matar, mas só depois de transar comigo.

E não há nada que eu possa fazer para detê-lo.

— Ah, aí está, o medo que não apareceu a noite toda — ele

34

ponderou. — Você foi uma das poucas que não o exibiu durante a seleção. Foi o que me atraiu para você.

Ele fez uma curva sem diminuir a velocidade, e meu estômago revirou violentamente. Pressionei as costas da mão nos lábios, me recusando a vomitar. Aqui não. Ainda não. Não tão fácil assim.

Luzes apareciam à distância, brilhantes e brancas, com alguns pontos vermelhos espaçados entre elas. Aumentou quando nos aproximamos, destacando uma estrada mais larga do outro lado de uma cerca. Mais adiante, havia um item que só vi nos livros.

Um avião.

Abri os lábios em reverência. Era muito maior do que eu esperava. Havia várias pessoas ao redor, todos vestidos de preto, alguns guardando o portão para qual Kylan nos levou em um ritmo muito mais constante.

— Sua Alteza — um humano cumprimentou e me observou usando o paletó de Kylan. — Está tudo pronto.

— Obrigado, Jackson — Kylan respondeu, me surpreendendo.

Ele sabia o nome do humano?

A maioria dos vampiros não reconhecia os mortais, nem os Vigílias.

Kylan dirigiu até a parte de trás da aeronave, onde havia uma rampa, e manobrou nela com a mínima orientação dos humanos que estavam de guarda. Depois de entrar na aeronave completamente, desligou o motor e esperou a rampa subir atrás de nós, nos fechando na barriga do avião.

Ele me olhou e me observou sem dizer nada. Não ousei desviar o olhar, precisando saber o que ele planejava. Então desafivelou o cinto de segurança e se inclinou lentamente em minha direção.

Senti as mãos umedecerem. *É isso. Ele vai me machucar agora e espera que eu lute contra ele.*

Posso?

Eu o faria?

Pode ser menos doloroso se...

O clique do meu cinto me assustou, me tirando dos meus pensamentos. Ele sorriu e saiu do carro, depois deu a volta para abrir a porta, estendendo a mão para me ajudar a sair.

Fiz uma careta para ele e fiquei de pé sozinha.

LEXI C. FOSS

— É considerado rude ignorar o gesto formal de um superior. — Ele fechou a porta com uma firmeza que me fez estremecer. — Estou começando a questionar sua educação e como você sobreviveu por tanto tempo.

Eu também. Porque nunca agi assim na escola. Embora tenha tido pensamentos rebeldes com frequência, nunca me deixei levar. Sabia que não deveria. Mas com Kylan? Eu não queria nada além do que dar um soco na sua cara.

E agora que Silas estava seguro, eu poderia.

Kylan pegou meu pulso antes de eu o levantar e me girou em seus braços, colando minhas costas em seu peito. Em seguida, murmurou contra o meu ouvido.

— Quero um desafio no quarto, não na garagem, querida.

— Bem, isso parece divertido — uma voz masculina anunciou atrás de nós.

— Você não tem ideia — Kylan respondeu enquanto sua virilha espessa pressionava minhas costas. — Raelyn, este é o Mikael, meu virgem de sangue. Mikael, conheça meu novo brinquedo, Raelyn. — Ele me empurrou para a frente, me fazendo tropeçar enquanto tentava recuperar o equilíbrio nos saltos altos. Me virei para encarar os dois.

Mikael desceu uma escada para ficar ao lado de Kylan. Ele tinha os cabelos loiros compridos, que batiam nos ombros largos. Usava um terno preto que combinava com o do seu mestre, mas sem a gravata, deixando a gola aberta no pescoço.

— Ela é bonita — ele murmurou, me avaliando enquanto seu olhar corria sobre mim. — Gostei do toque adicional de vesti-la com suas roupas, Alteza.

Kylan sorriu.

— Sim, ela fica muito bem no meu paletó, não é?

— Humm.

— Devo pedir a ela para tirá-lo para você?

Mikael coçou a barba por fazer, com o olhar aquecido.

— Gostaria de ver o pacote completo, sim.

— Raelyn? — Kylan falou, arqueando uma sobrancelha.

Ele queria que eu tirasse a roupa para o seu humano de estimação?

36

— Não. — Se quisesse que eu tirasse o paletó, ele poderia fazer isso sozinho.

As sobrancelhas loiras de Mikael se ergueram quando Kylan riu.

— Ela não é fantástica?

— Ela acabou de se recusar a te obedecer?

— Sim. — Kylan inclinou a cabeça para o lado e um sorriso brincou em seus lábios. — Vamos tentar seduzi-la para ela se despir para nós?

— Poderíamos — Mikael respondeu, parecendo perplexo. — Mas nunca tivemos que fazer isso no passado.

Kylan deu de ombros.

— Talvez eu deva explicar como as coisas vão funcionar.

— Podemos fazer isso lá em cima? Os pilotos estão esperando para decolar e não o farão enquanto estivermos no trem de pouso. — O humano falou com Kylan de forma tão casual, como se fossem amigos. Aquilo me chocou e me manteve em silêncio.

— Claro. — Kylan estendeu a mão. — Venha, Raelyn.

E meu choque derreteu e se transformou em irritação.

— Au! Au! Au!

Kylan riu de novo.

— Precisa de uma coleira, querida? Como a que Robyn deu ao seu novo escravo? Acho que eu ia gostar de te ver rastejar.

A imagem daquela nobre com aquele pobre homem ainda estava fresca e brilhava com precisão na minha cabeça. Estremeci com a lembrança.

— Acho que não — Kylan murmurou e balançou dois dedos com impaciência. — Venha aqui, Raelyn, ou vou te arrastar pelos cabelos.

— Eu o ouviria — Mikael acrescentou, se virando para as escadas. — O homem não blefa.

Cerrei os dentes e caminhei para frente, ignorando a mão de Kylan. Ele me agarrou pelo cotovelo e me puxou para trás com tanta força que perdi o equilíbrio e caí contra ele.

— É a segunda vez que você ignora um gesto educado de minha parte. Prefere que eu seja mais duro com você? — ele perguntou, segurando meus braços dolorosamente enquanto me mantinha em pé. — Porque eu posso ser, Raelyn.

Estremeci com seu aperto, mas me recusei a dar a ele a satisfação de um pedido de desculpas.

— O Silas não está mais aqui para você usá-lo contra mim. Eu não tenho mais nada.

Os lábios dele se contraíram.

— Silas. Um nome intrigante para um prospecto. — Ele me puxou para mais perto e sua alegria desapareceu sob a sombra da escuridão. — Só porque o Silas não está aqui, não significa que não posso machucá-lo. Ele está no torneio agora. Basta uma mensagem para os organizadores e seu ex-amante sofrerá um acidente do qual nunca irá se recuperar.

Meu coração apertou.

— Você o machucaria para me domar?

— Eu faria muito mais do que machucá-lo, querida. — A promessa em suas palavras atingiu meu peito, despertando a náusea que senti no carro novamente.

Meu estômago revirou e minha garganta se apertou. *Não vomite. Não faça isso.* Engoli em seco, mas o ácido trouxe lágrimas aos meus olhos. Ou talvez tenha sido causado pelo peso que tomava conta de mim.

A vida de Silas está em minhas mãos.

Um movimento errado, e Kylan cumpriria sua ameaça. Como poderia resistir a ele, conhecendo as implicações?

Meus ombros caíram. Não havia escolha.

— Farei o que você quiser.

Kylan ergueu as sobrancelhas.

— Por um homem que você nunca mais verá?

Não me incomodei em responder. Minha lealdade a Silas não era da sua conta.

— Ainda deseja que eu tire o paletó? — Porque eu tiraria. E rastejaria, se ele assim o desejasse.

Ele afrouxou o aperto e semicerrou os olhos.

— Ele é um humano que você nunca mais verá, Raelyn. E se vencer, irá se esquecer de tudo a seu respeito. Por que desistir do seu fogo por ele?

Encontrei seu olhar com um suspiro, sentindo meu corpo mais

exausto do que há muito tempo.

— Porque, pelo menos, ele tem uma chance de futuro. Eu não colocaria isso em risco por nada no mundo, nem pela minha própria dignidade. — Me afastei das suas mãos e deixei o paletó cair dos meus ombros. — Farei o que você quiser, Alteza — repeti com mais formalidade.

Derrotada, me virei para as escadas, pronta para enfrentar o meu destino.

Kylan queria uma lutadora no quarto.

Bem, ele havia acabado de apagar minhas chamas.

Esperava que ele se contentasse com uma submissa.

Capítulo cinco

Kylan

VI RAELYN SUBIR AS ESCADAS, em direção de onde Mikael estava esperando, na plataforma superior. Ele levantou uma sobrancelha em de um jeito questionador, e eu assenti, sabendo o que ele pretendia fazer.

A garota precisava de um banho, roupas e comida. Mikael, sendo humano, seria capaz de lidar com tudo isso melhor do que eu. Ele sempre cuidou do meu harém e, em troca, a maioria delas gostava dele. Estabelecemos o relacionamento depois que o comprei em um leilão, há uma década. Às vezes, compartilhamos as mulheres, mas somente quando elas preferem.

Raelyn assumiu muitas coisas que eu deveria ter esclarecido no carro, mas optei por não o fazer. Às vezes, as ações falavam mais alto que as palavras. E, com o tempo, ela perceberia que eu não tinha intenção de forçá-la a fazer nada comigo. Preferia que minhas parceiras desejassem, e quando mencionei amar uma mulher com coragem, quis dizer uma mulher que poderia me desafiar no quarto, não se deitar e aceitar.

Estupro era para os fracos.

Coisa que eu não era.

Se Raelyn preferisse se isolar, eu permitiria. Seu relacionamento com o humano — Silas — era mais profundo do que eu havia notado. Quando o usei contra ela, era apenas uma ferramenta para mantê-la na linha para que os outros não a matassem. E minhas palavras agora eram só para provocá-la, mas tiveram o efeito completamente errado.

Matar o espírito dela nunca foi minha intenção. Eu precisava dela forte para enfrentar as provações que viriam. Porque alguém estava puxando meu tapete e me pintando como um imortal enlouquecido com a idade. Destruíram meu harém, me deixando com a opção de me responsabilizar pelo massacre ou admitir que alguém havia violado meu território. Nenhum dos dois era aceitável — os dois sugeriam uma fraqueza. Mas prefiro ser conhecido como imortal louco a incompetente.

Com um suspiro, peguei o paletó e segui os dois.

Mikael era um dos poucos que sabia a verdade. Ele estava comigo por tempo suficiente para saber que eu nunca machucaria meu harém, nem mesmo por tédio. E lamentamos a perda juntos.

Escolhi Raelyn por sua resistência, sabendo que precisaria de uma substituta que pudesse se defender. Mas agora eu não tinha tanta certeza da minha escolha. Ela amava outro homem, algo que eu poderia tolerar, mesmo que isso me fizesse considerar formas de destruí-lo, e ela estava disposta a se sacrificar por ele.

Mikael me encontrou no corredor perto do único quarto do jato, com uma taça de champanhe com sangue na mão. Troquei o paletó pela flûte.

— Você sempre me traz os melhores presentes.

Ele sorriu quando pendurou o paletó no armário ao nosso lado.

— Você parecia precisar depois da exibição no andar de baixo.

Bufei e tomei um gole do líquido borbulhante.

— Sim, acho que estraguei tudo.

— Só um pouco — ele concordou e sorriu, mostrando as covinhas. — Mas vamos consertar. Ela está deitada e se recusando a tomar banho ou comer. Para usar suas palavras, ela só quer acabar logo com isso.

Meus lábios tremeram.

— A pobrezinha espera um desempenho rápido.

— Parece que sim.

— Vou provar que ela está errada, mas não hoje. — Ela não estava nem perto de estar pronta para mim. Preferia que ela me implorasse para transar com ela do que tomá-la contra sua vontade. — Pode informar aos pilotos que estamos prontos para a decolagem? Estou mais do que pronto para ir para casa.

— Só se você for falar com ela nesse meio tempo. — Ele apontou para a porta. — Pelo menos, explique as regras.

Deixei a taça de lado.

— Você é sempre um estraga prazer.

— E você é um idiota — ele respondeu, sem medo de expressar sua opinião. — Vá mostrar a ela quem você realmente é, para que ela pare de fazer beicinho. É inadequado.

— Inadequado — repeti, balançando a cabeça. — Só você usaria esse termo.

— Pare de protelar ou vou reter sangue.

Arqueei uma sobrancelha.

— Agora você está tentando assumir o comando? O que é que está acontecendo com o mundo hoje?

Ele riu e tentou passar por mim, mas segurei seu quadril, puxando-o para mim. Passei os lábios sobre seu pulso, sentindo sua essência despertar meus instintos. Virgens de sangue eram raros, deliciosos e viciantes, mas eu sempre me satisfazia com Mikael. Escolhi um homem porque, embora não tivesse problemas em beber dele, não era a minha preferência sexual. O que significava que nunca perdi o controle, mesmo quando ele me incentivava a fazê-lo.

— Você não pode me negar nada — sussurrei enquanto minha língua provocava sua veia.

Ele estremeceu contra mim, apoiando as mãos na lateral do meu corpo.

— Jamais faria isso.

Perfurei seu pescoço, apenas o suficiente para provar e provocá-lo com minhas endorfinas. Seu pênis endureceu contra o meu, seu corpo sempre receptivo ao que eu queria lhe dar e muito mais. Compartilhar mulheres com ele era fácil. Nós dois gostávamos disso, e um do outro, mas nunca nos envolvemos em atos só entre nós dois. Não era a minha preferência, nem a dele.

Ele gemeu quando me afastei e sorri.

— O que foi isso de retenção de sangue?

— Vá se foder — ele grunhiu, com os olhos claros brilhando. — Vá falar com ela.

Dei de ombros.

— Só porque eu quero.

— Aposto que sim. — Ele passou os dedos pelos cabelos longos e caminhou pelo corredor em direção à área de estar principal. — Vou pegar a Zelda emprestada. Não venha nos procurar.

Eu sorri.

— É por isso que você trouxe minha chef favorita para a viagem?

— Não, eu sabia que a garota precisaria de comida, mas agora vou usar Zelda para alimentar outra coisa. — Ele olhou por cima do ombro com uma chama ardente. — Então espero que você não esteja com fome, porque ficaremos ocupados por um tempo.

Eu ri.

— Podemos nos cuidar. — Presumi que ele ou Zelda já haviam deixado comida no quarto. Eu não tinha comido muito com as festividades desta noite, e eles sabiam disso.

— Você sempre cuida — Mikael respondeu com outro flash daquelas covinhas e desapareceu em direção à frente do jato.

Balançando a cabeça, bati na porta do quarto. Raelyn não respondeu. Tomei seu silêncio como permissão para entrar e a encontrei encolhida na beira da cama, olhando para a parede. Seus saltos altos estavam no chão, apoiados contra a parede, deixando-a completamente nua.

Afrouxei a gravata e tirei as abotoaduras para enrolar as mangas até os cotovelos. Raelyn moveu as pernas tonificadas, mas permaneceu irritantemente silenciosa. Minhas provocações sobre o garoto claramente a pressionaram demais. Que pena. Eu esperava que fosse preciso muito mais isso para subjugar o espírito corajoso dentro dela.

Os humanos eram seres frágeis, a maioria era derrubada com um simples olhar. Mas esta era promissora. Eu só teria que convencer seu lado desafiador a voltar a jogar.

Coloquei meus sapatos ao lado dos seus e fiquei a sua frente, com a mão no cinto.

— Vamos testar suas habilidades orais primeiro? — Só a ideia me deixou excitado, mas eu não tinha intenção de seguir adiante. Eu queria uma reação.

Seus lábios fechados foram tudo o que ela me deu.

Suspirei e fui para o lado oposto da cama para me deitar ao seu lado.

— Você está me entediando de novo, Raelyn.

Nada. Nem mesmo um vacilo.

— Preciso trazer Silas para fazer você cooperar? — perguntei, curioso. — É assim que eu provoco a reação que desejo?

— O que você quer de mim? — ela exigiu, se virando para me encarar. — Você quer que eu chupe seu pau? Quer provar minhas notas altas? — Ela tocou meu cinto. — Porque eu posso fazer isso, se é o que você quer. Só me fale para que eu possa acabar logo com isso.

Deixei que ela chegasse ao ponto de abrir a fivela antes de agarrar seu pulso e parar seus movimentos.

— Suas habilidades em preliminares e conversas com certeza exigem desenvolvimento.

Pressionei sua mão conta o travesseiro ao lado da sua cabeça e a cutuquei para se virar enquanto deslizava a perna estre as suas, me acomodando sobre ela.

Ela agarrou meu ombro com a mão livre, me empurrando. Fiz um muxoxo e capturei os dois pulsos em uma das minhas mãos e os coloquei sobre sua cabeça enquanto a outra mão foi para a sua garganta. A contusão que surgia em sua pele confirmou que eu tinha sido muito bruto com ela antes. Fiz como uma demonstração para meus irmãos, para mostrar que a tinha bem sob controle, mas ver a marca agora me deixou desconfortável.

— Você está dolorida?

— Por que você se importa? — ela grunhiu, me fazendo sorrir.

— Você não sabe nada sobre mim, cordeirinho — sussurrei.

— Só o que a sociedade te mostrou.

— Acho que as últimas horas, ou o seja lá o tempo que tenha se passado na sua presença me mostraram o que preciso saber.

— É mesmo? — Inclinei a cabeça, capturando seu olhar. — E o que você sabe, Raelyn?

Aqueles lindos olhos azuis bebês semicerraram, me animando. *Aí está você, querida. Venha brincar comigo. Me intrigue.*

— Ofereci meu paletó quando você estava com frio — murmurei, recontando a noite. — Não transei com você como muitos outros fizeram com seus novos brinquedos e não deixei Robyn te punir depois que você a encarou com atrevimento no carro. Também permiti que você vivesse quando poucas pessoas tolerariam sua desobediência. Então, me diga, querida, o que tudo isso diz sobre mim?

A cama retumbou embaixo de nós quando o jato ganhou velocidade, fazendo com que seu olhar se desviasse para a janela próxima. Concedi aquele momento a ela e soltei suas mãos, esperando que ela quisesse segurar a cabeceira ou o colchão. Em vez disso, ela agarrou meus ombros com a expressão repleta de admiração e preocupação quando decolamos.

A maioria dos humanos nunca havia voado, pelo menos, não conscientemente. Era muito mais fácil drogá-los e guardá-los em um enorme avião de carga, como se fossem gado. Seus lábios se entreabriam e seus olhos se arregalaram.

— Gostaria de olhar pela janela? — perguntei, divertido.

Ela me olhou assustada.

— Eu, não, eu... — Ela engoliu em seco, com a testa franzida.

— Eu nunca, quero dizer...

— Eu sei. — Coloquei uma mecha de cabelo atrás da orelha enquanto equilibrava os cotovelos em ambos os lados da sua cabeça. — Se quiser olhar pela janela, pode, mas tenha cuidado. — Comecei a me afastar, mas ela me segurou com mais força, demonstrando medo.

Voar a assustava, mas meus lábios perto do seu pescoço, não.

Quase ri. A sociedade a havia amortecido diante da ameaça óbvia que era estar por cima dela. Não era à toa que a maioria dos humanos vinha até a mim destruída.

Ela começou a relaxar quando o avião estabilizou, desfazendo a careta com um suspiro. Só quando encontrou meu olhar novamente é que ela percebeu que tinha praticamente se agarrado a mim o tempo todo, mas, em vez de se soltar, ela ficou paralisada.

— Me diga novamente, o que você sabe sobre mim? — provoquei, incapaz de me impedir. Pressionei os lábios em seu pescoço – com gentileza – e acariciei sua mandíbula. — Mikael quer que eu te fale as regras. Às vezes, ele se imagina no comando, mas não está.

Levou um ano para liberar a personalidade que ele mantinha escondida sob o treinamento doutrinador do Coventus. Ele mal se parecia com o homem que comprei naquele terrível leilão. Mikael estava muito mais forte agora e não tinha medo de me chamar a atenção. Isso fazia dele um bom amigo e um parceiro ainda melhor.

— Essa é a minha primeira regra — continuei. — Este é o meu território, Raelyn. Agora você é minha e fará o que eu disser, o que inclui permitir que Mikael cuide de você. — Eu considerava essa a segunda regra. — Então, se ele disser para você tomar banho e vestir roupas, você toma banho e veste as roupas.

Ela semicerrou o olhar.

— Foi você quem me mandou tirar o paletó.

Meus lábios tremeram.

— Não, perguntei se você queria tirá-lo. Foi você que escolheu tirar.

— Não foi, não.

Pressionei minha boca na sua, silenciando a discussão.

Ela entendeu meu comentário como uma exigência, o que posso ter feito de propósito, mas o fato é que eu nunca havia realmente ordenado que ela tirasse o paletó. Seus lábios permaneceram fechados sob os meus. Não cedeu nem foi receptiva, o que nos levou à minha próxima regra.

Forçar uma mulher no quarto tinha pouco apelo.

No entanto, eu gostava muito de seduzir uma mulher relutante. Especialmente alguém que não queria se sentir atraída por mim.

Essa era minha regra tácita, que Mikael entendia e que eu nunca diria em voz alta. Qual seria a graça de deixar Raelyn à vontade? Eu preferia muito mais que ela me desafiasse e me odiasse. Sua submissão teria um gosto muito mais doce dessa forma.

Nos viramos e me deitei embaixo dela, posicionando suas pernas sobre meus quadris e enfiei as mãos debaixo da minha cabeça. Ela se sentou, com as palmas das mãos no meu abdômen em busca de equilíbrio e o peito arfando pelo choque do nosso rápido movimento.

— Você tem seios lindos — elogiei, admirando os mamilos rosados e a firmeza dos seios. A curva sutil da cintura levava ao ápice depilado entre suas coxas. Quem a forçou a remover aqueles lindos cachos vermelhos precisava de uma surra, porque aposto que ela era linda quando devidamente preparada.

Voltei o olhar para ela e vi suas bochechas coradas em um delicioso tom de rosa. Humm, sim, eu gostava disso quase tanto quanto da raiva.

— Eu não... o que você quer de mim, Kylan?

Meu nome pronunciado por sua voz rouca provocou minha virilha. Os humanos raramente se dirigiam aos seres superiores por seus nomes próprios e a maneira como a sua mão cobria a boca agora dizia que ela havia acabado de perceber seu erro. Os olhos azuis se arregalaram.

— Eu... eu... eu não...

— Pode me chamar de Kylan quando estivermos sozinhos. Na verdade, eu prefiro. — Mikael sempre usava meu título formal de *Sua Alteza*. Podia ser excêntrico, mas ficava cansativo quando todos se referiram a mim como tal.

Seus ombros relaxaram, e ela voltou a apoiar a palma da mão no meu abdômen. Ela não parecia nem um pouco perturbada por sua nudez — um condicionamento que meus irmãos haviam enraizado nela. Eu deveria me sentir mal com isso, mas realmente não consegui.

— O que você quer de mim? — ela perguntou novamente. Sua voz era quase um sussurro.

— O que não quero de você, querida? — Eu a alcancei, envolvi a palma da mão em sua nuca e a puxei para mim, colocando sua boca a poucos centímetros da minha. — O que você acha que quero de você?

— Q-que eu o desafie.

Mordi seu lábio inferior.

— Boa garota. — Eu a beijei novamente – porque eu podia e queria – e sorri quando ela grunhiu.

— Não sou um cachorro.

— Com certeza, não — murmurei, lambendo sua boca. — Abra-a para mim, princesa.

— Eu não...

Minha língua a interrompeu e meu desejo de beijá-la de verdade assumiu. A exploração no campo havia sido apenas o começo. Eu ansiava por mais, precisava prová-la adequadamente, *conhecê-la*.

Ela segurou meu bíceps, tensionando os músculos com a força. Segurei sua nuca com mais firmeza e agarrei seu quadril para nos girar novamente, colocando-a de costas no colchão e me acomodando entre suas pernas abertas. Ela cravou as unhas na minha camisa, me fazendo sorrir.

— É isso, Raelyn — sussurrei. — Continue protestando. Nós dois sabemos que você não está falando sério.

— Eu te odeio — ela ofegou, e seus quadris arquearam na direção dos meus em um contraste direto a suas palavras.

— Eu sei. — Eu também me odiaria. Este mundo. Essa vida. A forma que a sociedade atual a havia humilhado. Não havia nada que eu pudesse fazer para impedir, mas não significava que eu aceitava. Mikael era a prova disso. Meu tratamento com ela, mesmo agora, também era uma prova das minhas crenças fundamentais. Reconheci minha posição de poder sobre ela – um direito que minha espécie conquistou por ser superior. Mas tinha o direito de fazer isso? Era uma questão que eu ponderava com frequência.

Ela gemeu na minha boca, a palma da mão deslizou pelo meu braço até o pescoço e seus dedos se entrelaçaram no meu cabelo quando a língua finalmente respondeu à minha.

Por que ela queria isso? Ou por que ela queria me convencer a parar?

A garota inteligente sabia que eu queria um desafio e ceder era o oposto desse pedido. Embora a excitação que umedecia minhas calças sugerisse que poderia ser uma mistura de desafio e luxúria. Um convite inebriante que aceitei aprofundando nosso beijo, assumindo o comando das nossas bocas e ensinando a ela o que eu preferia. Ela retribuiu de forma dócil e seus mamilos endureceram em pequenos pontos atraentes contra o meu peito.

Ah, ela aprovou, embora eu soubesse que não queria.

Pressionei minha ereção contra seu calor acolhedor, revestindo minha calça com a evidência da sua apreciação. Rocei os lábios na sua bochecha, e depois os levei à sua orelha.

— Você está gostando muito para alguém que supostamente me odeia. — Ela ofegou com as minhas palavras, me fazendo sorrir. — Deveria te fazer lamber minhas calças em punição pela mentira, querida. Te ensinar uma lição de humildade e sinceridade.

— Meu corpo pode aprovar — ela falou, respirando fundo. — Mas a minha cabeça nunca irá.

Sim, ali estava o desafio que eu cobiçava. Acariciei seu pescoço, desfrutando de seu pulso acelerado.

— Me dê tempo, cordeirinho. Conquistarei sua cabeça com tanta facilidade quanto o seu corpo.

— Nunca.

— Talvez eu conquiste o seu coração também — sussurrei de um jeito sombrio. — Talvez roube-o de Silas. — Só dizer o nome do humano esfriou meu ardor. Ter uma escrava que gostava de outro certamente não era atraente. Em absoluto. — Como vocês dois conseguiram esconder o relacionamento? — Era ilegal para os seres humanos se envolverem. A ligação poderia levar à revolta, e Lilith certamente não queria que nada impactasse seu reinado.

Raelyn parou debaixo de mim, quase parando de respirar.

Eu me afastei para encontrar seu olhar.

— Preocupada que eu conte a alguém? Que arruíne suas chances de imortalidade? Porque isso aconteceria. — Uma palavra sussurrada sobre a conexão proibida o mataria. Um ser humano com alguma fraqueza não era digno da imortalidade pela maioria dos padrões.

Seu lábio inferior tremia quando as lágrimas marcavam seu lindo olhar.

— O que você precisa que eu faça? — ela perguntou com a voz embargada. — Eu não... por favor, não...

Ah, ali estava aquele sacrifício novamente, sua disposição de fazer o que eu quisesse só para proteger um garoto mortal que ela nunca mais veria. Uma reação tão humana. Impraticável e contrária à mentalidade de um guerreiro. Silas realmente significava muito para ela, mas por experiência, eu sabia que o homem não retribuiria sua lealdade. Os sobreviventes faziam o que precisavam para permanecerem vivos, algo que ela faria bem em se lembrar.

Eu me afastei dela antes de fazer algo verdadeiramente catastrófico. Como fazer uma ligação enquanto ela ouvia e pedir que o homem fosse estrangulado e morto em vídeo ao vivo. Eu tinha motivos mais do que suficientes para condená-lo, com status de Copa Imortal ou não.

— Kylan — ela implorou com a voz embargada.

Definitivamente, não era o tipo de pedido que eu preferia no quarto.

Eu daria a ela esse momento, esta noite, para superar. O Dia de Sangue era intimidador e emocional, e tê-la recrutada para minha cama provavelmente não estava no topo da sua lista de seleção.

Mas ela precisava perceber que havia muitos destinos piores que esse.

Minha reputação empalidecia em comparação a algumas outras, fato que ela logo descobriria. Especialmente se Robyn mantivesse seu pedido de visita.

— Durma um pouco, Raelyn. Vai precisar de suas forças se pretende permanecer viva neste mundo. — Eu a coagi com minhas palavras, sabendo que ela me ignoraria de outra maneira. Tínhamos um longo voo pela frente. Ela também poderia aproveitar para descansar.

Parei na porta, com a mão na maçaneta.

Puta merda.

Não pude deixar de olhar por cima do ombro. Raelyn sucumbiu ao sono como desejei, mas não antes de permitir que as lágrimas caíssem. Elas marcaram suas feições delicadas, destruindo sua máscara de guerreira.

— Que promessa desperdiçada — falei, suspirando.

Quase a deixei, mas não consegui. Se ela dormisse nessa posição, seu pescoço ficaria pior pela manhã, e eu já tinha causado danos suficientes.

Ela parecia frágil nos meus braços quando eu a movi na cama, deslizando as pernas e o tronco por baixo das cobertas. Os cabelos ruivos caíam sobre os travesseiros, me lembrando de sangue fresco. Passei o polegar por seu pulso firme enquanto me perguntava se as cores combinariam.

— Vamos tentar novamente amanhã, Raelyn. — Ela não podia me ouvir, mas as palavras eram mais para mim do que para ela.

Normalmente, eu a entregaria a Mikael e deixaria que ele a preparasse. Mas como meu único membro do harém, me senti obrigado a mantê-la segura. Havia um alvo em suas costas, não por causa de qualquer coisa que ela tivesse feito, mas porque alguém queria me retratar como insano. Até eu resolver esse problema, a vida dela, literalmente, descansava aos meus pés.

Sempre protegi ferozmente meu território, e com Raelyn não seria diferente. Isso significava que passaríamos mais tempo juntos do que eu costumava fazer com meus humanos. Teríamos que tornar esse tempo divertido, o que seria difícil se ela vivesse apenas para proteger o outro.

Tinha que haver mais em sua existência do que um rapaz. Eu só tinha que descobrir o que a fazia vibrar. Ainda bem que eu gostava de desafios.

Coloquei os cobertores em volta dos seus ombros e dei um beijo em sua têmpora.

— Bons sonhos, cordeirinho.

Capítulo seis

RAE

A LUZ ME CERCOU. Entorpecente, branca e estranha.

Pisquei, olhando para as janelas que iam do chão ao teto e a claridade além dela.

Montanhas, minha mente registrou. *Montanhas de verdade.*

— Não acredito, puta merda — murmurei, rolando para fora dos cobertores e indo em direção às portas fechadas de uma varanda. Ao abri-la, senti uma explosão de ar frio no quarto, mas não me importei.

Havia. Montanhas. Do lado de fora.

E árvores.

Árvores. De verdade.

Atravessei a porta e estremeci quando meus pés descalços tocaram a textura fria abaixo.

Neve.

Minha boca se abriu quando fiquei de joelhos, enfiando as mãos na brancura fofa e saindo congeladas.

— Ah! — Era muito gelado, mas lindo demais. Repeti a ação, emocionada com o fenômeno sobre o qual só li nos livros.

A lua vibrante exibia o terreno, iluminando todos os detalhes prateados. Essa era a causa do brilho estranho — o céu noturno claro e a lua quase cheia refletindo na paisagem invernal.

Entreabri os lábios em reverência, mesmo quando meus membros começaram a tremer.

— É tão bonito — murmurei, maravilhada e chocada.

— Sim — uma voz masculina profunda respondeu.

Pulei para trás e esbarrei em algo — alguém — duro. Braços quentes me envolveram, dissipando imediatamente a friagem do lado de fora. Só então percebi que alguém tinha me vestido com calça de pijama e camisa.

Kylan.

— Bem-vinda à minha casa, Raelyn.

Pisquei. Este era o seu lar. O seu quarto. Porque ele era o meu dono. Porque fui selecionada para o seu harém, para transar com ele da maneira que quisesse, até a minha morte.

Essa era minha vida agora.

Minha emoção morreu quando inspirei. Não haveria como explorar ou apreciar a paisagem. Só me submeter ao membro da realeza atrás de mim.

— Você precisa comer — ele murmurou com os lábios no meu pescoço.

Meu estômago roncou em concordância, me lembrando de que fazia horas, talvez até dias, desde a última vez que comi. Mikael havia tentado me fazer comer no avião, gesticulando para um prato de comida que estava na mesa de cabeceira. Não me incomodei, pois não queria vomitar quando Kylan me tocasse depois.

Mas agora, eu não tinha escolha. Não comer só me enfraqueceria, e eu não podia permitir isso na presença de Kylan. Ter dormido tanto já demonstrava meu estado debilitado.

— Mais silêncio — ele falou com um suspiro. — Que repetitivo. — Ele me virou, fazendo meus pés deslizarem sobre o chão frio. Emoldurou meu rosto e seus olhos flamejaram. — Você vai comer.

— Eu não disse que não comeria — respondi, irritada por ele já estar me tratando de forma rude. — E se você tivesse me dado mais dois segundos para me ambientar, eu teria respondido.

Ele ergueu as sobrancelhas como se estivesse impressionado.

— Muito melhor.

Quase revirei os olhos. Quase.

— Você deve levar uma existência muito chata se acha isso divertido. — Eu não podia acreditar que estava dizendo essas palavras em voz alta. Talvez o lugar dominasse meus sentidos, porque eu sabia que não devia falar com um vampiro, muito menos com alguém da realeza, dessa maneira. Mas, caramba, o homem era irritante.

Sua boca se curvou em um sorriso feroz.

— Você não tem ideia, querida.

E eu não tinha vontade de saber.

— Achei que você queria que eu comesse.

— Quero.

— Então por que está me segurando assim?

— Porque eu quero. — Ele me segurou com mais firmeza. — E posso.

— Ótimo — retruquei.

— Ótimo — ele grunhiu de volta.

Nos encaramos. Seus olhos escuros focaram nos meus claros enquanto meus pés congelavam na neve. Eu queria desesperadamente voltar a olhar para as montanhas mais uma vez, mas seus polegares seguraram meu queixo no lugar. O frio se espalhou dos meus pés aos membros, provocando um arrepio na minha coluna. Ainda que a neve fosse muito bonita, também era extremamente fria. Comecei a bater os dentes e apertei a mandíbula em protesto.

Kylan colocou as mãos nos meus quadris e me levantou antes de empurrar a porta com a bota. Ele usava jeans e um suéter preto de gola alta que, com relutância, tive que admitir que ficava bem nele.

Ele me colocou dentro de um closet cheio de roupas.

— Vamos te vestir de forma adequada e te levarei para fora depois que você comer.

— Para uma caminhada? — perguntei, com uma pontada de sarcasmo na minha voz.

Seu sorriso era feroz.

— Sim, escravinha. Para uma longa caminhada. Deseja que eu pegue coleira e guia também?

Fiz a minha melhor reverência para ele.

— Se é isso o que você quer, *Alteza*.

Ele riu alto e balançou a cabeça.

— Se dormir faz com que você fique mal-humorada, vou forçá--la a dormir com mais frequência.

— Me forçar... — Apertei a mandíbula quando a compreensão do motivo pelo qual dormi tanto se tornou claro. — Você me obrigou a dormir.

Ele me deu um olhar irônico.

— Fiz muito mais que isso. — Ele segurou meus ombros e me girou em direção a uma prateleira de roupas femininas. — Escolha algo.

— Por quê? Você parece me vestir muito bem.

— Então você vai ficar nua.

Dei de ombros, sem me importar.

— A escolha é sua.

— Vai congelar lá fora.

Dei de ombros novamente.

— Isso vai ser pior para você do que para mim.

— É? — Ele passou os braços ao redor da minha cintura e apoiou o queixo no meu ombro. — Explique a sua lógica.

— Um brinquedo congelado é um brinquedo morto. — *O que havia de errado comigo?* Eu estava basicamente provocando um monstro com a ideia de me fazer congelar até a morte ao ar livre.

Sua risada vibrou nas minhas costas.

— Ah, Raelyn, você realmente é um deleite.

Com um revirar de olhos, falei:

— Rae. — Me virei em seus braços e semicerrei os olhos. — Raelyn é um nome ridículo.

— O mesmo pode ser dito sobre Rae.

— Bem, é a esse nome que respondo. Lide com isso ou espere que eu o ignore.

Ele ergueu as sobrancelhas.

— De onde veio esse ataque de confiança, meu cordeirinho querido?

— Não sei. Talvez eu tenha percebido que não tenho nada a perder e, antes que você diga, não. Você não vai mais usar o Silas para me provocar. — As palavras saíram da minha boca enquanto minha cabeça juntava uma peça crucial do nosso quebra-cabeça. Apenas apareceu, como sempre acontecia, e não pude evitar o sorriso que se seguiu. — Você não pode.

Kylan parecia se divertir muito.

— Ah, não posso? E por que não?

— Porque não pode — repeti, me sentindo exultante pela minha descoberta.

Ele passou a mão ao redor do meu pescoço para me encostar na parede ao lado das roupas.

— Essa não é uma explicação satisfatória, Raelyn. Tente novamente.

Me recusei a deixá-lo me intimidar.

— Se você se livrar do Silas, não terá mais influência sobre mim, Kylan. Eu serei uma concha, um brinquedo quebrado, e depois o que aconteceria? — Ele não teria mais interesse em mim, e a maneira como ele me olhou provou isso.

Uma sombra de respeito surgiu em seu olhar astuto.

— Como você sobreviveu por tanto tempo neste mundo?

— Por ser a melhor da minha classe. — E entender meus oponentes melhor do que eles mesmos.

— Porque você desejou a imortalidade.

— Ou me tornar Vigília.

Ele inclinou a cabeça para o lado e sua expressão era quase maligna.

— No entanto, você acabou no meu covil.

Tentei não deixar que esse último ponto doesse, mas foi o que aconteceu.

— Só porque você me escolheu.

— Se eu não tivesse te escolhido, outro teria.

— Você não sabe disso.

— Ah, eu sei, sim. Você foi marcada como um jogo justo. Um dos lycans teria te selecionado em um piscar de olhos, e esse seu espírito valente seria sufocado e morto naquele campo para que todos testemunhassem. — Ele me soltou tão de repente que quase caí. — É algo cruel, Raelyn, mas você não foi criada para lutar pela imortalidade. A cerimônia foi criada só para te fazer acreditar por um segundo, para te dar esse falso senso de esperança e destruí-la para nosso prazer. É assim que nossa sociedade funciona.

Ele se virou e começou a mexer no cabideiro enquanto eu o olhava boquiaberta.

Para te dar esse falso senso de esperança e destruí-la para nosso prazer. Ele estava sugerindo que tudo havia sido encenado? Que nunca fui selecionada para competir? Que eu era só uma espécie de animal de estimação humano para ser tomada e torturada mentalmente para o entretenimento cruel de outras pessoas?

Combinava com o que eu sabia sobre vampiros e lycans. E Kylan me dizer isso só aumentou o tormento.

— Aqui. — Ele estendeu uma blusa vermelha com decote em V e uma calça jeans. — Estas devem caber.

Não as aceitei.

— Não fui feita para a Copa Imortal.

Seu olhar pecaminoso encontrou o meu.

— Não, você estava destinada à minha cama, que é exatamente onde vou te colocar se você não começar a trocar de roupa.

— E o Silas?

Suas pupilas queimaram.

— O maldito humano de novo. Quantas vezes já te falei para esquecê-lo? Três ou quatro, talvez?

— Me diga o que vai acontecer com ele — exigi, ignorando o aborrecimento no tom de Kylan. — É só um jogo mental para ele também?

Kylan largou as roupas e me empurrou contra a parede novamente, com as mãos aos lados da minha cabeça.

— Você está testando a minha paciência. Devo adverti-la que ela foi estendida apenas para seu benefício. Não me pressione.

— Então me diga o que vai acontecer com ele. — Agarrei sua

cintura, sentindo o suéter de seda macio contra as palmas das minhas mãos. — Preciso saber que ele tem uma chance.

— Nenhum de vocês tem chance.

— Não. — Balancei a cabeça, me recusando a acreditar nisso. — Ele tem. Me diga que ele tem.

Seus olhos castanhos ferviam com violência. Ele manteve o predador velado, mas agora me olhava com uma fúria não contida. Eu teria dado um passo para trás se não estivesse contra a parede.

Este é o verdadeiro Kylan.

O membro da realeza mais antigo que existe.

E eu o enfureci.

Engoli em seco, minha boca tentando pedir desculpas enquanto meu coração se recusava. Eu tinha o direito de saber, não tinha? Se tudo isso era apenas um ardil destinado a atormentar meu amigo mais antigo, então eu queria que ele admitisse. Precisava que ele me dissesse.

As maçãs do seu rosto ficaram tensas em linhas brutais quando ele grunhiu.

— Não sou seu amigo, nem alguém a quem você tem o direito de questionar ou dar ordens, Raelyn.

Ele nunca me diria. Porque ele me via como uma escrava. Uma humana sem direitos.

Nenhum de nós era digno.

Abaixei a cabeça em deferência.

Por um longo momento, me esqueci de quem estava diante de mim. Não era um homem, nem uma pessoa, mas um vampiro real com um longo histórico de massacrar aqueles que estavam abaixo dele.

E agora, parecia que ele queria me matar.

Eu realmente me perdi. Resistindo a um superior... *quem eu sou?* Eu estava lutando verbalmente com ele como faria com Silas ou Willow. Sabia que isso era errado. Este não era um ser humano, mas um ser sobrenatural que poderia me matar com um movimento do pulso e ninguém se importaria.

Porque não tenho ninguém.

Sem amigos.

Sem aliados.

Sem escolhas.

Kylan me *possuía,* e eu ousei enfrentá-lo. Não, exigi algo dele, recusei o conforto das roupas, rejeitei todas as suas cortesias. Por quê? Porque o culpei por roubar minhas chances de imortalidade.

Nunca tive chance.

Como me chamaram? Jogo Justo? Tudo tinha sido um dispositivo mental destinado a entreter. *Veja a mortal que pensa que é digna. Ela não é adorável?*

Todos as aulas, as pontuações, nada disso importava. Apenas me prepararam para ser sua escrava glorificada pelo tempo que ele quisesse brincar comigo.

— Ele é um dos candidatos preferidos — Kylan disse com a voz cheia de aborrecimento. — Se o seu ex-amante vencer, ele se tornará um imortal e se esquecerá de você, Raelyn. Mas parece que você vai morrer se lembrando dele.

Ele se afastou com passos silenciosos.

— Ele não é meu amante — sussurrei, sem saber por que me preocupei em esclarecer. — Apenas o meu melhor amigo, como a Willow.

Fechei os olhos, suprimindo as lágrimas que ameaçavam cair. Sempre soubemos que nossos destinos se dividiriam, que em nosso vigésimo segundo ano, nunca mais nos veríamos. Mas a realidade disso *doeu.*

Meus joelhos tremiam, e meu corpo estava exausto novamente. Eu realmente precisava de comida. Mas o que isso importava? Achei que queria ser forte antes de Kylan, mas eu já tinha provado que isso era impossível. Algumas discussões não eram nada comparadas à sua força bruta e poder.

Passaria meus dias restantes servindo a ele e morreria quando ele se cansasse de mim, ou seria relegada a um membro da sua equipe para que ele pudesse ter amantes mais jovens.

Uma diversão passageira.

Que legado.

A palma da sua mão embalou meu rosto e o polegar enxugou uma lágrima que eu não tinha percebido que tinha caído. Nem o ouvi se aproximar de mim.

— É uma época selvagem — ele sussurrou com os lábios

contra a minha testa. — Reserve um momento para você, Raelyn. Tome um banho, se vista e me encontre no corredor. Vamos comer e vou dar uma volta com você pela propriedade.

Capítulo sete

KYLAN

APENAS MEU MELHOR AMIGO.

Suas palavras apagaram minha ira em um instante, me deixando perplexo. Por que eu tinha ficado tão furioso? Por ela ter um amante humano? Quem é que se importava? Sim, ela me pertencia agora, mas por que eu deveria me incomodar com seus sentimentos passados ou atuais?

Passei a mão pelo rosto.

— Você precisa fazer a barba — Mikael falou, a título de cumprimento, encarando minha barba de três dias. — Ou vou mesmo reter o meu sangue.

— Por que todos os humanos nessa casa pensam que estão no comando? — Primeiro Raelyn, agora meu virgem de sangue. — Estou começando a pensar que preciso fazer vocês voltarem a si.

O olhar de Mikael se iluminou.

— Por favor, faça isso.

Eu bufei. Ele aceitaria imediatamente a oferta. O homem preferia mulheres, mas não me recusaria se eu quisesse uma mudança. Infelizmente para ele, isso raramente me atraía. No entanto, gostava bastante de sua boca.

Mas agora, eu estava desejando algo um pouco mais feminino e corajoso.

Segurar a cabeça de Raelyn enquanto empurrava meu pau em sua garganta... humm, sim, isso parecia divino.

Mikael se encostou na parede ao meu lado e seus olhos verde azulados se iluminaram pela curiosidade. Ele havia prendido o cabelo em um rabo de cavalo baixo, deixando o pescoço exposto, do jeito que eu gostava.

— Você a deixou dormir no seu quarto.

— Sim.

— Isso é novo.

— Sim — repeti. O harém tinha sua própria ala. Era lá que eu transava com elas, nunca em meus aposentos. — As circunstâncias atuais justificaram a mudança.

— Você está preocupado que alguém a machuque.

— Pode me culpar? — Olhei para ele de lado. — Sabe que ela é um alvo.

Ele assentiu.

— Matá-la prejudicaria ainda mais sua imagem.

— Eles não vão só matá-la, Mikael. Vão fazer uma cena. — Depois do desafio dela durante o Dia de Sangue, ninguém me culparia por executar uma sentença de morte. Para sugerir insanidade, o assassinato teria que ser espetacular e público.

— Você chegou mais perto de identificar o culpado?

Balancei a cabeça.

— Não, mas tenho uma lista de suspeitos que pretendo convidar para uma visita, agora que adquiri uma nova consorte para expor como isca.

Jace estava no topo da lista.

Sua recente nomeação de um novo soberano proporcionou a oportunidade perfeita. Eu já conhecia Darius, mas organizar uma apresentação formal ao novo líder regional da realeza estava perfeitamente alinhado com a política dos vampiros.

E, como a região de Jace fazia fronteira com a minha, parecia óbvio que ele ou um de seus subordinados pudesse ser o culpado pela morte do meu harém. Porque, se eu fosse incapaz de liderar, Darius — como herdeiro de um antigo membro da realeza — poderia herdar todo o meu território.

Isso colocava Jace no topo da minha lista de suspeitos. O nobre conspiratório estava tramando algo. Eu sentia isso toda vez que o via.

— Parece drenante — Mikael disse, e seus lábios se curvaram com o trocadilho.

Me inclinei para ele, levando a mão ao seu quadril.

— Você é meu para ser compartilhado ou não.

O anseio aprofundou suas íris para um tom mais turquesa. Um homem muito bonito, com aquelas maçãs do rosto pronunciadas e a mandíbula delicada. Como se eu fosse deixar alguém tocá-lo sem minha permissão.

— Eu sei — ele murmurou, levando a mão até a minha bochecha. — Você sempre cuida de mim.

— E isso nunca vai mudar — jurei baixinho quando a porta se abriu.

Em vez de reconhecer Raelyn, puxei Mikael para mais perto para roçar meus lábios nos seus. Ele retribuiu o beijo. Seu corpo se moldou ao meu de uma maneira familiar que me fez sentir como um rei. Deslizei a língua em sua boca e apreciei o gemido que ele deu.

Dominar um homem — especialmente alguém tão forte quanto Mikael — era algo inigualável. Adorava a sensação de estabelecer meu domínio, carimbar minha reivindicação e dobrá--lo à minha vontade.

Era isso que eu queria de Raelyn: a fé completa que Mikael depositava aos meus pés enquanto eu o devorava. Seus dedos deslizaram nos meus cabelos, me segurando enquanto eu aumentava o aperto contra seu quadril em aviso. Ele adorava ultrapassar meus limites, tentando pegar o que não lhe pertencia e me desafiar de todas as maneiras.

Eu o empurrei contra a parede,. Meus lábios deixaram os seus em favor do seu pescoço e perfurei sua veia sem aviso prévio. Raelyn tinha me deixado de mal humor com toda a conversa dela sobre aquele humano. Felizmente, Mikael conseguia lidar com as consequências por ela. Ele amava minha marca de dor, mesmo quando eu o pressionava demais.

— Mais — ele gemeu, e seu corpo estremeceu com o prazer que liberei com a minha mordida.

Fazê-lo gozar seria cruel, especialmente na frente de Raelyn. Seria tão fácil — bastava aumentar as endorfinas e enviá-las diretamente para sua virilha. O xingamento que deixou seus lábios disse que estava dando certo, que eu o estava levando a um ponto sem retorno, sem ao menos acariciá-lo. Ah, ele detestaria isso — se eu o forçasse a explodir sem oferecer a gentileza do meu toque.

Mas a pior tortura de todas seria deixá-lo ansiando e sem gozar, o que o faria procurar uma das empregadas ou Zelda mais uma vez.

Sua doce essência queimou na minha garganta, me lembrando do porquê paguei tanto por ele. Virgens de sangue eram criados pelo sangue raro, daí seu custo significativo. A maioria era comida uma vez e descartada, mas escolhi manter o meu por companhia e, francamente, porque gostava dele.

— Você está me matando — ele sussurrou, não se referindo ao fato de estar bebendo de seu sangue, mas devido ao êxtase que inundava suas veias.

Eu ri, mas continuei a engolir quando ele esfregou seu pau duro contra o meu quadril.

— Puta merda, Kylan — ele grunhiu.

O uso do meu nome me disse o quanto ele estava envolvido em minha mordida, me fazendo sorrir contra seu pescoço.

— E você queria reter seu sangue. — Lambi a ferida para fechá-la e encontrei seu olhar ardente. — Você não duraria um dia.

— Idiota — ele falou com a voz baixa, irritada e cheia de excitação.

Apalpei sua ereção.

— Estou tentando te salvar do constrangimento na frente da Raelyn.

— Ainda é um idiota.

Sorri, acariciando-o da maneira que eu sabia que ele preferia — da maneira que eu também gostava.

— Devo terminar ou você prefere a Zelda?

Ele agarrou meu pulso. Seu orgasmo estava próximo.

— Odeio quando você faz isso.

— Eu sei.

— Mas você faz mesmo assim.

— Sim. — Mordi seu lábio inferior com força suficiente para sangrar e lambi a ferida, causando espasmos mais uma vez.

— Kylan — ele grunhiu.

— Me diga que você quer mais.

— Você sabe que sim.

Olhei para Raelyn, que estava muito corada, e seus lábios se separaram enquanto ela lutava para firmar a respiração.

— Gostaria de vê-lo gozar? É realmente glorioso. — Coloquei mais pressão em minha carícia, fazendo com que ele gemesse mais alto e agarrasse meus braços em busca de apoio. — E aí, Raelyn? Devo deixá-lo gozar? Para você?

Ela arregalou os olhos e seu rosto corou ainda mais.

— Não tenho certeza de que ela está pronta, Mikael — murmurei, ainda olhando para ela enquanto eu o massageava de maneira tortuosa através da calça jeans.

Ele apoiou a cabeça no meu ombro e deixou um xingamento escapar de seus lábios.

— Foda-se...

— Também não tenho certeza de que ela esteja pronta para isso. — Inclinei a cabeça para o lado. — Raelyn?

Ela umedeceu os lábios, olhando de mim para Mikael. Ela deve ter visto a agonia na expressão ou na postura dele porque, lentamente, assentiu.

— Diga — incentivei.

— Sim — ela sussurrou.

Mikael estremeceu contra mim, seu alívio era palpável. Ele sabia que se ela tivesse recusado, eu também o faria.

Desabotoei seu jeans e puxei o zíper para soltar o pau ereto. Ele empurrou quando pousou na palma da minha mão e sua

65

respiração estava ofegante enquanto eu o acariciava da base à ponta com movimentos bruscos e rápidos. Ele preferia que eu o acariciasse com intensidade, e seu desejo de ser dominado ficava evidente em momentos como este.

Em vez de forçá-lo a esperar — como eu normalmente preferia — dei o que ele desejava e perfurei seu pescoço mais uma vez.

Ele gozou com um grito gutural, e seu corpo explodiu com a minha mordida e meu toque. Passei o braço ao seu redor, segurando-o enquanto tinha espasmos violentos. As sensações lhe proporcionariam dor e prazer, e a força do seu orgasmo era potencializada por minhas presas em seu pescoço. Ele sussurrou meu nome como uma maldição e um apelo, seus músculos contraídos e trêmulos.

Tanta força para um humano.

Tanta beleza.

Bebi de seu sangue, satisfazendo minha sede e, gentilmente, fechei as marcas em seu pescoço. Raelyn ficou de lado, respirando ofegante e seu interesse sexual mais que evidente. A mulher arrasada havia desaparecido e em seu lugar havia uma mulher que percebia o potencial da sua situação.

Porque poderia ser ela em meus braços, e eu deixei isso bem claro com meu olhar.

Mikael descansou a cabeça no meu ombro enquanto lutava para recuperar o controle, ofegando pelo esforço inebriante e intoxicante.

Eu a encarei, deixando-a sentir a paixão do momento. Pelo jeito que ela apertou as coxas, soube que havia gostado do show e talvez até quisesse se juntar a nós.

Mas não estava pronta para nada disso.

Encostei os lábios na têmpora de Mikael quando o afastei, seu pau ainda duro na minha mão. Nossos suéteres estavam uma bagunça, mas sua expressão satisfeita demonstrava que não tinha arrependimentos.

— Obrigado — ele sussurrou.

— Acho que você precisava disso. — Especialmente considerando que ele passou a noite anterior com Zelda.

— Sabe que sim — ele respondeu, com os olhos nublados. —

Eu retribuiria o favor, mas não é isso que você realmente quer.

Às vezes, ele parecia me conhecia bem demais. Em vez de concordar, tirei o suéter e o entreguei a ele.

— Limpe isso.

Ele o passou na virilha, usando-o para se limpar.

— Certo.

A crescente excitação de Raelyn preencheu o ar, fazendo com que meus olhos encontrassem os seus. Eles estavam firmemente afixados no meu abdômen nu.

— Acho que ela aprova, Mikael.

— Ela teria que ser cega para não aprovar — ele respondeu e olhou por cima do ombro com um sorriso. — Seja uma boa escrava e talvez ele te deixe tocá-lo.

Eu permitiria que ela fizesse muito mais que isso.

— Não vá a lugar nenhum, Raelyn. Preciso de outro suéter.

Ela assentiu em silêncio, seu foco caindo na minha virilha. Naquele momento, seu silêncio não me incomodou tanto quanto antes. Ela umedeceu os lábios, fazendo meu pau pulsar por trás do zíper.

Definitivamente, iríamos testar essas habilidades orais — em breve.

Passei os dedos pelos cabelos e entrei na suíte. Havia vários suéteres pretos nas prateleiras, facilitando minha escolha. Coloquei outro de gola alta e peguei um cachecol para Raelyn usar quando nos aventurássemos lá fora.

— É uma linhagem única — Mikael estava explicando. — Virgens de sangue não frequentam universidades como você. Somos criados no Coventus e leiloados durante o nosso vigésimo segundo ano.

— Leiloados? — ela repetiu, parecendo intrigada. — Semelhante a um dia de sangue?

— Na verdade, não. No Dia de Sangue, o magistrado lê o seu destino. Vampiros ricos nos compram e, felizmente, Kylan me achou digno o suficiente para dar o lance mais alto.

Felizmente, pensei, quase revirando os olhos. Ele não estava errado, mas também não estava certo.

— Então ele comprou você.

— Sim.

— E há quanto tempo você mora com ele?

— Há mais de uma década.

Escolhi esse momento para me juntar a eles, principalmente porque queria ver sua expressão, e ela não me decepcionou. Seu queixo estava no chão.

— E não pareça surpresa, querida — brinquei, fechando a porta. — Mikael é um exemplo do que acontece quando eu gosto de um humano. Eu o deixei viver. Isso é extravagante?

Mikael semicerrou os olhos.

— Pare de ser idiota.

— Como você apontou várias vezes hoje à noite, essa é a minha especialidade.

Ele apenas balançou a cabeça.

— Desisto de tentar ajudá-lo.

— Pode-se pensar que você me deve.

— Paguei minha dívida em sangue — ele respondeu, se virando com um olhar aguçado. — Tenham um bom passeio. Vou tirar uma soneca.

Sorri ao olhar para seu traseiro.

— Algo te exauriu, Mikael?

Ele levantou um dedo em resposta, me fazendo rir. Céus, ele estava muito mais engraçado agora do que quando nos conhecemos. Todos aqueles filmes antigos e programas de televisão o haviam ensinado a ser um ser humano adequado, equipado com um vocabulário sacana e tudo mais.

Raelyn olhou para ele com uma expressão perplexa.

— Não entendo o que isso significa.

Claro que ela não entenderia. A maioria da minha espécie desprezava o comportamento e a linguagem grosseiros.

— Ele está mandando eu me foder.

Ela arregalou os olhos.

— E você permite?

— Você xingou na minha presença mais cedo sem nenhuma reprimenda. Por que com ele seria diferente? — O que inspirou uma boa pergunta. — Quem te ensinou essa linguagem?

Ela fez uma careta.

— Que linguagem?

— "Puta merda".

— Você está de brincadeira? Os lycans usam essa palavra o tempo todo.

Ah, sim, eles usam.

— Faz sentido.

— Você prefere que eu não a use?

— Pelo contrário, espero que sim. — Me aproximei, prendendo-a contra a parede. — O "me fode" é uma das minhas expressões favoritas. Especialmente no quarto. Sinta-se à vontade para usá-las a qualquer momento. — Enrolei o cachecol em seu pescoço avermelhado e, lentamente, coloquei a ponta entre os seios. — Humm, essa cor fica linda em você.

Ela engoliu em seco, suas íris azuis ficaram mais calorosas.

— O-obrigada.

Quase a beijei novamente, mas seu estômago roncou alto o suficiente para me lembrar das suas necessidades mortais.

Comida.

Sim.

Depois, uma caminhada com minha escrava. Meus lábios se curvaram com a lembrança da sua reação mais cedo. Embora eu não tenha gostado dos seus comentários sobre Silas, gostei das brincadeiras.

Passei os dedos em sua bochecha, na base do seu pescoço e sobre seu peito, depois entrelacei os dedos aos dela. Levei seu pulso aos meus lábios.

— Hora de te alimentar.

Capítulo oito

RAE

TESTEMUNHEI VAMPIROS TOMAREM humanos várias vezes ao longo dos anos, mas nada comparado a Kylan e Mikael. Normalmente, os gritos eram de dor, não de prazer. Mas Mikael certamente havia apreciado as atenções de Kylan.

Minhas pernas ficaram bambas só de pensar nisso.

— Você está bem, querida? — Kylan perguntou com um brilho malicioso no olhar. Provavelmente, ele podia sentir o cheiro da minha excitação.

— Estou. — Me forcei a dar outra garfada na comida que ele me deu. Algum tipo de macarrão cremoso com muito sabor. Quando pedi proteína e verduras, ele riu e me entregou isso, chamando de prazer. Tudo o que senti foi que ficaria muito enjoada depois.

Comi metade e afastei a tigela. Kylan sorriu e arrancou o talher da minha mão para dar sua própria garfada.

— Gostoso, não é? — ele perguntou depois de engolir. — As universidades, como você as chama, fornecem apenas nutrição básica. Mas não se preocupe, treinarei seu paladar com o tempo, e você me agradecerá mais tarde.

— Por quê? — perguntei. — A comida só serve para dar energia. Nada mais.

— Ah, querida. — Ele me deu uma olhada. — A comida oferece prazer. Confie em mim.

— Como?

— Me lembre de te apresentar ao chocolate mais tarde. — Ele terminou minha tigela e a colocou na pia. — Vamos comer mais depois da nossa caminhada.

Toquei o estômago e balancei a cabeça.

— Não acho que posso aguentar mais nada.

— Acredite em mim. Você consegue. — Ele segurou minha mão e me puxou da banqueta em que eu estava sentada junto ao balcão. — Venha, cordeirinho. Hora de sair e brincar.

— Você realmente quer que eu te dê um soco — murmurei.

— Eu adoraria que você tentasse. — Ele voltou a atenção para meus pés e franziu a testa. — Você precisa de sapatos.

Não sabia o que ele queria que eu usasse com as calças, então não escolhi nenhum calçado. A maioria do meu guarda-roupa na escola era composta por salto alto e vestidos — o guarda-roupa adequado das mulheres. Só consegui me desviar da norma durante o treinamento físico, onde normalmente não se usava nada.

— Certo — ele murmurou, soltou a minha mão e desapareceu em um piscar de olhos.

Literalmente um piscar de olhos.

Como se ele desaparecesse diante dos meus olhos.

Já vi vampiros fazendo isso na universidade, mas não foi tão impressionante.

Ele é realmente antigo. Mais de cinco mil anos, se os livros didáticos estiverem corretos. Mas não agia da maneira que eu esperava. Ele era quase... brincalhão.

— Aqui — Kylan falou, aparecendo diante de mim novamente,

71

com botas e meias na mão. — Coloque isso. Agora.

As palavras foram ditas como se esperasse que eu fosse discutir. Eu os aceitei com um sorriso doce e os calcei sem dizer nada, só para provar que ele estava errado.

Me levantei e o encarei.

— Estou pronta para brincar lá fora, Alteza.

A diversão iluminou seus olhos quase negros, transformando-os em um tom marrom delicioso.

— Então você pode ser boazinha. Vou me lembrar disso mais tarde.

Ele enfiou um gorro de tricô na minha cabeça e orelhas antes que eu pudesse murmurar uma resposta e me levou em direção a um conjunto de portas de vidro.

Toda a minha irritação desapareceu quando olhei a paisagem deslumbrante à nossa frente.

Montanhas. Neve. Árvores.

Meu coração acelerou, e eu entreabri os lábios em reverência. Nem mesmo a rajada de ar fresco conseguiu dissipar meu fascínio. Atravessei a porta aberta, com a atenção nas montanhas ao longe.

Lindas.

Queria me aproximar e explorar. Comecei a correr, ansiosa para...

De repente, tropecei, caindo em um banco de neve. Ergui um pouco o corpo, confusa e me virei de lado com um "humph" antes de me deitar de costas para olhar as estrelas.

Ou talvez fossem apenas as luzes piscando em meus olhos.

Ai.

— Isso foi gracioso. — Kylan apareceu com a expressão divertida ao estender a mão. — Que tal tentarmos de novo, mas em vez de correr neve, aprender a andar por ela?

Pisquei e meus dentes começaram a bater por causa do frio que escoava pelas minhas roupas e atingia minha pele nua por baixo. Ele balançou os dedos, e eu os segurei, sem saber como me mover. Com um puxão, ele me levantou e suas mãos limparam a neve branca e macia dos meus braços.

— Dê um passo — ele insistiu.

Fiz o que ele pediu e quase caí de novo. Seu braço ao redor da minha cintura era a única coisa que me mantinha na posição vertical. Segurei em seu suéter, puxando-o para mais perto para me equilibrar.

Não foi tão divertido quanto eu esperava.

Ele riu e apoiou as mãos nos meus quadris.

— Fiquei com vontade de te levar para esquiar, só para ver como você lidaria com isso.

Franzi a testa.

— O quê?

— É um esporte. Um dos meus favoritos. Vou te mostrar um dia.

Um esporte?

— Como um jogo?

Ele balançou a cabeça, com a expressão triste.

— Ainda que eu entenda a mudança de equilíbrio e poder, nunca vou concordar com a destruição da sua cultura.

Olhei para ele.

— O que você quer dizer?

— Você acredita que o mundo sempre foi liderado dessa maneira, mas é mentira, cordeirinho. Os humanos já governaram enquanto o resto de nós se escondia. — Ele apertou minha bochecha. — Tudo mudou depois que um lycan pegou a mulher errada. Sua espécie tentou nos atacar e nós retaliamos.

Minha respiração acelerou. *Os seres humanos já governaram nosso mundo?* O quê? Como isso era possível?

— Vocês nos superavam em número — ele acrescentou enquanto passou o braço em volta da minha cintura e me deu uma cutucada. Dei um passo, só porque ele me forçou, e mais outro, depois que ele me cutucou novamente. — Aí vai — ele elogiou, caminhando ao meu lado. — Aqui tem cerca de quinze centímetros de profundidade. Se você mantiver um ritmo constante, ficará bem.

De alguma forma, eu duvidava disso. Enquanto a neve cedia a cada um dos meus movimentos, também ameaçava prender meus membros, agarrando minhas botas.

— Enfim, voltando ao que eu estava dizendo. Vocês nos superavam em um número bastante significativo, mas um rebanho de ovelhas empalidece em comparação a um lobo irritado. E exterminar cerca de noventa por cento da sua raça fez com que controlá-los ficasse mais fácil.

Minhas pernas se moveram — devagar — com as dele enquanto minha cabeça lutava para processar suas palavras. Os seres humanos eram frágeis e tinham vida útil reduzida. Como poderíamos ter liderado esses seres superiores? Por que eles se incomodariam em se esconder?

Kylan encontrou nosso ritmo e seu braço se manteve firme nas minhas costas.

— É o centésimo décimo sétimo ano deste novo mundo, Raelyn. — Seu suspiro se misturou com o ar noturno, mostrando o clima mais frio. Fiquei maravilhada com isso e com suas palavras. Todos os meus anos foram envoltos em noites úmidas ou em ocasionais noites frias, nunca esse ar fresco e cheio de prazer invernal.

Esta é a minha nova vida.

Não era perfeita, longe disso.

Mas poderia ser pior.

— Sinto falta do mundo antigo — ele continuou, com a voz suave. — Com mais frequência do que deveria.

Olhei para ele, curiosa.

— Do que você sente falta?

Seus olhos estavam nas estrelas enquanto caminhávamos, e sua expressão era distante.

— Sempre preferi paz e sossego, mas podia contar com humanos para fornecer algum tipo de entretenimento. Isso evoluiu ao longo dos séculos, mudando de geração em geração, sempre com uma mudança na evolução cultural. Até que destruímos aqueles mais determinados e mantivemos apenas os mansos para serem treinados e criados para nossa diversão pessoal.

Um arrepio percorreu minha coluna com a dura declaração.

— Não há mais caçada — ele murmurou. — Nada de emoção. Uma hora de carro para Kylan City vai me colocar no centro de uma metrópole, onde posso ter o que quiser, quando quiser, sem sequer pestanejar. Como isso é pode ser bom? — Ele finalmente desviou o olhar do céu e voltou ao meu. — Os humanos não discutem, nem lutam mais. Vocês só se inclinam e aceitam. Sinto falta do desafio, Raelyn.

Paramos de andar. A linha das árvores da floresta estava diante de nós e a propriedade às nossas costas. Suas pupilas estavam dilatadas, o predador dentro dele estava à espreita. Eu deveria me submeter, olhar para baixo, para qualquer lugar que não fosse diretamente para ele, mas me vi hipnotizada por sua beleza.

Vê-lo em sua verdadeira forma com Mikael havia despertado algo dentro de mim, algo faminto. O que, é claro, tinha sido o ponto. Eu era inteligente o suficiente para perceber isso. Mas não podia negar seu apelo enigmático.

— Como você sobreviveu? — Ele se admirou, repetindo sua pergunta de antes. — Você deveria ser uma mulher vazia como uma concha, assim como as outras, mas não há um pingo de medo em você. Como seus professores não perceberam seu potencial?

— Quer que eu tenha medo de você? — Porque uma parte lógica de mim, temia. No entanto, algo nele me inspirava a me rebelar em vez de me render.

Ele passou a palma da mão na parte de trás do meu pescoço, debaixo dos meus cabelos, e me puxou contra si.

— Quero saber por que você não sente como todo mundo, como conseguiu passar despercebida em uma sociedade em que até o menor indício de rebeldia o leva às fazendas de sangue.

Tremi com a menção das infames fazendas para onde os humanos eram enviados para sangrar até a morte. Muitos dos meus colegas de classe foram enviados para lá ao longo dos anos, e vários outros só nesta semana, em vez de comparecer às cerimônias do Dia de Sangue.

Somente mil eram escolhidos em todo o mundo.

De quantos, eu não sabia.

— Mesmo agora, você não pula para responder como deveria — ele sussurrou. — Eu poderia matá-la sem piscar, Raelyn, mas você confia em mim para não fazê-lo.

— Talvez eu não tenha medo de morrer — sussurrei de volta para ele.

Seu aperto aumentou.

— Não minta para mim. Você quer viver. Por que mais

desejaria a imortalidade?

Ele me pegou.

— Eu deveria ter medo de você.

— Deveria — ele concordou.

— Mas não tenho.

— Eu sei. Agora me diga o porquê.

— Não posso. — *Porque não sei o motivo.*

Ele levantou uma sobrancelha.

— Talvez eu precise inspirar uma resposta melhor.

— Aquele...

Seus lábios silenciaram os meus quando ele me inclinou para trás. Algo duro atingiu minhas costas — uma árvore, talvez? — fazendo o ar sair dos meus pulmões. Me agarrei ao seu suéter, precisando da sua força para me firmar. Sua mão se moveu para o meu pescoço, me segurando onde ele me queria enquanto a língua deslizava na minha boca, me provocando a reagir.

Mas não consegui.

Não depois do que vi.

Não depois de como meu corpo respondeu ao dele.

Eu praticamente me derreti em seus braços, minha decisão manchada e destruída em menos de vinte e quatro horas em sua presença. Não queria me sentir atraída por ele, nem desejá-lo ou precisar dele. No entanto, sentia tudo isso, mais do que senti com qualquer pessoa. Era a sua idade? Sua experiência? O fato de ele ser o chefe de uma linhagem?

O calor acariciou minhas veias, apesar do ambiente gelado, e sua língua liberou endorfinas que eu nunca soube que existiam.

Deusa, nunca senti nada assim. Era como se ele tivesse deixado minha alma em chamas. Por que ele? Por que agora? Por que aqui?

Não poderia durar. Não iria. Eu morreria em um piscar de olhos, desapareceria e seria esquecida.

Mas, pelo menos, a minha vida teria propósito e realização.

Teria mesmo?

Seus quadris encontraram os meus, dissipando meus pensamentos. Tão exigente, tão grande. Estremeci contra ele, sentindo medo e, ao mesmo tempo, animada com seu potencial. A mão que segurava meu pescoço deslizou até chegar ao meu peito.

Um choque me atingiu no local do contato.

Ah, eu gosto disso...

Silas havia me tocado ali antes, mas apenas na sala de aula. Fui a matéria dele para um exame. Ele estava sendo medido pela rapidez com que poderia me levar ao orgasmo, e eu o ajudei, fingindo. Ele retribuiu o favor uma hora depois para o meu próprio teste.

Mas o toque de Kylan era diferente, mais rude, mais real e intenso. Ele acariciou meu mamilo através do tecido, me fazendo gemer.

Eu não conseguia mais me lembrar do objetivo dessa demonstração ou porque ele começou, mas não queria que terminasse.

Ele me levantou, fazendo minhas pernas envolverem sua cintura enquanto me equilibrava contra a superfície dura atrás de mim. Em seguida, começou a me beijar de verdade. Antes tinha sido só uma amostra do que ele podia fazer, uma introdução, um teste. E eu devo ter passado, porque ele desencadeou tudo agora, me dominando de todas as formas.

Minha cabeça girou.

Este era o predador.

O animal.

O homem que queria me devorar.

E tudo que pude fazer foi aceitá-lo.

Meus braços envolveram seu pescoço. Minha boca se abriu ainda mais com seu ataque sensual e minha língua não ousou desafiar a sua. Ele me queria, então me teria.

Obedeça ou morra.

Ele estava certo.

Eu não queria morrer

Mas também não me importava de viver... para isso.

— Puta merda — ele sussurrou. — Não me lembro da última vez que quis alguém assim.

Suas palavras me assustaram quase tanto quanto suas presas afundando no meu lábio inferior. Gritei e, logo em seguida, gemi.

— Ah... — Gostei demais daquilo – e sua língua tocou a ferida aberta. Tremi violentamente, o prazer dominando todos os meus sentidos. — O que...? — Não consegui terminar, mas senti minhas pernas apertarem ao seu redor. — Kylan — murmurei, sem saber o que estava acontecendo.

Ele se mexeu entre minhas coxas, aumentando a sensação. Gemi baixinho, apoiando a cabeça em seu ombro.

O que você está fazendo comigo?

Um nó se formou dentro de mim e disparou eletricidade para todos os nervos.

— Desista — ele sussurrou, sua dureza acariciando meu clitóris através do jeans.

Como?

Por quê?

Já fui tocada ali antes, mas nunca assim. Geralmente, eu me contorcia, mas ele provocou uma demanda por mais.

— Agora, Raelyn. — Ele capturou meu queixo, puxando minha boca de volta para a sua e me mordeu novamente. Eu mal podia sentir a pontada de dor através da euforia que se seguiu.

E então estremeci.

Profundamente.

A escuridão consumiu minha visão, seguida por luzes brilhantes.

Um grito que mal reconheci como meu, saiu dos meus lábios.

Assim como uma risada satisfeita de Kylan.

A explosão continuou, e meus membros tremeram de forma incontrolável enquanto o prazer me dominava.

Um orgasmo. De verdade.

Pensei que já havia experimentado isso antes, mas não. Nada comparado a isso, a Kylan, à maneira como ele me possuía tão bem.

Não era de se admirar que Mikael estivesse tão exausto. Eu mal podia continuar beijando Kylan, muito menos me afastar. Se os braços dele não estivessem me segurando, eu teria caído.

— Preciso me corrigir — ele murmurou contra os meus lábios. — Isso foi glorioso. — Ele capturou minha boca novamente, dessa vez com mais força enquanto empurrava seu corpo duro contra o meu.

Levei um momento para seguir sua referência, para me lembrar de suas palavras quando Mikael gozou mais cedo.

Gostaria de vê-lo gozar? É realmente glorioso.

Eu me perguntava como a relação deles funcionava. Claramente, era de natureza sexual, mas Kylan não teve nenhum prazer. Ele esperava que eu retribuísse? Uma imagem dele na minha boca surgiu na minha cabeça. Eu conhecia a mecânica, poderia executar os movimentos muito bem. Deveria oferecer agora? Me ajoelhar na neve? Abrir sua calça e chupar seu pau?

— Ainda sem medo — ele falou, sorrindo contra a minha boca. — É incrível.

Suas pupilas dilataram, uma visão surpreendente durante a noite, especialmente comigo sendo o foco de sua luxúria revelada.

— Por que eu teria medo de você depois disso? — perguntei.

Ele riu de um jeito sombrio e passou o nariz pela minha bochecha.

— Por que, de fato — as palavras eram baixas, sedutoras e assustadoramente controladas —, eu poderia te destruir, Raelyn.

— Você já disse que o faria.

— Sim — ele sussurrou e deslizou os lábios para o meu pescoço. — Disse. E, no entanto, você se apega a mim como se eu fosse sua fonte de vida.

— Porque você é — respondi, arqueando em sua direção. — Você me possui.

Ele parou e sua boca pairou sobre o meu pulso.

— Eu?

— Sim. — Me sentia exausta, apesar de não ter feito quase nada hoje. Meu corpo estava saciado da maneira mais estranha.

— E você não tem medo de mim. — Não era uma pergunta, mas uma declaração.

— Eu deveria, mas não, não tenho. — Na verdade, não. Não da maneira que eu deveria. — Se vou morrer, será com a minha dignidade intacta. — Ele apenas descarrilou essa decisão por um segundo com suas ameaças contra Silas, mas agora isso não se aplicava.

Eu morreria quando Kylan achasse que chegou a hora.

Não imploraria por um destino diferente, nem me deitaria e aceitaria.

Mas temer o inevitável não parecia mais racional. O que tinha que acontecer, aconteceria, com ou sem a minha complacência.

— Pra que obedecer quando o resultado final nunca muda? — perguntei, recuando para encará-lo. Nenhum sinal de emoção residia em sua expressão. Sem raiva. Sem curiosidade. Apenas Kylan me observando de forma inescrutável.

— O resultado final será?

— Minha morte.

— Entendo. — Ele inclinou a cabeça e desceu as mãos para os meus quadris. — Você assume muito rápido que a morte é tudo o que planejei para você.

— E não é? Não é esse o seu método? Transar com o harém e depois matá-lo?

Me arrependi das palavras assim que as disse. Eram abrasivas, desafiadoras e ferviam em seu olhar quando ele olhou para mim. Atingi um ponto crítico que nos envolveu em um silêncio ameaçador por muito tempo.

Ele estava revivendo os momentos na sua cabeça? Apreciando o que havia feito? Prevendo como acabaria me matando? Porque sua expressão sombria sugeria que ele queria fazer isso agora, assim como o aperto quase doloroso.

— Você deve ter cuidado, Raelyn — ele falou com a voz baixa.

— Até certo ponto, eu entendo. Mas falar de ações que você não conhece é passível de uma punição que você não irá apreciar.

Ele me tirou de cima dele, me forçando a ficar de pé. Depois me soltou tão repentinamente que quase caí.

A perda do calor do seu corpo, juntamente com o gelo que revestia suas feições, me provocou um arrepio na coluna.

— Isso foi esclarecedor... — Ele se virou com um grunhido quando uma mulher de pele escura atravessou o terreno a uma velocidade incrível.

Um vampiro.

Não, não qualquer vampiro.

Angelica.

A humana que ganhou a Copa Imortal quando eu tinha quinze anos. Ela foi uma inspiração para mim, uma prova de que as mulheres poderiam ganhar a imortalidade tanto quanto os homens.

Fiquei boquiaberta quando ela ficou de joelhos na neve, aos pés de Kylan, com os cabelos castanhos espalhados ao seu redor.

— S-sua Alteza. Vim o mais rápido que pude.

— O que é isso? — Kylan se ajoelhou ao lado dela, a mão indo para o suéter.

Sangue, percebi. Ela estava coberta de sangue.

— O que aconteceu? — ele exigiu saber quando ela não respondeu de imediato.

— T-Tremayne — ela sussurrou com os ombros tremendo.

— O que tem o Tremayne? — ele perguntou, reconhecendo o nome. Eu não sabia de quem se tratava. Meus estudos se concentravam na realeza, não em seus constituintes. — O que ele fez?

Angelica tremeu. Seu medo era palpável quando ele a forçou a levantar a cabeça e encontrar seu olhar.

Ela estava aterrorizada — não com a situação, mas com ele, percebi.

Kylan acariciou sua bochecha, suavizando a voz.

— Não vou disciplinar você pelas ações dele, Angelica. Agora me diga o que ele fez.

Ela engoliu em seco, a dúvida irradiando da sua expressão. Kylan era conhecido por seus castigos perversos, seu reinado não era gentil. No entanto, ele foi gentil comigo, mesmo quando eu o levei ao limite.

Qual versão de Kylan era a verdadeira?

— Ele matou a todos, Alteza — Angelica sussurrou.

— Todos — ele repetiu. — De quem você está falando?

— Todos os seres humanos a serviço dele na Torre Tremayne. — Ela arregalou os olhos. — Foi um banho de sangue. Vim aqui para te dizer, para avisá-lo, que ele está em Kylan City agora e acho que fará o mesmo no K Hotel. Ele está dizendo... — Ela estremeceu, sua expressão se desfazendo. — Ele está dizendo a todos que você deu a ordem.

Capítulo nove

RAE

Kylan ficou assustadoramente imóvel.

Angelica soluçou e olhou novamente para o chão enquanto eu estava congelada atrás deles.

Ele está dizendo a todos que você deu a ordem.

Para matar humanos como ele havia feito em seu harém?

Levando em conta sua reputação, parecia algo que ele faria, mas a rigidez em sua coluna sugeria o contrário.

Ele se levantou devagar, com as mãos fechadas ao lado do corpo. Quando ele se virou para mim, vi o nobre da realeza em plena exibição — sobrancelha suntuosa, mandíbula tensionada e os olhos frios.

Sua expressão exigia submissão.

Tentei me curvar, ceder ao seu domínio, mas meus joelhos se

recusaram a dobrar. Até meu pescoço protestou contra a ideia.

Você não tem medo de mim. Suas palavras de antes provocaram minha cabeça, tentando e falhando em inspirar a razão.

Eu deveria. Sei que deveria. Mas você tem razão. Não temo e não faço ideia do porquê.

Ele pegou minha desobediência com um olhar antes de focar na outra mulher.

— Levante-se, Angelica — ele exigiu. — Temos trabalho a fazer. — Ele olhou para mim novamente. — Preciso de você lá em cima, na minha suíte. Agora.

Não discuti, não com a raiva mal contida fervendo em seus olhos escuros. Ele parecia pronto para matar, e eu não queria ser o alvo dessa raiva.

Puxei a jaqueta e corri para dentro da casa, subi as escadas e fui diretamente para o quarto.

E agora? Eu me perguntei, mordendo o lábio. Ele me queria nua de novo? Estava planejando se juntar a mim? Fui dispensada pelo resto da noite?

Tirei as botas, colocando-as no tapete dentro do armário. Em seguida, tirei a jaqueta e a pendurei em um gancho para secar. O que vem agora? As roupas?

A porta se abriu antes que eu tivesse a chance de me despir. A presença repentina de Kylan atrás de mim era sinistra. Me virei lentamente, aterrorizada com o que encontraria em sua expressão, mas precisando saber, tudo ao mesmo tempo.

Ele só me olhou, e seus olhos escuros esconderam todos os detalhes.

Ele não se importava?

Só estava entediado?

Mas enquanto eu o estudava, um vislumbre de algo brilhou nas profundezas de seu olhar. Estava lá e desapareceu tão rapidamente que quase não percebi, poderia facilmente ter sido inventado. Mas, não. Definitivamente estava lá.

Devastação.

— Precisamos fazer uma viagem a Kylan City — ele falou, de forma categórica, se aproximando. Apertou meu queixo entre o polegar e o indicador, e seu olhar se intensificou. — Preciso que você se comporte, Raelyn, o que significa se curvar e se envolver em todas as formalidades. — Seu peito encontrou o meu quando ele me apoiou na parede. — Se você me desobedecer, serei forçado a puni-la em público, e você não vai querer que eu faça isso.

A promessa em suas palavras provocou arrepios em minha coluna. Não, eu definitivamente não queria isso.

— Entendo — sussurrei, engolindo em seco.

— Não era assim que eu queria passar nossa primeira semana juntos, mas Tremayne não me deixou escolha. Se eu pudesse te deixar aqui, eu deixaria. — Ele quase parecia se desculpar, o que não fazia sentido. Os membros da realeza levavam seus membros favoritos do harém a todos os lugares. Ser sua única consorte no momento o deixou com pouca escolha. — Estou falando sério, Raelyn. Preciso que você se comporte.

— Eu disse que entendi — respondi, depois acrescentei rapidamente — Vossa Alteza — para abrandar o tom das minhas palavras.

Ele balançou a cabeça em desaprovação.

— Não foi um bom começo, Raelyn.

— Ainda não estamos na cidade — murmurei.

Ele ergueu as duas sobrancelhas, claramente sem paciência.

— Eu amo sua coragem, mas agora não é hora, a menos que você queira que eu bata na sua bunda e depois transe com você na frente de uma sala cheia dos meus constituintes. E se você for realmente desobediente, serei forçado a permitir que eles encostem em você também. É isso que quer?

Entreabri os lábios, chocada com sua descrição impetuosa e a maneira furiosa com que disse essas palavras, como se até a noção disso tudo o enfurecesse. Limpei a garganta, procurando coragem para responder.

— Eu... não. Claro que não quero isso. — Quem iria querer?

Seu aperto no meu queixo ficou mais forte, e ele semicerrou os olhos.

— Minha reputação é o que mantém esse território vivo. Você pode não ter medo de mim, mas os outros têm, e preciso que continue assim. Entendeu?

Pisquei.

Ele estava simplesmente... confiando em mim? Estava explicando por que ele precisava que eu me comportasse? Essencialmente admitiu que a máscara que usava era apenas para o público? Porque isso se encaixava no que vi até agora — porque o Kylan dos meus livros didáticos não correspondia ao Kylan diante de mim.

O membro da realeza sobre o qual eu li não teria nenhum problema em transar comigo em público — inclusive durante o Dia de Sangue — e faria isso mais uma vez sem se importar com o relato que Angelica havia acabado de lhe dar.

Mas ele se importava.

O suficiente para necessitar de uma viagem à Kylan City.

O que significava que ele nunca havia ordenado essas mortes de humanos.

Eu o observei. Seu olhar estava sombrio, a linha firme dos lábios, a tensão nas maçãs do rosto e sua postura cansada enquanto ele continuava segurando meu queixo com firmeza entre o polegar e o indicador.

Ele queria que eu entendesse não só seu pedido, mas também a importância por trás dele. Ele precisava que eu o obedecesse.

— Você não quer me punir. — As palavras não eram as que ele esperava que eu dissesse, mas foram as primeiras que minha boca me permitiu expressar.

— Não. Da maneira que nossa sociedade exige, não — ele concordou. — Mas farei, se seu comportamento exigir isso.

— Como discutir com você em público. — Algo que nunca pensei em considerar em voz alta, muito menos fazer, mas minhas reações a Kylan não eram sensatas desde o momento em que ele ficou na minha frente naquele campo.

— Sim, ou com qualquer outra pessoa — ele respondeu. — Preciso do seu temor, Raelyn.

— E se eu não puder te dar isso?

— Então serei forçado a fazer com que você tenha medo.

Só as palavras me fizeram tremer.

— Não quero isso.

— Eu também não.

— Por que manter uma imagem de crueldade quando você não

gosta? — perguntei, curiosa de verdade.

— Porque mantém a paz. Alguém tem que ser o cara mau, Raelyn. É um fardo que carrego há séculos, e meu povo prospera por causa disso — ou eles têm que prosperar, de qualquer maneira — até recentemente.

— Até recentemente? — repeti.

Ele balançou a cabeça.

— Eu já disse mais do que pretendia. — Ele deu um passo para trás, soltando a minha mandíbula para esfregar a sua e me permitindo um breve vislumbre do homem exausto por trás da farsa. O homem que liderava sob uma nuvem de brutalidade porque acreditava ser o melhor método de governar. Talvez estivesse certo. Essa sociedade prosperava com a violência, e ele era o rei notório — o mais velho de todos, exceto da própria deusa.

— Me diga que vai se comportar, Raelyn.

Já estou me comportando, queria dizer, mas ele precisava ouvir as palavras para acreditar nelas. Então fiz a única coisa que pude para acalmá-lo. Me ajoelhei e inclinei a cabeça até o chão, me colocando na mais alta posição de respeito que um humano poderia dar a um superior, me deixando exposta e completamente à sua mercê.

— Sim, meu príncipe — falei, me recusando a me mover ou olhar para cima até que ele permitisse.

Ele não disse nada durante tanto tempo que pensei que estivesse me testando, mas então ele se agachou diante de mim e usou o dedo para levantar meu queixo.

— Gosto de você nesta posição, Raelyn — ele murmurou. — Só poderia ficar melhor se você estivesse nua.

Boa sorte com isso, eu queria dizer. Mas sussurrei:

— Como quiser, Alteza.

Os lábios dele se curvaram.

— Quase acredito na sua submissão, Raelyn. Mas seus olhos sugerem o contrário. — Ele passou o polegar sobre a minha boca e se levantou novamente. — Você vai precisar de uma roupa nova. Vou pedir a Mikael para arrumar. — Ele olhou para mim. — Eu mentiria se pedisse desculpas, então não vou fazer isso, porque definitivamente vou aproveitar cada minuto.

Franzi a testa.

Que tipo de roupa vou ter que usar?

* * *

RENDA.

Foi isso que Kylan quis dizer quando mencionou minha necessidade de roupas novas. O vestido transparente vermelho-escuro — se é que poderia ser chamado assim — deixava tudo exposto por baixo e terminava na parte superior das minhas coxas. Kylan colocou o paletó ao redor dos meus ombros para a viagem, mas eu sabia que desapareceria assim que chegássemos.

Ele se sentou ao meu lado na parte de trás da limusine, com a palma da mão na minha coxa enquanto olhava pela janela as luzes da cidade que cresciam. Mikael estava à nossa frente, usando camisa preta e calça e bebendo uma taça de vinho tinto com o rosto escondido de forma ameaçadora nas sombras.

A lua iluminava a paisagem de neve, que terminava em um duro bloqueio coberto por holofotes. Um calafrio percorreu minha coluna com as estruturas familiares que pontilhavam os perímetros — torres de vigilância. Vigílias cuidavam daquelas barracas, todas servindo ao único propósito de manter os humanos na linha. Eu queria me juntar a eles porque recebiam certos privilégios que outros não tinham. Tais como quartos decentes e comida.

A maioria diria que terminar em um harém real ou harém de clã era um destino ainda melhor por causa dos luxos oferecidos àqueles que serviam sexualmente a seus senhores. Depois de ouvir a maneira como alguns dos companheiros mortais foram tratados no Dia de Sangue, eu discordava totalmente.

Mas Kylan tinha sido bom para mim. Até demais.

A palma da sua mão apertou minha coxa quando a limusine diminuiu a velocidade, se aproximando dos portões principais da cidade.

— Tire o paletó e monte em mim, Raelyn. — Não era um pedido, mas uma ordem.

Argumentar não era uma opção, não com o perímetro de homens e mulheres com roupas de militares à espera de um motivo para ferir um escravo desafiador. Eles foram treinados para

87

capturar, não para matar, por um motivo.

Vampiros e lycans adoravam punir humanos rebeldes.

Eu não tinha vontade de entrar na lista de insubordinados.

A lã escorregou dos meus ombros quando me acomodei no colo de Kylan, e o vestido muito curto ficou preso nos meus quadris. Mikael soltou um ruído de apreciação para minha bunda claramente em exibição.

— Ela é linda, não é? — Kylan murmurou enquanto envolvia a palma da mão na parte de trás do meu pescoço.

— Muito — Mikael concordou.

— Ela tem um gosto incrível também. — Kylan falou contra a minha boca. — Abra, Raelyn.

Abri os lábios e estremeci quando sua língua entrou para marcar seu território da maneira mais sensual possível.

Merda, não queria gostar dele, mas o homem sabia como beijar. Ele não foi o meu primeiro, mas certamente foi o melhor. Tanta paixão, experiência e calor envolviam uma técnica que fazia meu corpo se arrepiar.

Ele me puxou para mais perto, encaixando o comprimento rígido da sua ereção em minha pele sensível. Um movimento para cima me deixou úmida e pronta, apesar da calça entre nós. Quase odiei sua capacidade de convencer meu corpo a levá-lo, mesmo quando minha cabeça resistia, mas não consegui acumular raiva suficiente para me importar quando ele pressionou contra mim novamente.

Ser desejada por um homem tão poderoso, ser tratada com tanta confiança, era uma sensação viciante.

Eu não deveria amar isso.

Não deveria gostar.

Mas de jeito nenhum podia me impedir de gemer em aprovação.

Seus incisivos perfuraram meu lábio inferior de forma brusca, se em repreensão ou excitação, eu não sabia. Doeu, e lágrimas se formaram em meus olhos quando ele se afastou para examinar o ferimento.

A janela zumbiu ao nosso lado, mas seu foco não se desviou da minha boca.

— Sim? — ele perguntou, seu tom de voz era tão duro que desejei nunca ouvi-lo se dirigir a mim dessa forma.

— Perdoe-me, Alteza. Não estávamos esperando sua chegada e...

— Preciso de um convite para vir a minha própria cidade? — ele questionou.

— N-não, meu...

A janela se fechou antes que o humano pudesse terminar. Kylan lambeu o sangue escorrendo pelo meu queixo e o seguiu até a minha boca. Seu murmúrio de aprovação foi direto para o meu coração, fazendo com que ele batesse em um ritmo caótico em minha caixa torácica. Ele havia me mordido de leve antes, mas isso era diferente, mais íntimo, mais premeditado.

Uma marca.

Ele me beijou com um propósito. Seus lábios dominaram os meus e não deixaram espaço para perguntas ou argumentos. Eu pertencia a ele. Para que ele me beijasse, transasse comigo e fazer o que quisesse. E ele queria que todos, inclusive eu, soubessem.

Minha cabeça girou com as sensações e emoções que me atacaram de uma só vez. Não entendi o que ele havia acabado de fazer, ou como havia feito, mas me forçou a me curvar à sua vontade.

Seu olhar brilhou quando ele soltou minha boca e suas pupilas estavam dilatadas com uma fome desenfreada.

— Você pode sobreviver a isso, cordeirinho.

Capítulo dez

EU ODIAVA A CIDADE, especialmente à meia-noite. Os vampiros estavam espalhados pelas calçadas e estradas, cumprindo alguma incumbência ou pegando algo para comer nos intervalos de trabalho. Vários usavam roupas gerenciais que designavam seus papéis na supervisão dos funcionários humanos da cidade. Ninguém queria fazer o trabalho duro necessário para manter nossa sociedade viva, daí o propósito mortal.

Um mundo cruel, mas prático.

O dinheiro fluía como sempre, apenas em diferentes moedas agora e para comprar itens mais úteis — como sangue.

E eu estava no topo da cadeia alimentar neste território, o que exigia certos protocolos. Como manter a presença de Mikael em segredo.

Mantive Raelyn no meu colo, caso fôssemos parados novamente e também porque gostava de tê-la ali. Ela se segurou nos meus ombros e seus cabelos ruivos caíram ao nosso redor quando a beijei de novo, desta vez com mais suavidade.

Tendo percebido ou não, ela já estava aprendendo meus gostos e preferências. Seus lábios se abriram para a minha língua, aceitando o que eu desejava e me concedendo acesso sem obstáculos.

Prendi os fios sedosos com os dedos, segurando-a onde eu a queria enquanto meu motorista dava uma indicação da nossa chegada, trancando o carro. Raelyn não percebeu, perdida demais em nosso abraço enquanto sua doce excitação envolvia meu pau e me implorava para fazer mais do que apenas beijá-la.

Com o tempo, eu faria.

Mas não agora.

Eu a afastei com um puxão suave em seus cabelos. Ela piscou para mim como se estivesse perdida e fez um biquinho.

— Mal me alimentei de você e já está bêbada de paixão.

Aquela pequena mordida das minhas presas em seu lábio inferior tinha sido o suficiente para marcá-la como minha posse, mas não o suficiente para uma prova adequada. No entanto, ela havia gostado da introdução.

Bati os dedos na janela, indicando que era seguro me perturbar agora.

Judith não perdeu tempo, me cumprimentando com uma reverência formal antes de terminar de abrir a porta.

— Meu príncipe.

Gavin e Karl se juntaram a ela de joelhos, esperando que eu permitisse que se levantassem.

Os três eram os mais confiáveis da minha equipe de segurança, sendo Judith a superior.

Levantei Raelyn do meu colo para colocá-la no assento ao meu lado enquanto saía do carro.

— Venha, cordeirinho. — Estendi a mão para ela se juntar a mim e encostei os lábios em sua têmpora enquanto ela obedecia sem discutir.

Ela estremeceu. A garagem aquecida ao nosso redor fazia

pouco para proteger sua pele exposta dos elementos invernais do lado de fora. Arrumei seu vestido, puxando-o para baixo e suspirei ao ver os três membros da segurança ainda ajoelhados.

— De pé — retruquei. — Status, Judith?

Minha tenente favorita endireitou as costas, encontrando meu olhar.

— Estamos seguros aqui, Alteza. Já coloquei o sistema de segurança em circuito até a suíte.

Eu sorri.

— Excelente. Mikael, gostaria de se juntar a nós?

— Claro, Alteza — ele murmurou, saindo do banco de trás com um sorriso para a equipe de segurança.

— Judith.

Um leve rubor tingiu suas bochechas quando ela respondeu:

— Mikael.

Meu virgem de sangue encantava todo mundo que o encontrava, provando que ele valia mais do que meu tempo e investimento. Daí o motivo para escondê-lo. O alvo em suas costas era quase tão grande quanto nas minhas, já que todos sabiam o que ele significava para mim. Nunca anunciei seu paradeiro. Esta viagem não era diferente.

Peguei o paletó na limusine e o envolvi nos ombros trêmulos de Raelyn.

— Vá na frente, Judith.

Ela inclinou a cabeça loira e se virou com Mikael ao seu lado. Eu segui, com a palma da mão apoiada nas costas de Raelyn para mantê-la comigo enquanto Gavin e Karl seguiam atrás de nós. A subida de elevador passou num piscar de olhos e nos levou a uma de minhas casas favoritas — uma cobertura luxuosa com sete quartos, banheiros privativos, duas cozinhas, várias salas de estar e janelas do chão ao teto com vista para a cidade.

Perfeição, opulência, lar.

Zelda apareceu no corredor. Seus olhos azuis estavam abatidos e havia um sorriso suave nos lábios. Alguns dos meus funcionários humanos chegaram antes de nós para preparar o espaço. Parecia um desperdício empregar equipes diferentes em cada uma das minhas casas, então exigia que viajassem comigo.

— O almoço da meia-noite está pronto — ela anunciou enquanto fazia uma reverência.

Mikael não perdeu tempo em seguir a chef loira. Raelyn permaneceu ao meu lado de forma obediente. Ela poderia ficar aqui sem medo de punição, mas evitei dizer isso a ela. Esta era a nossa rodada de treinos. Se ela passasse, eu a levaria comigo para visitar Tremayne. Se ela falhasse, eu a manteria aqui com Mikael sob a proteção de Judith.

Havia poucas pessoas em quem eu confiava as minhas posses valiosas, e Judith estava entre elas.

Tirei o paletó dos ombros de Raelyn e entreguei a Gavin.

— Está com fome, cordeirinho? — perguntei. Ela não comia nada desde o macarrão em casa, e isso foi há horas.

— Sim, alteza — respondeu com a voz baixa e abafada.

Por enquanto, tudo bem.

— Então vamos seguir o Mikael, sim? — Cutuquei suas costas com a palma da mão, direcionando-a para o lugar de onde Zelda tinha vindo.

Os passos de Raelyn eram firmes, mas seu coração disparou em meus ouvidos. Parecia ter passado muito mais que vinte e quatro horas desde que a selecionei para o meu harém, o que era estranho. A expectativa de vida em geral passava rapidamente, não devagar, mas eu parecia estar saboreando meu tempo com ela como se fizesse um ano a cada minuto.

Mikael olhou para cima quando entrei, sua expressão não demonstrava arrependimento por ter sido pego em pé entre as pernas de Zelda. Ela estava sobre o balcão, com as bochechas vermelhas e os lábios entreabertos.

— Vejo que você tinha outra refeição em mente — murmurei. Raelyn congelou ao meu lado.

Meu virgem de sangue deu de ombros.

— Você pode me culpar depois daquele show na limusine?

Arqueei uma sobrancelha.

— Está sugerindo que não cuidei de você antes?

Suas covinhas apareceram para mim.

— Isso foi antes da minha soneca.

— Insaciável — falei, retribuindo o sorriso antes de focar na

93

mulher tensa ao meu lado. — Raelyn, coma alguma coisa e vista o que Mikael lhe der. Partimos em uma hora. — Me virei e depois olhei de volta para meu virgem de sangue com um olhar aguçado. — Mikael, não faça bagunça na minha cozinha.

Ele bufou em resposta e o som soou atrás de mim quando fui direto ao meu escritório para fazer as ligações necessárias.

A essa altura, minha presença na cidade seria conhecida, pois a notícia se espalhava rapidamente. Ninguém gostava das minhas visitas surpresa e era exatamente por isso que as escolhia.

Judith se juntou a mim, com o telefone na mão.

— Para onde você está indo, Alteza?

Sorri para a minha tenente, sempre preparada. Ela ajudaria a desmontar o sistema de segurança.

— Pode se sentar, Judith. Tenho uma lista de arranjos para esta visita. — Ficaríamos por algumas semanas para limpar essa bagunça e enquanto eu estiver aqui, posso convidar alguns membros da realeza.

Que melhor maneira de restringir a lista de suspeitos do que dar uma festa? O álcool afrouxava as línguas e proporcionava um terreno fértil para comportamentos suspeitos. Também me daria a oportunidade de reafirmar meu lugar como o ser vivo mais antigo das linhagens reais.

Sim, a política dos vampiros era uma dança desonesta que eu dominava através dos tempos.

Raelyn seria minha isca.

E o culpado tentaria morder.

Bem-vindo à Kylan City. Eu te desafio a vir brincar.

* * *

— HUMM, VOCÊ ESTÁ UMA DELÍCIA, cordeirinho.

Raelyn estava no vestíbulo usando um vestido preto e com os cabelos ruivos presos para expor o pescoço. A renda era entremeada com seda, deixando-a coberta de forma sedutora nos lugares certos. Acariciei o decote com o dedo. Os mamilos se eriçaram em resposta. A cor rosada estava escondida, mas a forma estava perfeitamente delineada.

As fendas nas pernas tornavam desnecessário retirar o vestido, mas era provável que eu me entregaria a esse prazer mais tarde.

Beijei seu pulso acelerado e passei o nariz da sua garganta até a orelha.

— Mikael me disse que você tem sido a imagem da obediência. — Parei no quarto dele quando estava a caminho de encontrá-la no saguão. — Infelizmente, em vez de recompensá-la, preciso que você me acompanhe no que, provavelmente, será uma visita desagradável.

Inclinei seu queixo, forçando-a a olhar para mim.

— Sei que o seu treinamento universitário a preparou com os protocolos adequados, mas essa reunião vai muito além do que o treinamento que você teve. Como tal, estou inclinado a lhe dar uma palavra segura. Se, a qualquer momento, você sentir que está prestes a quebrar o decoro, me chame de "Sua Alteza" e farei o possível para melhorar a situação. Caso contrário, continue me chamando de "meu príncipe" para que eu saiba que você está bem. Entendeu?

Era a única clemência que eu podia conceder a ela e, mesmo assim, não garantia que eu poderia ajudá-la. A sociedade vampírica mantinha certos requisitos para os humanos e, embora eu não os admirasse, os entendia.

Os seres humanos eram seres inferiores, seu lugar na base da cadeia alimentar era bem estabelecido. Mas, diferentemente de muitos da minha espécie, escolhi me lembrar de como começamos — como mortais.

Raelyn engoliu em seco e suas pupilas queimaram.

— Entendi, meu príncipe.

— Kylan — corrigi. — Quando estivermos sozinhos, me chame de Kylan.

— Kylan — ela repetiu. — Estou tentando obedecer — acrescentou com um ligeiro toque afiado em seu tom que forçou meus lábios a se contorcerem.

— Aqui está minha mulher espirituosa — murmurei, passando o polegar sobre a marca que deixei em seu lábio. — Não a perca hoje à noite, Raelyn. Espero brincar novamente com ela mais tarde.

— Você quer que eu te obedeça em um momento, depois me rebele no seguinte. — Ela semicerrou os olhos. — Eu seria punida por te chamar de volúvel, Kylan?

Eu ri.

Certamente já fui chamado de coisa muito pior.

— Ah, cordeirinho, estamos apenas começando. — Ela ainda não tinha visto minha máscara cruel, mas estava prestes a ver. — Vamos lá.

Capítulo onze

RAE

Λ MÃO DE KYLAN QUEIMAVA na minha lombar quando ele entregou as chaves do carro a um humano. Ele insistiu em dirigir, tirando um elegante carro de dois lugares da garagem que lembrava o veículo em que havíamos entrado após a seleção do Dia de Sangue.

Isso foi ontem à noite?

Parecia que havia acontecido há uma década.

Uma mulher usando um terno feito sob medida abriu a porta para nós com uma reverência, seu estremecimento foi evidente.

Kylan nos guiou pela porta e ignorou a mulher.

Vários vampiros se amontoavam no interior, alguns sentados em sofás de couro, outros no lounge perto de um bar com televisões grandes e muitos de pé na fila diante de uma longa mesa de madeira acolhedora.

Segui os movimentos de Kylan quando ele me levou a um conjunto de elevadores nos fundos. Sua impressão digital nos levou para baixo e um humano apareceu.

— Posso ajudá-lo, senhor?

Sua mão contra a minha lombar ficou tensa quando Kylan se dirigiu ao homem.

— Você tem alguma ideia de com quem está falando?

Um arrepio percorreu minha coluna com a letalidade do seu tom. Se referir a um membro da realeza como algo diferente de *meu príncipe* ou *Sua Alteza* era uma ofensa grave, especialmente para um humano.

— Eu-eu... não... sua-sua...

Saltos ecoaram no chão de mármore, se aproximando da esquerda e silenciando o pobre garoto que caiu de joelhos.

— Alteza, peço desculpas. Não esperava sua presença ou teria informado adequadamente meus funcionários. Por favor, me perdoe. — Uma mulher se ajoelhou ao lado do homem, com a cabeça de cabelos escuros inclinada.

O elevador escolheu aquele momento para chegar.

Se fez silêncio ao nosso redor — todos esperavam por uma resposta. Kylan finalmente foi notado e reconhecido.

Em vez de lhes dar um show, ele me guiou para o elevador, apertou um botão e permitiu que as portas se fechassem. Não ousei falar ou pedir uma explicação. O garoto havia insultado sua posição. Teria que pagar por isso. Todos os humanos eram ensinados a reconhecer a realeza desde muito novos. Como aquele humano não percebeu que aquele era o responsável por sua própria região estava além da minha compreensão.

Kylan pressionou o polegar nas minhas costas, massageando círculos suaves.

Ele estava tentando me tranquilizar? Me acalmar?

Um *ding* anunciou nossa chegada e o movimento nas minhas costas parou.

As portas se abriram, e vi dois homens com armas, as duas apontadas em nossa direção. Forcei meu olhar para o chão, não querendo encorajar retaliação, mas não era necessário. Eles ficaram de joelhos com murmúrios de desculpas ao reconhecer Kylan.

Ele os ignorou e me acompanhou até uma suíte ornamentada com janelas com vista para a cidade — bem como sua própria casa. Foi preciso um esforço para não analisar os arredores com os móveis elegantes brilhando sob as luzes.

Ouro, percebi.

Também revestia o chão, abrindo caminho entre as pedras de mármore, exalando riqueza desperdiçada.

Kylan não parecia perturbado ou impressionado, a palma da mão continuava firme nas minhas costas enquanto ele nos conduzia por alguns degraus até uma sala de estar cheia de sofás macios ao redor de uma mesa de metal — *ouro* — de grandes dimensões.

Duas humanas estavam em cima dela, nuas, dando prazer uma à outra.

Kylan me soltou para rodeá-las, me deixando sozinha e com frio.

— Sua Alteza — um homem cumprimentou ao entrar na sala enquanto abotoava a camisa.

A falta de sapatos e meias sugeria que ele havia se vestido com pressa. Ele inclinou a cabeça, mas não se ajoelhou como os outros, indicando sua classificação mais alta na sociedade. Desviei o olhar, sabendo que não devia fazer contato visual.

— A que devo a honra?

— Ouvi dizer que você teve uma noite agitada, Tremayne. — Kylan passou o dedo pela coluna da mulher que estava deitada em cima da outra, e sua voz soou intrigada. — Parei para saber mais e trouxe minha nova escrava para uma possível lição.

Por isso ele me deu uma palavra segura.

Meu estômago se apertou com o reconhecimento e as palmas das minhas mãos ficaram subitamente úmidas.

Se ele me pedisse para me juntar a essas mulheres na mesa... ah deusa, eu não conseguia nem processar a ideia. Esse tipo de treinamento tinha sido um curso opcional na escola, que ignorei em favor de uma aula de esgrima. Minhas qualificações para sexo oral eram apenas para homens.

— Ela é linda — Tremayne falou e senti seu olhar em minha

pele. — Uma ruiva rara. Tipo sanguíneo?

— B positivo. — Kylan voltou para o meu lado e deu um passo atrás de mim, com as mãos nos meus ombros. — Gostaria de olhar mais de perto?

— Sempre.

Kylan enfiou os polegares sob as alças do vestido e as deslizou dos meus ombros, pelos meus bíceps e mais para baixo, expondo meus seios. Meus mamilos intumesceram no ar frio e meus braços se arrepiaram até onde sua mão parou, logo abaixo do meu cotovelo.

— Responsiva — Tremayne elogiou, baixando a voz para um tom que agitou meu interior. Ele se aproximou o suficiente para que eu sentisse seu hálito cheirando à álcool. — Rosada também. Escolha notável, como sempre, meu príncipe.

Kylan beijou minha nuca e puxou as alças, cobrindo meu peito.

— Concordo — ele murmurou e apoiou as mãos nos meus quadris. — Agora, me conte o que aconteceu. — Ele me puxou para trás e se sentou no sofá, me guiando para a almofada ao seu lado.

Tremayne se sentou à nossa frente, deixando as mulheres na mesa entre nós.

— Suponho que esteja se referindo à minha erradicação de membros inúteis da equipe?

— Sim. — Kylan brincou com a fenda do meu vestido enquanto falava e sua mão deslizou para dentro para descansar contra a minha coxa nua. — Eles te enganaram de alguma maneira?

— Me entediaram. — Seu tom sugeria que só isso justificava o extermínio. Kylan deve ter olhado para ele, dizendo que precisava de mais detalhes, porque Tremayne suspirou de forma dramática.

— Desejei uma mudança de ritmo, carne nova para brincar. Essas duas estão fazendo um teste para um papel de substituição em minha casa, assim como as três que deixei no meu quarto.

— A vencedora ganha o emprego — Kylan traduziu enquanto sua mão marcava a minha pele. — E as perdedoras?

— Não merecem viver. — Tremayne deu um tapa na bunda da mulher que estava por cima. — Esta, atualmente, está ganhando, tendo feito a vadia de baixo gozar duas vezes até agora. Mas, honestamente, não estou muito impressionado com nenhuma delas, e é por isso que as deixei aqui para praticarem juntas. As universidades com certeza precisam de instrutores melhores, Alteza.

Kylan não respondeu imediatamente, seu toque subindo mais pela minha perna para alcançar o ápice entre as minhas coxas.

— Isso é verdade, Raelyn? Você se sente preparada de forma inadequada para me servir oralmente?

Seus dedos roçaram minha intimidade, provocando um choque em meu corpo.

Não queria gostar disso.

Não aqui.

Nem agora.

Mas meu corpo parecia determinado a negar a razão, a lembrança de seu toque reacendendo uma chama destinada apenas para ele.

Engoli em seco, subjugando as sensações e me concentrando em sua pergunta.

— Meus estudos — comecei lentamente, considerando cada palavra antes de pronunciá-las — me prepararam para satisfazer sexualmente os homens, meu príncipe. Como resultado, me sinto confiante em minhas habilidades orais. — Algo que ele já sabia depois de me perguntar sobre minhas notas mais altas.

Ele acariciou de leve a abertura do meu sexo.

— Tendo a posse de Raelyn há apenas um dia, ainda não senti o prazer da sua boca, mas suas notas eram bastante altas. Vamos colocar sua teoria à prova, Tremayne? Ver se Raelyn faz jus aos meus padrões? Porque eu lhe asseguro, eles são bem altos.

Aqui?

Na frente de Tremayne?

Minhas mãos umedeceram, apesar do gelo que deslizou pela minha coluna. *E se eu falhar?*

— E se a minha teoria for comprovada? — Tremayne perguntou.

— Então, examinarei o assunto pessoalmente com Raelyn como minha pupila estrela para fins de demonstração. — Ele deslizou um dedo dentro de mim, pontuando seu argumento e levando meu coração a um ritmo caótico. Eu não sabia o que esperar dessa visita, não fazia ideia de onde ele pretendia me levar, e esse era o objetivo.

Ele era meu dono.

Para fazer o que quisesse, incluindo me comer com os dedos na frente de um vampiro subordinado.

Eu não tinha escolha.

Nem argumento.

Nenhuma vontade.

Sem direitos.

Sou propriedade de Kylan.

A noção me atingiu tão rápido que minha respiração ofegou. Menti para mim mesma nas últimas vinte e quatro horas, fingindo ter uma chance contra um membro da realeza quando isso não existia. Perdi a cabeça, não consegui me lembrar da minha posição neste mundo, e Kylan estava me colocando de volta no meu lugar sem esforço.

Seu beijo durante a cerimônia de seleção me deixou em dúvida.

Não, minha mordida sem querer tinha me levado por esse caminho. Aquele aperto acidental da minha mandíbula havia virado um gene desafiador escondido dentro de mim — o desejo inconfundível de lutar. Eu queria morrer com a dignidade intacta.

Meu maior erro foi acreditar que Kylan me mataria imediatamente em resposta.

Mas é claro que ele não faria. Isso seria fácil demais.

Não, ele queria apagar a luz dentro de mim antes de me conceder a morte.

Não haveria dignidade quando ele terminasse comigo.

Outro truque mental, assim como a seleção da Copa Imortal.

Outra maneira de quebrar o espírito humano.

Isso explicava seu comportamento inconstante. Ele queria que eu me opusesse porque prolongava seu entretenimento, mas também precisava que eu seguisse suas ordens para provar seu poder sobre mim. Exceto que ninguém jamais questionaria sua superioridade, nem mesmo eu.

— Mas se ela provar que você está errado — ele continuou

com a voz baixa. — Então teremos uma conversa muito séria sobre o potencial humano e como eliminar adequadamente membros indesejados da equipe.

— Eliminar adequadamente? — Tremayne repetiu, bufando.

— Eu os queimei, assim como você fez com seu harém.

O lembrete deixou minhas pernas tensas, o que resultou em Kylan deslizar um segundo dedo dentro de mim — profundamente. Uma punição por reagir? Apertei em volta dele, meus músculos não acostumados à intrusão. Meu treinamento incluiu penetração superficial, uma maneira de manter minha inocência intacta, algo que ele estava perigosamente perto de descobrir.

Alguns humanos escolhiam passar por um treinamento erótico mais aprofundado, incluindo a relação sexual, principalmente porque desejavam estar em um harém.

Eu nunca quis estar em um harém ou ser usada para gratificação sexual.

Me tornar vigília ou competir na Copa Imortal foi o caminho que escolhi.

— Fiz? — Kylan perguntou, desafiando-o. — Não me lembro...

Um gemido vindo da mesa o interrompeu, quando a mulher que estava por baixo começou a gozar. Os dois homens admiraram o show, fazendo a bile subir pela minha garganta.

Tremayne bateu na bunda da humana que estava em cima novamente, deixando sua pele avermelhada.

— São três, querida. Continue.

A mulher por baixo se contorceu e seus gemidos se transformaram em protesto, indicando que seu corpo não estava pronto para mais.

— Você vê o meu problema? — Tremayne perguntou, de pé.

— Troque de posição. Agora.

Um par de olhos verdes em pânico encontrou os meus quando as humanas saltaram para obedecer. Foi preciso um esforço considerável para não reagir. Não querer me juntar a elas foi um bom motivador para permanecer parada.

Kylan continuou me acariciando como se nada tivesse

acontecido, como se a mulher agora deitada em cima não tivesse linhas vermelhas maculando sua pele por estar na superfície dura.

Tremayne empurrou seu traseiro até a outra mulher, fazendo-a gemer em protesto. A mão dele estalou na bunda dela com tanta força que eu me encolhi.

— Faça o seu trabalho, vadia — ele grunhiu, pontuando suas palavras com outro tapa.

Kylan riu.

Puta merda, ele riu.

Mas é claro que riria. Este era o seu playground, uma versão reduzida dele. Ele preferia a dor. Punição. Sofrimento.

— Raelyn goza lindamente, algo que descobri no início desta noite. — O movimento entre minhas pernas mudou, seu polegar passou a deslizar para cima para acariciar meu clitóris. — Talvez ela deva dar uma demonstração de como exibir seu prazer de forma adequada. Então ela pode retribuir o favor, provando seu valor oral. Supondo que você esteja interessado na oferta de testar sua teoria anterior, é claro.

— Quero me juntar a você na investigação das universidades.

— Um pedido ousado.

— A descoberta foi minha — ele pressionou.

O toque de Kylan parou e seu polegar repousando sobre minha intimidade sensível.

— Certo. Se Raelyn se mostrar insatisfatória, vamos confrontar as universidades juntos. Mas tenho uma exigência, Tremayne.

— Continue.

— Se ela provar seu valor, não discutiremos apenas o descarte adequado de membros da equipe, mas você me dirá por que todos nesta cidade têm a impressão de que eu emiti um decreto de extermínio.

Capítulo doze

RAE

O AR NA SALA ESFRIOU CONSIDERAVELMENTE.

Com as mãos determinadas entre minhas pernas, Kylan demonstrou toda sua desaprovação.

— Você... não emitiu um decreto? — Tremayne perguntou, e a primeira pontada de inquietação apareceu em seu tom.

— Não, não emiti. — Ele removeu o dedo, levando a mão até a minha boca. — Abra, Raelyn.

Abri os lábios, permitindo que seus dedos entrassem e revestissem minha língua com o sabor da minha própria excitação. Era um gosto novo, que nunca experimentei, e que provocou uma nova onda de calor entre minhas pernas, apesar da tensão que nos rodeava.

— Não se faça de bobo, Tremayne — Kylan falou, parecendo

entediado. — Não emito decretos indiretamente, algo que você está cansado de saber, então, sabe o que acho? — Ele se retirou da minha boca e passou os dedos úmidos pela minha bochecha e pescoço. — Acho que você tem espalhado boatos com base em suposições. Prove que estou errado. — Ele cruzou a perna e apoiou o braço sobre os meus ombros.

Tremayne se levantou.

— Se me permitir um momento, preciso do meu telefone.

Kylan fez um gesto de desdém com a mão.

— Estou esperando.

— Vossa Alteza. — Ele fez uma reverência antes de sair correndo da sala, nos deixando a sós com as mulheres que continuavam se acariciando. Elas deviam estar exaustas e, devido à falta de gemidos, claramente não estavam se divertindo.

— De joelhos, Raelyn — Kylan murmurou. — Entre as minhas pernas.

Meu coração acelerou.

Ele não queria dizer...

Ele realmente não queria que eu...

Não depois...

Ele moveu o braço, apoiou a palma da mão em minha nuca e a apertou.

— Agora, Raelyn.

— Sim, meu príncipe — murmurei, com a garganta seca.

Fui para o chão. Meus joelhos sofreram contra o piso de mármore no mesmo instante. Com a cabeça inclinada, coloquei as palmas das mãos em suas coxas, esperando seu próximo comando.

— Prove seu valor, cordeirinho. Me mostre como você conseguiu essas notas nos testes. — O desafio estava presente em suas palavras.

Ele não acreditava nos meus registros acadêmicos?

Ou era por causa dos comentários de Tremayne sobre as universidades?

Uma combinação dos dois?

Levei as mãos que estavam em suas pernas fortes até o cinto e o abri sem hesitar. Se ele queria que eu demonstrasse minhas habilidades, validasse minha educação, que assim fosse.

Sempre me destaquei em testes.

Isso não seria diferente.

Abra o botão.

Pronto.

Agora, o zíper.

Engoli em seco quando minhas ações revelaram seu pau mais do que impressionante. Silas era minha única comparação, e eu não me lembrava de ele ser tão... avantajado.

Kylan relaxou e apoiou os braços nas costas do sofá.

— Já estou entediado, Raelyn. Talvez Tremayne tenha razão, hum? Preciso deixar você aqui para aprender com os outros brinquedos dele, já que não tenho um harém para ensiná-la de forma adequada?

Semicerrei os olhos. Não. De jeito nenhum eu queria ser deixada aqui. Não seria necessário.

A menos que eu estragasse tudo.

O que não vou fazer.

Espero.

Faça isso, Rae. Finja que é Silas.

Mas definitivamente não era o Silas. Nem em tamanho, estatura ou poder.

Não, Kylan era maior, mais longo e muito mais intimidador.

Passei a mão ao redor da sua ereção. *Isso não vai caber dentro de mim.*

Vai. Tem que caber.

Minhas coxas se apertaram com o pensamento de ele penetrar minha inocência e uma dor estranha queimou na minha barriga. Aquilo me fez sentir um pouco tonta.

Ele seria duro. Exigente. Talvez até cruel.

Como se sentisse meus pensamentos, ele passou os dedos pelos meus cabelos e puxou minha cabeça para trás para encontrar seu olhar ardente.

— Não estou sendo claro? — ele perguntou, me segurando com mais firmeza. — Chupe o meu pau, Raelyn.

— Sim, meu príncipe. — O tom rouco da minha voz traiu meu nervosismo, e o arquear da sua sobrancelha confirmou que ele também percebeu. Ou, mais provavelmente, essa era a sua maneira de expressar irritação.

O que há de errado com você? Você sabe como fazer isso.

Mas é Kylan...

Apenas faça!

Acariciei seu pau, descobrindo a textura sedosa. Muito longo, macio e duro. Me inclinei e passei a língua no mesmo lugar onde estava minha mão — da base à cabeça. Seus dedos se enroscaram ainda mais no meu cabelo, deixando sua impaciência clara. Abri os lábios sobre a ponta, deslizando tanto quanto minha garganta permitia e chupando enquanto o levava para dentro.

— Sua Alteza, meu telefone — Tremayne anunciou, aparecendo ao meu lado.

Comecei a me afastar, mas Kylan me empurrou de volta, fazendo com que seu pênis fosse ainda mais fundo do que antes. Meu treinamento manteve o reflexo de vômito afastado, permitindo que eu tomasse um impulso forte, mas minha respiração vacilou.

Ele estendeu a mão oposta.

— O que estou procurando? — perguntou, parecendo completamente imperturbável.

Minha garganta trabalhou quando tentei inalar e falhei. A mão dele me segurou no lugar, recusando minha tentativa de me mover.

Ele percebe que não consigo respirar?

Não poderia usar a palavra segura, não que eu esperasse que ele a ouvisse, de qualquer maneira.

— O segundo item — Tremayne apontou. — Mostra você como o remetente.

Olhei para o rosto de Kylan, mas ele estava muito ocupado estudando o dispositivo para perceber. As lágrimas nublavam minha visão e meus pulmões queimavam com a necessidade de ar. Engoli em seco — ou tentei — causando um aperto na garganta. Seu alcance mudou apenas o suficiente para me permitir uma inspiração que instantaneamente esfriou meu interior.

— Humm, certo — ele murmurou, seu aperto afrouxando ainda mais. — Continue, Raelyn — disse baixinho, com o foco ainda no aparelho na outra mão.

Chupei-o profundamente de novo — a ponto de quase sentir

dor — e o suguei com tudo que tinha. Sua falta de reação quase me irritou. Ele parecia muito consumido pelo que estava fazendo com o aparelho de Tremayne para perceber meus esforços. Tentei novamente, segurando a base com a mão e engolindo-o até onde estava a minha mão.

A leve pressão na minha cabeça e a contração de seus dedos, confirmou que estava funcionando, apesar da sua expressão firme.

De novo, decidi, aperfeiçoando o movimento, girando minha língua em sua ponta. Uma pitada da sua essência salgada vazou da cabeça, me incentivando a seguir adiante.

Seu aperto no meu cabelo aumentou de novo, e suas coxas tensionaram.

— Vou ficar com isso. — Ele colocou o telefone de Tremayne no bolso e deslizou a palma da mão na parte de trás do meu pescoço. — Meu técnico precisa rastrear essa mensagem, pois ela não foi enviada por mim.

— Não sabia, Alteza. Eu pensei...

— Não, Tremayne — ele grunhiu, apertando minha nuca enquanto assumia o controle do meu ritmo. — Quer saber por que não vou nomear você soberano? Porque você não pensa. Você nunca pensa. — Kylan encostou a cabeça no sofá. — Puta merda, ela agora está provando que você está errado.

Quase sorri, mas ele se enfiou na minha garganta novamente.

— Essa mensagem veio de você — Tremayne retrucou. — Como é que eu deveria saber que não era verdadeira?

— Porque um bom subordinado conhece a sua realeza — Kylan respondeu e expirou com força enquanto as pernas se esticavam ao meu redor. — *Puta merda*, Raelyn.

O calor floresceu dentro de mim ao ouvi-lo perder o controle por minha causa. Este homem poderoso estava perdido na minha boca, com os movimentos sutis da minha língua contra sua cabeça sensível, pelo jeito que chupei profundamente quando ele alcançou o ponto certo na minha garganta.

— Sua avaliação da universidade... — Ele parou com um grunhido baixo, o som predatório queimando meu ser. — É imprecisa. — Meu couro cabeludo doía com a força com que ele me segurava enquanto meu coração batia alto nos meus ouvidos.

Sempre vi isso como um ato destinado exclusivamente ao homem, mas foi para mim também. Ver sua mandíbula ficar rígida, sentir suas mãos me apertarem com mais força e sentir o orgasmo se formar dentro dele — era uma forma de intoxicação inebriante pela qual eu poderia facilmente me viciar.

Ele podia possuir meu corpo, mas neste momento, eu possuía o seu.

— Sua Alteza...

— Chega. — O pau de Kylan pulsou dentro da minha boca enquanto seus dedos apertavam meu cabelo. — Engula, Raelyn. Tudo. — Ele me empurrou para baixo, me forçando a levar seu sêmen diretamente para a garganta quando seu prazer explodiu com um gemido.

Engoli sua essência salgada sem vacilar. Meus olhos estavam em seu rosto, memorizando cada centímetro do seu êxtase.

Um homem tão bonito.

Eu já tinha notado antes, mas era ainda mais evidente agora. Seus lábios cheios estavam entreabertos, suas feições aristocráticas estavam, de certa forma, menos rígidas e seus olhos escuros tinham mudado para um tom de marrom que parecia chocolate derretido com desejo e aprovação brilhando em suas profundezas. Ele olhou para mim e um sorriso apareceu no canto dos lábios.

Levei um momento para perceber o porquê.

Estava olhando para ele sem permissão.

E me esqueci completamente da minha necessidade de respirar.

Seu aperto afrouxou quando comecei a me afastar, sugando para garantir que eu tivesse até sua última gota, então baixei o olhar para seu pênis ainda ereto.

Até essa parte dele era linda.

Claro. Porque todos os vampiros eram lindos.

— Ah, querida, você com certeza fez por merecer suas notas altas. — Kylan acariciou o polegar no meu pulso, mantendo a mão em minha nuca enquanto a outra estava em seu abdômen. — Sua teoria não poderia estar mais incorreta, Tremayne. O que significa que agora discutiremos sua disposição inadequada da propriedade humana.

Tremayne bufou.

— Por que acha que acreditei no decreto, Kylan? — O uso informal do nome fez Kylan ficar imóvel embaixo de mim. — Você matou seu harém. Por que não podemos fazer o mesmo? Eles são apenas humanos.

O grunhido vindo da mesa se tornou um grito quando algo quente e viscoso caiu nas minhas costas. Um murmúrio encheu o ar, o som de alguém lutando para respirar, seguido de um barulho de alguém engolindo.

Kylan não se mexeu ou reagiu. Sua postura relaxou enquanto ele colocava a mão do meu pescoço à minha cabeça para começar a acariciar meu cabelo.

Outro grito ecoou, me fazendo estremecer.

Ele as está machucando.

Não pude ver, mas pude sentir.

E é sangue que escorre pelas minhas costas.

Sangue das mulheres.

E Kylan não está fazendo nada para impedir.

— Terminou de fazer birra, Tremayne? — ele perguntou depois de um instante, com um tom entediado.

— Não foi assim que você matou seus humanos? — ele questionou. — Por que não demonstra com a nova? Me mostre como você prefere que seja feito, pois é nítido que você acha que estou fazendo errado.

Meus ombros ficaram tensos e meu coração se apertou.

Ele não vai fazer isso.

Ele pode.

Kylan continuou me acariciando, passando os dedos pelas meus cabelos. Em seguida, ele suspirou.

— Levante-se, Raelyn.

Senti um nó na garganta, tornando impossível engolir. *O que ele vai fazer? Me matar? Me dar a Tremayne?*

Fechei os olhos, me recusando a deixá-lo ver as lágrimas que ameaçavam minha visão, e me levantei devagar. Nem mesmo a dor nos meus joelhos poderia me distrair dos batimentos cardíacos no meu ouvido.

Kylan também se levantou, seu calor corporal fazendo pouco para dissipar o frio que envolvia meu ser.

111

O som dele fechando as calças e ajeitando o cinto me fez morder o lábio inferior, e minhas pálpebras se recusaram a abrir. Em seguida, ele acariciou minha bochecha e me deu um beijo na testa.

— Por que eu mataria uma mulher com habilidades orais tão fantásticas, Tremayne? — Ele perguntou contra a minha pele. — Nem aproveitei tudo que ela pode oferecer.

Quase caí em seus braços, aliviada, mas ele já estava me deixando de lado.

— É isso que você não entende — ele continuou, se afastando de mim e indo em direção ao outro homem. Olhei para o chão.

Havia sangue respingado no ouro.

Sangue humano.

Das duas mulheres.

Os cadáveres estavam sobre a mesa, as gargantas cortadas e as expressões de terror congeladas para sempre.

Meu estômago se rebelou, ameaçando expulsar minha refeição anterior. Apertei a mandíbula, me recusando e fazendo meu corpo tremer com o esforço.

— Você simplesmente não entende — Kylan continuou, colocando as mãos nos bolsos. — Um humano pode não ter mais utilidade para você, mas isso não torna o mortal inútil para os outros. Você pode comprar e vender propriedades, Tremayne. Expliquei isso para você várias vezes.

— Quem gostaria de comprar bens usados? — ele respondeu, sua postura quase agressiva. — Não foi por isso que você matou seu harém? Por que não valiam mais nada?

Kylan tirou o paletó e o colocou no sofá.

— Outra coisa que você não entende, Tremayne, é que todas as propriedades nesta região me pertencem. Isso inclui todos os bens – materiais ou não – dos vampiros sob meus cuidados. O que significa que aqueles humanos que você acabou de matar – aqueles que estavam fazendo testes e ainda nem eram sua propriedade – eram meus. Como todos os outros que você matou hoje cedo.

Tremayne zombou.

— Vai me castigar por algumas vidas exterminadas depois do exemplo que deu? Isso é ótimo.

— E por último. — Kylan fez uma pausa para começar a arregaçar lentamente as mangas da camisa. — Você não parece nada arrependido por suas ações.

— Você quer que eu peça desculpas por cometer os mesmos atos que você. — Tremayne realmente riu, parecendo estar realmente se divertindo. — Então, o quê, só Kylan, o membro da realeza pode matar escravos quando se cansa deles? O resto de nós precisa pedir permissão?

— Os seres humanos podem ser propriedade, mas suas vidas são o que nos mantém prosperando. Matá-los sem propósito é inaceitável e não será tolerado em meu território.

— Então seu harém foi morto com um propósito?

— De fato. — Kylan expôs os antebraços quando suas mãos voltaram para a lateral do corpo. — Mas você está enganado sobre um elemento chave para tudo isso, Tremayne.

— Estou? E o que é, *Alteza*? — ele perguntou, zombando do nome formal.

— Eu não matei meu harém.

O braço de Kylan se moveu com velocidade impecável enquanto ele dava um soco no rosto de Tremayne, seguindo com outro golpe no abdômen do homem e um terceiro no peito, tudo num piscar de olhos. Enquanto isso, suas palavras ecoaram na minha cabeça.

Eu não matei meu harém.

Tremayne atacou Kylan com um rugido furioso, mas o nobre foi rápido demais para ele. A segurança correu para dentro da sala, mas um olhar de Kylan os manteve afastados.

Levei a mão à boca quando Tremayne usou a distração em seu proveito e atingiu a mandíbula de Kylan com o punho.

O nobre riu e balançou a cabeça.

— Você pode ser um dos mais velhos da minha região, Tremayne, mas ainda tenho quase dois mil anos a mais que você.

O lampejo de uma lâmina seguiu suas palavras, brilhando na luz enquanto atingia o crânio de Tremayne. Ele caiu no chão com um baque, mas foi pego por Kylan e levado até as janelas.

— Você está banido até que eu permita que você volte ao meu território. Aproveite o outono.

O som de uma batida ecoou.
Meu queixo caiu.
Ele acabou de jogar Tremayne pela janela.
Do último andar da torre do hotel.

Capítulo treze

KYLAN

O SUSPIRO DE RAELYN DESAPARECEU sob o vento que rugia através do vidro quebrado. Limpei a sujeira da minha camisa e desenrolei o tecido dos cotovelos, depois peguei o paletó no sofá.

Ela ficou boquiaberta com a destruição, seus ombros travados e cobertos de sangue graças à ridícula demonstração de Tremayne. Esse resultado já era esperado há muito tempo. Com frequência, ele testava meus limites, sempre procurando uma maneira de me superar.

Quem quer que tenha fingido ser eu, enviou esse decreto a ele com um propósito, sabendo que ele aproveitaria a oportunidade. O que significava que era alguém com conhecimento do meu território. Isso ainda sugeria Jace, considerando nossa proximidade, a menos que o culpado estivesse trabalhando com

115

alguém de dentro.

Eu daria o telefone a Judith e solicitaria que a equipe dela fizesse algumas investigações e verificasse se alguém mais recebeu mensagem semelhante.

Pelo que Angelica havia dito, parecia que Tremayne havia começado o boato da minha suposta declaração. Bem, isso seria resolvido. Agora mesmo.

— Venha, Raelyn — chamei acima do barulho do vento, estendendo a mão. Ela desviou com cuidado do sangue no chão. Seus braços estavam arrepiados.

Nós nos viramos, encarando meia dúzia de guardas armados, todos ajoelhados, de cabeça baixa e esperando minha ordem.

Certo.

A antiga equipe de Tremayne.

— Limpem essa bagunça — exigi. — Vocês terão um novo supervisor em breve. Certifiquem-se de que as garotas no quarto estejam vivas, e comprem comida e roupas para elas. Se alguém as prejudicar de qualquer forma, vou matar os culpados.

Já houve muitas mortes sem sentido neste edifício hoje à noite. Não ia adicionar aquelas mulheres à lista, mesmo que elas preferissem morrer depois do que Tremayne havia feito com elas.

Babaca doente.

— Sim, meu príncipe — o líder deles declarou com a cabeça ainda inclinada.

Não tendo mais nada a dizer, levei Raelyn comigo para os elevadores e a empurrei para dentro assim que ele chegou. Suas costas bateram na parede e seus lábios tremiam enquanto ela mantinha a cabeça baixa.

Por favor, não desmorone.

Apertei o botão de parada do elevador, forçando-o a permanecer no lugar, mesmo depois que as portas se fecharam.

Raelyn não se mexeu quando me aproximei, não vacilou quando alinhei o corpo com o seu — coxa contra coxa, pélvis contra pélvis — e segurei seu queixo entre o polegar e o indicador. Inclinei sua cabeça para trás para ver seus olhos.

As íris azuis brilhantes focaram em mim e suas pupilas queimavam.

Eu sorri. O tremor era do frio.

Bom.

— Há uma câmera aqui em cima, mas ela não tem som. Pode falar à vontade, Raelyn.

— E dizer o quê? — ela perguntou, sua voz rouca pela forma como abusei da sua garganta. Humm, eu precisava consertar isso.

— O que você quiser — murmurei, roçando os lábios nos seus.

— Mas primeiro... — Cortei a língua com o incisivo e a deslizei para dentro da sua boca. Ela estremeceu e apoiou as mãos no meu bíceps enquanto eu aprofundava o beijo, enviando meu sangue para sua garganta bonita e talentosa.

Depois da sua forma hesitante de acariciar meu pau, minhas expectativas sobre suas habilidades orais haviam diminuído drasticamente. Mas a mulher me surpreendeu. Não, ela me chocou. Normalmente, demorava até que as mulheres aprendessem minhas preferências e as colocassem em prática, inclusive sob pressão. Mas ela o fez rapidamente.

Perfeita.

Agradeci com a boca, a adorei com a língua e prometi retribuir o favor mais tarde.

Ela gemeu, se perdendo para as endorfinas da minha essência.

Troca de sangue com mortais era uma atividade rara, normalmente reservada para aqueles a quem um vampiro desejava proteger. Isso garantia mais cura, força e melhorava seus sentidos. Poderes temporários, por assim dizer, que poderiam facilmente se tornar viciantes. Mas se era assim que Raelyn reagiria, esfregando seu corpo ao meu, ela poderia beber de mim sempre que quisesse.

Lambi seu lábio inferior, a marca que deixei mais cedo agora estava curada, graças ao meu sangue. Humm, isso não importava. Qualquer vampiro que a cheirasse sentiria minha essência por toda parte.

Minha.

E eu não ia compartilhá-la.

Admirei seu olhar nublado pela luxúria enquanto esfregava o nariz contra o seu.

— Se sentindo melhor?

— O que você fez comigo? — ela perguntou, impressionada.

Eu ri e pressionei um dedo em seus lábios.

— Reavivei seu espírito com uma pequena chama imortal. — Eu a beijei novamente, adorando seu gosto misturado com a minha essência – sangue e sexo. Uma pontada de medo vibrou pelo ar, um sinal de que meus irmãos estavam começando a reagir à mensagem que eu havia dado lá embaixo.

Eles gostariam de saber o porquê.

E eu explicaria do meu jeito.

— Ainda não terminamos — avisei, me afastando de sua boca. — Tenho mais trabalho a fazer aqui.

Ela piscou para mim.

— Tudo bem.

Estudei sua expressão em busca de sinais de pânico. A agitação inicial acelerou seu pulso várias vezes, principalmente quando Tremayne sugeriu, de forma grosseira, que eu a matasse. Mas ela me olhou com calma, seus batimentos cardíacos estavam firmes e fortes e suas bochechas, coradas.

— Você continua sem ter medo de mim — fiquei maravilhado.

— Você precisa fazer mais do que jogar um idiota por uma janela para me assustar — ela sussurrou. Em seguida, seus olhos se arregalaram ao perceber o que havia acabado de admitir em voz alta. — Quero dizer...

— Você tem liberdade para falar abertamente quando estivermos sozinhos, Raelyn, especialmente se isso inclui chamar Tremayne de idiota, o que ele é.

— É? — ela repetiu, franzindo a testa. — Isso significa que ele não está...?

— Morto? — Terminei por ela. — Não, ele vai viver. Precisa de muito mais do que uma queda para matar um vampiro, mas vai demorar um pouco para ele se curar. Principalmente porque vou proibir qualquer um de ajudá-lo. Ele mereceu sua agonia e banimento. Ele que cuide de si mesmo, sem derrubar mais ninguém.

Cruel, talvez, mas necessário para afirmar meu poder. Eu não toleraria assassinatos sem sentido neste território, mesmo que acreditassem que meu comportamento fosse um exemplo.

Pressionei a testa na dela.

118

— O que nos leva à próxima tarefa da noite. Pronta?

— Você realmente precisa da minha permissão?

— Não.

— Então por que perguntar?

— Posso me importar pelo menos um pouco, Raelyn — declarei, me virando para apertar o botão do piso inferior. O elevador começou a se mover enquanto eu a mantinha contra a parede. — Não matei meu harém.

Ela engoliu em seco e manteve os olhos nos meus.

— Então quem fez isso?

— É o que estou tentando descobrir e, até isso acontecer, você vai me acompanhar em todos os lugares. Porque suspeito que quem fez isso vai querer fazer de você um exemplo violento.

Sua pulsação finalmente vacilou.

— O-o quê?

O elevador apitou, anunciando nossa chegada. Raelyn permaneceu imóvel e seu rosto empalideceu.

Bem, pelo menos suas reações seriam apropriadas agora.

Mesmo que fosse um pouco cruel lhe contar a verdade de forma tão abrupta.

Segurei seu queixo quando as portas se abriram.

— Não saia do meu lado e lembre-se do decoro. — Encostei os lábios nos seus e a soltei. — Venha.

Minha ira tecia uma nuvem sinistra no ar a cada passo. Os vampiros sob minha proteção poderiam sentir minha fúria, mesmo quando eu os observava de forma inexpressiva. Vários pararam de falar e ficaram de joelhos. Outros — os mais velhos da sala — inclinaram a cabeça em respeito enquanto os humanos choramingavam e caíam no chão de pedra em súplica, implorando por suas vidas.

Me movi devagar, com as mãos nos bolsos, examinando a todos. Raelyn seguiu ao meu lado, com o olhar baixo e a pele ainda pálida.

Ótimo. Era assim que um membro do harém deveria agir depois de ver o que aconteceu no andar de cima.

Myers entrou pela porta do saguão.

— Ele é a porra de um... — O vampiro de cabelos compridos

parou ao me ver no centro da sala e ajoelhou no chão.

— Termine sua declaração, Myers — indaguei, curioso. — Ele é o quê?

A pele bronzeada do homem ficou pálida, seu terror era palpável.

— Idiota, alteza.

— Quem?

Sua garganta tremeu quando ele conseguiu responder:

— Lorde Tremayne.

— Lorde? — repeti, rindo. — Certamente não. No entanto, ele está exilado até que eu diga o contrário. Qualquer vampiro que for encontrado ajudando-o de alguma maneira responderá a mim. Entendeu?

Um coro de "Sim, meu príncipe" e "Sim, Alteza" ecoou por toda a sala, ninguém ousando discutir ou me olhar nos olhos.

— Para quem estiver se perguntando, o crime que lhe valeu essa sentença foi a disseminação de informações falsas. Não matei e não vou tolerar a matança indiscriminada de mortais neste território. Se desejarem um banho de sangue, solicite um humano à indústria de alimentos ou entretenimento.

Acenei com a mão em direção à área de jantar do hotel designada a esse fim explícito. Vários humanos enfeitados com correntes estavam sobre as mesas, alguns mortos, outros mal respirando. Esse era o propósito deles. Alimentar um vampiro. Se eu concordava ou não com isso era um ponto discutível. Nós éramos vampiros. Humanos eram alimento.

Ninguém se atreveu a comentar ou fazer uma pergunta, então continuei.

— Tremayne exigiu o lembrete de que tudo nesta região me pertence, incluindo seus humanos. Não prejudiquem minha propriedade só porque estão entediados. É inaceitável e proibido.

Mais silêncio, mas uma pontada de descontentamento sublinhou a aceitação de todos.

— Tremayne argumentou que matar meu harém serviu como uma indicação de que todos vocês podem fazer o mesmo. Vou levantar apenas dois pontos. Primeiro, os membros do harém são servos sexuais que proporcionam entretenimento. Apreciá-los ao máximo é aceitável, assim como vocês podem se entregar às suas compras de entretenimento. Segundo, como minha propriedade, é minha prerrogativa fazer o que eu quiser. Se alguém não concordar com esses pontos, fale agora.

Claro que ninguém falou. E a sugestão de descontentamento também desapareceu.

Não, não estou enlouquecendo por conta da idade.

Sim, ainda sou o soberano de vocês.

E este é o meu território, porra. Se não gosta de como administro as coisas, vá embora.

— Bem, já que não ouvi perguntas, tenho um anúncio a fazer. De pé.

Os vampiros na sala rapidamente cumpriram meu comando enquanto os humanos permaneciam no chão, deixando Raelyn como a única mortal de pé. Gostaria de saber se ela percebeu o simbolismo nisso, que havia vantagens em estar no harém da realeza. Este era um deles.

— A posição de CEO do K Hotel Enterprise está oficialmente aberta. Aceitarei candidaturas ao longo da semana e tomarei uma decisão em um mês. — Quem eu selecionasse herdaria não apenas este hotel, mas também vários outros em todo o território, incluindo um no coração da cidade de Lilith. A competição pelo cargo seria divertida, pois vários vampiros nessa região tinham idade suficiente para assumir o antigo império de Tremayne.

— Espalhem as notícias — exigi, me referindo aos meus avisos, além da oportunidade de emprego.

A conversa se espalhou enquanto meus constituintes faziam o que foi solicitado, enviando mensagens para seus contatos e murmurando expectativas entre si. Alguns dos nomes mencionados eram aqueles com os quais eu entraria em contato diretamente.

— Vossa Alteza. — Cherise fez uma reverência com a saudação, de cabeça baixa e a sua interrupção insuportável. Ela não tinha aprendido a lição quando fechei o elevador na cara dela? — Mais cedo, eu queria...

Eu a silenciei com um movimento da minha mão no ar.

— O que você fez com o humano que falhou em me

reconhecer?

As vozes ao nosso redor se acalmaram, esperando o que viria a seguir.

Ela engoliu em seco.

— Eu-eu o entreguei à equipe da cozinha para o adicionarem ao menu.

Bem, eu supunha que era melhor do que matá-lo por conta própria.

— Essa punição implica que você o culpa por seu fracasso, não é?

— Ele deveria conhecer seu príncipe, Alteza. — Ela ergueu o queixo, sua posição sobre o assunto era claramente resoluta.

— Concordo. E quem você acha que é responsável por ensiná-los, Cherise?

As narinas dela se alargaram.

— As universidades, meu príncipe.

— Inicialmente, sim. Mas quem é responsável por manter esse conhecimento e preparar os humanos para interações cara a cara com a realeza?

Foi possível sentir uma pontada de medo no ar, e suas bochechas perderam a cor.

Tarde demais, Cherise. Você trouxe isso à tona novamente.

— Seus superiores, alteza.

— *Você*, como gerente de recepção, neste caso — traduzi. Eu teria deixado isso passar, já que tinha assuntos mais importantes que exigiam minha atenção. Infelizmente, Cherise teve que dizer algo para me lembrar da situação anterior. Na frente da sala toda. — Você enviou o humano para ser abatido na cozinha. Esse é o departamento de Maeve. — Procurei a vampira loira e a encontrei encostada na parede, com a expressão impassível. — Junte-se a nós.

Ela não hesitou, e suas botas de couro bateram contra a pedra a cada passo. O jeans e o suéter eram do século passado, denotando sua juventude. A maioria dessa geração escolhia conforto em vez de estilo.

— Meu príncipe — ela cumprimentou, se curvando em vez de fazer uma reverência.

— O humano ainda está vivo?

Ela apontou uma unha vermelha para o homem de cabelos castanhos em uma mesa na sala de jantar, sua forma nua em posição fetal e tremendo.

Então, sim, ainda respirando e intocado, pelo que parecia.

Excelente.

— O que acha de mudar para o gerenciamento da recepção, Maeve?

Os olhos castanhos brilharam.

— Seria uma mudança desejada, depois de supervisionar a cozinha, meu príncipe.

— Por acaso, tenho uma nova vaga, se você estiver interessada. Mas tenho uma exigência.

Cherise grunhiu.

— Sua Alte....

— Eu estava falando com você? — questionei, lhe dando o meu melhor olhar de fúria. — Ajoelhe-se, Cherise, e não ouse se levantar ou falar novamente até que eu diga o contrário.

O pulso de Raelyn disparou com o meu tom, me lembrando da sua presença ao meu lado. Apoiei a palma da mão na base costas sua coluna e dei um beijo em seu pescoço mais por hábito do que necessidade, o que fez com que algumas sobrancelhas na sala se arqueassem. Aparentemente, mostrar afeto pelo meu harém era inesperado. Ótimo.

— Como eu estava dizendo, tenho um requisito e envolve aquele homem. Quero que você o tire da mesa e o treine novamente. Considere isso um teste para a vaga. Voltarei no final da semana para avaliar sua melhoria. Se ele passar, você pode continuar o trabalho. Caso contrário, você voltará para a cozinha com o garoto.

Os lábios dela se curvaram.

— Obrigada por esta oportunidade, meu príncipe. Não vou decepcioná-lo.

Não, eu suspeitava que ela não iria.

— Excelente. Por favor, busque o humano e comece hoje à noite.

— Alteza. — Ela se curvou e se moveu com determinação em

123

direção ao refeitório.

Agora, tinha que lidar com a vampira aos meus pés. Suspirei enquanto desenhava pequenos círculos nas costas de Raelyn com o polegar.

— Cherise, estou decepcionado, não apenas com sua falta de liderança, mas também com sua falta de sinceridade e respeito. Talvez um novo papel na administração da cozinha ajude a renovar sua percepção sobre a vida, hum? Faça os arranjos para trocar de função com Maeve e quando eu entrar em contato com ela em uma semana, é melhor que eu não ouça sobre nenhum problema.

Ela não disse nada, manteve a cabeça ainda inclinada.

Muito bom. Tomou minhas instruções ao pé da letra. Ainda havia esperança para ela.

— Vá. — Fiz um gesto para ela sair. — Estou cansado da sua presença.

Coloquei os braços em volta de Raelyn e a beijei. A mudança disse à sala que eu considerava minha consorte mais importante que Cherise, porque a mandei embora em favor de uma humana. Isso também mostrou a todos que eu poderia ser terno com minha propriedade quando assim o desejasse.

A boca de Raelyn se abriu para a minha, me permitindo tomá--la como eu desejava. Ignorei os movimentos e as palavras de Cherise quando ela partiu, assim como a todos que nos observavam e me deleitei com seu gosto viciante.

Meu pau endureceu contra sua barriga, precisando de mais.

Eu poderia forçá-la a dar um show a todos, a demonstrar o quanto ela era habilidosa com a língua, mas isso parecia mais uma punição do que uma recompensa. E meu querido e obediente cordeirinho havia ganhado meu louvor, não minha ira.

— O manobrista deve estar com minhas chaves prontas — murmurei contra seus lábios. Eu a beijei profundamente mais uma vez antes de me dirigir à sala. — Aproveitem o amanhecer e esperem o convite para uma festa na Kylan Tower no final deste mês.

Alguns sorrisos brilharam, a ideia de uma festa animando a plateia. Havia vampiros suficientes aqui para iniciar o boato, mas Judith ajudaria no envio de memorandos formais para meus constituintes no início da noite. Havia quase cinco mil na minha região, uma das maiores do mundo. Apenas uns cinquenta pareciam estar aqui hoje à noite, o que não me chocava. Isso era um hotel, não uma residência, e ninguém esperava minha chegada.

Guiei Raelyn em direção ao manobrista que nos esperava e peguei as chaves da mão dele sem reconhecê-lo. A porta do carona se abriu e quando a ajudei a entrar, notei os respingos de Tremayne por toda a calçada pavimentada e nos móveis do hotel.

— Myers — chamei.

O homem magro imediatamente se juntou a mim do lado de fora, com os olhos castanhos abatidos.

— Meu príncipe.

— Mande limpar essa bagunça e envie os restos de Tremayne para o leste, em direção à fronteira com o Clã Calgary. Não o ajude de forma alguma.

Myers inclinou a cabeça e seus lábios se curvaram por ter recebido uma tarefa.

— Sim, majestade. Obrigado.

Deixei-o com um aceno e me juntei a Raelyn no interior quente do carro de dois lugares. Não era o melhor para estradas com neve, mas os pneus projetados facilitavam dirigir no concreto liso. E os humanos fizeram um trabalho razoável removendo a neve com pás.

Estendi a mão e prendi Raelyn antes de me afastar do hotel.

— Pode agir como você mesma, cordeirinho querido.

Ela ficou quieta por um instante.

— Não sei ao certo o que isso significa.

Eu ri.

— Estamos sozinhos, o que significa que a punição é muito menos provável.

— Mas ainda é uma possibilidade.

— Sempre. — Eu tinha padrões. Se os quebrasse, ela saberia. Acelerei para ganhar mais velocidade, para dificultar ser seguido por alguém. Ser dono de metade da cidade dificultava adivinharem meu paradeiro. Eu preferia assim. Os túneis subterrâneos ajudavam. Meus engenheiros os criaram em padrões parecidos com um labirinto enquanto transformavam a cidade destruída anteriormente, conhecida como Vancouver, em Kylan City.

Segui por uma rampa que nos levava para as cavernas de pedra e coloquei a mão na coxa de Raelyn.

— Você foi notável esta noite, cordeirinho. Prova de que em algum lugar dentro de você tem um ser humano devidamente treinado.

— Conheço as regras, eu as segui a vida toda. Até você me beijar. — Ela parecia frustrada com isso.

Curvei os lábios.

— Você acha que foi o estresse do momento?

— Talvez. Só não queria que você me escolhesse e, bem, eu te mordi.

— A maioria dos humanos deseja ser selecionada para um harém, pensando que terão acesso aos luxos mais requintados da vida. — O que eles não consideravam era o custo. Vários membros da realeza e alfas preferiam dor ao prazer. Eu preferia uma mistura dos dois.

— Eu queria entrar no torneio.

— Sim, eu sei, meu cordeiro que deseja a imortalidade. — Apertei sua coxa enquanto apagava os faróis do carro para esconder nossa trilha.

Ela ficou tensa, pois seus olhos mortais não lhe concediam a mesma visão noturna que eu tinha. Acelerei por diversão, gostando da maneira como seus batimentos cardíacos também aceleraram.

— Lilith coloca a imortalidade diante de todos como uma medida de controle. Em vez de trabalharem juntos, vocês brigam entre si pela minúscula possibilidade de um futuro melhor. Apesar de parecer que você se relacionou um pouco com Silas. — Algo que eu suspeitava ter contribuído para suas respostas espirituosas para mim. — Você já brincou com ele?

Ela bufou.

— Começamos como rivais acadêmicos e brigamos o tempo todo, mas Willow nos uniu. Ela dizia que éramos essencialmente a mesma pessoa, apenas na forma feminina e masculina. — Ouvi a pontada de nostalgia em sua voz, demonstrando sua clara afeição pela antiga vida.

— Para onde a Willow foi enviada? — Eu não conhecia sua

classe pelo nome, além de Raelyn e Silas. Minha espécie preferia números. Era mais fácil de gerenciar e lembrar.

— Para as fazendas de procriação — ela sussurrou.

Ah, sim, esse era um destino triste. Procriação humana forçada. Era necessário manter os números altos e só queríamos que aqueles com linhagem de qualidade continuassem.

— Ela deve ter tido resultados significativos nos testes.

— Os mesmos que os meus.

Assenti.

— Provavelmente, sim. — Porque Raelyn também seria uma boa reprodutora, mas o sorteio a enviou para as rodadas finais de seleção. O magistrado fingia que tudo era uma ciência. Na verdade, ele colocava várias notas em seu computador e selecionava de forma aleatória os resultados para aqueles de uma determinada raça e classe.

Silas foi criado para a Copa Imortal, selecionado anos antes por seu potencial por Jace e Walter, assim como eu havia selecionado alguns há uma década. Os melhores da turma eram seguidos e revistos com frequência, as habilidades e atributos os diferenciavam dos demais.

Virei para outro túnel, abrindo caminho por baixo da cidade e usando a tecnologia incorporada no meu carro para interromper os equipamentos de vídeo.

Judith era mágica.

— O que vai acontecer com ela? — Raelyn perguntou baixinho.

— Quer mesmo que eu responda isso?

Ela ficou quieta por um longo momento, e sua pulsação diminuiu enquanto respirava fundo.

— Quantos filhos ela vai gerar?

— Depende da biologia dela. Ela só pode ter uma gravidez por ano com segurança, às vezes até menos. Nossos cientistas aprenderam como levar o processo adiante, mas a Mãe Natureza se recusa a cooperar por completo. E como a vida humana é realmente sagrada para nossa espécie e necessária para nossa sobrevivência, fazemos o possível para manter os reprodutores saudáveis até que não sejam mais utilizados.

— E depois?

— Eles vão para as fazendas de sangue ou para a indústria de serviços. — Zelda era um exemplo de alguém usado anteriormente para procriação que agora trabalhava em uma casa. Ela foi enviada para a propriedade de Vilheim na cidade para ajudar na cozinha, e fiquei sabendo sobre suas habilidades através dele e do supervisor dela. — Alguns acabam em acomodações razoáveis.

— Mas não todos.

Não a maioria. Apertei sua perna mais uma vez antes de retornar a mão ao volante. Um pedido de desculpas quase me escapou, algo que raramente acontecia. *Um lobo não pede desculpas a um cordeiro. Ele simplesmente o come.*

Limpei a garganta e mudei de assunto para algo mais seguro.

— Vamos ficar na cidade por várias semanas, talvez meses. Além disso, a festa que mencionei terá a presença de outros membros da realeza, o que significa que preciso intensificar seu treinamento sexual. Eles esperam que você esteja em um nível semelhante dos seus próprios consortes e, se eu tiver que compartilhar você com um deles, precisarei que esteja devidamente preparada.

Seu pulso acelerou com a menção de compartilhamento. Não era surpreendente. Ela provavelmente presumiu que eu a daria a Robyn. Jamais permitiria que isso acontecesse sem supervisão. Eu nem tinha certeza de que pretendia compartilhar Raelyn — dada a ameaça potencial à sua vida —, mas tive que instruí-la sobre as regras de qualquer maneira.

— Começaremos imediatamente. — Por que perder tempo quando o sol não nasceria por mais duas horas?

Caramba, eu amava o inverno.

Noites longas, dias curtos e horas sem fim para brincar na cama.

E era isso que faríamos.

Começando esta noite.

Capítulo catorze

RAE

— TIRE A ROUPA. — Kylan não perdeu tempo depois de me guiar pela entrada da sua suíte. Suas palavras pareciam uma carícia em meus ouvido.

Treinamento sexual.

Com o objetivo de me compartilhar com outros membros da realeza.

Membros da realeza como Robyn.

Meu estômago se contorceu em protesto. Eu não queria usar uma coleira ou guia, nem ser arrastada pelo concreto.

Havia outros como ela? Eram piores?

Isso importa? Tenho que sobreviver primeiro a Kylan.

Estremeci, me lembrando da maneira como ele lidou com Tremayne e depois os outros no andar de baixo. Esse era o Kylan que todos temiam, aquele que exalava poder e autoridade e não aceitava bem a desobediência.

No entanto, ele me tratou...

— Raelyn. — A leve sugestão de advertência em seu tom demonstrou que ele não gostou da minha hesitação.

Certo, eu precisava me concentrar.

E me despir.

Afastei a alça fina dos ombros e deixei o vestido cair em meus pés, ficando nua, com exceção dos saltos altos. Me inclinei para removê-los, mas a mão na minha nuca me puxou de volta.

— Isso pode ficar. — Ele mordiscou minha orelha, pressionando o peito vestido contra minhas costas nuas. — Deite-se na cama e abra as pernas. Quero te ver, Raelyn, e explorar cada centímetro da sua boceta sexy.

O calor se acumulou entre minhas coxas com suas palavras vulgares.

Deusa, o que ele vai fazer comigo?

Ele realmente me empurrou contra aquela árvore mais cedo? E foi ontem à noite que ele me escolheu?

Não era à toa que meus membros tremiam quando subi na cama enorme. Essas foram as vinte e quatro horas mais longas da minha vida, mesmo com o descanso no avião.

Ou talvez fosse o sangue dele correndo pelo meu corpo. Eu me sentia mais viva e mais alerta desde que ele me beijou no elevador. Como se meu corpo tivesse sido incendiado. Meus sentidos estavam mais aguçados e meu corpo mais consciente. Eu quase podia *sentir* o desejo de Kylan só com seu olhar predatório enquanto eu me deitava na cama.

Fome pura e autêntica.

Engoli em seco.

Essa era a aparência de um homem que ansiava por sexo ou violência, ou talvez uma mistura das duas coisas.

Minhas pernas tremiam quando as abri, revelando minha intimidade. Seu foco mudou para baixo — lentamente — observando meu corpo antes de se fixar entre minhas coxas.

Aquele olhar excitado mexeu com alguma coisa dentro de mim. Algo quente, intenso e estranho.

Estremeci, sentindo o desejo de fechar as pernas. *Ele as quer abertas. Mas, ah, eu preciso... preciso...*

Kylan tirou o paletó e o colocou sobre uma cadeira ao lado da cama. A gravata foi logo em seguida. Ele se aproximou e os dedos ágeis abriram os botões da camisa, um por um, para revelar o peito musculoso.

Eu o vi sem camisa mais cedo, sabia o que esperar, mas vê-lo se despir com a intenção de me tocar intensificou a experiência.

Os vampiros eram todos perfeitos. Parecia ser um requisito da imortalidade.

Mas Kylan? Ele redefinia o significado da perfeição.

Todas as linhas rígidas e perfeitas, envoltas em pele macia.

Fiquei com a boca cheia de água só de olhar para ele.

Seus lábios se curvaram quando ele jogou a camisa em cima do paletó.

— Sua excitação é intoxicante, Raelyn — ele murmurou, vindo na minha direção. Meus membros ficaram tensos quando ele subiu na cama e se colocou entre as minhas pernas, deixando sua intenção clara.

Ele me deu menos de um segundo para reagir antes de abrir caminho até meu sexo. Ofeguei e segurei as cobertas.

Puta merda...

Silas fez isso mais de uma vez, mas nunca foi *assim*.

Kylan repetiu o ato, dessa vez com mais pressão, fazendo meu corpo estremecer incontrolavelmente. Ele sorriu contra o meu clitóris e seus dentes tocaram o ponto sensível provocando ainda mais espasmos na minha coluna.

— Você me foi tão boa comigo mais cedo, cordeirinho. Me deixe retribuir o favor.

O-oqu...

Ah, deusa...

Arqueei na cama com um gemido, para ser empurrada de volta por uma mão no meu abdômen. Enquanto isso, a outra foi ao meu quadril para me manter no lugar enquanto ele me devorava com a língua.

Ondas ferozes de eletricidade se agitavam sobre mim — através de mim — me consumindo por completo. Eu não conseguia respirar, pensar ou me mexer. Só conseguia sentir.

Não tinha ideia de que esse tipo de prazer era possível. Sua intensidade quase me machucou, aquecendo minhas veias até atingir todas as terminações nervosas.

— Kylan — gemi, sem saber se devia afastar ou agarrar seu cabelo. — Isso, isso...

O incisivo dele roçou no ponto sensível.

Ele não...

Gritei com a intensidade do prazer. Meu corpo tremia e meus lábios murmuravam palavras incoerentes enquanto Kylan dissolvia meus sentidos.

Ele me mordeu.

Lá embaixo.

Ou talvez ele só tivesse feito um pequeno corte. Isso não importava. Ele colocou minha essência em chamas.

Mas, deusa, isso não devia ser permitido. O êxtase se misturou à dor enquanto ele fechava a ferida com a língua. Sugando, mordiscando e me puxando para uma nuvem de insanidade que carecia de razão e era focada principalmente no sentimento.

Meus membros formigavam.

Meu coração disparou.

Meus pulmões lutaram por ar.

— Você está em negação — ele murmurou com aprovação em sua voz. — Mas não vai ganhar, querida. — Deu outra lambida que vibrou em minhas veias. — Desista, Raelyn. Se submeta à sensação. Se submeta a mim, amor.

Ele me arranhou de novo, e eu agarrei seus ombros, cravando as unhas em sua pele.

— Kylan. — Aquilo era um apelo e uma maldição ao mesmo tempo. Um desejo por mais e uma necessidade de ele parasse. Não conseguia deixar de tremer. As chamas queimavam dentro de mim, quase ao ponto de me destruir.

Isso não era nada parecido com o que ele fez comigo naquela árvore. Aquilo mal se qualificava como introdução.

— Raelyn. — Seu grunhido vibrou meu núcleo, provocando faíscas na minha coluna. — Quero sentir você gozar na minha língua. — Tremi. Todo o meu ser estava perdido em sua vontade e nos movimentos da sua boca. — Agora.

Seu comando vibrou através de mim, alcançando as profundezas da minha alma e forçando minha obediência. O mundo se despedaçou ao meu redor, pintando minha visão em tons de preto e branco. O nome de Kylan saiu dos meus lábios juntamente com palavras desconexas.

Eu me sentia destruída.

Perdida.

Desfeita.

Meu peito ardia enquanto a euforia vibrava em meus membros.

— Seu prazer é viciante, Raelyn — Kylan murmurou contra a minha intimidade molhada. — Preciso de mais. — Ele me alcançou profundamente com a língua e me levou ao clímax mais uma vez.

Como isso era possível?

Foi porque bebi seu sangue?

Ah, não importava. Não com sua capacidade de fazer isso.

Eu me contorci contra sua boca enquanto ele me mordiscava e me lambia, me levando a uma névoa de felicidade desorientada. Perdi a cabeça. Não era mais possível pensar.

Só sentir.

Calor.

Sexo.

Puta merda.

Mal registrei Kylan tirando a calça, muito consumida pelas luzes que brilhavam diante dos meus olhos. Meus sapatos também haviam desaparecido.

Como?

Quando?

O que ele acabou de fazer comigo?

Seu pênis pressionou contra mim — lá. Meu clitóris pulsava e protestava quando a cabeça grossa se esfregou em minha intimidade e seu calor me fez perder a cabeça.

— Kylan — sussurrei.

Eu nunca...

Seus lábios capturaram os meus, silenciando o que eu precisava dizer enquanto sua ereção deslizava em minha excitação. Tremi embaixo dele, aterrorizada e excitada, tudo ao mesmo tempo. Mas em vez de se empurrar para dentro de mim, ele simplesmente deslizou em minha intimidade, revestindo sua excitação no meu calor úmido.

— Abra — ele murmurou enquanto sua língua acariciava meus lábios.

Concordei, lhe concedendo acesso a todas as partes de mim. Ele continuou a se satisfazer com minha essência enquanto revestia minha boca com meu orgasmo.

— Consegue sentir seu sabor? — ele perguntou baixinho. — Sua boceta encharcou minha língua, querida. — Ele disse e me beijou de novo, com mais intensidade desta vez, deixando clara a sua posse. — Alguns da minha espécie não gostam mais de dar prazer, mas acho que quando bem feito, é muito gratificante. — Seu pau deslizou mais uma vez e a cabeça encontrou minha entrada.

Fiquei tensa, à espera.

Isso ia doer.

Muito.

Mas eu tinha que aceitar.

Era seu direito como meu dono.

— Humm, uma virgem. — Ele sorriu. — Isso inspira várias possibilidades intrigantes, cordeirinho.

Estremeci quando ele se sentou de joelho entre minhas pernas e segurou seu pênis.

— Puta merda, sua excitação no meu pau é deliciosa, Raelyn. — Ele passou a mão para cima e para baixo, apertando com firmeza e de uma forma hipnótica. Seus músculos abdominais flexionaram com os movimentos, tensionando enquanto seu ritmo aumentava.

Umedeci os lábios e me apoiei nos cotovelos para ver mais, fascinada.

Esse não era o meu trabalho?

E o que ele quis dizer com "possibilidades intrigantes"?

Melhor ainda, como ele sabia que eu era virgem?

— Fique assim para mim — ele disse com a voz baixa e profunda.

Então se inclinou para frente e montou em meus quadris, proporcionando uma visão ainda melhor dos seus movimentos. Aquela sensação viciante começou de novo, pulsando e enrijecendo a minha barriga.

Eu não estava nem perto de estar pronta para outra onda de prazer, mas vê-lo se acariciar era inegavelmente estimulante. Seu antebraço flexionou.

— Abra a boca, Raelyn. — O comando foi acompanhado de um grunhido, que foi direto para a dor entre minhas coxas.

Abri os lábios, mantendo os olhos nos seus.

— Puta merda. — Ele segurou um punhado do meu cabelo com a mão livre e me puxou para frente. Seu orgasmo irrompeu na minha língua em jatos quentes e grossos que deslizaram para o fundo da minha garganta, me forçando a engolir.

Seu rosto se contorceu em uma agonia tão bela que não pude deixar de memorizar todos os detalhes — a mandíbula tensionada, os cílios longos, a maneira como meu nome saiu de seus lábios.

— Me chupe até me limpar — ele exigiu e seu aperto no meu cabelo me forçou a me aproximar.

Levei-o tão fundo quanto minha garganta permitiu e o restante de seu êxtase se misturou com o meu em minha língua. Seu aperto aumentou, me mantendo no lugar enquanto eu o sugava com força.

— Até a última gota, Raelyn. Quero você cheia do meu esperma e da minha essência para que todos saibam que você é minha.

Estremeci com a possessividade em seu tom. Vampiros e lycans eram notoriamente possessivos.

No entanto, ele planejava me compartilhar com outros membros da realeza.

Ignorei esse pensamento, me concentrando na tarefa. O aperto de Kylan finalmente afrouxou, e seus dedos se entrelaçaram em meus cabelos enquanto ele me olhava com algo próximo a admiração.

— Você está linda assim — ele murmurou e levou a outra ao meu queixo. — Com meu pau na boca. — Ele se empurrou mais para dentro, e pude ver um brilho malicioso em seu olhar. — A falta de reflexo de vômito confirma seu treinamento – um curso avançado – e você nunca foi comida. Isso é fascinante.

Engoli, sentindo meus olhos começarem a lacrimejar com a intrusão severa. Ele se afastou, fazendo com que a cabeça escorregasse para fora da minha boca com um estalo satisfatório.

Ele olhou para baixo e um sorriso se formou em seus lábios.

— Impecável. Linda, Raelyn.

Sua boca capturou a minha antes que eu pudesse responder, e seu corpo empurrou o meu sobre a cama. Ele colocou os cotovelos nas laterais da minha cabeça e apoiou a virilha no ponto macio entre as minhas coxas.

— Eu poderia te beijar por horas — ele sussurrou. — Transar com você por mais tempo ainda. Te comer por um século. — Ele esfregou o nariz no meu. — Mas posso sentir sua exaustão. Foi uma noite muito longa, e você precisa descansar para o seu próximo treinamento.

— Treinamento? — repeti.

— Treinamento sexual. — Ele beijou meu queixo e seus lábios seguiram um caminho até a minha orelha. — Precisamos ser inventivos agora que sei que você é virgem. Essa é uma carta que pretendo usar durante a situação correta.

Engoli em seco, incerta do que ele quis dizer com isso.

Ele pretendia dar minha inocência a outra pessoa? Em troca de algo de maior valor para ele?

Ainda que fossem possessivos, vampiros também eram práticos e conhecidos por negociar propriedades. Isso os impediam de se apegar demais. Ao trocar itens com frequência, seus instintos possessivos ficavam apenas na superfície.

Poucos deles mantinham humanos a longo prazo.

Mas ele mantinha Mikael há uma década...

— Vamos discutir isso mais tarde. — Ele me beijou suavemente e sua língua me persuadiu a retribuir. — Estou muito satisfeito com você, cordeirinho. Você será uma ótima consorte.

Uma dor se formou no meu peito ao me lembrar de quem eu era para ele.

Por um momento, quase me esqueci, muito perdida nas sensações que ele provocou.

Mas tudo isso era temporário.

Um prazer que ele apreciaria e esqueceria em um piscar de olhos.

Enquanto, para mim, seria toda a minha existência. Nascida só para servir no quarto de um vampiro real. E logo haveria outras enquanto ele expandia seu harém, me esquecendo, me passando para os outros...

Isso não deveria magoar.

Não podia magoar.

Emoções eram para os fracos, e eu não era fraca.

Meu nome é Rae e vou sobreviver a isso.

Não havia outra escolha, nenhuma outra opção, nenhuma outra maneira.

Viva ou morra.

Minha escolha sempre será viver.

Capítulo quinze

Passei os dedos pelos fios de cabelo ruivos de Raelyn. A cor era um contraste muito bonito com a pele macia.

Uma humana tão linda.

Hábil também.

E, definitivamente, virgem.

A maneira como ela ficou tensa sugeriu sua inocência, e seu arquivo confirmou.

Ela nunca teve aula de relações sexuais. Fascinante. A maioria dos humanos gostava, mas ela optou por esportes. Provavelmente por causa das suas inclinações para a Vigília. Humm, esse caminho seria adequado para ela. Mas o caminho para a minha cama também.

Acariciei seu pescoço enquanto folheava as anotações da

universidade com a mão livre, lendo sobre suas opções de currículo.

Os anos iniciais eram iguais para todos os seres humanos — cursos de doutrinação destinados a proporcionar uma introdução severa aos requisitos da sociedade. Aqueles que passavam iam para o próximo nível, o que incluía ensinamentos acadêmicos básicos. As pontuações da elite daquela rodada recebiam certas liberdades para avançar em seus estudos. E as de Raelyn eram impressionantes,

É aí que as escolhas entravam em jogo.

Os humanos eram autorizados a seguir seus caminhos, mas tudo era um teste inteligente — uma maneira de observar suas inclinações naturais. O registro de Raelyn indicava interesses variados, seus estudos não eram limitados.

Esgrima.

Francês.

Curso de ciência política, que analisava a liderança dos clãs ao longo do século passado.

Religião.

Esse último me fez bufar. Lilith certamente gostava de forçar os humanos a adorá-la. Se eles soubessem que ela era só uma vampira como o resto de nós e não muito mais velha que eu...

Cam era o mais antigo de nossa espécie.

Suspirei, olhando para o teto e me perguntando pela milésima vez o que realmente havia acontecido com ele. Lilith alegou que ele estava morto, mas eu sabia que não era verdade. Ela trancou o velho vampiro em algum lugar. O mesmo em que eu acabaria se alguém conseguisse provar que eu estava ficando louco por causa da idade imortal.

O que não ia acontecer.

Deixei o telefone de Tremayne com Judith e esperava notícias dela a qualquer momento. Mas não consegui me afastar de Raelyn. Ela me intrigava — sua inocência, seu ar desafiador, sua submissão.

Ela é virgem.

Meus lábios se curvaram em triunfo. Isso me proporcionaria o ângulo perfeito e a oportunidade de manipular a realeza. Eles a desejariam ainda mais e com um pouco de treinamento, ela se tornaria a isca perfeita para quem se atreveu a me tornar um inimigo imortal.

Normalmente, eu esperaria que as outras consortes explicassem os procedimentos formais a Raelyn, a orientassem e a iniciassem adequadamente no mundo do harém real. Mas elas não existiam mais.

Isso deixava Mikael como o único professor disponível.

Suas experiências eram semelhantes e ele estava comigo por tempo suficiente para entender meus protocolos habituais quando se tratava de compartilhar.

Sim. Ele a ensinaria corretamente.

Atribuiria essa tarefa a ele enquanto eu estivesse cuidando dos arranjos das festividades. Seria necessário fazer convites pessoalmente e precisava garantir certas acomodações.

Suspirei. Divertir os outros era uma das atividades que eu menos gostava, mas era a melhor jogada. Colocaria todos sob o mesmo teto, usaria Raelyn como isca e veria quem iria atacar.

Meu telefone tocou. Era Judith me convocando.

Estou na sala de estar, escreveu.

Estarei aí em cinco minutos.

Ainda não estava pronto para deixar Raelyn. Ela se aconchegou em mim e usava meu peito como travesseiro, por isso meu braço estava em volta de seus ombros e meus dedos em seus cabelos. A mulher se encaixava perfeitamente em mim e suas pernas se entrelaçavam às minhas.

Incrível o que o sono revelava — seu corpo já confiava no meu. Uma proclamação perigosa, considerando o que eu poderia fazer com ela, mas a mulher não tinha medo. Só podia ser o resultado das suas amizades ilegais com Willow e Silas, um fato que seus arquivos não provavam nem contestavam.

No entanto, havia vários vídeos de seus exames orais com o homem com quem ela claramente fingia ter orgasmo. Só isso confirmava sua falta de sentimentos sexuais por ele, algo que me agradou muito mais do que deveria.

Eu gostava dela. E o seu arquivo me fazia gostar ainda mais. Meu cordeirinho mal-humorado seria uma excelente consorte e poderia muito bem ser a favorita.

Ela se mexeu contra mim enquanto eu colocava o telefone na mesa de cabeceira.

Beijei sua testa enquanto a acomodava com gentileza nos travesseiros.

— Durma, querida. Vou pedir para o Mikael trazer o café da manhã para você na cama. Ele vai gostar de te encontrar nua. Será meu presente para ele.

Vestido só com uma calça de moletom, encontrei Judith e ele na sala de estar. Mikael me entregou uma xícara de café — preto e cheio de sangue.

— Você me ama — murmurei antes de tomar um gole. — Deixei algo para você no quarto. Ela precisa de treinamento sobre sedução real e expectativas gerais. Acredito que você esteja preparado para a tarefa.

Ele ergueu as sobrancelhas loiras.

— Essa é a sua maneira de dizer que ela não atendeu às suas expectativas na noite passada? Porque os gritos dela sugeriram o contrário.

Meus lábios tremeram.

— Pelo contrário, ela é muito talentosa. Mas preciso que ela seja devidamente informada sobre certos requisitos da sociedade, o que pode exigir alguns tutoriais práticos.

Seu olhar brilhou.

— Está me dando permissão para jogar?

— Estou lhe dando permissão para ensinar — respondi, sorrindo. — Aproveite.

— Ela vai precisar de comida primeiro. — Ele foi em direção à cozinha. — Então, vamos trabalhar, Alteza.

— Espero resultados — retruquei e me sentei no sofá ao lado de uma Judith séria. Seu coque loiro e terninho branco contrastavam profundamente com o meu traje casual. Apoiei o tornozelo no joelho e relaxei na almofada de couro. — Diga-me que você encontrou algo, Judith.

— Sim. — Seus olhos cinzentos encontraram os meus. — Você não vai gostar.

Tomei outro gole de café e o coloquei de lado.

— Estou ouvindo.

Ela me entregou um tablet em que a tela exibia uma série de linhas e números.

— A mensagem passou por uma série de coordenadas, mas depois de uma hora, finalmente identifiquei a origem e o horário de envio original. — O dedo indicador passou pela tela. — Veio do seu avião, Alteza. Durante a cerimônia do Dia de Sangue.

Vi a prova no dispositivo.

— Como isso é possível?

— Tenho algumas teorias, a mais forte é que alguém invadiu seus sistemas enquanto compartilhava o espaço do aeroporto. Havia outros jatos perto o suficiente para fazê-lo e, uma vez invadidos, seria fácil enviar um e-mail de um dos muitos dispositivos que você tinha a bordo.

— Você acabou de sugerir que sua equipe não está lidando com minha segurança adequadamente — observei, seco.

— É por isso que já comecei uma investigação sobre a aparente violação.

A mulher estava constantemente provando seu valor e lealdade.

— Ótimo.

— Também montei uma lista dos membros da realeza e alfas que usavam o mesmo aeroporto e tinham aviões na mesma região em que estava o seu. — Ela colocou algo na tela que relacionava uma série de nomes. — Estão na ordem do mais próximo ao mais distante, embora esse detalhe não seja importante. Qualquer um poderia ter acessado os sistemas do avião, dada a sua proximidade.

Naomi.

Walter, do Clã Clemente.

Niklas, do Clã Stella.

Robyn.

Claude.

— Jace não está na lista — observei.

— Não, ele não foi de avião. Ele ficou em Hazel City por alguns dias com Darius e sua *Erosita* antes de seguirem para a cerimônia. Toda a vigilância confirma que ele voltou a Hazel City após as seleções do Dia de Sangue e continua por lá.

— O que significa que ele ainda não voltou para casa.

— Ainda não.

— Mas ele poderia estar trabalhando com alguém. — É claro que isso implicaria que mais de um membro da realeza estava disposto a destruir meu nome. Ou, talvez, um líder de clã. — Onde estavam Brandt e Luka? — Eu compartilhava fronteiras com o Clã Calgary e o Clã Majestic. Eles seriam parceiros ideais neste jogo, compartilhando desejos iguais de possuir minha terra.

Ela pegou o tablet e começou a pesquisar as anotações, com os lábios curvados para o lado. Mikael escolheu esse momento para aparecer com dois pratos — um dos quais ele me entregou.

— Coma — ele exigiu.

Arqueei a sobrancelha.

— Vocês, humanos, parecem ter uma propensão a me dar ordens.

— Eu não sonharia com isso, Alteza. — Ele fez uma falsa reverência antes de ir para a suíte master.

Raelyn ficaria animada ou mortificada.

— Os dois desembarcaram do outro lado do local da cerimônia — Judith explicou enquanto tocava na tela. — A menos que tivessem mandado lycans de modo furtivo, é altamente improvável que eles tenham se infiltrado nos seus sistemas.

Peguei um pedaço de bacon do prato e apreciei o gosto saboroso enquanto considerava essa nova informação.

— Isso também coloca Jace em uma posição de inocência.

— O que poderia ser exatamente o que ele quer — ela murmurou, ainda mexendo no tablet. — Embora, se for esse o caso, ele esteja fazendo um ótimo trabalho. Não há absolutamente nada que sugira que ele seja o culpado.

Assenti.

— Verdade. — Ele estava na cidade de Naomi quando alguém massacrou meu harém. — Claro, ele poderia ter mandado outros agirem. — Comi outra fatia de bacon enquanto refletia. — Houve alguma violação suspeita em minha propriedade?

Judith instalou várias medidas de segurança adicionais após o incidente. Fiquei confortável em minha liderança, assumindo que ninguém seria tolo o suficiente para me atacar em meu próprio território.

Foi um erro que eu não voltaria a cometer tão cedo.

Ela balançou a cabeça.

— Nada e, por enquanto, não há qualquer sinal de que houve uma invasão.

— Sim, porque quem matou minhas consortes queria fazer parecer que era eu.

— E fizeram um excelente trabalho — ela murmurou.

Eu não poderia concordar mais.

— Bem, qual seria a diversão deste jogo se o culpado fosse óbvio?

— Jogo — ela repetiu, bufando.

— Como você gostaria que eu chamasse?

— Missão suicida? — ela sugeriu.

— Bem, faz sentido — concordei. Porque quem quer que me desafiasse para esse duelo morreria. Disso eu tinha certeza. — Convide a todos para a festa, incluindo Jace, Brandt e Luka.

Seus horários e comportamento podiam indicar inocência, mas meu sexto sentido ainda me dizia que Jace estava escondendo alguma coisa. Conheço a realeza há muito tempo. Ele jogava na arena política quase tão bem quanto eu. O que significava que se fosse inocente, ele poderia me ajudar na minha pesquisa.

— Na verdade, vou ligar para Jace pessoalmente.

Ela ergueu as sobrancelhas.

— Vai?

— Vou. — Eu o convidaria para me visitar antes, acompanhado do seu novo soberano e daria aos dois a oportunidade de interagir com Raelyn. Suas reações os provariam inocentes ou aumentariam minha suspeita. Dei outra garfada no meu prato e o coloquei na mesa.

— Mais alguma coisa, Judith?

— Sim. — Ela apertou alguns botões na tela antes de me mostrar duas mensagens idênticas. — Zion e Vilheim também receberam cópias do seu suposto decreto.

Arqueei as sobrancelhas.

— E você não pensou em lidar com isso?

— Os dois estão sendo monitorados. Nenhum deles agiu após receber a mensagem.

— Ainda — acrescentei de forma categórica. Bem, parecia que visitar dois dos vampiros mais antigos da minha região havia acabado de se tornar uma das principais tarefas do dia. Eu teria que ligar para Jace do carro. Prioridades e tudo mais. — Há mais alguma coisa que você precise me dizer?

— Apenas um esclarecimento logístico final, meu príncipe. Acredito que vamos oferecer a festa no K Hotel, certo?

Assenti.

— Parece apropriado. Gostaria que os antigos aposentos de Tremayne também fossem completamente reformados.

— Esse projeto já foi atribuído a Bethany.

— Brilhante. — A mulher tinha foco nos detalhes e havia decorado várias das minhas propriedades. Me levantei e me lembrei de um item final. — Preciso que você promova Angelica.

A jovem vampira arriscou sua vida e posição ao visitar meu complexo sem ser convidada e, de alguma forma, conseguiu contornar a segurança para falar comigo. Impressionante e até um pouco suicida. No entanto, ela demonstrou grande lealdade, não apenas por me informar sobre os assuntos de Tremayne, mas também por saber que eu nunca enviaria essa mensagem.

Poucos vampiros questionariam o decreto. O fato de Angelica ter feito isso a tornou valiosa.

Os olhos cinzentos de Judith brilharam nos meus.

— A novata?

— Essa novata, como você a chama, foi quem me alertou sobre o comportamento de Tremayne. Ela pode ser a vampira mais jovem da minha região, mas tem potencial, Judith. Quero ver esse potencial cultivado e recompensado.

Ela olhou nos meus olhos por um longo momento e assentiu.

— Vou adicioná-la à sua equipe de segurança.

— Bom. — Eu ainda não confiava nela implicitamente, mas isso me daria a oportunidade de julgar adequadamente seu valor. — Como sempre, obrigado por sua diligência, Judith.

— Meu príncipe. — Ela inclinou a cabeça enquanto eu estava de pé.

Zion e Vilheim tornariam minha noite cansativa. Os dois queriam ser promovidos a cargos de liderança devido à idade e poder. Zion era o único que eu considerava, mas ele não se incomodou em me ligar depois de receber meu suposto decreto. Só isso já era suficiente para desqualificá-lo.

Suspirei, voltando para o quarto para me trocar.

Os sons de prazer de Raelyn soaram em meus ouvidos, fazendo meus lábios se curvarem.

A diversão começou.

Pena que não eu não podia ficar para brincar.

Capítulo dezesseis

— RAELYN. — Ouvi a voz masculina ao longe – um pouco familiar. — Trouxe o café da manhã.

Rolei nos cobertores e meu cabelo vermelho cobriu meu rosto. Uma mão quente ajudou a afastar os fios dos meus olhos, me permitindo ver Mikael sorrir para mim. Me sentei e quase derrubei o prato da sua mão.

Ele desviou o olhar para os meus seios, me fazendo franzir a testa.

Estou nua.

Certo.

Puxei o cobertor e recuei até bater na cabeceira da cama. Levei os joelhos ao peito, fazendo deles um escudo.

Ele contraiu os lábios.

— Você desafia o Kylan, mas foge de mim. Isso é fascinante, Raelyn.

— É Rae, e eu mal te conheço.

— Você também não conhece o Kylan — ele ressaltou. — Trouxe ovos sem sal, brócolis cozido no vapor e um donut.

Olhei para os itens com a testa franzida.

— Donut?

— Humm, uma das minhas coisas favoritas para se comer no café da manhã. Achei que você poderia querer compartilhar um. — Ele se sentou na cama com o prato no colo. — É claro que seu paladar não está pronto para mais, mas será uma boa introdução. — Ele pegou o alimento redondo e bonito e o estendeu para minha inspeção. — Experimente.

— Acho melhor não.

— Como quiser. — Ele deu uma mordida e colocou o prato ao meu lado com um garfo. — Vá em frente e coma.

O brócolis era familiar, mas os ovos eram diferentes dos que eu já tinha visto.

— Eles são mais durinhos do que aquela porcaria de ovos mexidos. Confie em mim, você vai apreciar a diferença. — Ele empurrou a comida para mais perto. — Agora coma, *Rae*.

Ele realmente usou meu nome. O choque deve ter transparecido na *minha* expressão, porque ele riu.

— Posso ter sido treinado no Coventus, mas sou tão humano quanto você, Rae. Eu forneço sangue e você faz sexo. As duas coisas são feitas para satisfazer Sua Alteza Real e mais ninguém. — Ele deu de ombros e saboreou outro pedaço do donut. — Meu destino foi só um pouco mais definido que o seu. Só isso.

Ele tinha um bom argumento.

Outro humano — sendo que do sexo masculino. Como Silas.

Levantei o prato e o apoiei sobre os joelhos. Ovos e brócolis. Itens normais. Eu podia comer isso. Além do mais, precisava de energia depois da noite passada. O sangue de Kylan havia diminuído e fiquei me sentindo estranha de alguma forma. Não estava exausta, mas um pouco desanimada. Ou talvez estivesse me sentindo assim por ter encontrado outro homem no quarto ao acordar.

O brócolis forneceu os nutrientes que meu corpo precisava enquanto os ovos tinham um sabor mais rico. Comi devagar enquanto Mikael me observava. O donut havia acabado há muito tempo.

— A Zelda também vem das universidades — ele murmurou. — Ela sabe com o que os humanos estão acostumados e como apresentá-los lentamente a novos sabores. Você vai ver. Ela é fantástica na cozinha.

Conheci a loira rapidamente na noite passada. Ela estava com as bochechas vermelhas depois de ser pega com Mikael. Pareceu bem simpática.

— Como foi a noite passada? — Mikael perguntou. — No hotel?

Engoli o pedaço de ovo que estava na minha boca.

— Qual parte?

— Em geral, quero dizer. Houve algum problema? Alguma coisa com que você não soubesse como lidar? — Ele inclinou a cabeça para o lado. — Kylan disse que você precisa de treinamento e quero saber por onde devo começar.

Baixei o garfo.

— V-você vai me treinar? — Odiava que minha voz tivesse falhado, mas Kylan não mencionou que Mikael iria me treinar. Achei que ele pretendia continuar minha instrução sexual pessoalmente. Não que convidaria seu escravo humano para brincar também.

— Sim, essa foi a instrução de Kylan. — Ele me olhou. — Pode envolver toque ou não, Rae. Estou aqui para treiná-la, não para te forçar.

Fiz uma careta.

— Como você pode me instruir adequadamente sem me tocar?

— Nem toda instrução exige contato físico, Raelyn. — Kylan entrou no quarto usando apenas uma calça de moletom que cobria seus quadris. Seus músculos flexionaram quando ele se moveu, atraindo meus olhos para a protuberância impressionante. Minha boca se encheu de água com a lembrança do seu orgasmo. Eu não deveria estar desejando-o. Não assim. Mas não pude evitar. Só de estar perto dele, minhas pernas se apertavam com necessidade.

149

O que ele fez comigo?

Só podia ser por causa do seu sangue. Achei que havia saído de mim, mas obviamente não foi o que aconteceu.

Os lábios dele se curvaram.

— Ela é tão insaciável quanto você, Mikael. Talvez vocês dois possam fazer um arranjo. — Ele deu um beijo na têmpora que congelou minhas veias.

Uma declaração muito casual sobre o compartilhamento. Realmente não significava nada para ele que outro homem me tocasse?

Mas é claro que não. Kylan teria um harém em alguns meses, ou mais cedo, e eu seria apenas mais uma. Um brinquedo para passar para seus amigos da realeza, como Robyn.

Essa é a minha vida.

Como levei tanto tempo para perceber isso?

Choque?

Esperança de algo mais?

Um desejo de trocar de lugar com Silas?

Eu poderia ser a Willow. O pensamento me fez estremecer. Poderia ser pior.

Kylan segurou meu queixo e me forçou a olhar pra ele. O que ele viu o fez franzir a testa.

— Comece com as formalidades, Mikael. Detalhe suas experiências também para que ela saiba o que esperar.

— Sim, vossa majestade.

— Tenho duas situações que exigem minha atenção imediata. — Ele passou os dedos pelos meus cabelos e me puxou para que eu ficasse de joelhos, fazendo com que o prato caísse sobre as cobertas. — Quando voltar, darei a parte prática do seu treinamento.

Ele roçou os lábios nos meus, reacendendo as chamas dentro de mim com uma facilidade que quase me assustou. Quase.

Seu peito nu queimava contra o meu, fazendo com que meus mamilos se arrepiassem em pontos dolorosos.

Sabia que meu corpo me trairia, que iria amar ser adorado por ele, mas não esperava apreciar.

Kylan tinha me avisado que pretendia me destruir. Eu tinha

aceitado esse destino, assumindo que ele estivesse falando fisicamente.

Não.

Este ser me destruiria antes que ele terminasse.

Ele vai arruinar minha alma.

— Quero você molhada e pronta para mim no momento em que eu passar por aquela porta, Raelyn. — Kylan passou o nariz pela minha bochecha, seu cheiro inebriante e intoxicante. — Não me decepcione. — Ele pressionou um beijo no meu pulso, que estava acelerado. — Na maioria das noites, vou esperar que você se junte a mim no chuveiro, de joelhos. Infelizmente, questões urgentes substituem os prazeres da vida. Você vai me compensar mais tarde.

A protuberância em suas calças estava visivelmente mais acentuada quando ele se afastou, me deixando com frio, nua e ajoelhada.

— Ela é extraordinária, não é? — ele perguntou.

— Com certeza — Mikael respondeu com a voz mais profunda.

Ele está olhando — para os meus seios.

Engoli em seco.

Já estive nua na frente de outros homens.

Isso não é diferente.

Sim, não, é extremamente diferente, porque eu realmente quero um deles.

A boca de Kylan se curvou.

— Sim, cordeirinho. Molhada e me esperando, como você está agora. Voltarei para te provar em breve. — Ele piscou e saiu para o banheiro, me deixando olhá-lo com uma pontada de desconforto entre as pernas. Me sentei devagar, sentindo a respiração um pouco irregular.

— Ele é viciante, não é? — Mikael parecia quase triste e falou baixinho. — Tente não se apaixonar por ele, Rae. Lembrar quem e o que ele é, ajuda. Pelo menos um pouco.

Encontrei seu olhar e tive um vislumbre do homem escondido por trás da sua máscara de confiança.

Dor.

Ele piscou e curvou os lábios novamente.

— Bem, vamos começar repassando a lista de convidados? Posso pedir uma cópia para a Judith, e podemos revisar cada uma das suas preferências.

— Você esteve com todos?

Ele deu de ombros.

— Com vários, mas não todos.

— Porque Kylan te compartilhou.

Um vislumbre de tristeza cobriu sua expressão novamente.

— Faço o que lhe agrada, assim como você também fará.

Olhei para ele, finalmente *enxergando-o*.

Ele é como eu.

Ele havia dito isso antes, sobre seu corpo ser usado como alimento e o meu para o sexo, mas só agora entendi.

Um aliado.

— Dói? — sussurrei.

— Depende da tarefa — ele respondeu calmamente. Então seu olhar se iluminou e ele franziu os olhos. — Eu sei. Que tal você vestir um roupão e darmos um passeio pela cobertura? É grande, com muitos quartos cheios de surpresas que você não vai acreditar até que eu te mostre.

— Como o quê?

Mikael balançou a cabeça, se levantando da cama e levando meu prato consigo.

— Venha comigo e vai descobrir. — Um par de covinhas adoráveis seguiu esse pronunciamento. — Mas se vista primeiro. Te encontro no corredor. Vou me livrar do prato e avisar às empregadas para trocarem a roupa de cama depois que Kylan partir. — Ele acenou por cima do ombro. — Há roupões no banheiro ou roupas no armário.

As duas opções exigiam que eu me aproximasse de Kylan no chuveiro.

Ótimo.

Mikael saiu sem outra palavra, me deixando com uma decisão a ser tomada. Ou eu esperava Kylan sair ou enfrentava sua presença no banheiro.

As duas resultavam na mesma coisa — ver Kylan novamente.

Pelo menos, uma opção me deixava com roupas.

Decisão tomada, saí da cama. Se eu me apressasse, talvez Kylan ainda estivesse...

Seu peito duro e molhado encontrou meu rosto quando virei o corredor e me deparei com ele.

Ele segurou meus quadris, me mantendo no lugar antes que eu saltasse para trás.

— Mal podia esperar até eu voltar, não é? — ele brincou, e seus olhos escuros capturaram os meus.

— Eu, ah, não. Eu... bem, preciso de roupas. — Por que de repente pareço uma idiota com pouca habilidade para falar?

Ele curvou os lábios.

— Devo discordar, Raelyn. Prefiro você sem roupa. — Ele deslizou a palma da mão na minha parte inferior das minhas costas, me segurando contra si. Só uma toalha nos separava, e sua excitação era quente através do tecido. — Espero você nua e na minha cama todas as noites até que eu diga o contrário. — Sua boca pairou sobre a minha. — Entendido?

— Sim — sussurrei.

— Ótimo. — Ele me beijou suavemente. — O chuveiro é todo seu, se precisar.

Mikael havia me dito para encontrar algo para vestir, mas tomar banho parecia uma opção melhor. Eu seria rápida. Em seguida, ele poderia me mostrar o que o havia animado o suficiente para revelar as covinhas.

Capítulo dezessete

RAE

UMA TELEVISÃO.

Mas não era qualquer TV, e sim uma que mostrava humanos.

Só as usei para assistir a vídeos da Copa Imortal ou a uma transmissão televisiva da deusa.

Nunca vi nada assim.

Todos os dias da semana, Mikael me levava para a sala de cinema e me mostrava um novo filme. Hoje, foi algo louco sobre um humano viajando através de portais para outros reinos.

Mikael me entregou um balde de pipoca, uma comida nova que eu só podia suportar com moderação. Peguei as três porções necessárias e devolvi para ele. Passamos o começo da noite revisando os membros da realeza e os alfas novamente. Ele escolhia dois por dia para abordar, me contando suas experiências pessoais com cada um, suas preferências no quarto e seus possíveis pedidos.

Hoje, foi o dia de Robyn e Luka. O último estava em um relacionamento feliz e, portanto, não era uma ameaça. Robyn, no entanto, gostava de mulheres e homens, e provavelmente pediria uma noite comigo. Mikael explicou suas tendências em detalhes, confirmando sua familiaridade íntima com a mulher sádica.

Estremeci.

Kylan vinha me dominando todas as noites, sua paixão na cama parecia aumentar a cada vez que ele me tocava, mas ele não fez nada como o que Mikael descreveu.

Robyn era a favor da dor, algo que eu esperava inicialmente de Kylan, dada sua reputação cruel. No entanto, ele parecia mais disposto a me agradar do que a me machucar.

Nunca me senti tão preenchida e exausta, e havia cursos na escola destinados a matar minha espécie — literalmente. Mas nada comparado à maneira como o nobre dominou meu corpo.

Tive cinco orgasmos na noite passada.

Cinco.

Isso nem deveria ser possível, mas Kylan me fez gozar, se recusando a parar de lamber meu clitóris até que lágrimas escorressem pelo meu rosto.

Então ele me curou com seu sangue novamente, algo que era expressamente proibido entre humanos e vampiros. No entanto, Kylan continuava a me forçar a beber de si em pequenas quantidades.

Ele era, claramente, um infrator de regras.

E um amante feroz.

Um acidente na tela fez meu foco voltar para o filme. Mikael riu e disse as falas do humano na tela junto com ele.

Atores, ele explicou.

De um mundo anterior.

Um mundo onde os humanos governavam.

Aparentemente, esses filmes foram proibidos, mas Kylan os manteve mesmo assim. *Sim, definitivamente ele não era alguém que seguia regras.*

Bebi água e selecionei outra pipoca do balde. Mikael havia

155

acrescentado mais manteiga a esta, com o objetivo de me acostumar a mais alimentos salgados. Finalmente cedi e experimentei um donut hoje. A doçura me limitou a duas mordidas, mas aprovei com relutância. Amanhã iríamos experimentar chocolate.

A porta se abriu, e Kylan apareceu. Estava usando terno e seu olhar parecia nos observar de forma minuciosa.

Entreabri os lábios. *Ele chegou cedo.*

Entramos em uma rotina: Kylan sumia antes do café da manhã para lidar com coisas relacionadas ao trabalho, deixando Mikael no comando dos meus ensinamentos sobre a realeza e os alfas. Depois do almoço da meia-noite, assistíamos a um filme, e Kylan sempre voltava durante o jantar, ou melhor, *para* o jantar.

Mikael olhou para Kylan.

— Estou apresentando a cultura pop a ela.

— Estou vendo. — Ele fechou a porta atrás de si e tirou o paletó enquanto olhava para a tela. — Este é um dos meus favoritos.

— Eu sei.

Kylan colocou o paletó sobre as costas do sofá e se sentou na almofada ao meu lado.

— Venha aqui. — Ele me puxou para seu colo e envolveu minhas costas com o braço. — Estou decepcionado por encontrá--la vestida.

— Não estava esperando que você já fosse chegar — admiti.

Ele estremeceu.

— Você deveria estar esperando por mim — ele sussurrou contra o meu ouvido. Sua mão deslizou por minha coxa, empurrando minhas pernas para forçá-las a se abrirem. — E poderia pelo menos ter usado uma saia.

— Ela prefere jeans. — Mikael estendeu a pipoca. — Quer?

— Por que acha que estou aqui? — Ele acariciou meu pescoço.

— Eu quis dizer a pipoca.

— Eu falei sobre a Raelyn.

— E depois eu sou o insaciável. — Mikael colocou uma pipoca nos meus lábios, e eu a aceitei. — Ela gosta.

— Ela gosta de muitas coisas — Kylan respondeu com os

lábios contra o meu pulso. Seu polegar traçou meu centro para desabotoar o botão da calça. — Quero que tire isso, Raelyn. — Ele puxou o zíper enquanto falava, expondo a minha intimidade.

Não havia roupas íntimas no guarda-roupa que ele me designou, não que eu as usasse. Vampiros e lycans tinham preferência pela nudez dos mortais.

— Tire — ele repetiu, puxando com força.

Mikael bufou e balançou a cabeça.

— Tão impaciente.

Kylan agarrou Mikael pela gola da camisa e o puxou para mais perto.

— Não, Mikael. *Isso* é ser impaciente. — Ele o atacou com tanta rapidez que eu gritei, suas presas afundaram no pescoço de Mikael, fazendo com que a pipoca se espalhasse pelo chão.

Mikael gemeu e revirou os olhos. Kylan ainda estava com a mão na calça jeans e deu outro empurrão. Eu me esforcei para puxá-la, mas sua mão quente estava contra a minha pele recém exposta e não facilitava as coisas.

Consegui tirar, movimentando as pernas.

Ele passou os dedos por cima da minha vagina e enfiou dois de uma vez só.

Merda. Respirei fundo pelo nariz e pela boca. Normalmente, ele deixava as coisas mais fáceis, mas hoje parecia inquieto. Eu podia sentir isso nas linhas tensas do seu corpo, no modo como seu antebraço se alinhava com a parte inferior do meu, me segurando no lugar.

Ele estava com raiva por ter nos encontrado na sala de cinema em vez de estudando?

Ainda tínhamos duas semanas antes da festa e revisei quase todos os relatórios, além de suportar o treinamento sexual noturno.

O que mais ele queria?

— Kylan — Mikael murmurou e cravou as unhas na almofada. — Puta merda!

— Precisa de um lembrete, Mikael? — Kylan grunhiu contra seu pescoço. — Você serve a mim.

— Sim, meu príncipe. — Seu rosto se contorceu em linhas

agonizantes e seus olhos se fecharam. — Sempre.

— E, em troca, eu cuido de você — Kylan continuou enquanto acariciava a base do pescoço de Mikael com a língua. — Não cuido?

— Sim — ele concordou, com a voz baixa. — Você cuida.

— Cuido mesmo. — Kylan me soltou. — Fique de pé, Raelyn. Agora.

Minhas pernas tremiam quando eu obedeci. O filme ainda estava sendo exibido atrás de mim, lançando sombras pela sala de um jeito estranho. Isso deu a Kylan um brilho mais sombrio e sinistro que revelava sua verdadeira natureza.

Predador.

Vampiro.

Antigo.

Engoli em seco. Ele estava indecifrável e altamente imprevisível. O que ele queria de mim agora? Isso era outra lição? Uma punição? Hora de brincar?

Kylan colocou o tornozelo sobre o joelho e passou o braço por cima do encosto do sofá atrás de Mikael que parecia bêbado de luxúria.

— Tire a blusa para nós, Raelyn.

Um calafrio percorreu minha coluna. Umedeci os lábios e seu olhar ameaçador acompanhou os movimentos enquanto ele esperava.

Ele arqueou uma sobrancelha.

— Algum problema, Raelyn?

Com o fato de os dois me verem nua? Na verdade, não. Mas eu ainda não tinha feito nada assim na frente de Mikael. Ele se tornou mais ou menos um amigo durante a semana. Mas não havia como termos uma relação platônica, não quando vivíamos para dar prazer a Kylan.

É só um suéter, disse a mim mesma. *Nudez é a parte mais fácil.*

Puxei o tecido pela cabeça e meus mamilos endureceram com o ar mais frio.

Mikael pareceu relaxar enquanto seus olhos claros observavam meu corpo, e Kylan brincava com uma mecha do seu cabelo loiro.

— Não é melhor assim? — Kylan perguntou enquanto usava

o controle remoto para pausar o filme.

— Do que o jeans? — Mikael sorriu. — Sim.

— Eu deveria ter removido isso do seu guarda-roupa. Só vou te dar vestidos curtos a partir de agora para mostrar suas pernas. — Seu foco mudou para a junção das minhas coxas. — Talvez algumas lingeries também.

— Vermelha — Mikael acrescentou.

— Absolutamente. Vou discutir isso com a Taylor. Raelyn vai precisar de mais roupas para jantares, de qualquer maneira. — Ele continuou acariciando os cabelos loiros de Mikael enquanto falava, e sua expressão era impenetrável. — Ou talvez ela deva participar nua.

Já vi coisas piores, como mortais usando correntes e piercings de metal. *Coleiras e spikes, cobertos de sangue.* Estremeci. *Não, obrigada.*

— Nervosa, cordeirinho? — Seus olhos escuros brilharam. — Porque é exatamente isso que vou fazer com meus companheiros da realeza. Deixá-los te ver, te acariciar, talvez até te comer.

Meu estômago revirou com essas duas últimas palavras. Me comer. Ele não fez nada além de tomar minha boca a semana toda. Ele realmente permitiria que outra pessoa tirasse a minha inocência?

Uma carta a ser usada, ele havia dito.

Ainda não sabia o que significava.

— Isso não é mais divertido do que um filme antigo? — Kylan perguntou.

Mikael olhou de soslaio para ele.

— É por isso que está agindo assim? Você está insatisfeito com meus métodos de treinamento e sentiu a necessidade de fazer uma cena? — Seu tom lhe rendeu um puxão forte nos cabelos, mas não o fez recuar.

— Pelo contrário, estou muito satisfeito. Apenas sinto que é hora de apresentar Raelyn ao próximo nível. Ela me agrada muito, mas me pergunto como ela se sairá com os outros? — Ele se inclinou para lamber lentamente a ferida no pescoço de Mikael. — Gostaria que ela tocasse no seu pau, Mikael? — perguntou baixinho enquanto sua língua deixava um rastro molhado na pele dele. — Que ficasse de joelhos e te chupasse com aquela boca bonita?

Entreabri os lábios e minha garganta ficou seca.

Kylan queria que eu desse prazer a Mikael.

Enquanto ele assistia.

Era isso o que ele faria com seus amigos da realeza? Me mandaria ajoelhar e lhes dar prazer oral enquanto ele assistia?

Mikael havia explicado que os membros do harém passavam por um treinamento de dois meses e teriam total experiência em artes sexuais antes de ingressar no grupo de Kylan.

O trabalho dele era me dar o mesmo treinamento.

E o de Mikael também.

Seus olhos claros focaram nos meus e suas pupilas brilharam assustadoramente na luz opaca atrás de mim. Conhecimento e compreensão coloriram sua expressão. Ele sabia que isso não seria fácil para mim, mas também entendia que eu não tinha escolha.

Essa era a vida com Kylan. A vida com alguém da realeza. A vida com um vampiro.

Nós dois existíamos para servir e era isso que nosso superior exigia.

Ele me deu um pequeno aceno de cabeça, um momento compartilhado de compaixão antes de dizer:

— Quero a sua boca.

Kylan sorriu.

— Uma excelente escolha. Raelyn, acredito que você seja capaz de atender a esse pedido, certo? — Ele arqueou uma sobrancelha.

— Sim, meu príncipe. — Não usei *sua Alteza*, apenas no caso de nossa palavra segura permanecer ativa. Porque eu poderia fazer isso. Era o Mikael.

Algo semelhante à aprovação passou por suas feições. Por que não discuti? Eu poderia tentar debater com ele nesse clima?

— Bom, cordeirinho. De joelhos então. — Ele continuou acariciando os cabelos de Mikael e manteve seu olhar escuro em mim enquanto eu me ajoelhava entre as pernas abertas do seu virgem de sangue. — Você sabe o que fazer.

Coloquei as mãos com cautela nas pernas de Mikael, deslizando-as para cima até a protuberância sob o zíper. Meus dedos estavam quase tremendo com a injustiça de ter que tocar um homem que não era Kylan.

Está tudo bem. Ele quer que eu faça.

Mas eu não quero.

O que você quer não importa. Isto é para ele, não para você.

Como se sentisse minha hesitação, ele roçou os nós dos dedos na minha bochecha, me lembrando da sua presença. Do seu desejo. Do seu comando.

Hesitar dessa forma com outro membro da realeza seria minha sentença de morte.

Eles esperavam confiança e habilidade sedutora, não alguém trêmula e descompensada depois de mal tocar nas pernas de outro homem.

Não sou a mulher certa para isso.

Sim, você é. Você é uma sobrevivente.

— Acho que ela precisa de motivação adequada — Kylan murmurou e colocou os lábios no pescoço de Mikael novamente. Então seguiu para a boca. O beijo deles fez com que meu coração acelerasse.

Calor primitivo chamuscou o ar.

Tão viril.

Tão erótico.

Tão intoxicante.

Entreabri os lábios e os umedeci com a língua, como se fosse eu quem estivesse sendo beijada.

Já os vi abraçados antes, mas não exatamente assim — com tanta fome, energia e necessidade brutas. Kylan segurou minha mão e a colocou sobre a excitação de Mikael, me forçando a acariciá-lo através da calça preta. Eu mal conseguia focar, minha atenção estava na forma como devoravam um ao outro, no duelo de suas línguas.

Eu quero aquilo...

A devoção.

A intensidade.

A confiança.

Mikael cedeu por completo a Kylan. Era como se seu corpo fosse um fantoche para seu mestre usar.

Como Kylan e eu ficávamos juntos? Como se nos

encaixássemos? Sexy? Selvagem?

A pressão contra a minha mão se intensificou. A ordem era clara. Abri a calça, permitindo que a excitação de Mikael se libertasse. Kylan guiou meus dedos, envolvendo-os na base e guiando meus movimentos para cima e para baixo, suas instruções completas e inconfundíveis.

Segui sua liderança, deixando-o ditar o ritmo. Mikael gemeu e sua excitação pulsou quando Kylan mordeu seu lábio com força suficiente para sangrar.

— Idiota — ele grunhiu.

Kylan aumentou a pressão em minha mão, me fazendo apertar a ereção de Mikael.

— Cuidado. Ela pode estar te tocando, mas eu estou no controle.

— Você sempre está no controle.

— Sim, estou. — Kylan tomou sua boca novamente com uma intensidade que roubou meu ar. Ele não parou de guiar minha mão com movimentos seguros e experientes, e os lábios ainda mais hábeis.

Pressionei minhas pernas, sentindo a dor entre elas se tornar quase insuportável.

Queria que Kylan me desse um beijo enquanto Mikael se ajoelhava entre minhas pernas.

Estar entre eles.

Compartilhá-los.

Deixá-los me compartilhar.

Os pensamentos estranhos despertaram uma chama no meu centro, espalhando calor pelas veias, tocando meus nervos e dando vida a minha excitação.

Movi a mão com firmeza, sem necessitar do toque experiente de Kylan. Sua mão roçou minha bochecha, deslizando para os meus cabelos, e me levou em direção ao pênis de Mikael.

Ele não era tão grande quanto Kylan, e sua cabeça era um pouco mais redonda, mas igualmente proporcional e bonita. Passei a língua pela veia que pulsava, sorrindo enquanto ele estremecia. Então deslizei a cabeça para dentro dos lábios.

— Puta merda. — Mikael grunhiu, e seus músculos

tensionaram quando eu o engoli e o suguei.

— Eu te disse que ela é habilidosa — Kylan murmurou, passando os dedos nos meus cabelos e me empurrando para toma--lo mais profundamente. Espero que esteja pronta para engolir, Raelyn. Espero que aceite tudo o que ele lhe der e muito mais.

Meus olhos começaram a lacrimejar por seu aperto no meu cabelo e o pau atingindo a parte de trás da minha garganta. Mikael podia não ser tão bem-dotado, mas com certeza era bem comprido.

Encontrei seu olhar pesado. Todos os sinais de desculpas e compreensão desapareceram e foram substituídos por um homem perdido no auge da paixão. Kylan se moveu para o pescoço dele. A mordida provocou um xingamento baixo do seu virgem de sangue. A extração violenta da boca de Kylan provocou ondas de eletricidade em Mikael, fazendo seu corpo tensionar e estremecer sob o meu toque e seu pênis alongar na minha boca.

Ele ficou ainda maior.

Minha garganta se contraiu e meus pulmões protestaram.

Ar...

Kylan não cedeu, seu aperto não permitia que eu me movesse.

— Puta merda! — Mikael gemeu. Seu orgasmo se derramou em minha garganta com tanta força que teria me jogado para trás se Kylan não estivesse me segurando. Engoli em seco, porque não havia outra opção. Seu sêmen era quente e abundante enquanto deslizava pela minha língua.

E ele não parou.

Uma segunda rodada de êxtase arrancou um grito dele quando voltou a gozar. Rocei as unhas em suas coxas no mesmo instante que minha visão começou a ficar embaçada. Eu não podia... eu precisava... mas, caramba, continuei a suga-lo, engolindo sua essência e forçando-a a descer enquanto meus pulmões ardiam.

Kylan me puxou para trás, abrindo minhas vias aéreas, e eu respirei depressa. Ansiava por uma pausa, mas assim que enchi os pulmões, ele me empurrou novamente a tempo de outra explosão.

— Kylan... — Mikael soltou o nome em um murmúrio, atraindo minha visão embaçada para seu rosto. Ele ficou pálido e os lábios mudaram para um tom de azul que não parecia certo.

Por causa dos meus olhos?

A força de seu êxtase não possuía o calor e o poder de antes, e seu corpo estava menos tenso, quase relaxado.

— Por favor — ele sussurrou, levando a palma da mão até a perna de Kylan. — Eu... — Ele interrompeu um gemido, com os olhos abertos. — Kylan...

Não.

Ele não iria...?

Sua mão permaneceu no meu cabelo, mas o arrebatamento desapareceu, sendo substituído pela pele que esfriava, o que fez meu coração acelerar.

Congelei, de joelhos, incapaz de falar, me mover ou reagir.

Mikael ficou mais frio, sua pele empalidecendo para uma sombra mortal que eu conhecia muito bem.

Seus olhos claros focaram nos meus, e ele me encarou com uma expressão de dor.

E então suas pálpebras se fecharam.

Uma lágrima escapou do canto do meu olho.

Eu mal o conhecia, mas ele foi muito gentil comigo. Como eu poderia apenas me sentar aqui e ver isso acontecer? Por que Kylan faria isso com ele? Comigo? Conosco?

Eu me afastei. A ereção de Mikael já havia murchado há muito tempo, mas Kylan segurou meu cabelo, me forçando a ficar entre as pernas do homem moribundo enquanto ele continuava a se alimentar.

"Tente não se apaixonar por ele, Rae. Lembrar quem e o que ele é ajuda. Pelo menos, um pouco."

As palavras de Mikael surgiram em meus pensamentos como um lembrete ameaçador.

Eu não tinha prestado atenção o suficiente em sua advertência.

Porque, por um minuto, comecei a confiar em Kylan. Talvez até gostar um pouco dele.

Este era o membro da realeza que eu temia.

Sobre o qual havia lido.

O mestre cruel que matava sem motivo.

Aquele que alegava não ter massacrado seu harém.

Um mentiroso.

Um vampiro.
Um monstro.

Capítulo dezoito

OS BATIMENTOS CARDÍACOS de Mikael diminuíram e sua mortalidade me deu um aviso.

Eu o soltei, selando a ferida com a língua, mas não imediatamente.

O medo crescente de Raelyn provocou o predador dentro de mim, me implorando para atacar. Se eu olhasse para ela agora, eu a tomaria de forma dura. E ela não estava pronta para isso ainda.

— Você é mau — ela sussurrou, destilando ódio.

Arqueei as sobrancelhas.

— O quê?

— Você me ouviu. — Sua rouquidão me intrigou. Adoraria ouvi-la gritar meu nome nesse tom de voz, especialmente enquanto a fizesse gozar. — Ele confiava em você.

— Eu sei. — Essa era uma das maiores falhas de Mikael e uma característica que eu adorava. Ele amava desafiar meus limites, sem medo do que eu poderia fazer. Felizmente, ele nunca me pressionou demais. Finalmente encontrei os olhos azuis de Raelyn, depois admirei seus lábios inchados. — Você fez um bom trabalho, cordeirinho. Te devo uma recompensa.

Tentei puxá-la para o sofá, mas ela protestou, arrancando a cabeça do meu alcance às custas de alguns fios de cabelo vermelho. Ela ficou de pé e recuou até as costas baterem na parede da sala.

— Não quero nada de você, *vossa Alteza*.

Meu coração vacilou com o uso da palavra segura. Baixei as mãos e relaxei no sofá, confuso pra caramba.

— Fale comigo, Raelyn. Me diga o que você achou demais.

— Está brincando comigo? — Ela parecia furiosa, seu tom diferente de tudo que já havia escutado, e incrivelmente desrespeitoso.

— Se esqueceu de quem eu sou? — perguntei, chocado.

Ela riu sem humor.

— Ah, aparentemente sim, mas obrigada pela porcaria do lembrete. Nunca esquecerei novamente. Pode ter certeza.

Pisquei. Do que ela estava falando?

— Foi assim que você matou seu harém? — ela exigiu, apontando para Mikael. —Ou simplesmente arrancou a garganta deles como o monstro que é?

— Não matei meu harém, Raelyn. — Algo que ela já sabia. — Por que você está agindo assim? O que eu fiz?

Ela ficou boquiaberta.

— O que você fez? — Seu tom estridente fez meus ouvidos formigarem. — Isso! — Ela apontou para Mikael novamente. — Você o matou enquanto me fazia... Deusa, ele confiava em você e você o matou. O fez sangrar até a morte, como se ele não significasse nada, o que, é claro, não significava. Nenhum de nós significa. Vocês são todos uns monstros que atacam os fracos e nos forçam, nos forçam... — Ela parou de falar, suas pernas cederam, e ela caiu no chão com um soluço.

Algo se quebrou dentro de mim, uma sensação que não tinha há muito tempo.

Arrependimento.

Sem querer, machuquei essa linda alma guerreira.

— Raelyn — sussurrei, me movendo para ficar ao seu lado no chão. Ela puxou os joelhos para perto, tentando se afastar, mas eu a peguei no colo com facilidade. — Raelyn.

— Eu te odeio. — Ela me deu um soco no queixo, com mais força do que eu esperava, provocando uma onda de choque em minha coluna. Ela saiu de cima de mim e tentou me dar outro soco. que evitei antes que atingisse meu nariz.

— Raelyn — repeti com mais força, empurrando sua mão. — *Pare.*

— Não! — Ela começou a lutar, e as lágrimas escorriam dos seus olhos enquanto tentava me acertar novamente. Seu punho encontrou minha mão, mas o outro conseguiu dar um soco na lateral do meu corpo. Doeu.

— Chega! — estourei, terminando com essa tolice. Eu a segurei no chão e prendi seus pulsos com uma das minhas mãos enquanto ela balançava os quadris debaixo de mim. Eu teria gostado muito mais se ela não estivesse cuspindo em mim com raiva.

— Me mate! — ela gritou, ainda tentando lutar, apesar do meu aperto. — Prefiro morrer a ficar aqui com você. Vou te morder, gritar...

— Puta merda, Raelyn, ele não está morto — grunhi. Como se eu fosse matar Mikael. Eu adorava aquele homem. — Ele só está drenado. — Literalmente. Mas o sangue que coloquei em sua boca o curaria e o traria de volta à vida.

Ela finalmente parou, com a respiração irregular.

— O-o quê?

— Ele vai acordar de ressaca em alguns dias, e vai reclamar comigo, mas estará bem. — Limpei a saliva do meu queixo com a mão livre. Não era atraente. — Eu precisava que ele estivesse incapacitado para protegê-lo.

Seus olhos, que estavam lacrimejando, se fixaram nos meus.

— Eu não... não entendo.

— Jace vai chegar amanhã com Darius e sua *Erosita.* Mikael estar indisposto reafirma minha reputação e marca seu sangue como fora dos limites. — Embora eu mantivesse o paradeiro dele em segredo, todos esperariam que ele estivesse comigo agora. Isso significava que o membro da realeza que estava visitando poderia pedir uma mordida, algo que eu me recusava a permitir.

O comportamento territorial era visto como uma fraqueza entre minha espécie. E eu não podia me dar ao luxo de ser visto como fraco. Não com os rumores de insanidade pairando sobre minha cabeça.

— Você não quer compartilhá-lo — ela falou baixinho.

Não fazia sentido mentir para ela.

— Não, não quero.

— Mas vai me compartilhar.

Dei de ombros.

— A troca de consortes é costume. — Embora eu realmente não quisesse compartilhá-la. Quase gostei de incapacitar Mikael, algo que nunca havia acontecido antes. Normalmente, eu lhe dava um aviso e o drenava lentamente, mas vê-lo se beneficiar das atenções de Raelyn havia incendiado meu sangue. O que foi estranho, considerando que sempre compartilhei meu harém com ele e outras pessoas.

Mas Raelyn, bem, não gostei de vê-la acariciando-o. De jeito nenhum.

Nossas circunstâncias eram diferentes, resultado da loucura dos últimos meses. Ela dormia comigo todas as noites, um prazer que nunca preferi. Normalmente, eu encontrava minhas consortes nos quartos delas e variava minhas visitas. Nunca tive uma favorita. Às vezes, eu até passava um mês sem ver nenhuma delas.

E nunca estive com uma consorte várias noites seguidas.

Até Raelyn.

Ela me manteve entretido a semana toda e eu ainda desejava mais dela. Sua virgindade era apenas parte da atração. Eu ficava ansioso para vê-la, para encontrar a chama em seu olhar que parecia acender na minha presença.

Meu pequeno tornado destemido.

Ela conseguiu me dar não um, mas dois golpes. Um feito impossível para um humano, mesmo com o choque que ela teve. Seu regime diário de absorver meu sangue também pode tê-la ajudado, mas eu ainda estava impressionado com seus movimentos

169

ágeis.

— Sabe que socar um vampiro, ainda mais um membro da realeza, é motivo para a morte, não é?

Ela semicerrou os olhos quando a dor irradiou de suas profundezas azuis.

— Não vou dizer que sinto muito.

— Não, não vai. — Inclinei a cabeça para o lado. — E ainda está com raiva de mim.

Ela mordeu o lábio, sem dizer nada.

— O tratamento de silêncio de novo? — Franzi a testa. — Tenho certeza de que você pode ser mais criativa.

— Bateria em você de novo, mas está prendendo minhas mãos.

— Me diga por que você está com raiva.

— Porque eu te odeio.

— Mais palavras, Raelyn. Quero uma explicação.

— Por quê? — ela questionou. — Não é como se você se importasse.

Eu ri.

— Se não me importasse, não perguntaria. — Há muito tempo aprendi a não me incomodar em expressar uma opinião ou desperdiçar palavras por causa de bobagens inúteis.

Ela continuou sem dizer nada.

— Eu já disse que o Mikael vai ficar bem. — Uma leve dor se formou em meu estômago com as palavras. Ela realmente gostava tanto dele assim? Eles não estavam envolvidos romanticamente, pelo que eu havia testemunhado, eram apenas amigos. Mas era claro que pensar em sua morte a incomodava imensamente. Ou será que foi pelo fato de eu tê-lo descartado de forma descuidada? — Fale comigo, Raelyn.

— Certo. O que você quer que eu faça com o Jace?

De todas as coisas que eu esperava que ela dissesse, *isso* não havia sequer passado pela minha cabeça.

— Você seguirá o decoro, como sempre.

— Quero dizer, como sua consorte. — Ela falou as palavras com tanto desdém que quase me encolhi. Nenhuma das minhas consortes jamais agiu assim, mesmo as que eu havia selecionado e preparado por conta própria. Elas estavam sempre ansiosas para agradar a mim ou aos outros.

— Seja franca, Raelyn. O que é que você quer saber?

— Franca — ela repetiu, e um flash de fúria brilhou em seu olhar, transformando-o em um lindo tom de azul. — Vai me fazer transar com o Jace?

A pergunta foi como um tapa minha na cara.

Eu permitiria que ela transasse com Jace? Não, *fazê-la transar*, foi o que ela disse.

Quase ri.

Como se eu fosse conceder a ele — ou a qualquer outra pessoa — uma oportunidade tão valiosa.

— Você é minha, Raelyn.

Ela teve a audácia de revirar os olhos.

— Sim, estou ciente. Sou sua para ser compartilhada e tudo mais. O mínimo que você poderia fazer é me dar uma ideia do que esperar quando Jace chegar – ou qualquer um dos outros, nesse caso. Mas, não, você não pode dar a mim, a simples humana, a cortesia de saber como planeja... qual foi a frase que você usou? Ah, certo, usar minha virgindade como uma arma. — Ela tentou sair de baixo de mim novamente e bufou quando não me mexi. — *Ótimo.*

Eu não ouvia uma humana murmurar essa palavra — *naquele tom* — há séculos. Claramente, permitir que Mikael a apresentasse ao cinema a influenciou, e em apenas uma semana.

— Quer saber como planejo tomar sua inocência? — perguntei, confuso. — E está com raiva por não ter te contado?

Ela só me olhou.

— Já lhe ocorreu que ainda não decidi?

Mais silêncio.

— Gostaria que eu te tomasse agora? — Eu me acomodei com mais firmeza entre suas coxas, permitindo que ela sentisse minha excitação espessa. — Porque te comeria de bom grado, Raelyn, se é isso que você deseja de mim.

As narinas dela se alargaram.

— Vá se foder.

— Sim, esse é o tópico em questão. — Passei o nariz por suas bochechas coradas. *Delicioso.* Eu estava bem alimentado, mas seu sangue me tentou. — Você me odiaria menos se eu te comesse, Raelyn? Porque suspeito que você iria me odiar mais. Especialmente porque isso te marcaria como uma consorte com todas as opções disponíveis.

Mordi o pulso acelerado, sentindo seu perfume inebriante. O medo se misturava ao desejo e à raiva, criando um aroma que eu mal podia recusar. Meus incisivos imploraram para realmente prová-la. Seu sangue não satisfaria meus desejos da mesma maneira que o sangue de Mikael, mas, ah, como eu queria devorá-la por inteiro.

— Todas as opções disponíveis? — ela repetiu, sua voz havia se tornado um sussurro.

— Humm, sim. — Deslizei os incisivos em sua pele sensível. Tão fácil. Tão tentador. — Depois que eu te comer, todo mundo pode me pedir isso. É o que você quer, Raelyn?

Porque eu não queria. Eu queria saboreá-la e mantê-la como minha pelo tempo que pudesse. Nenhum membro da realeza ou alfa estaria interessado apenas na sua boca. Eles iriam querer o pacote completo, mas ele estaria fora dos limites até que eu a provasse.

— Eles não podem... até...? — Ela engoliu em seco e ficou quieta.

Me afastei para encontrar seu olhar conflituoso.

— Você pensou que eu ia querer te compartilhar antes de te ter? — Fiz um barulho com a língua. — Cordeirinho, isso nunca vai acontecer.

Ela procurou meu rosto.

— Mas você disse que era uma carta a ser usada.

— Porque é. — Soltei seus pulsos e me apoiei nos cotovelos ao lado da sua cabeça. — Posso jogar contra meus oponentes. Sem oferecer sua inocência, mas protegendo-a. A menos que você prefira que eu a tome agora —A oferta ainda estava valendo, e eu ficaria feliz em aceitar.

Isso a colocaria em perigo.

Ou não.

Apenas um tolo mataria a propriedade de um membro da realeza enquanto estivesse emprestado.

172

LIBERDADE PERDIDA

Não, meu adversário era mais esperto que isso. Ela ou ele atacaria quando eu menos esperasse.

Ainda assim, não queria arriscar que Raelyn fosse acidentalmente ferida.

Você não quer compartilhá-la, meu lado sombrio sussurrou. *Ela é nossa.*

Foi esse mesmo lado que assumiu o comando no final, acrescentando uma pontada de dor à minha mordida enquanto levava Mikael à inconsciência. Um castigo sutil por se entregar à minha mulher.

Passar a semana toda com ela estava fodendo com a minha cabeça.

Eu precisava de uma nova perspectiva, uma pausa.

Ou talvez eu só precisasse transar com ela para tirá-la dos meus pensamentos.

Meu pau endureceu com a ideia, cutucando sua pele macia. Seria tão fácil com ela já nua e molhada embaixo de mim.

— N-não — ela disse, balançando a cabeça. — Eu... não quero ser compartilhada.

Suas palavras me atingiram como uma onda gelada, esfriando meu ardor.

— Você não quer ser compartilhada?

Ela balançou a cabeça novamente.

— Não. Não mesmo.

Eu tinha acabado de dizer a ela que ainda não a compartilharia. Ela já precisava de um lembrete? Ou eu não fui claro?

— Não vou compartilhar você até que eu te tenha, Raelyn.

Ela mordeu o lábio.

— M-mas eu não... — Ela parecia estar reconsiderando o que queria dizer, e eu franzi a sobrancelha.

— Você está dizendo que não quer ser compartilhada nunca, Raelyn?

Ela ficou em silêncio por um longo momento, parecendo guerrear consigo mesma, como se não pudesse decidir como responder adequadamente.

— Sim.

Quase ri.

— Mas você é minha consorte, e esse é o seu objetivo – transar com quem eu mandar. — Ela não entendia o desígnio de um harém? — Certamente, a universidade explicou isso para você.

Ela tremeu, e um pouco da chama em seus olhos se apagou. Tão frágil, desestruturada e machucada.

Esse era o visual que os escravos de Robyn tinham, não os meus.

Que merda estava acontecendo?

— Sim, meu príncipe — Raelyn sussurrou e desviou o olhar.

Sua submissão cortou meu coração e provocou um turbilhão de emoções dentro de mim. A primeira era extrema decepção.

— É tão fácil te desestruturar? — questionei. — Que pena. — Eu esperava pelo menos um aceno de desaprovação ou um sinal de frustração, não aceitação total. Eu a empurrei para ficar de pé. — Vista-se, Raelyn.

Ela não se mexeu.

Balancei a cabeça, incapaz de lidar com essa tolice por mais tempo. Se ela queria se desestruturar pela verdade da sua posição, que assim fosse.

— Se você quer me comer, vá em frente. — A raiva autêntica em sua voz me fez parar com a mão na maçaneta da porta. — Se quiser me dar a um de seus amigos da realeza, dê. Mas não me pergunte o que quero e me decepcione depois que eu lhe disser a verdade.

Eu me virei, curioso, e a encontrei de pé, com as mãos nos quadris e as bochechas vermelhas por causa do esforço.

— Você pode fazer o que quiser com meu corpo, mas minha mente é minha, Kylan. Então vá se foder.

Arqueei as sobrancelhas. Ela aprendeu essa frase em um filme ou de um lycan boca suja? Talvez Mikael tenha mencionado isso para ela.

De qualquer maneira, ela não deveria estar usando essas palavras para alguém da realeza, muito menos para mim.

E pior, eu não deveria ter gostado tanto de ouvir.

Andei em sua direção, empurrando de encontro à parede. Segurei sua garganta enquanto ela me olhava.

— E se eu desejar sua mente, cordeirinho? — perguntei

baixinho enquanto meu polegar acariciava sua pulsação, que acelerava. — E se eu exigir?

— Você nunca a terá.

Apertei apenas o suficiente para ameaçá-la.

— Ah, mas eu te possuo inteiro, querida. Ou você se esqueceu desse detalhe?

— Não. — Sua voz tremia com uma mistura de medo e raiva. — Eu sou dona da minha mente, meu coração e espírito. Tudo o que você tem é o meu corpo e eu me recuso a lhe dar algo mais. É meu direito de escolha.

— Você não tem direitos.

— Não mais. — Ela semicerrou o olhar. — Mas já tive.

Sorri e foi quase triste.

— Não, amor. Você nunca teve.

— Os humanos tiveram.

— No passado — concordei, pressionando meus quadris nos seus. — Vivemos no presente, onde sua liberdade foi perdida e pertence a mim. Você é minha, Raelyn.

— Para transar, tocar, comandar. — Suas pupilas se contraíram, permitindo que mais daquela bonita chama azul brilhasse. — Você pode tentar manipular minha mente o quanto quiser, Kylan, mas nunca vou ceder a você. Me recuso.

— A quem você está tentando convencer aqui, querida? A mim ou a você? — Porque parecia que era ela quem precisava daquela conversa fiada, não eu. — Nem comecei a manipular sua mente.

Ela zombou disso, demonstrando sua coragem de forma brilhante e palpável, apesar de estar presa e nua contra a parede.

— Eu digo que não quero ser compartilhada, e você rapidamente me lembra que esse é o meu propósito. Você me quer mansa em um momento e forte no seguinte. Me disse que nunca fui destinada à Copa Imortal, que tudo era apenas uma jogada cruel, mas o único que está jogando aqui é você, Kylan. E parei de participar.

Afrouxei o aperto, assustado por sua avaliação precisa. Eu estava brincando com ela como se fosse uma escrava intrigante. Nunca foi a minha intenção, mas quando resumido de maneira tão franca, não pude negar a validade de suas palavras.

175

Eu desejava uma guerreira e exigia uma submissa. Dois objetivos muito diferentes, ambos corretos.

Pela primeira vez em séculos, não tive resposta. A mulher tinha me vencido, me deixando com apenas uma coisa a dizer.

— Você está certa. — Eu a soltei e dei um passo para trás. Um pedido de desculpas ameaçou escapar de meus lábios, me chocando ainda mais.

Eu nunca me desculpei.

Nunca.

— Eu... o quê?

— Você está certa — repeti. — Não me faça dizer uma terceira vez. — Eu nem conseguia acreditar que havia admitido aquilo duas vezes. Mas supunha que era o mínimo que eu podia fazer.

— Você está brincando comigo.

— Foi isso que você disse, não foi?

— E você admitiu.

Cruzei os braços.

— Começou a ficar chato.

Ela riu, o som quase histérico.

— Como esta é a minha vida? Por que é a minha vida? — Ela passou os dedos pelos cabelos e riu de novo, mas faltava alegria. — Tudo o que você disse sobre minha virgindade também era mentira? Uma maneira de me dar confiança apenas para destruí-la quando você me entregar a outra pessoa?

Um grunhido se formou no meu peito.

— De jeito nenhum. — Fechei as mãos ao lado do corpo. — Ninguém toca em você além de mim.

Ela me deu um olhar incrédulo.

— Tá bom, Kylan. — O jeito desdenhoso com que ela falou, fez meu sangue ficar em chamas.

— Nunca menti para você, Raelyn, e não aceito bem a acusação.

Ela colocou as mãos nos quadris de novo.

— Não, você só está ferrando com a minha cabeça.

— Prefiro chamar de *fornecer prioridades conflitantes* — o que não equivale a desonestidade. — Fui em sua direção novamente, e ela se manteve firme. — Fui mais honesto com você do que com qualquer outra consorte.

— Fácil de fazer, já que você matou todas elas.

Não me incomodei em corrigi-la. Ela sabia a verdade.

— Está tentando me provocar para que eu te machuque, Raelyn? Porque eu não recomendaria continuar nesse caminho.

— O que mais você poderia fazer? — ela respondeu com outra daquelas risadas sem humor. Ela descruzou os braços. — Faça o seu pior, Kylan. Eu te desafio.

— Você me desafia? — Arqueei uma sobrancelha. — Essa é uma proposta perigosa para alguém que acredita que sou capaz de assassinato em massa.

— Você é um vampiro, Kylan. — Ela apontou para o corpo de Mikael no sofá. — E você é claramente capaz de machucar as pessoas.

— Cuido dele há uma década. Tente novamente.

— Você o drenou enquanto me forçava a chupá-lo, e não se incomodou em contar a qualquer um de nós sua intenção. Isso é maldoso.

Voltamos a esse ponto.

— Mikael soube das minhas intenções no segundo em que provou meu sangue. Ele não protestou, então prosseguimos.

Ela arqueou uma sobrancelha.

— Então por que ele implorou no final?

Suspirei, passando os dedos pelos cabelos. Por que eu estava cedendo a essa bobagem? Tinha tarefas muito mais importantes para concluir hoje.

Mais dois minutos, disse a mim mesmo. *É tudo o que ela terá.*

O que ela perguntou?

Certo, ela queria saber por que Mikael parecia se sentir tão traído antes de perder a consciência.

— Retirei o prazer no final, fazendo com que ele sentisse um pouco de dor.

— E por que fez isso se não queria machucá-lo? — ela exigiu.

— Porque não gostei de ver você entre as pernas dele, Raelyn. E odiei perceber o quanto ele gostou. — As palavras saíram antes que eu pudesse detê-las, surpreendendo a nós dois.

Por que essa mulher constantemente arrancava a verdade de

mim?

Ela entreabriu os lábios, e suas bochechas ficaram vermelhas.

— Mas... mas você me fez...

Tudo bem, dois minutos se passaram.

— O que significa que sou o único culpado, certo? — Pensei que seria uma boa introdução ao que viria, mas o tiro saiu pela culatra na minha cara. Meu desejo de tomá-la era forte demais para compartilhar, algo que eu precisava superar, e rapidamente.

Depois que eu transasse com ela, ficaria tudo bem.

Mas ainda não podia. Não até a festa.

A menos que eu quisesse arriscar que outro membro da realeza ou alfa a tomassem.

— Tenho trabalho a fazer — falei, me afastando dela. — Vou mandar alguém levar Mikael de volta para o quarto. Vá para a cama cedo, Raelyn. Vai precisar descansar antes que o Jace chegue amanhã.

Não esperei pela sua resposta, apenas bati a porta atrás de mim e fui para o meu escritório. A maldita mulher me acusou de brincar com ela? Bem, parecia que ela estava fazendo o mesmo comigo.

Mas eu venceria.

Eu sempre vencia.

Capítulo dezenove

RAE

ACORDEI SOZINHA. O lado da cama em que Kylan dormia estava tão imaculado quanto quando fui dormir.

Ele não se juntou a mim na noite anterior.

Isso deveria ter me agradado, mas não agradou.

Porque não gostei de ver você entre as pernas dele.

Suas palavras ficaram comigo a noite toda, ecoando em meus sonhos. O que elas queriam dizer? Ele continuou insistindo no meu propósito de servir, mas disse que não gostava quando eu o fazia. Outro jogo mental? Kylan parecia gostar deles, mas estava muito sério quando pronunciou essas palavras.

Alegou ser honesto comigo.

Verdade ou mentira?

Eu não sabia, e o odiava por isso. Ele vivia de enigmas,

constantemente solicitando uma coisa enquanto realmente queria o contrário. Perdi a cabeça na noite passada e dei a ele um vislumbre dos meus pensamentos.

E ele não revidou.

Eu teria recebido uma punição severa na universidade. Testemunhei humanos recebendo sentenças de morte por comportamentos muito mais adequados que o que tive na noite passada. No entanto, Kylan simplesmente se afastou.

Ele tinha algo pior planejado para hoje? Ia fazer de mim um exemplo?

Eu me sentei, me sentindo confusa e com muito sono. Me preocupar com Kylan e suas intenções me deixaria louca. Nada era previsível com aquele homem. Nada.

Uma batida suave na porta, me fez puxar as cobertas para esconder meu peito nu. Dormi nua, esperando que Kylan se juntasse a mim. O que, é claro, ele não tinha feito.

Franzi mais o cenho quando a cabeça de Angelica apareceu. Seus olhos escuros encontraram os meus, e a surpresa por vê-la novamente me manteve imóvel na cama.

— K-Kylan não está aqui — falei, sem saber o que ela queria. Eu não a via desde o incidente na casa dele.

Ela contraiu os lábios.

— Eu sei. Ele está em uma ligação comercial, mas me pediu para vir te ver.

Ah, e isso significa...?

— Ah, tudo bem — murmurei.

Ela entrou com um prato na mão e fechou a porta atrás de si.

— Ovos com espinafre — falou enquanto se aproximava. — Comi muitos desses quando era jovem e imaginei que talvez você comeria também. — Ela colocou a comida na mesa de cabeceira e curvou os lábios para o lado. — Kylan pediu que eu a ajudasse com seu guarda-roupa. Jace e Darius devem chegar dentro de uma hora.

Entreabri os lábios.

— Ah. — Eu não sabia mais o que dizer. Mikael foi o único a me guiar durante a semana, mas é claro, não poderia fazer isso hoje. Não depois do que Kylan fez com ele.

— Sim, então, coma isso — ela apontou para o prato — e vou encontrar uma roupa adequada para você. — Ela se afastou murmurando: — Porque, aparentemente, alimentar e vestir humanos é o meu trabalho agora.

— Posso fazer isso sozinha — ofereci. — Quero dizer, se você não... — Parei, mordendo o lábio quando ela me encarou com uma expressão de surpresa. Certo. Decoro completamente quebrado. Já era ruim o suficiente desafiar Kylan o tempo todo. Falar fora de hora com os outros e olhá-los nos olhos, quebrava muitos protocolos.

Eu tenho mesmo um desejo de morte.

E pior, agi assim na frente de Angelica, uma vampira recém-transformada que *conhecia* as regras tão bem quanto eu, se não melhor.

— Me perdoe — sussurrei, baixando o olhar.

Ela riu, e o som agitou meu estômago.

Angelica não podia me matar, não sem o consentimento de Kylan, mas ela poderia me repreender. Talvez.

Fiz uma careta. *Ninguém toca em você além de mim.* Ele falou sério? Também se aplicava à disciplina?

Senti um arrepio na base da coluna ao pensar na versão de Kylan de punição. Ele me puniria de qualquer maneira, exceto por algumas ameaças verbais. E eu constantemente estava desafiando constantemente.

Só que era isso que ele queria: um desafio no quarto e um cachorro obediente em público.

Tecnicamente, eu ainda estava no quarto.

— Você tem alguma ideia de quanto tempo faz que eu não encontro um humano intacto? — Angelica perguntou, desabando na cama ao meu lado. — Caramba, já faz muito tempo. — Ela caiu para trás, bufando. — Todo mundo se curva e se recusa a olhar para mim, como se eu fosse um monstro assustador. Mas eu era humana há menos de uma década.

Esperei que ela dissesse mais, mas o silêncio caiu entre nós, estranhamente pacífico.

— Como é? — perguntei baixinho. — A transição de, bem, estado humano para vampiro?

Ela virou para o lado, e seus olhos castanhos encontraram os meus.

— Não é tão glorioso quanto se poderia esperar. A iniciação é bem básica, com uma renda mínima e o essencial, e te forçam a se esforçar para crescer. Só estou aqui porque o Kylan solicitou, algo que a Judith deixou muito claro ao me promover para sua equipe de segurança. A decisão dele vai me custar, eu acho. Todo mundo quer estar mais perto dele e do seu poder. Sou a mais nova e mais inútil de todos.

— Se o Kylan te promoveu, então ele vê potencial em você. — As palavras deixaram minha boca sem pensar. Simplesmente pareciam certas.

Angelica permaneceu quieta por um longo tempo, franzindo os lábios.

— Espero que você esteja certa.

— Ela está — Kylan murmurou das sombras. Seu corpo pareceu se materializar diante de nossos olhos quando ele entrou na luz projetada pelas janelas. — Por que não está comendo, Raelyn?

Meu queixo caiu com sua aparição inesperada, e perdi a voz.

Angelica pulou da cama com um som estrangulado e caiu de joelhos.

— Perdoe-me, meu príncipe. A culpa é minha por...

— Duvido muito que a culpa seja sua — ele respondeu. — Raelyn?

Em vez de responder, peguei o prato e enfiei uma garfada gigante na boca. Ele arqueou uma sobrancelha, contraiu os lábios para os lados e balançou a cabeça.

— Angelica, por favor, encontre um vestido adequado para Raelyn. O avião de Jace acabou de aterrissar, o que fará com que ele se adiante.

— Claro, meu príncipe. — Ela se levantou e foi direto para o closet, com a cabeça inclinada o tempo todo.

Comi outra garfada quando ele se aproximou, e senti meu coração trovejar no peito.

— Devo puni-la? — ele perguntou com calma. — Por conversar com você em vez de seguir minhas exigências de te alimentar e te vestir?

Semicerrei os olhos, engolindo a comida antes de terminar de mastigar.

— Sou perfeitamente capaz de me alimentar e me vestir sem supervisão.

Ele inclinou a cabeça.

— Foi isso que você disse a ela?

— Não, perguntei a ela como é ser vampira. — O que era contra o protocolo, mas era a verdade.

— Você quer se tornar uma?

— Qual é o sentido de desejar uma impossibilidade? — rebati, colocando o prato no chão, apesar de ter comido só metade do conteúdo. Meu apetite era inexistente.

— Todo mundo tem sonhos, Raelyn. — Ele colocou uma mecha de cabelo atrás da minha orelha e se inclinou para tocar os lábios nos meus. — Até escravas lindas.

— Sonhar é para os fracos.

— Costumava ser para os espirituosos.

— Bem, como você apontou ontem à noite, vivemos em uma época muito diferente, não é?

— É verdade. — Ele me beijou novamente, de forma persistente. — Mas você me faz lembrar de uma época que eu gostava mais, Raelyn.

— Isso serve, meu príncipe? — Angelica mostrou um vestido de seda vermelho escuro que mal cobria meus seios. Pelo menos, a saia ia até o chão.

— Sim — ele respondeu, estendendo a mão para o vestido. — Posso tocar daqui. Por favor, avise Judith que mudei de ideia e que vou receber Jace aqui em vez de no K Hotel.

Angelica empalideceu.

— C-claro, vossa alteza. — Ela se curvou e se retirou rapidamente, me deixando sozinha com Kylan.

Ele colocou o vestido sobre a cama e começou a desabotoar a camisa.

— Temos tempo para um banho rápido. Vá ligar o chuveiro e me espere lá.

Parte de mim queria recusar só para irritá-lo, mas o brilho

perigoso em seu olhar me forçou a sair da cama e entrar no banheiro.

O chuveiro estava começando a esquentar quando Kylan apareceu — nu — atrás de mim.

Transposição, percebi. Só o mais velho dos vampiros possuía essa habilidade. Eles não podiam se tele transportar por longas distâncias, apenas alguns quilômetros, mas era como se ele desaparecesse e reaparecesse diante dos meus olhos.

Ele beijou meu ombro, apoiou as mãos nos meus quadris e me guiou para debaixo do chuveiro. Foi a primeira vez que ele colocou em prática seu comentário sobre me querer no chuveiro com ele todas as noites.

Esperei que ele exigisse que eu me ajoelhasse para satisfazer a ereção proeminente que estava apoiada em minha bunda, mas ele não disse nada. Ele passou as mãos nos meus cabelos úmidos, fazendo com ele todo ficasse molhado.

Seus lábios encontraram minha têmpora quando ele aplicou o shampoo. Continuou seus movimentos, fazendo espuma na minha cabeça antes de me enxaguar e repetir a ação com o condicionador.

— Vire-se — ele disse baixinho, pegando o sabonete.

Engoli em seco e me virei conforme as instruções, encarando sua beleza imortal.

Isso estava muito longe de ser um castigo.

A menos que ele quisesse me provocar até a morte.

Cada toque da sua mão quente sobre a minha pele excitava meus hormônios, provocando um pandemônio no meu ventre, que se espalhava por minhas veias. Ele passou a mão sobre o meu abdômen, até a parte superior das coxas e subiu para a lateral do corpo, deixando de lado as áreas em que eu mais o desejava.

Um gemido se formou na minha garganta, mas o impedi de sair, apertando os dentes com tanta força que algo rachou.

Kylan riu e continuou movendo a mão para o meu ombro e depois para o meu braço.

— Sua determinação é admirável, Raelyn. Mas eu vou vencer.

— E vai ganhar o quê? — consegui questionar por entre os dentes.

— Você — ele respondeu, levando o sabonete de volta ao meu

peito para passar entre os seios.

Ofeguei quando ele continuou até o umbigo e um pouco mais para baixo, roçando o topo do meu monte.

— V-você já me possui.

— Sim — ele concordou. — Mas, de acordo com você, sou dono do seu corpo e nada mais. — Ele passou a mão entre minhas pernas, fazendo meu coração parar completamente. — Mas eu quero mais, Raelyn.

Foi preciso um esforço enorme para que eu me concentrasse em suas palavras e não em seu toque hipnótico. Porque, deusa, isso era incrível. Uma única noite sem ele acendia uma necessidade avassaladora que só Kylan poderia satisfazer.

— Quero te possuir por inteiro — acrescentou com a voz macia que parecia fazer uma carícia profunda em meu ouvido.

Estremeci e me arrepiei, apesar da água quente.

— Isso nunca vai acontecer — consegui falar.

— Eu discordo — ele sussurrou e passou os lábios pela minha bochecha, pairando sobre minha boca enquanto me puxava contra si.

— Vou começar pela sua mente. Mas sem jogos. Só vou dizer a verdade.

Outro arrepio me fez estremecer e intumesceu meus mamilos de encontro ao seu peito quente.

— A verdade — repeti, tentando com todas as minhas forças me concentrar na conversa e não na mão dele entre as minhas pernas. O sabonete mudou para a outra mão, deslizando para a lateral do meu corpo.

Muita sensação.

Muito *calor*.

— Sim. — Ele capturou meu lábio, sugando-o. — Vire-se, Raelyn.

Meus pés se moveram antes que minha mente pudesse processar a demanda.

— Coloque as mãos na parede.

Obedeci.

Ele arrastou o sabonete na minha coluna.

— Abra as pernas.

Isso era o oposto do que eu queria. Meu núcleo implorava por atrito, algo que ele tirou quando me forçou a me virar. Mas segui sua ordem, afastando as coxas e alongando minha postura.

— Linda. — Ele puxou meu cabelo por cima do ombro, expondo minhas costas, e começou a me massagear em círculos lentos, o perfume floral fazendo cócegas nas minhas narinas.

Ninguém nunca tinha feito isso comigo antes. Eu me senti quase querida, adorada, o que não poderia ser sua intenção.

— Agora, quanto à verdade. — Ele beijou minha nuca e mordiscou a pele macia, provocando faíscas em todas as minhas terminações nervosas. — Jace está vindo mais cedo porque eu pedi. Apesar das evidências em contrário, acho que ele está por trás do ataque a mim.

Pisquei. *O quê?*

—Jace? — *Por quê?*

— Seu território faz fronteira com o meu, e seu novo soberano seria o próximo na fila para herdar minha região, atribuindo um motivo e uma oportunidade a eles. — Kylan deslizou a mão entre as nádegas e provocou um choque em minha pele.

Ele não estava pensando em...

Seus incisivos perfuraram meu pescoço, enviando euforia através da corrente sanguínea. Tremi contra ele e minhas pernas ameaçaram desabar.

— Kylan — murmurei, arqueando em sua direção. O sabonete desapareceu, e ele envolveu minha cintura com o braço para me segurar enquanto a outra mão permanecia no meu traseiro — tocando, acariciando e testando meus limites.

Nunca fui tocada *lá*.

Até agora.

Minha pele flamejou com a natureza proibida da sua exploração. A universidade havia oferecido cursos sobre isso. Eu os evitei, sem saber por que alguém se interessaria por tal ato. Mas, ah... talvez, apenas talvez, eu estivesse errada.

O êxtase se acumulou entre minhas pernas e a mordida de Kylan excitou todos os meus sentidos. E o dedo dele — não, dedos — estava provocando sensações libidinosas no meu interior.

Arranhei os azulejos e meu braços tremiam por manter a

posição.

Muitas sensações.

A água quente caindo sobre nós só aumentava meu tormento.

Só meu corpo, jurei. *Só isso.*

Mas, *puta merda!*

Inclinei a cabeça para frente, respirando forte. Ele intensificou o prazer e penetrou os dedos, fazendo com que a intrusão esmagasse meu ser. O aperto em minha cintura foi o que me manteve em pé, já que minhas pernas não estavam mais funcionando.

— Eu, ah... — Parei com um silvo, e sua risada me atingiu.

— Demais? — ele perguntou baixinho enquanto meu pescoço latejava de desejo.

Então é assim que é ser mordido.

Não me admira que Mikael tenha gostado.

Meus membros vibraram, minhas mãos mal conseguiam se apoiar na parede. Ele estava me destruindo. Lenta. Total. Completamente.

Mas não a minha mente.

Seu aperto mudou, a palma da mão deslizou para segurar meu sexo enquanto ele continuava a me penetrar por trás com a outra mão.

— K-Kylan... — Eu não sabia se deveria implorar para ele parar ou exigir mais.

Ele beijou meu pulso e lambeu a ferida que deixou aberta na minha pele. Cada caricia provocou outros tremores no meu corpo, todas canalizadas para meu núcleo. Seu dedo circulou meu clitóris, aprofundando o momento, me fazendo ver estrelas.

Tão perto.

Mas não o suficiente.

Eu *precisava*... ah, eu nem sabia.

Seu nome escapuliu dos meus lábios mais uma vez enquanto ele movia os dentes para mordiscar o lóbulo da orelha.

— Mal posso esperar para te comer, Raelyn. De todas as maneiras. Sua boceta, sua bunda. — Ele enfiou os dedos dentro de mim enquanto falava, alimentando o fogo que me consumia. — Vou te possuir por inteiro. Incluindo sua mente.

Balancei a cabeça, engolindo em seco.

— Não.

— Sim. — Outro impulso, desta vez pela frente e por trás. Gemi em resposta. Meu coração batia forte nos ouvidos. Meus músculos estavam tensos e o abdômen se curvava com aquela dor familiar que só Kylan podia aliviar.

— Seu coração também, princesa. Seu espírito. Quero tudo.

— Não — repeti. Minhas unhas ameaçavam se quebrar contra a parede pela força com que eu cravava na superfície. — Nunca.

Ele alcançou o ponto sensível abaixo da minha orelha.

— Você está pegando fogo, cordeirinho? Está se sentindo como se pudesse explodir?

Gemi quando ele aumentou o ritmo, estimulando o orgasmo sem me dar aquele impulso extra que meu corpo exigia.

— S-sim — sussurrei. — Eu não... não posso... — Estava ali. Muito perto. Muito feroz. E recusando meu abraço. Um grito frustrado se formou na minha garganta e meu corpo implorou pelo clímax que me escapava.

— Essa é sua mente, Raelyn — ele sussurrou. — Esperando pelo meu comando, se recusando a te deixar gozar sem a minha permissão. — Ele lambeu meu pescoço novamente, derramando fogo selvagem em meu ser, atingindo minha alma.

— Kylan — gemi, não sendo mais capaz de processar nada além do feitiço apaixonado que havia tecido um padrão de ligação sob a minha pele, me rotulando como sua.

— A sua mente deseja minha aprovação. Me implore, querida, e vou deixar você gozar. — As palavras eram uma promessa sombria em meu ouvido.

Tremi, incapaz de negar seu poder.

— Por favor — Meu corpo tensionou ao redor dele, pedindo que terminasse, que me concedesse a liberação que eu tanto desejava. — Por favor, Kylan.

Vi sua diversão enquanto os dedos transavam comigo.

— Mais.

— O que você quer? — perguntei, a água incomodando meus olhos pela loucura que pulsava dentro de mim. — Não posso te dar tudo. Qualquer outra coisa, mas não isso.

— Você não vê? — Seus lábios estavam na minha orelha. — Eu já te possuo, Raelyn.

— Não. — Balancei a cabeça enquanto as lágrimas caíam livremente. — Não.

— Ah, sim — ele murmurou, empurrando fundo. — Goza para mim, princesa. — Ele pontuou a ordem, afundando seus incisivos na minha pele.

Gritei quando meu mundo se desfez.

Tudo tremeu.

O chão.

O ar.

Meu próprio ser.

Devastada.

Abalada.

Ele é meu dono.

As palavras ecoaram em meus pensamentos quando o nome dele saiu da minha boca como uma maldição e uma oração.

Isso dói. Oprime. Destrói.

E eu queria que ele fizesse tudo de novo, que me levasse a esse lugar de esquecimento que só existia com Kylan. Só existia em seus braços, sob seu toque, com sua permissão.

Merda, eu o odiava.

Eu o adorava.

Queria matá-lo.

Transar com ele.

Bater nele.

Meus joelhos cederam ao ataque de emoções e sentimentos, e meu corpo parecia incapaz de absorver uma experiência tão divina. Kylan me pegou no colo com a facilidade de um ser muito mais forte. Ele sussurrou com os lábios colados na minha bochecha e sua língua provou minhas lágrimas.

Ele me destruiu.

Eu não conseguia nem abrir os olhos.

— Estou ficando viciado em como você diz meu nome no meio da paixão, Raelyn. — Ele me segurou debaixo da água para enxaguar o sabonete. O calor fez minha pele sensível formigar, provocando tremores na parte inferior do meu corpo.

Kylan trilhou um caminho de beijos até minha boca. Sua língua a penetrou com facilidade e a encheu com seu sangue. Ofeguei. Não estava pronta, mas ele era implacável, me forçando a engolir ou arriscar sufocar com sua essência.

Meu interior formigou, acolhendo o impulso energético e as propriedades curativas de seu ser dentro do meu. O líquido inebriante me envolveu em um casulo de euforia que eu desejava com muito mais intensidade do que deveria.

Kylan estava criando um vício, um que só ele poderia satisfazer. Eu ansiava por lutar, mas não podia, não quando isso me deixava tão feliz.

Minha, uma voz estranha surgiu em meus pensamentos. *Meu mundo. Meu lugar. Meu propósito.*

Bloqueei o canto sedutor da minha mente, me recusando a deixá-lo me guiar. Eu não podia — não mesmo — cair na teia de Kylan.

Tarde demais...

Não.

A água foi desligada, e Kylan saiu comigo ainda em seus braços. Quando paramos de nos beijar? Ele já havia tomado banho?

Ele me envolveu em uma toalha e senti meus pés firmes no chão, apesar da névoa que nublava minha mente.

O que ele fez comigo?

Quem sou eu?

— Jace vai chegar logo — Kylan falou enquanto esfregava meus braços com o tecido de algodão. Sua ereção estava de pé e orgulhosa entre nós, um lembrete firme da minha falta de reciprocidade.

Ele me colocaria de joelhos agora?

Comecei a me abaixar, antecipando a ordem, mas seu aperto no meu bíceps me manteve em pé.

— Mais tarde, Raelyn. Jace é nossa prioridade agora. Preciso que você me ouça.

Pisquei para as gotas de água que escorriam em seu peito. *Perfeição masculina.* Me inclinei para traçar a linha com a língua, amando o seu sabor. Uma das suas mãos foi para o meu cabelo, e seus dedos se entrelaçaram em meus fios.

Agora ele me forçaria...

— Raelyn. — Ele me puxou de volta para que eu o olhasse. — Preciso que você se concentre.

Eu apenas sorri.

— Então não deveria ter tomado banho comigo.

Ele riu e balançou a cabeça.

— Você está bêbada por causa do meu sangue.

Dei de ombros. Ou tentei. Eles pareciam cansados.

— Tudo bem.

Com um sorriso, ele enrolou uma toalha na cintura e me levou para o quarto.

— Precisa de mais comida. — Ele me deixou cair na cama sem cerimônia e me entregou o prato comido pela metade. — Quero esse prato limpo quando eu terminar de falar.

Fiz uma careta, mas forcei uma garfada e mastiguei.

— Bom, cordeirinho. — Ele me deu um tapinha na cabeça.

Semicerrei os olhos, o que fez seus lábios se curvarem em resposta.

— Idiota — resmunguei, me lembrando do termo de um filme que vi no início desta semana. Parecia ser um apelido apropriado para Kylan.

Sua risada me assustou. Era cheia de vida, humor e nada como as risadas baixas de sempre. Seu rosto se enrugou em linhas que nunca vi, e seu prazer era quase palpável.

Ele me agarrou e me beijou com tanta força que quase me esqueci de respirar. Kylan me soltou muito de repente, mantendo um sorriso.

— Cuidado, querida, ou vou te manter aqui para sempre.

Bufei.

— Isso não é provável.

Ele arqueou as sobrancelhas.

— O quê?

Ah, eu falei em voz alta? Humm. Comi mais um pouco de ovo e o encarei. Nós dois sabíamos que ele não poderia me manter para sempre, então por que discutir isso?

Ele se sentou ao meu lado na cama, a palma da mão na minha bochecha.

LEXI C. FOSS

— Verdade — ele murmurou. — Não confio no Jace e estou preocupado que ele possa tentar te machucar. Indiretamente, para causar uma cena. Supondo que seja ele quem está tentando me fazer passar por louco. Então, preciso que você fique ao meu lado a noite toda e que se comporte por mim.

Engoli o último pedaço da comida que estava no prato e o coloquei na mesa de cabeceira ao meu lado.

— Você realmente acha que foi ele quem matou seu harém? — Porque isso não combinava com o Jace que estudei na escola, O vampiro era mentor político e quase tão brilhante quanto Kylan.

— Acho que ele tem o melhor motivo.

— O que o torna muito óbvio.

Ele inclinou a cabeça para o lado.

— Que significa...?

— Que é muito óbvio — repeti. — Você faria algo tão notável? Ele bufou.

— Não, por várias razões, a principal é que sou mais estratégico que isso.

— E o Jace não é estratégico?

— Ele é, o que explica a falta de evidências e seus álibis perfeitos. É exatamente como eu faria.

— Menos a parte óbvia — apontei.

Ele abriu a boca, depois a fechou, e seus olhos escuros brilhavam em apreciação.

— Fascinante — ele murmurou. — Você é a primeira pessoa corajosa o suficiente para contrariar minha opinião.

Franzi a testa.

— Não há nada corajoso na lógica. — E parecia fácil demais que Jace fosse o culpado.

— Há quando é contrária aos pensamentos de um membro da realeza sobre o assunto. Você ficaria surpresa com o quanto os meus constituintes têm medo de debater comigo.

— Não estou debatendo. — Ou essa não era minha intenção, de qualquer maneira.

— Não, você está me forçando a ver além de uma rivalidade milenar e reconhecer a razão. — Ele passou o polegar sobre o meu lábio inferior. — Esta reunião com Jace pode ser ainda mais esclarecedora do que eu previa inicialmente. Obrigado.

— Não fiz nada.

— Pelo contrário, cordeirinho. — Ele me beijou suavemente e sua língua tocou em meus lábios. — Você fez mais do que imagina. — Ele me virou de costas e apoiou meus quadris em suas pernas. As toalhas era os únicos tecidos que nos separavam — Jace vai chegar em vinte minutos. Vou passar dez desses te beijando. Então você vai se preparar para me ajudar a cumprimentá-lo.

— A-ah... tudo bem — sussurrei, engolindo em seco.

— Não vou te compartilhar, Raelyn — ele disse de encontro à minha boca. — Como membro da realeza e mais velho, é meu direito de nascença. Além disso, como você deve ter descoberto, não gosto de regras.

Assenti.

— Sim.

— Ótimo. Agora abra a boca.

Capítulo vinte

KYLAN

MEUS LÁBIOS FORMIGAVAM. *Formigavam* de verdade.

Resisti à vontade de tocá-los.

Raelyn me fazia me sentir... jovem. Vivo. Estranhamente em paz.

Não pretendia ir até ela, mas depois de ouvir os comentários sobre a promoção de Angelica, não pude deixar de aparecer. Essa era a consequência por espionar.

Raelyn perguntou sobre a transição para se tornar vampira, uma clara quebra das regras, e Angelica respondeu. As duas deveriam ser punidas, mas como eu poderia discipliná-las quando só consegui sorrir? Mandar Angelica avisar a Judith de que mudei os locais das reuniões já era penalidade suficiente.

Meu telefone tocou com uma mensagem da minha tenente

mais confiável.

Jace chegou.

Mande-o subir, respondi, sabendo muito bem que ela odiava esse plano. Claro, ela não disse nada. Ninguém nunca me questionava.

A não ser Raelyn.

O vestido de seda vermelho se encaixava em seu corpo com perfeição, e os seios mal cabiam no tecido decotado. Suas mechas ruivas deliciosas estavam presas no alto da cabeça em um penteado bagunçado. O único problema era que meu sangue havia curado sua marca.

Algo que eu deveria consertar.

Agarrei seu quadril e a puxei contra mim. Ela cambaleou e levou as mãos ao meu bíceps para se equilibrar.

— Adoro esse vestido. — As fendas subiram dos dois lados até o topo das coxas e as costas estavam completamente expostas. — Tirá-lo mais tarde será uma grande alegria.

Ela estremeceu e me olhou com aqueles olhos azuis.

— Você fica muito bem de terno.

Arqueei as sobrancelhas.

— Você me elogiou?

Ela contraiu os lábios.

— Talvez.

Ela me surpreendeu. Novamente.

— Quem é você? — Fiquei maravilhado. A mulher me chocava o tempo todo, desde a primeira mordida na minha língua. Passei a mão ao redor do seu pescoço e pensei onde deveria marcá-la. O ponto da pulsação era fácil demais. Eu queria algo mais íntimo, mais escandaloso.

— Rae — ela respondeu. Havia um flash desafiador em seu olhar que foi direto para o meu peito. Não havia escapado à minha atenção que Mikael a chamou assim durante a semana toda.

— Raelyn — eu corrigi.

Não dei tempo para ela responder, pois a necessidade de mordê-la era muito forte.

Meus incisivos encontraram a pele do seu seio, bem na lateral do vestido de seda, atingindo profunda e rapidamente, o que provocou um grito dela. Suas unhas cravaram no meu paletó e ela ofegou enquanto eu sugava com força, garantindo que minha reivindicação permanecesse, mesmo com meu sangue prosperando dentro dela. Seria parcialmente curada, o suficiente para impedir o sangramento, mas a marca seria recente para as apresentações. Especialmente com o elevador anunciando a chegada iminente de Jace.

Ignorando o som dos passos sobre o mármore, continuei me alimentando. Raelyn gemeu e foi como música para meus ouvidos. Ela se perdeu em mim, sem saber do nosso público, e eu estava adorando demais para parar. Não podia parar imediatamente.

Levei um longo momento trazendo-a de volta antes de endireitá-la e sorrir para ela.

— Diga seu nome — sussurrei.

— Rae — ela respondeu, com o olhar sonolento.

Balancei a cabeça e sorri.

— Desafiadora até o fim, humm? — Me virei para encarar Jace e seu novo soberano. — O que você faz quando uma escrava se comporta mal, Jace?

Raelyn congelou ao meu lado, finalmente percebendo que nossa companhia havia chegado.

— Depende da infração — ele respondeu com frieza.

— Ao não conseguir se lembrar do nome escolhido para ela. — Arqueei a sobrancelha. — O que você faria?

— A faria repetir o nome enquanto transaria com sua boca. E não pararia até me convencer de que ela não se esqueceria mais.

Sorri e passei o braço na parte inferior da coluna de Raelyn.

— Não é uma boa ideia. Raelyn?

Ela mordeu o lábio, e desviou o olhar para o chão.

— Como quiser, meu príncipe. — Suas palavras soaram suaves, mas com firmeza. Eu a mantive de pé quando ela começou a se ajoelhar e a puxei com força para o meu lado.

— Um castigo para mais tarde — sussurrei contra seu ouvido. E eu podia ou não cumpri-lo. Dependeria do resto da noite. — Ah, bom, seja bem-vindo, Jace. Darius. — Estendi a mão para os dois, apertando com firmeza enquanto segurava Raelyn ao meu lado. Os dois notaram as novas marcas no seio dela, mas ninguém comentou.

— Agradecemos o convite — Jace murmurou, seguindo as formalidades. — Darius, apresente Juliet.

— Com prazer. — Ele guiou a morena impressionante para frente com a palma da mão na parte inferior das costas. — Esta é minha virgem de sangue e *Erosita*, Juliet. — Ela fez uma reverência. Seu vestido transparente exibia todos os atributos e duas marcas de mordida. Jace e Darius a compartilharam no caminho para cá?

O que quer que existisse entre eles deveria ter sentindo-me deixado muito mais fascinado do que me sentia. Ter Raelyn ao meu lado e seus gemidos provocantes ainda frescos em meus ouvidos me entorpeceram ao charme de Juliet.

— Ela é linda — murmurei. — Posso ver por que você a manteve, Darius. — Ela permaneceu em reverência, esperando ser liberada, o que demonstrou que era muito bem treinada. — Ela é bem-vinda para ficar de pé.

Darius colocou a mão nas costas dela enquanto ela obedecia e mantinha seu foco no chão, assim como Raelyn.

— Deixou suas consortes em casa? — perguntei a Jace, notando a falta da sua comitiva.

— Elas não eram necessárias. — Uma resposta suave. — Não quando tenho acesso aos melhores atributos de Juliet. Você deveria ouvi-la gritar. É um som adorável.

Considerei isso com um sorriso. Parecia uma desculpa inteligente para manter seu harém longe de mim, o que sugeria que ele tinha medo do que eu poderia fazer. Por que ele me achava louco ou por que esperava retribuição? O tempo diria.

— Bem, esta é a minha Raelyn. — Acariciei seu pescoço. — Ela também grita lindamente. Gostaria de uma demonstração? — Sua pulsação acelerou com a sugestão, uma pontada de excitação subjacente ao compasso sedutor.

— Talvez mais tarde — Jace murmurou. — Juliet ficaria feliz em retribuir, certo, Darius?

— Claro. — Ele parecia quase frio, e sua postura era rígida, distante. Os rumores afirmavam que ele só havia comprado uma *Erosita* para provar sua riqueza e poder, e a mantinha porque Jace desfrutava dos benefícios. Sua expressão entediada e o leve toque nas costas da mulher confirmavam a especulação. Nenhum sinal externo de posse, além da marca em seu pescoço. Ela certamente não parecia muito apegada a ele.

Mas isso é perfeito demais, meus instintos sussurraram. Era exatamente como eu agiria se já tivesse uma companheira. O que nunca aconteceria. Nem mesmo com...

Raelyn.

Olhei para ela, a percepção me atingindo no estômago.

Ela era uma virgem intocada.

Nunca mordida.

Até me encontrar.

Inconscientemente, iniciei a cerimônia entre nós, trocando sangue.

Fascinante. Não era à toa que me sentia tão conectado a ela.

Bem, eu certamente precisava resolver esse problema, e rapidamente.

Mas primeiro, nossos convidados. Voltei a olhar para Jace e sorri.

— Gostaria de uma bebida antes do jantar? — Zelda provavelmente precisaria de mais uma hora para se preparar, considerando que mudei o local da reunião no último minuto.

— Vinho? — Meu nobre colega sugeriu, inclinando os lábios em um sorriso.

Segurei Raelyn com mais firmeza.

— Com um pouco de sangue para completar?

— É como se você estivesse lendo minha mente, Kylan. — Ele olhou para Juliet, a indicação clara. — Por falar em itens decadentes, onde está seu escravo favorito?

— Ah, Mikael está se sentindo um pouco esgotado no momento. — Liderei o caminho para a área de estar e acrescentei: — Ele se divertiu muito brincando com Raelyn ontem.

Jace riu e se sentou em uma cadeira enorme.

— Aposto que sim. — Ele estendeu a mão, que Juliet aceitou, e a acomodou em seu colo. Darius se sentou ao lado deles no sofá.

Uma dinâmica intrigante e que aparentava naturalidade, mas me pareceu intencional.

Protetor, até.

Por que eles temiam que eu pudesse pedir uma mordida? Ou

outra coisa?

— Raelyn, você se importaria de pedir a Zelda para nos ajudar com o vinho? Diga a ela que um tinto francês seria ótimo. Ela entenderá. — Eu tinha uma adega de vinhos favoritos que ela mantinha bem abastecido.

— Claro, meu príncipe. — Ela fez uma bela reverência e saiu com uma confiança que eu admirava. O vestido revelava suas curvas sem exibi-las, como o vestido de Juliet.

— Estou feliz que você não a tenha matado — Jace comentou enquanto encarava a bunda de Raelyn com os olhos azuis prateados. — Seria uma pena desperdiçar esse lindo talento.

Me congratulei com a zombaria e a referência ao meu antigo harém.

— Sim, ela é bastante desobediente. Muito diferente das minhas consortes anteriores.

Ele sorriu, sem revelar nada.

— Então espero que você a mantenha por um tempo.

Curvei os lábios.

— Você quer dizer, ao contrário do que foi feito com o meu harém?

— Sim, alguns podem se referir a isso como uso indevido de recursos. — Jace afastou o cabelo de Juliet por cima do ombro enquanto falava e beijou seu pescoço. A pulsação dela permaneceu admiravelmente firme, sua familiaridade com Jace era evidente. — Prefiro realocar meus escravos quando fico entediado com eles — acrescentou, se concentrando em Juliet. — Mas cada um na sua.

Uma jogada perfeita, como sempre.

Ele não repreendeu meu comportamento, mas conseguiu expressar sua opinião — desaprovação. Era tudo uma manobra porque ele mesmo orquestrou as mortes? Ou ele realmente se sentia assim?

Óbvio, Raelyn havia dito. *Tudo bem, cordeirinho. Vamos ver se você está certa.*

Me acomodei na ponta oposta do sofá em que Darius estava e apoiei o tornozelo sobre o joelho.

— Parabéns pela sua nova posição.

— Obrigado — ele respondeu. A confiança e a idade

irradiavam dele. — É uma mudança intrigante.

— Aposto que sim. — Eu o considerei com cuidado. Darius tinha idade suficiente para ser da realeza, tinha linhagem também. E seu criador, Cam, foi um dos melhores jogadores de xadrez que já conheci. O que rotulava Darius como um concorrente feroz, mesmo sem Jace sentado ao seu lado.

— Então, o que despertou seu interesse em ingressar na arena política depois de todo esse tempo? — perguntei, realmente curioso.

Raelyn e Zelda retornaram com o vinho, mas o foco de Darius permaneceu em mim.

— Principalmente por não acreditar que havia alguém mais qualificado na região de Jace para concorrer. E segundo, estou cansado de ser governado por vampiros com metade da minha idade.

Uma declaração justa, que eu poderia respeitar.

Aceitei a taça que Raelyn me entregou e a puxei para o meu colo, deixando Zelda servir o vinho para os outros. Ela terminou e saiu sem dizer uma palavra, mantendo o foco no jantar.

— Mas por que agora? — perguntei a Darius. — Por causa da morte prematura de Adrian Loughton? — Espancado por um bando de lycans trapaceiros, se minhas fontes estivessem corretas. Mas eu suspeitava que os lycans haviam sido contratados. Era o que eu teria feito.

— A morte dele me proporcionou uma nova oportunidade. — Ele estalou os dedos e Juliet levantou o pulso. Sem tremor. Sem medo. Apenas um suave aroma de excitação.

Bem, agora *isso* era fascinante.

Ela gostava dele.

E a leve contração em seus lábios provava isso.

Uma *Erosita* poderia se comunicar telepaticamente com seu mestre. Eles estavam falando um com o outro agora? Darius beijou seu pulso antes de afundar suas presas na pele delicada. Ela não vacilou, nem mesmo quando ele a apertou para forçar gotas da essência viciante em sua taça. Jace balançou a cabeça em recusa educada — mas estranho ainda.

Que tipo de vampiro recusava a oferta de uma virgem de

sangue? Especialmente depois de sugerir isso no hall de entrada?

Alguém com um segredo guardado.

Não segui o exemplo com Raelyn, tendo desfrutado do seu sangue mais cedo.

Darius fechou o ferimento de Juliet, e os lábios dela se contraíram novamente, assim como sua excitação estava sendo despertada.

Ah, eles estavam realmente se comunicando.

Encontrei o olhar penetrante de Jace, observando a proteção que espreitava naquelas profundezas prateadas. De Darius, Juliet, ou os dois?

— Eu me pergunto — falei devagar, determinando meu fraseado. — Até onde suas novas aspirações políticas te levarão, Darius?

Ele relaxou no sofá, deixando Juliet no colo de Jace, onde ela relaxou muito mais do que um humano deveria. Até os ombros de Raelyn estavam repletos de tensão e seu pulso batia de forma sedutora em meus ouvidos.

— Estou bastante satisfeito com o meu novo título — ele respondeu em voz baixa.

— Claro. — Passei a mão para cima e para baixo do braço de Raelyn, na tentativa de suavizar os arrepios que sua pele macia exibia. — Mas e o futuro? Você tem sangue real – da linhagem de Cam – e pode se qualificar para ter uma região, caso ela se torne disponível. Certamente isso deve ser algo a se considerar, não?

Ele riu, compartilhando um olhar com Jace.

— Não. Nunca tive, nem terei o desejo de ter meu próprio território.

Verdade ou mentira.

Tomei o vinho enquanto continuava a acariciar Raelyn com a outra mão. Lentamente, seu corpo se acostumava ao meu. Ela devia ter esperado que eu a sangrasse no meu copo. Pobre cordeirinho, sempre supondo coisas. Beijei seu ombro suavemente.

— Gostaria de um gole, cordeirinho? — perguntei, segurando o vinho diante dela.

Ela me olhou com os olhos azuis arregalados e, em seguida, os

LEXI C. FOSS

baixou.

— Não, obrigada, meu príncipe.

Sua brecha no decoro me fez sorrir.

— De que cor são os olhos de Juliet? — perguntei em voz alta, focando novamente em Jace e Darius. — Quero dizer, te incomoda que eles estejam constantemente baixos?

— Você preferiria que ela fosse mais direta? — Darius perguntou, erguendo a sobrancelha.

Dei de ombros.

— Preferiria admirar seu lindo rosto, não o ter escondido sob um véu de cabelos escuros. — Meu aperto mudou para o pescoço de Raelyn e entrelacei os dedos nas mechas vermelhas bagunçadas, puxando seu rosto para cima. — Minha consorte tem lindos olhos azuis que ela esconde constantemente. Vocês não gostariam de vê-los? — Olhei para os nossos convidados, esperando.

— Está oferecendo um olhar mais de perto? — Jace perguntou, seu olhar aquecido viajando sobre Raelyn de forma sugestiva.

Senti um desejo irracional de grunhir. Nunca.

— Hoje, não — foi minha resposta. Saiu um pouco mais ríspida do que o pretendido, mas meus instintos protestavam diante da possibilidade de compartilhá-la.

Essa é nova.

É o vínculo...

Observei Darius, Juliet e Jace enquanto uma ideia se formava e se solidificava, uma resposta a uma pergunta que nem percebi que havia feito.

Mas eu tinha que ter certeza.

Tomei um longo gole, pensando na minha próxima jogada. Sim. As regras. Soltei Raelyn para acariciar sua bochecha com o polegar e apreciei o delicioso rubor que florescia sob a pele.

— Só estou me perguntando por que forçamos mulheres tão bonitas a esconder suas melhores características — murmurei, fingindo curiosidade na declaração trivial.

— Decoro — Darius respondeu.

— Sim — concordei. — Na verdade, a versão da Lilith para isso.

Esperei e vi a surpresa na expressão de Jace. Darius fez um

trabalho melhor se controlando, mas a labareda em suas pupilas confirmou minhas suspeitas.

— O quê? Não me digam que vocês preferem todas aquelas regras ridículas dela também? — *Porque posso dizer que não.* Suspirei e acenei como um comentário irreverente. — Bem, se vocês preferirem que elas se escondam, elas podem se esconder. Mas estou curioso sobre uma coisa.

Jace fez uma expressão entediada. Seu papel nessa peça era quase perfeito. Quase.

— A respeito de quê?

Terminei a bebida e esperei, tomando meu tempo e prolongando o momento. As respostas de Darius foram perfeitas demais, e a linguagem corporal de Jace era praticada demais.

A fachada perfeita.

E se alguém podia ver através de uma farsa, era eu.

Suspeitei por meses que Jace estava tramando algo e pensei que era para assumir meu território. Mas os comentários de Raelyn me forçaram a ver além da rivalidade que alimentei com Jace por milênios.

Ah, ele tinha um segredo, mas não tinha nada a ver comigo e tudo a ver com a mulher em seu colo.

Ela estava muito calma.

Porque seu toque permaneceu neutro. Ela usava um vestido praticamente inexistente, e a sua mão permaneceu na parte superior da coxa dela.

Ele não a beijou.

Recusou o sangue dela.

E Darius permaneceu completamente à vontade enquanto sua *Erosita* — sua companheira — estava no colo de outro homem.

Ah, ali estava um membro da realeza que me fez lembrar demais de mim mesmo — meu rival por um bom motivo.

— Pensei que você fosse o responsável por matar meu harém, mas agora vejo que não é o caso.

Ele arregalou os olhos por uma fração de segundos, a única indicação de que o havia chocado. Darius, no entanto, ficou assustadoramente imóvel. Seus olhos verdes se mantiveram focados com os sentidos predatórios de um homem detectando uma ameaça — não para si mesmo, mas para sua mulher.

Eu sorri.

— Sim, foi o que pensei — continuei. — Mas não foi o que aconteceu, não é?

— Se eu quisesse seu território, Kylan, não o incriminaria por insanidade mental — Jace disse categoricamente. — O que, assumo, é o que você suspeitava de mim.

Sim, realmente meu rival. E também um aliado em potencial.

— Sim, até uma hora atrás, quando Raelyn mencionou que era muito óbvio. — Beijei sua têmpora, orgulhoso de seus instintos.

Ele ergueu as sobrancelhas escuras.

— Você está seguindo o conselho da sua consorte?

— Você está surpreso? — Inclinei a cabeça, quase rindo. — Isso é intrigante, considerando que você está jogando algum tipo de jogo com Darius. Quero dizer, na verdade, você só está fingindo gostar da *Erosita* dele, não é?

Capítulo vinte e um

SILÊNCIO.

A tensão engrossou o ar quando a respiração de Juliet finalmente vacilou.

Sim. Definitivamente, eu li a situação com precisão.

— Você não quer que ninguém saiba, porque ter um parceiro é percebido como uma fraqueza e você se recusa a compartilhá-la.

Darius não confirmou nem negou, apenas esperou.

— Prove que estou errado — incentivei. — Faça um show com Juliet para mim, Jace. — Acenei para a mesa. — Não é como se eu nunca tivesse visto você transar com uma mulher antes. — Já compartilhamos muitas delas.

A mandíbula de Jace se apertou.

— O que você realmente quer, Kylan?

— Ah, já alcancei meu objetivo para esta noite, confirmando que você não é a pessoa que tentou me atribuir a insanidade imortal. Isso é só diversão.

— Então você não matou seu harém. — Ele tirou Juliet do colo e a entregou para Darius, que alegremente a aceitou em seus braços. — Mas alguém conseguiu superar suas defesas e jogar a culpa em você.

— De fato.

— O que explica por que você está organizando uma festa para daqui duas semanas. Você pretende encontrar o culpado usando sua nova consorte como isca. Afinal, vão querer fazer um grande show. — Ele deixou de lado o vinho que quase não bebeu. — Esperto.

— Sim, bem, você está – ou estava – no topo da minha lista de suspeitos.

— Estou lisonjeado e ofendido.

Sim, sentiria o mesmo se os papéis fossem revertidos.

— Poderia ser Brandt ou Luka?

Jace bufou.

— Não. Luka não deseja estar perto da água e Brandt é insensível, não estratégico. Se ele quisesse suas terras, você saberia.

Essa também era a minha avaliação.

— Alguma sugestão?

— De cabeça? — Jace esfregou a nuca enquanto olhava para o alto. — O ódio de Naomi por você não é segredo, e ela tem os recursos para fazer isso.

— Sim, acho que ela ficaria bastante satisfeita com minha remoção. — Mas ela não ganharia mais nada. Minhas terras não estavam nem perto da sua região, que antes era conhecida como África do Sul. — Se eu considerar todos com motivos para vinganças pessoais, todos seriam suspeitos.

Jace sorriu.

— Você tem uma propensão a irritar os lycans.

— Vampiros também — apontei. — Mas tem que ser algo além de mera vingança por algo insignificante. Alguém mandou gente até minha casa para matar minha propriedade. Isso requer um nível de habilidade e planejamento que poucos possuem.

— A menos que seja alguém que esteja entediado e desejando diversão — Darius comentou enquanto passava os dedos pelos cabelos de Juliet. Ela relaxou contra ele, colocando a cabeça em seu ombro e os olhos escuros em Raelyn. Parecia que o decoro tinha saído pela janela, finalmente.

Puxei Raelyn para o meu lado, na tentativa de deixá-la mais confortável e passei o braço em volta dos seus ombros.

— Isso levanta a questão: quem seria corajoso e tolo o suficiente para me desafiar?

— Outro membro da realeza — Darius sugeriu. — Alguém que quer derrubá-lo.

— Isso colocaria o Jace no topo. — Arqueei uma sobrancelha para ele. — E já chegamos à conclusão de que não é você.

— O que implica que eu seria o próximo alvo — ele inferiu. — Hazel seria a próxima, mas não é ela.

— Não, não é — concordei. Não era o estilo dela. Quando Hazel queria algo, ela era direta e brusca. Nunca foi do tipo que joga.

— O que nos leva de volta ao potencial de diversão — Darius murmurou.

Era um ângulo que eu não tinha considerado.

— Alguma ideia?

— Robyn — Jace falou, rindo. — Aquela vadia sempre quer brincar.

Eu ri.

— Ela sabe que não deve mexer comigo.

Jace deu de ombros.

— Verdade. Mas eu não descartaria ninguém.

— Exceto você — respondi, seco.

— Se eu quisesse seu território, Kylan, não tentaria desacreditá-lo. Eu te mataria. Uma declaração brusca, não uma ameaça. — Sei muito bem que não deveria te deixar vivo depois de participar de um jogo assim.

Porque ele sabia que eu iria atrás dele e retribuiria o favor dez vezes.

— Touché. — Eu me sentia da mesma maneira sobre ele. — Bem, como você gostaria de seguir em frente? Expressei uma fraqueza ao admitir que não matei meu harém, e você claramente está escondendo uma. — Olhei intensamente para Juliet.

Jace considerou, seus olhos prateados brilhando com inteligência.

— Passamos mais de mil anos trabalhando uns contra os outros quando costumávamos trabalhar muito bem juntos.

Era verdade. Nossa rivalidade começou com um conflito de interesse em propriedades. Sempre desfrutamos de luxos semelhantes e se tornou quase um jogo de xadrez saber quem poderia adquirir o que com mais rapidez. Nada disso realmente importava agora, não neste novo mundo.

— Você sente falta? Do jeito que as coisas costumavam ser? — Acariciei o ombro de Raelyn com o polegar, considerando minhas próprias perguntas. — Porque eu sinto. Sinto falta do desafio e da falta de responsabilidade por alguém que não fosse eu.

Administrar um território de vampiros era mais uma necessidade do que uma escolha. Eles exigiam justiça e ordem. Era a única maneira de controlar a população, manter o suprimento adequado de sangue e garantir a sobrevivência da raça humana.

— Cam sempre achou que poderíamos coexistir com os seres humanos de maneira diferente — Darius admitiu.

— Sim, mas a Lilith não concordava. — Então ela fez um julgamento público do mais velho da nossa espécie, que terminou em sua sentença de morte. Porém nunca a vi executá-la. — Você acha que o Cam está vivo em algum lugar? — Especular ou discutir o passado era considerado traição, mas Lilith e seu exército de entusiastas não me assustavam.

As pupilas de Jace queimaram.

— Por que você suspeitaria disso?

— É algo que sempre me perguntei e achei que vocês poderiam saber. Se alguém fosse convidado para sua execução, seriam os únicos parentes vivos, certo? — Darius como seu único descendente e Jace como seu primo.

— Você acha que ele pode estar vivo? — Darius perguntou.

— Você o viu morrer? — perguntei de volta.

Ele permaneceu em silêncio por um longo tempo antes de dizer:

— Não.

— Então. — Acenei, indicando meu ponto de vista. — Então, onde ele está e quem está com ele?

— Achei que estávamos aqui para discutir a questão de você ter sido atacado — Jace comentou. — Como mudamos para Cam?

— Darius levantou a questão depois que perguntei sobre os tempos antigos. — Semicerrei os olhos. — Mas é interessante que você queira evitar o tópico.

A sala ficou em silêncio novamente, e a tensão anterior retornou.

Ah, então havia mais segredos, algo a ver com Cam.

— Sabem onde ele está? — perguntei, fascinado.

Suas narinas alargaram, mas ele ainda permaneceu quieto.

— Então você não sabe, mas quer saber. — Olhei entre ele e Darius e notei como Juliet havia evitado seu olhar. Até ela estava envolvida. — Ah, agora estou fascinado. Você está guardando segredos de mim, Jace.

— Não somos amigos, Kylan. Nem somos aliados.

— Mas costumávamos ser — lembrei a ele.

— Há muito tempo.

Fiz um gesto na nossa direção, para Juliet, Raelyn e as janelas que iam do chão ao teto com vista para Kylan City.

— É um mundo novo, Jace, cheio de novos começos.

— Você me convidou para vir aqui porque pensou que eu estava tentando roubar seu território — ele retrucou.

— O que você provou não ser o caso e, em vez disso, me trouxe uma riqueza de informações intrigantes. — Olhei para a virgem de sangue novamente antes de encontrar o olhar de Jace. — Se posso ver através da sua farsa, quantos mais também verão?

— Quantos vão acreditar que você ficou louco? — ele respondeu.

Bufei.

— Vários, e eu recebo bem a acusação. Sou mais do que capaz de me defender.

— Assim como eu.

— Mas juntos seríamos formidáveis e ninguém jamais esperaria uma aliança entre nós.

Isso fez Jace pausar, com o queixo tensionado. Ele sabia que eu estava certo. Nossa rivalidade notória nos colocou em lados opostos do campo de jogo. Trabalhar em conjunto seria a última coisa que alguém poderia antecipar, algo que eu poderia usar para ajudar a resolver meu problema atual e que ele poderia usar em seu benefício em qualquer esquema que estivesse executando.

— Quais são seus termos? — perguntou lentamente.

— Para começar, agradeceria sua ajuda no meu compromisso social em duas semanas. Alguém pode dizer algo a você, ou perto, assumindo que você nunca passaria as informações para mim. Em troca, posso oferecer assistência para esconder... como podemos chamar... a afeição de Darius?

Darius arqueou uma sobrancelha.

— E como você propõe fazer isso?

— Da mesma forma que Jace está te ajudando agora. Você ficará na minha cidade durante as semanas anteriores à festa. Vamos deixar suposições sobre como você passou seu tempo aqui.

— Isso não implica algum tipo de parceria?

Eu sorri.

— Não, se espalharmos as fofocas adequadamente. — Algo em que Judith se destacava bastante. — Talvez eu tenha gostado da sua *Erosita* e tenha proposto uma troca temporária. Sendo mais velho, você dificilmente poderia recusar um pedido meu.

— E o que realmente vai acontecer? — ele pressionou, apertando Juliet com força.

— Você e Juliet podem ficar aqui, e eu levarei Raelyn para minha propriedade ao norte. — Isso me daria tempo de sobra para consertar esse vínculo acidental que criei, oferecendo a Darius e Juliet um momento de solidão disfarçado de algo muito mais sombrio. Isso mataria dois coelhos com uma cajadada. — Todo mundo vai acreditar que fizemos um acordo, e você poderia reclamar durante as festividades.

— O papel de hóspede descontente — Jace traduziu. — Compartilhar é bom, mas o mínimo que Kylan poderia ter feito era respeitar a propriedade de Darius. Algumas das marcas foram um pouco profundas demais, quase como se ele tivesse se perdido no momento.

— Todos esses sinais da sua insanidade — Darius acrescentou.
— Juntamente com a forma com que matou seu harém... admito que estou preocupado.

— Com razão. — Jace pegou o vinho novamente, seu olhar encontrando o meu. — Ele não está nada bem.

Eu ri e balancei a cabeça.

— Você tem quase a minha idade.

— Sim, mas sou muito mais conservado que você.

Eu bufei.

— A chave é ser realista, não sair na tangente da fantasia.

— Vamos lidar com isso muito bem — ele murmurou, girando o conteúdo da taça. — Devo ficar aqui também? Porque isso seria menos crível.

— Você tinha negócios a tratar e me deixou aqui para ficar de olho em Kylan, preocupado com a forma como o comportamento dele pode afetar as fronteiras do seu território. Concordei e usei Juliet como moeda de troca para conseguir um convite. — Darius beijou o pescoço dela, fazendo com que os lábios da virgem de sangue se curvassem. — A festa é a primeira chance que tivemos para conversar, daí nosso diálogo sobre as travessuras de Kylan.

— Brilhante — Jace respondeu. — Sabia que tinha te promovido por um motivo.

Darius sorriu.

— Mais de um.

A camaradagem revelou uma amizade verdadeira, algo que eu sabia que existia, mas que não via há mais de um século. Todas as formalidades que Lilith insistia que a sociedade apresentasse haviam removido toda a aparência de humanidade, mesmo entre nós. Tudo tinha a ver com a lei e a ordem. Tínhamos que administrar, mantendo a região tranquila, seguindo protocolos e respeitando os anciãos da nossa espécie.

Estar no topo me proporcionou oportunidades que poucos teriam. Foi isso que Angelica mencionou a Raelyn — ser vampiro não era tão glamoroso quanto os humanos eram levados a acreditar. Os imortais mais jovens começavam sem nada, a menos que o membro da realeza ou o alfa decretassem o contrário

— Faremos isso por você — Jace falou, me levando de volta à

conversa em questão. — Se tudo correr conforme o planejado, devemos discutir mais profundamente a noção de aliança.

Um teste.

Ele queria ver como tudo isso se desenrolaria antes de decidir confiar em mim.

— Isso é justo. — Porque eu também queria ver como ele e Darius se comportariam. Eu não tinha dúvida de que eles não eram os culpados, mas compartilhamos segredos esta noite que poderiam ser facilmente usados um contra o outro.

— Então temos um acordo. — Ele se levantou.

Eu me juntei a ele, estendendo a mão.

— Temos.

Zelda entrou com a cabeça inclinada enquanto apertávamos a mão para sacramentar a tentativa de parceria.

— O jantar está pronto, meu príncipe — ela me informou, fazendo uma reverência e nos deixando tão rapidamente quanto apareceu.

— Jantar — repeti. — Vamos, então?

— Só mais uma coisa antes de irmos — Jace murmurou ao liberar minha mão. — Imagino que você já tenha investigado, mas, como o ataque aconteceu em sua propriedade, você deveria procurar por cúmplices, talvez dentro da sua própria equipe.

— Você tem razão. Já investiguei a todos. — Confiava na minha equipe implicitamente e os mantive felizes para garantir sua lealdade. — Dito isto, estou sempre de olhos e ouvidos atentos.

— Eu faria o mesmo. — Ele assentiu. — Bem, estou faminto e acredito que Juliet também esteja, não é, querida? — O olhar dela brilhou quando ele sorriu para ela. — Pode falar à vontade.

— Estou com fome, sim — ela admitiu baixinho.

Darius riu e acariciou seu pescoço de forma amorosa.

— Ela está aprendendo a apreciar comida de verdade.

Olhei para Raelyn, que parecia atordoada, e estendi a mão.

— Raelyn ainda come espinafre e brócolis com ovos no café da manhã. Venha, cordeirinho. Talvez Juliet possa demonstrar como apreciar adequadamente a comida.

Raelyn franziu o nariz quando se juntou a mim.

Levantei seu queixo com o dedo indicador.

— Pode parar de se esconder agora. Jace e Darius não vão morder. — Não Raelyn, pelo menos. — Se solte. Estou sentindo sua falta.

Os olhos azuis gelados brilharam para mim.

— Estou sentada ao seu lado nos últimos trinta minutos.

Sorri.

— Como minha escrava obediente, sim, e tenho muito orgulho de você por isso. Mas quero minha princesa desafiadora.

— Outro jogo mental?

— Apenas a verdade. — Toquei sua cabeça suavemente. — Você sabe o que eu quero.

— Isso nunca vai acontecer.

— Já começou. — Beijei seu nariz. — E agora temos uma semana em casa para aprofundar meu domínio.

Os preparativos da festa estavam em andamento e não exigiam meu envolvimento. Todos os vampiros interessados no antigo papel de Tremayne haviam apresentado suas candidaturas, e meu encontro com Jace estava terminado.

— Estou ansioso para passar um tempo com você, Raelyn. — *E resolver esse vínculo entre nós.* Isso era mais importante do que manter a virgindade intacta. Eu não podia me dar ao luxo de ter uma conexão emocional. Nem agora, nem nunca.

Ela fez uma careta para mim.

— Uma semana não vai mudar nada.

— Pelo contrário, querida, uma semana a sós mudará tudo.

Capítulo vinte e dois

RAE

O JANTAR NÃO FOI o que eu esperava. Aquilo se transformou em uma reminiscência entre os vampiros, cheia de risadas e referências que não entendi. Juliet parecia tão perdida quanto eu. Seus olhos escuros encontraram os meus várias vezes durante a refeição e suas sobrancelhas arqueavam.

Gostaria que pudéssemos ter conversado para que eu pudesse ter perguntado sobre seu relacionamento com Darius, mas Kylan estava ansioso para partir assim que terminássemos de comer.

Ele dirigiu, usando os túneis e evitando a segurança da cidade no perímetro. Judith seguiu com Mikael e alguns funcionários. Seu descontentamento pela nossa mudança era evidente pelo olhar que ela deu a Kylan antes de sairmos. Se isso o perturbou, ele não demonstrou.

A neve envolveu o mundo fora da cidade, fazendo meu coração disparar com a vista pitorescas. Estavam escondidos atrás dos prédios, as ruas limpas, deixando pequenos traços da maravilhosa mistura invernal.

Kylan apertou minha coxa. Senti seu toque quente através da seda fina do vestido.

— Você quer explorar de novo, não é?

— É tão bonito — sussurrei, impressionada com a luz da lua iluminando as árvores cobertas de neve.

— Você prefere isso à cidade. — Não era uma pergunta, mas uma declaração.

Ainda assim, me senti compelida a dizer:

— Sim.

— Eu também. — Ele dirigiu em silêncio por mais alguns minutos, o zumbido do motor era o único som na noite quieta. — Ainda há muito tempo antes de amanhecer. O que acha de uma caminhada quando voltarmos?

Pisquei.

— Com você? — A pergunta saiu antes que eu pudesse pará--la. Meu choque com o seu pedido ficou evidente na maneira como minha voz chiou no final.

Ele riu.

— Sim, comigo, Raelyn.

Uma caminhada. Com Kylan. Nunca fiz isso antes, muito menos na neve. Olhei para o vestido e torci os lábios.

— Posso me trocar primeiro?

Seu sorriso se transformou em uma risada e ele balançou a cabeça.

— Você está adorável.

— Isso não é resposta.

— Tem razão. Não é. Por mais que eu goste de te ver tentar, você não pode andar longas distancias de salto, cordeirinho. A última vez que notei, você mal podia andar pela neve de botas.

Franzi a testa.

— Mas eu consegui.

— Sim, é verdade. — A palma da mão se afastou da minha perna quando ele saiu da estrada principal. — Vamos nos

215

aventurar pelas árvores, onde a neve é menos espessa. Elas protegem um pouco o chão.

Sua propriedade apareceu, emoldurada pelas montanhas atrás dela, me deixando sem fôlego. Definitivamente, eu preferia isso à cidade.

O portão externo se abriu quando nos aproximamos, nos permitindo entrar. Kylan manobrou com facilidade, parando na frente da mansão, onde dois de seus funcionários esperavam para abrir nossas portas. Ele os cumprimentou pelo nome, entregando as chaves ao ser humano mais alto.

A maioria dos funcionários de Kylan eram mortais de idades variadas, algo que notei cada vez mais ao longo da semana. Judith era uma das poucas pessoas da equipe de origem vampírica.

Ela estacionou atrás dele, saindo sem assistência, e Angelica, que estava no lado do passageiro, estava com uma expressão pálida.

Deve ter sido um passeio de carro desconfortável.

— Raelyn e eu vamos fazer uma caminhada — Kylan a informou, segurando a minha mão. — Acalme-se e aproveite o resto da noite, Judith.

— Acha isso sábio, alteza? — ela perguntou, olhando em volta.

Ele contraiu os lábios.

— Sou mais do que capaz de cuidar de mim mesmo e proteger Raelyn, a menos que você pretenda sugerir o contrário.

Ela parou, tensionando o queixo.

— Claro que não, meu príncipe.

— Então o que você está tentando sugerir, Judith? — O polegar dele roçou meu pulso enquanto ele esperava que ela falasse.

— Que talvez não seja seguro — ela admitiu. — Mas sei que você pode se cuidar.

— Sim, eu posso. — Ele se virou, me puxando consigo. — Boa noite, Judith.

Sua resposta — se é que ela deu uma — foi perdida pelos elementos do inverno quando Kylan me guiou para o vestíbulo, passou por mais funcionários e seguiu em direção à grande escadaria.

— Tudo bem, cordeirinho. Hora de te empacotar para o clima.

* * *

NÃO SENTI NADA.

Não senti o chão debaixo das botas.

Não senti o ar que balançava meus cabelos vermelhos.

Nem a neve na minha mão enluvada.

E eu odiava isso.

Olhei para Kylan, que só usava jeans e suéter, e vi seus cabelos escuros lindos serem balançados pelo vento.

— Isso é ridículo — murmurei por trás do lenço que ele enrolou no meu rosto.

Seus olhos escuros brilhavam de alegria quando ele me olhou.

— Acho que você está adorável.

Bati na jaqueta fofa com minhas luvas grandes e bufei. Ou tentei.

Mal podia ser ouvida sobre a espessa camada de lã que envolvia minha cabeça.

Ele pegou minha mão e me puxou para frente com uma risada.

— Era isso ou você poderia congelar.

— Vou derreter até a morte — resmunguei. Pelo menos, minhas pernas estavam se movendo com o jeans e as botas.

— Vou te despir antes que isso aconteça — ele prometeu e uma nota sombria sublinhou suas palavras. — Venha, cordeirinho. Hora de explorar.

— Sim, mestre — eu brinquei, fazendo-o rir. Aprendi essa piadinha com Mikael depois de assistir a um filme com uma mulher sarcástica. Ela era meu tipo de humano.

— Caramba, eu te adoro. — Ele me puxou para si e beijou meu nariz coberto com o cachecol. — Agora tente seguir adiante.

Ele nos levou a um caminho para uma floresta próxima, repleta de árvores e com a neve mais espalhada e superficial. Segui, e minha jaqueta agarrou os galhos à medida que avançávamos. Nosso caminho escurecia a cada passo.

A distância entre nós aumentou à medida que nos movíamos, seus longos passos muito mais eficientes do que os meus, curtos e cuidadosos. Outra árvore prendeu no meu braço, me puxando de volta. Me remexi, tentando me soltar, mas só piorei a situação.

— Coloque uma roupa quente — resmunguei, repetindo as palavras de Kylan para mim. — Vai te proteger. — Parecia que a natureza discordava.

Afastei o braço dos galhos com tanta força que meus pés deslizaram, me fazendo cair no chão da floresta.

— Protege mesmo — resmunguei ao sentir dor nas costas e na cabeça devido à colisão.

Kylan apareceu acima de mim. Seu rosto parecia sombrio.

— Não está sendo muito graciosa, Raelyn.

Apenas olhei para ele, incapaz de responder. Por que o que eu poderia dizer? Ele estava certo. A árvore definitivamente venceu.

Ele estendeu a mão. Levei um momento para me concentrar o suficiente para segurá-la, minha cabeça protestando contra a queda forte. Finalmente consegui aceitar sua ajuda e segurei seu bíceps com a mão enluvada para me equilibrar.

— Posso tirá-las, por favor? — perguntei, irritada pela minha falta de jeito.

Ele balançou o topo do zíper com um sorriso.

— Não está acostumada a usar tantas roupas, hum?

— Estou ficando presa nos galhos.

— Essa é a sua desculpa? — Ele puxou o fecho de metal devagar, expondo o suéter que eu usava por baixo. — Porque eu acho que você só quer que eu te dispa. — Ele alcançou a parte inferior do meu abdômen, e abriu o casaco. — Acho que você prefere ficar nua na minha presença.

Senti um calafrio na coluna, não pelo tempo, mas por suas palavras.

— É só a jaqueta — sussurrei.

— Aham. — Ele empurrou o tecido fofo dos meus ombros, fazendo com que caísse no chão atrás de mim. O ar frio passou pelo suéter de lã, provocando a pele aquecida por baixo.

Suspirei aliviada e apoiei a testa em seu ombro.

— Muito melhor. — Eu me sentia sufocada com aquilo. A parte superior do meu corpo protestava contra o peso e as camadas adicionais. Meus braços estavam mais livres, mais leves agora. —

Estou pronta.

— Ah, eu sei, mas ainda não. — Ele puxou meu cachecol e se afastou, seu aperto na lã em volta do meu pescoço me forçando a segui-lo. — Chega de desculpas, cordeirinho. Ele deu outra puxada no tecido, me fazendo revirar os olhos.

Ele estava usando meu cachecol como uma guia.

A porcaria de uma guia.

Como um cachorro.

E ele estava nos guiando pela floresta como se eu fosse um animal de estimação.

Tentei me soltar, mas outro puxão me levou a avançar.

— Kylan — grunhi.

—Sim, animal de estimação?

— Isso não é engraçado.

— Pelo contrário, estou me divertindo muito. — Outro puxão. — Pegue o ritmo, querido cordeiro. — Ele saltou sobre um tronco em que quase tropecei, mas por algum milagre, eu consegui imitar sua ação.

Ele se moveu um pouco mais lentamente, suas longas pernas muito mais acostumadas a essa atividade que as minhas. Tentei inutilmente afrouxar o item sufocante do pescoço, mas à medida que eu o seguia, o nó parecia ficar mais apertado.

Por que o deixei me vestir?

Ignorei o cenário — não que eu pudesse vê-lo no escuro de qualquer maneira — e me concentrei em não cair enquanto tentava acompanhá-lo.

O brilho de uma luz chamou minha atenção há alguns metros à nossa frente, a brancura temporária me cegando e me fazendo tropeçar. Ele riu.

— Ansiosa, hein?

— Para te matar? — perguntei. — Sim. — Não que eu pudesse.

— Ah, amor, esse seria realmente um jogo divertido. Talvez possamos tentar algum dia. Suas notas em esporte foram bastante altas. — Ele começou a se mover novamente, me deixando apenas duas opções: seguir ou me estrangular.

Maldito vampiro.

Ele podia ver no escuro, permitindo que ele se movesse

livremente enquanto eu tinha que observar cada passo, o que era extremamente difícil estando presa. Não que ele parecesse se importar.

Joguei uma das luvas nele, porque não tinha mais nada para jogar. Ele riu, ganhando uma segunda luva na cabeça.

— Vai se arrepender mais tarde, cordeirinho.

Sim, sim. Eu tinha bolsos. Eu ficaria bem

A luz aumentou diante de nós, substituindo parte da minha fúria por curiosidade. Parecia mais brilhante que o pátio em sua casa, como se a lua estivesse refletindo uma fonte mais forte.

Kylan passou pelas últimas árvores e se virou, bloqueando minha visão do que havia além dele. Achei que pretendia me provocar quando pressionou um dedo nos meus lábios, mas seu corpo tensionou com a advertência.

O quê?, pensei. *O que é isso?*

Fique bem quieta, ele respondeu na minha cabeça, quase me fazendo cair para trás.

Ele apoiou a mão no meu quadril, me segurando na posição vertical enquanto eu arqueava as sobrancelhas. *Como você está na minha cabeça?* Vampiros não eram telepatas. A menos que meus livros e professores não tivessem mencionado essa parte.

É temporário, ele disse. *Apenas não se mexa.*

Por quê?

Shh. Ele me soltou lentamente e se virou. Seus ombros largos escondiam a cena além dele.

— Você me conhece — ele falou, sua voz estava baixa e rouca.

Franzi a sobrancelha. Ele esperava que eu respondesse a isso?

— Venha — acrescentou, estendendo o braço. — Você sabe quem eu sou.

Fiz uma careta, perplexa. *O que...*

Shh.

Quase grunhi para ele, mas congelei quando algo *rosnou*.

— Ah, é assim que vai ser hoje? — Ele provocou. — Fico fora por algumas semanas e você se esquece do seu alfa.

A criatura respondeu com um rosnado, provocando arrepios no meu braço. Segurei a blusa de Kylan. Ele não segurava mais meu cachecol, estava me dando liberdade, mas descobri que queria me apegar a ele ainda mais agora.

— Ela é minha e é inofensiva — ele retrucou. — Pare de rosnar.

Um resmungo foi a resposta.

O silêncio caiu sobre a floresta, o som da água correndo esmagando meus ouvidos. O que estava acontecendo? Um lycan desonesto havia chegado às terras de Kylan? Essa era a ameaça? O monstro à espreita?

Algo empurrou Kylan, e sua perna esbarrou na minha. Olhei para baixo e vi uma cauda branca envolvendo sua coxa. Apertei seu suéter de lã com força e meu coração batia loucamente.

O lobo resmungou novamente, fazendo Kylan rir.

— Sim, o medo dela é intoxicante. Concordo. — Ele se agachou, me deixando pendurada em seu suéter de qualquer jeito, quase caindo sobre ele. Os olhos amarelos brilhantes encontraram os meus, me fazendo correr para trás de uma árvore. O lobo esfregou seu focinho branco gigante no rosto de Kylan e lambeu sua bochecha.

— Um lycan — sussurrei.

Kylan bufou.

— Não, este é um lobo de verdade. O alfa do seu bando. — Ele apontou com o queixo para a cena além – um lago congelado se espalhando ao longe e emoldurado por montanhas. Na beira da água, havia vários lobos, todos em pé, alertas, nos olhando.

— N-nós devemos ir.

— Bobagem. — Ele se levantou, dando um tapinha na cabeça do alfa. — Eles são velhos amigos. Só se irritou por eu ter desaparecido por algumas semanas. — Ele coçou a orelha do lobo, o que resultou em uma lambida em sua mão antes que o animal voltasse para o bando, que relaxou. Seus lábios se curvaram ao me encontrar colada à árvore atrás de mim. — Demonstrar medo faz com que você tenha cheiro de jantar para mim e para eles. Sugiro que você se acalme um pouco.

— São lobos.

— Sim.

— Lobos de verdade.

— Sim. — Ele inclinou a cabeça para o lado. — Você teme a

eles e não a mim? Porque eu lhe asseguro, sou o maior predador aqui. — Ele se moveu para frente, passando a mão em volta do meu cachecol novamente. — E eu tenho toda a intenção de te comer, cordeirinho.

— Você tem lobos de estimação — sussurrei, engolindo em seco.

— Eu não os chamaria de animais de estimação — ele respondeu, passando os dedos pela minha bochecha. — Esse termo implica um certo nível de obediência e submissão que lhes falta. Considero-os amigos selvagens que entendem meu lado animalesco.

Ele se aproximou, e seus quadris prenderam os meus.

— Este é um dos meus lugares favoritos, Raelyn — ele murmurou com a boca a poucos centímetros da minha. — Venho aqui quando preciso ficar sozinho e pensar.

Minha testa franziu. Por que ele me trouxe aqui se queria ficar sozinho?

— Mas você não está sozinho.

— Verdade, não estou. — Ele me beijou suavemente e segurou o cachecol com mais firmeza. — Queria compartilhar isso com você como agradecimento por ter sido sincera comigo mais cedo e apontar a natureza óbvia da minha acusação.

Me surpreendi.

— Você está me agradecendo?

Os lábios dele se curvaram.

— Estou compartilhando um lugar especial com você. É mágico. Deixe-me te mostrar.

— Eu... — as palavras falharam. Ele estava me recompensando por apontar o óbvio? Não, por ser corajosa o suficiente para apontar uma falha em sua avaliação. Por ser desafiadora. Por ter cérebro e usá-lo. Por ser *eu*.

Pisquei.

Ele gosta de mim.

Gosto, ele sussurrou de volta para mim, e seus olhos escuros brilharam. *Venha brincar comigo, cordeirinho. Vou fazer valer a pena.*

— Como você está fazendo isso?

Sua expressão ficou divertida.

— Não foi intencional, juro, e vou consertar, mas vamos aproveitar o momento enquanto durar. Por favor?

Certo, agora vi de tudo.

— Você está implorando.

— Prefiro o termo *insistir*. E, além disso, é muito mais agradável do que te forçar.

— Você me possui.

— Sim — ele concordou.

— Então você não precisa da minha permissão para fazer nada comigo.

Ele inclinou a cabeça.

— É verdade, mas talvez eu deseje.

— Por quê?

— Porque tê-la à minha mercê de bom grado é muito mais sexy do que exigir sua obediência. — Ele mordeu meu lábio inferior. — Você já está aqui. Me deixe mostrar a beleza do lugar, e talvez os lobos deixem você voltar.

Olhei em volta para o bando de pelos brancos na costa, todos vagando sem se importar com o mundo. Muito melhor do que o rosnado de antes.

Kylan me beijou novamente, sua língua capturou a minha de forma muito breve.

— Me deixe te recompensar, Raelyn — ele murmurou. — Prometo que você vai gostar.

Meu sangue aqueceu com a perspectiva em suas palavras. Ele pretendia fazer mais do que caminhar e passear.

Tenho toda a intenção de comer você, cordeirinho, ele disse.

Ah...

— Sim — ele murmurou, ainda ouvindo meus pensamentos. — Vou te devorar até que você implore para eu parar. — *E continuarei mesmo assim*, ele acrescentou. Suas palavras pareciam carícias em meus pensamentos.

Tremi, apertando as coxas.

Tê-lo *dentro* de mim, sussurrando para mim, aumentou a intimidade e as sensações.

Ele desejou minha mente.

Ele ganhou.

LEXI C. FOSS

Esperei que a tristeza me atingisse, que me levasse à sombra da depressão, mas a curiosidade me consumiu. Se Kylan havia entrado em meus pensamentos, talvez eu também tivesse a capacidade de alcançá-lo. Eu poderia mudar o jogo e vencê-lo em seu próprio território.

— Tudo bem — falei, querendo explorar mais isso. Estar dentro do raciocínio de Kylan, conhecer suas verdadeiras reflexões e objetivos? Essa era uma oportunidade inestimável.

Eu podia entendê-lo — o homem por trás da máscara da realeza, além do gosto por jogos.

Eu finalmente conheceria o verdadeiro Kylan.

Capítulo vinte e três

RAE

— BEM-VINDA À MINHA VERSÃO DO PARAÍSO. — Kylan me levou por um caminho até a beira do lago cintilante cercado por árvores cobertas de neve e montanhas ao longe.

Minha respiração ficou presa. Aquele era o país das maravilhas do inverno, algo que nunca pensei em experimentar.

— É lindo — sussurrei, girando para absorver tudo.

Os raios do luar emprestavam um brilho hipnótico ao ar enquanto as estrelas pintavam um céu pitoresco. Nunca vi nada assim, nem mesmo nos livros.

Algo cutucou minha coxa, me fazendo congelar no meio do caminho. Olhei para baixo e encontrei olhos amarelos olhando para mim.

— Kylan — murmurei. *Kylan!*

Sua risada se infiltrou nos meus pensamentos.

— Bem, sugiro não correr ou você vai excitar o predador que há nele. — Kylan relaxou em um tronco perto da beira da água e seus olhos escuros brilharam na noite.

Outra cutucada.

O que ele quer?

— Dê sua mão — ele respondeu. — Ele vai sentir minha essência em você e irá recuar.

Engoli em seco. *Minha mão. Certo.* Estendi a mão lentamente em direção ao focinho cheio de dentes muito afiados e esperei. O lobo cheirou e se aninhou com força até que minha palma pousou em sua cabeça.

Kylan riu.

— Bem, agora ele quer que você o acaricie.

— E-ele quer que eu faça carinho nele? — Acariciei o pelo devagar, surpresa com a textura macia. Era... agradável. — Ah. — Passei as unhas sobre sua cabeça, desci até a nuca e voltei, repetindo a ação várias vezes, impressionada. — Ele é lindo.

— Sim, só não deixe a companheira dele ouvir você falar assim. — Kylan apontou para um lobo magro me olhando com olhos afiados. — Ela é possessiva.

O lobo ao meu lado estava sentado, encostado nas minhas pernas e quase me derrubando na neve. Tentei me equilibrar enquanto o apoiava e mantive a mão em sua cabeça.

— Ah, ele gosta de você — Kylan murmurou, e pude ouvir a aprovação em sua voz. — Ele está validando você para os outros e mostrando confiança.

— Ele mal me conhece.

— Os lobos, como a maioria dos predadores, confiam em seus instintos. — Seu olhar se intensificou. — E às vezes, você simplesmente sabe.

— É assim que você julga a maioria das pessoas? Pela sua impressão inicial?

— Sempre, mas também avalio constantemente. — Ele me olhou devagar, suas íris se aprofundando em uma sombra derretida ao longo do caminho.

Estremeci, me sentindo nua, apesar da minha abundância de

roupas.

— E o que você vê quando me avalia? — perguntei, baixando a voz para um sussurro rouco enquanto meus dedos se curvavam no pelo do lobo.

— Humm. — Kylan relaxou, apoiou as mãos no tronco embaixo dele, e esticou e cruzou as pernas. — Um espírito guerreiro que desejo domesticar, um corpo que desejo na minha cama mais do que provavelmente deveria, e uma mente cheia de uma inteligência que eu temia ter sido perdida pela raça humana há séculos.

— Você vê tudo isso? — questionei, sentindo a garganta subitamente apertada.

— Vejo. — Ele se inclinou para frente. — E mesmo que você afirme que não tem medo de mim, no fundo, sei que teme o que posso fazer com você. Ainda mais, você está com medo de gostar. — Os olhos dele se fecharam e seguraram os meus. — Garanto que não vai gostar, Raelyn, você vai adorar.

Engoli em seco e parei a mão no lobo.

— Você foi feita para minha marca de propriedade, cordeirinho. — As palavras sombrias deslizaram sobre meus sentidos, aquecendo meu sangue. — Vou te possuir, mente, corpo e alma. — Sua promessa letal atingiu meu ser, me marcando como sua mesmo enquanto eu protestava.

Eu também vou te possuir. O pensamento surgiu espontaneamente, vindo de um lugar secreto dentro de mim. Se ele me fizesse dele, ele também seria meu.

Ele sorriu. *Você pode tentar, princesa.*

Segui sua provocação até a fonte, penetrando em sua psique — uma reação natural, uma defesa por ser provocada. E encontrei a verdade escondida por trás do nevoeiro, a constatação de que ele nunca havia iniciado um vínculo dessa natureza com ninguém antes de mim.

Minha, o predador diante de mim sussurrou. *Acabe com isso.*

O que acontecerá então?

Dei um passo em sua direção, desejando mais.

A conexão.

A ligação.

A visão adequada da sua mente.

Ele não era bom para mim, me destruiria, mas parecia que eu poderia fazer o mesmo com ele. Senti uma nota de pânico dentro dele, um desconforto que sua expressão e palavras não demonstravam. Ele não queria me deixar entrar, me mostrar mais, mas uma parte sua exigia.

Eu o montei sobre o tronco. Meu corpo se movia como se fosse controlado pela energia que não pude conter.

Mais.

Ele inclinou a cabeça. Seus olhos escuros irradiavam uma mistura intoxicante de necessidade e confiança. Mas senti a preocupação repousando dentro dele, a preocupação de que pudéssemos nos conectar por completo, me fornecendo a visão mais profunda da sua alma.

E em troca, ele teria a minha.

Uma ligação mútua.

Uma promessa.

Meus lábios roçaram os seus. Senti o desejo de saber mais anular toda lógica e pensamento. Queria estar dentro dele, *conhecê--lo* no nível mais básico. Esse era o caminho para esse objetivo.

Coloquei os braços ao redor do seu pescoço, segurando-o enquanto eu o beijava. Minha língua entreabriu seus lábios para explorar o interior da sua boca. Ele sempre liderou, sempre ditou o nosso ritmo, mas me permitiu fazer isso, me permitiu ter um momento para descobrir o que eu tanto ansiava.

Ele permaneceu completamente imóvel, com os músculos tensionados.

Meus segundos foram contados antes que ele assumisse o controle. Me recusei a desperdiçá-los pensando e passei a senti-lo, memorizando todos os detalhes, revelando sua masculinidade e poder, sentindo o sabor da sua língua na minha.

Kylan, murmurei em sua mente. *Me dê mais.*

Eu não queria jogar. Eu *o* queria. Ele por inteiro.

Ele soltou um grunhido baixo e profundo, e seus dedos entrelaçaram nos meus cabelos enquanto a outra mão pegava a ponta do meu cachecol e dava um puxão forte. Apertei seu bíceps com as unhas, reagindo ao aperto repentino em volta do meu pescoço.

— Cuidado, cordeirinho. — O tecido se apertou ainda mais, restringindo minhas vias aéreas. Ele passou a língua pelo meu lábio inferior, e seus olhos escuros encararam os meus. — Eu dou os comandos aqui, não o contrário.

— Sim, meu príncipe — murmurei, incapaz de respirar.

Suas pupilas flamejaram.

— Humm, gosto disso, Raelyn. Você está à minha mercê e ainda está obedecendo. — Ele me beijou suavemente. — É excitante. — Outro beijo. — Viciante. — Mais duro desta vez. — Revigorante. — O cachecol afrouxou, mas seu aperto no meu cabelo se fortaleceu, me forçando a ficar colada ao seu corpo enquanto ele devorava minha boca. Derreti sobre ele. Meu corpo era seu para ser tomado.

Quero você, sussurrei.

Eu sei. O pano ao redor do meu pescoço se apertou novamente, cortando minha capacidade de inalar.

— Você está molhada para mim, Raelyn?

Um gemido ficou preso na minha garganta, incapaz de passar. Assenti, minhas coxas apertando as dele.

— Mesmo na floresta, cercada por lobos — ele sussurrou contra os meus lábios. — Puta merda, você é perfeita. — Ele soltou meu cachecol e baixou a mão para o meu quadril. — E completamente minha.

Kylan tomou posse da minha boca, roubando meu fôlego e me forçando a sobreviver só com ele. Apertei seus braços, me segurando enquanto ele me devorava. Me limitando. Me possuindo. Me adorando.

Ele desenrolou a lã do meu pescoço e a outra mão deslizou pelo meu abdômen, por baixo do suéter, para acariciar meu seio nu. Arqueei em sua direção, gemendo contra sua língua.

Mais, implorei.

Ele mexeu no meu mamilo duro, seu toque rude e característico, e exatamente o que eu precisava.

Tão exigente hoje à noite. Sua voz acariciou mentalmente meus pensamentos, provocando um tremor profundo dentro de mim. Adorei tê-lo lá dentro. Era algo a considerar mais tarde. Agora eu só podia me importar com sua mão, sua boca, sua excitação dura pressionando o ápice entre minhas coxas.

— Kylan. — Puxei o suéter por cima da cabeça, me sentindo sem vergonha, viva e muito quente, apesar do ar frio.

— Puta merda, Raelyn — ele sussurrou. Sua boca foi para o meu pescoço e mais para baixo. Ele apertou minha bunda e me forçou a ficar de joelhos para lhe proporcionar um acesso mais fácil aos meus seios.

Adorava ter sua boca em mim, sua língua acariciando minha pele e sua respiração aquecendo meu ser. Cada carinho era uma marca, cada arranhão de seus dentes, um lembrete de sua posse, seu direito, sua reivindicação.

Sua mão foi para a frente do meu jeans. Seus dedos rápidos abriram a calça com muita habilidade. Enfiei os dedos em seus cabelos, segurando, exigindo mais, desejando sua mordida.

Ele roçou os incisivos no mamilo, provocando, brincando, arrepiando meu corpo todo antes de se afastar.

— Levante-se.

Engoli em seco, tremendo enquanto obedecia.

Ele tirou minhas botas.

Minha calça.

Me deixou nua na neve e não senti frio. Eu só queimava mais por ele e seu olhar fazia meu corpo inteiro arder. Ele tirou o suéter, colocando-o no chão perto do meu e se levantou.

— Tire a minha calça.

Umedeci os lábios. Meus dedos tremiam enquanto eu abria o botão e o zíper. Ele agarrou meus pulsos e levou minhas mãos aos quadris.

— Ajoelhe-se, Raelyn. — O comando provocou um estremecimento na minha coluna que irradiou entre minhas pernas.

— Sim, meu príncipe. — Me abaixei sobre seu suéter, que protegia minhas canelas e joelhos nus da neve.

Ele me soltou.

— Termine o trabalho.

Puxei o jeans e libertei o pênis excitado, revelando suas coxas fortes. Seu olhar brilhava, a excitação escorria da cabeça grossa, seduzindo meus instintos. Me inclinei, sentindo o desejo alimentar meus movimentos e o levei à minha boca, sugando o líquido pré-ejaculatório da ponta.

Ele passou os dedos pelos meus cabelos, me segurando com firmeza. Seu grunhido ecoou ao nosso redor. Puxei a calça até os tornozelos, e ele a tirou junto com os sapatos.

— Olhe para mim — ele exigiu com a voz baixa e ameaçadora.

Encontrei seu olhar quando ele me forçou a tomar mais de si. A cabeça batia no fundo da minha garganta.

— Pedi para você chupar meu pau?

Tentei balançar a cabeça, mas não consegui. *Não.*

Isso é trapaça, Raelyn. Use sua voz.

— Não — murmurei, seu eixo me impedindo de ser coerente.

— Tente novamente.

Tentei, mas saiu igualmente incompreensível.

Ele estremeceu.

— Agora tenho que disciplinar você.

Semicerrei os olhos e engoli mais dele em resposta. *Não pode me punir por fazer algo que está gostando, Kylan.*

Os lábios dele se contraíram.

— Desafiadora, mesmo de joelhos.

Chupei com força e enfiei as unhas em suas coxas.

— Puta merda — ele murmurou, puxando mais os meus cabelos.

Repeti a ação.

Ele sibilou e me afastou, me empurrando em direção à cama improvisada com roupas de neve.

Abri as pernas quando ele se acomodou entre elas, pairando a boca sobre o meu clitóris.

— Você precisa de um lembrete de quem está no comando aqui, querida. — Sua língua provocou minha intimidade já dolorida, fazendo meus quadris se inclinarem contra ele. — Humm, vou gostar muito disso.

— Ky... — me interrompi com um grito, sua mordida me chocando.

Não consegui me mexer. Não conseguia pensar. Só podia sentir e aguentar.

E, ah, minha deusa, era algo para se suportar.

Uma sensação diferente de tudo que já senti abalou meu coração, cortando meu ser em dois, fragmentando minha capacidade de respirar. Doeu tanto. Minha visão escureceu, embranqueceu, as estrelas no céu giraram em uma nuvem de êxtase que eu podia sentir na língua. Ele deixou minhas veias em chamas, meu sangue correndo para encontrar sua boca enquanto ele substituía minha essência por pura euforia.

Minha garganta doía de tanto gemer — gritar — seu nome.

O tempo congelou.

Descongelou.

Congelou de novo.

Minha. Sua voz ecoou na minha mente, abalando minha alma.

Sua, concordei, incapaz de processar, de me lembrar do porque não queria concordar. Mas qualquer coisa para acabar com essa agonia doce e feliz que destruía meu corpo. *É demais.*

Você vai aceitar, Raelyn. Seu grunhido vibrou no meu corpo inteiro e seu domínio tomou conta de mim em todos os sentidos. Não podia lutar com ele, nem queria.

Sim, eu sussurrei. *Qualquer coisa.*

Tudo, ele respondeu, sua mente sombria florescendo na minha. Tantos segredos envolvidos em teias complicadas de raciocínio estabelecidas ao longo de milhares de anos.

Antigo, poderoso, sofisticado.

Abri caminho, mas fui parada por um muro.

— Kylan — sussurrei, implorei, desejei. Eu me contorci embaixo dele, meu orgasmo parecendo não ter fim. Então me rendi. — Por favor.

Seus dedos estavam *lá.* Sua garganta ainda engolia, meu corpo à deriva em um estado estranho e mais frio.

Ele estava me drenando?

Me anestesiando?

A neve começou a cair ao nosso redor ou eram estrelas? Não consegui distinguir.

Outra onda de prazer me atingiu, estremecendo meus membros e fazendo minhas costas se curvarem. A palma da mão de Kylan na minha barriga me segurou, seu toque literalmente me aterrou quando minha alma ameaçou voar.

Não aguento mais...

Você pode, ele respondeu. *Você vai.*

Um soluço me escapou, carente e devastado em partes iguais. *Você está me destruindo.*

Estou te possuindo, ele esclareceu.

Também quero te possuir. E eu possuía. Em todos os sentidos. Ele não poderia tirar tudo isso de mim sem dar um pouco de si em troca. *Por favor, Kylan. Estou te implorando.*

Ele grunhiu, me libertando da sua mordida.

— Esse vínculo vai me matar.

Vínculo?

— Sim. — Ele lambeu meu clitóris mais uma vez, enviando uma onda de prazer por meu corpo. Ele estava me curando? Ah, merda, não me importava. Eu só o queria. Conhecê-lo como ele me conheceu. Estar com ele.

— Preciso de você — sussurrei. Minhas veias esfriando sem sua mordida, ou talvez, com sua mordida.

— Eu sei — ele sussurrou, rastejando sobre mim. — Estou aqui, Raelyn.

Sua boca capturou a minha, a excitação estava tingida com seu sangue, provocando meus sentidos. Tremi embaixo dele, oprimida, exausta e excitada de novo.

Kylan ameaçou me destruir.

Entendi o que ele quis dizer.

Porque eu estava completamente enfeitiçada, pronta para fazer o que ele desejasse, só para ter mais uma prova.

Seu pau se encaixou no meu calor úmido. *Sim...* não que ele precisasse do meu consentimento. Já havia sido dado, adquirido, possuído.

— Diga que você é minha. — Seus lábios sussurraram sobre os meus. — Diga que você quer isso.

— Eu *te quero* — respondi, envolvendo as pernas ao redor de sua cintura. Elas tremiam de frio, mas não me importei. — Eu sou sua, Kylan. — *E você é meu.*

Ele suspirou. Sua língua estava dentro da minha boca, me fornecendo mais da sua essência. Cada gota queimava em mim da maneira mais deliciosa possível.

Ele agarrou meus quadris, me segurando.

— Você está tão molhada. — Ele parecia quase perturbado. Sua voz falhou no final. — Puta merda, Raelyn. Não posso. Não devo, mas não consigo parar.

— O que...

Uma dor inesperada cortou minhas palavras, me silenciando. Agarrei seus braços e senti meu corpo congelar debaixo do seu.

Ele está dentro de mim, percebi. E, caramba, doeu.

— Não me lembro da última vez que quis alguém assim — ele sussurrou enquanto sua boca roçava na minha. — Isso tem que parar.

Franzi a testa, sem compreender o sentido das suas palavras.

— Eu não...

— Shh... — Ele me beijou novamente. Sua língua era macia e persuasiva, e seu corpo ainda estava sobre o meu. — Se concentre nas sensações, Raelyn. Se concentre em mim. No meu pau que está profundamente dentro de você, te esticando, te enchendo, te possuindo.

Suas palavras me aqueceram de maneira estranha, acendendo uma chama na minha barriga. Ele se mexeu, me fazendo estremecer e antecipando a dor. Mas nada se seguiu, apenas um pequeno tremor nas minhas pernas. Ele repetiu a ação, desta vez com mais força, e meu corpo sacudiu em resposta.

Gemi, sentindo o fogo aumentar, me aquecendo por dentro e por fora.

Um impulso — mais forte e mais profundo — me fez arranhar suas costas e minha mandíbula ameaçou apertar sua língua.

— Humm, é isso — ele elogiou. — Espere por mim, princesa. Aproveite, sinta, grite. Quero que todo mundo te ouça, que saiba quem está transando com você, que saiba a quem você pertence.

Abri a boca para protestar, para exigir o mesmo, mas minhas palavras foram interrompidas quando respirei fundo no momento em que ele começou a se mover. Ele tinha sido gentil, suavizando os movimentos.

Agora o predador saiu para reivindicar seu prêmio. Para me dominar. Para me destruir para todos os outros homens.

— Kylan — gemi, um fogo intenso me atingindo e me consumindo da cabeça aos pés. Ele já havia me levado a níveis indescritíveis de felicidade. Não poderia haver mais. Eu não sobreviveria a outra dose, muito menos a algo tão intenso.

Mas, puta merda, ele não parava.

Seu pau me atingiu profundamente, pressionando uma parte eufórica de mim que paralisou meu ser.

Eu era escrava de suas carícias, perdida para sua vontade.

— Tão gostoso — ele grunhiu, com a boca contra o meu pescoço. — Você está abraçando meu pau, me possuindo com sua pequena boceta. — Ele deslizou os dentes na minha pele, forçando o arrebatamento na minha corrente sanguínea e me levando em uma espiral à beira do clímax.

De novo.

Sem nenhum aviso.

Sem preparação.

Apenas me destruindo.

E meu corpo sucumbiu a ele sem preâmbulos.

Quase doeu.

— Puta merda, Raelyn. — O xingamento gutural contra a minha garganta parecia quase dolorido.

A energia vibrava entre nós e seus ombros e braços estavam tensos. Ele murmurou meu nome mais uma vez, seu tom parecia tão bonito agonizante tão agonizante que levou lágrimas aos meus olhos.

Seu orgasmo se derramou dentro de mim, me levando para as estrelas com ele. Minha mente deixou meu corpo e embelezou os céus. Nunca senti nada assim, como essa eletricidade que existia entre nós, nos conectando, me forçando a um plano de existência que eu nunca soube que era possível, com Kylan ao meu lado.

Tanta beleza.

Tanta intensidade.

Tanto tormento.

... não assim...

... acabe com isso...

Não posso estar ligado a ela!

Assim não.

Demais.

Preciso terminar.

Só há uma maneira...

Uma visão de Kylan me entregando para outro, atingiu meu coração. Para que outro transasse comigo. Se alimentasse de mim. Me *usasse*.

Sem escolha, sua voz flutuou através dos meus pensamentos.

Me agarrei, tentando entender. Mais palavras, cânticos cerimoniais, *Erosita*, a ligação entre um humano virgem e um vampiro, a conexão de nossas mentes, corpos e almas.

Kylan tinha me ligado a ele em uma cerimônia antiga destinada a companheiros.

E ele queria quebrá-la.

Mais visões, seus planos, suas obrigações, tudo atingindo meu peito, atacando meu coração e alma.

Um erro. Aquelas duas palavras queimavam. *Não queria fazer isso.*

Mais pensamentos — os pensamentos dele — encheram minha cabeça. Alguns antigos. Alguns novos. Tudo embrulhado na mesma verdade.

Tenho que acabar com essa obsessão.

Quando eu o fizer, tudo ficará bem.

De volta ao normal.

Bem.

Sim.

Só tenho que compartilhar...

Afastei minha boca da sua. Não estava nem mesmo ciente de que estávamos nos beijando. Meus olhos ardiam em lágrimas.

— Você vai me dar para outro membro da realeza? — questionei com a voz rouca por causa de todos os gritos de dor, prazer e arrebatamento que acabamos de compartilhar e que não significavam nada para ele além de um meio para um fim.

Ele me olhou com uma mistura de agonia e consternação.

— Raelyn...

— Isso foi tudo... tudo... — Eu não conseguia pensar na palavra certa, sentindo meu coração partido.

Eu não deveria me apaixonar por ele.

Nem deveria gostar dele.

Minha mente. Meu coração. Minha alma.

Quando ele conseguiu entrar? Como?

Fechei as mãos, enfiando as unhas nas palmas.

Puta merda, como eu podia ser tão ridícula? Como podia ter deixado a esperança me possuir? Por um momento, pensei que poderia haver algo especial entre nós. Um vínculo único. Um relacionamento. Uma conexão. Alguma coisa.

Ele chamou isso de erro.

Uma obsessão que tinha que superar.

Meu coração.

Era isso o que ele ia destruir.

Ah, como eu estava errada. Não era o meu corpo que ele desejava destruir, mas a parte fundamental de mim. Meu espírito.

Criou um vínculo de uma maneira tão apaixonada, me deu uma visão da sua mente, assumiu o controle total da minha, tudo para acabar com isso com apenas uma ordem. Transar com outro.

Capítulo vinte e quatro

KYLAN

Sem palavras.

Raelyn me deixou paralisado, imóvel e incapaz de compreender como um momento tão bonito poderia ser tão catastrófico.

Não esperava que ela entrasse na minha mente com tanta facilidade para ver a verdade da minha intenção. Mas a minha frustração com a nossa situação era o que não saía dos meus pensamentos.

Eu tinha que compartilhá-la para quebrar o vínculo.

Mas não queria.

Eu possuía um respeito recém-descoberto por Darius e sua tolerância com Jace, porque até a noção de deixar alguém tocar Raelyn me fazia querer cometer assassinato. Era uma fraqueza que eu não podia ter, algo que eu sabia que seria removido se deixasse outro transar com ela.

Um grunhido ficou preso na minha garganta, e a agonia do plano me queimou por dentro.

Não posso deixar isso me consumir.

Eu era mais forte que isso.

Raelyn estava completamente imóvel. Seus olhos ficaram sem vida, o que quase acabou com a minha determinação. Ela ficaria bem. Tinha que ficar. Minha lutadora voltaria. Ela só precisava de espaço para ver que essa era a melhor solução. Suas emoções estavam tão atadas quanto as minhas, o vínculo de culpa. Superaríamos isso.

Me afastei dela, notando a falta de cor em seus membros. Sexo na neve não era a melhor ideia para um mortal, mas agora que minha imortalidade corria fresca em suas veias, ela se curaria rapidamente.

Imortalidade que pretendo tirar dela.

Porque é a única solução.

Passei os dedos pelos cabelos, irritado com a minha própria incerteza. Tomar decisões era fácil. Eu fazia isso diariamente, de forma rápida e eficiente. Essa mulher — Raelyn — mudou tudo.

Não, o vínculo tinha mudado.

Merda de cerimônia.

Por que não percebi que isso estava acontecendo? Nunca dei meu a sangue a qualquer consorte. Só para Mikael e apenas porque ele exigia uma cura substancial.

Esfreguei a mandíbula enquanto Raelyn estava imóvel no chão, e uma lágrima marcou sua bochecha.

Suspirei, odiando tê-la magoado.

— Esta não era minha intenção. Simplesmente aconteceu. — Provavelmente a desculpa mais lamentável da história. E por que eu estava me explicando para ela? Não éramos iguais. Ela era só uma humana – uma consorte com quem eu me envolvi demais.

Alguns dias separados resolveriam isso.

Eu a deixaria se curar e depois encontraria um candidato adequado — minha mandíbula cerrou — para quebrar esse vínculo. Não havia outra escolha.

— Precisamos entrar — disse a ela, observando o horizonte.

Ficamos aqui por muito mais tempo do que eu previ.

Essa mulher era tóxica para minha rotina e bom senso.

— Raelyn.

Sem resposta. Nem mesmo um vacilo.

Então era assim que as coisas seriam.

Apertei a parte de trás do meu pescoço.

— Quer que eu te obrigue a me seguir para dentro?

Faça o que quiser, ela respondeu, sua voz mental solene. *Sou sua.*

As duas palavras formigaram no meu coração. Gostei de ouvi-las mais cedo, mas agora pareciam estúpidas e submissas, como se ela estivesse aceitando o inevitável, sem se comprometer comigo por toda a eternidade.

Ela parecia em pedaços e machucada, deitada ali com as pernas abertas, nua sobre o cobertor feito de roupas, os olhos sem foco e sem enxergar nada.

Odiava vê-la assim, odiava ter feito com que ela ficasse assim.

— É o vínculo — falei baixinho. — Quando estiver quebrado, você entenderá. — Estaríamos livres dessa teia complicada, capazes de nos sentirmos normais novamente.

Ela não disse nada. Sua expressão continuava vazia de emoção, exceto aquela única lágrima congelada em sua bochecha. Como uma boneca macabra distorcida. Danificada para sempre.

Não. Ela voltaria a ser como antes. Tinha que voltar.

Eu a vesti e a peguei no colo. O mínimo que eu podia fazer era levá-la de volta para casa. Deixei nossos sapatos — eu os pegaria mais tarde — e passei pela floresta até a porta dos fundos. Era muito mais rápido que andar. Se isso incomodou Raelyn, ela não demonstrou, seus olhos estavam fechados como se estivesse dormindo.

Ela permaneceu no mesmo estado quando entrei no nosso quarto. Sua respiração estava lenta quando a deitei na cama.

— Precisa de alguma coisa? — perguntei baixinho. — Água? Comida?

Raelyn se enrolou em uma bola. Sem resposta.

O tratamento de silêncio quase me fez entrar em sua mente, mas me contive. Ela merecia paz depois do inferno ao qual a apresentei acidentalmente.

Argh, mas não podia deixá-la assim.

Como isso se tornou tão complicado? Ela era uma diversão, um entretenimento passageiro em minha longa existência. No entanto, passou a significar muito mais.

Tirei uma mecha de cabelo úmida do seu rosto e seu olhar vazio estava focado nas janelas de vidro.

Ficaríamos aqui por mais alguns dias e iríamos relaxar antes de eu resolver a tarefa de encontrar alguém para consertar nosso problema. Não poderia ser Mikael. Não confiava em mim mesmo para não matá-lo no processo. Não, precisava de um vampiro mais forte, alguém que pudesse se defender.

Minha mão se fechou. *Ou eu poderia ficar com ela.*

Não.

Essa não era uma opção. Ela era um risco — uma fraqueza — que eu não podia pagar. E muitos a usariam contra mim. A sociedade classificava a cerimônia como tabu, mas era realmente um produto da inveja. *Erositas* eram raras e nenhum dos membros da realeza tinha uma. Bem, exceto Cam, mas ele matou a dele antes que a deusa o levasse sob custódia.

Girei o pescoço, sentindo a exaustão me atingir com força no estômago.

Isso não deveria ser tão difícil.

Raelyn piscou, seus olhos sem alma continuavam sem foco. Ela precisava descansar. Poderíamos discutir mais à noite. Removi as roupas espalhadas que usei para embrulhá-la e a guiei para debaixo das cobertas. Ela não lutou comigo, mas também não ajudou. Seus membros estavam pesados.

— Raelyn — sussurrei em agonia. — Sinto muito. — Eu não sabia exatamente pelo que estava pedindo desculpas. Pelo vínculo inesperado e acidental, por deixá-la entrar na minha mente, por tirar sua virgindade de forma tão grosseira e no chão, todas as opções.

Balancei a cabeça.

— Durma um pouco — eu disse, não que ela parecesse estar ouvindo.

Deslizei para os lençóis ao seu lado, desejando abraçá-la, mas sabendo que ela precisava de espaço.

241

Talvez ela voltasse a ser como antes.

* * *

RAELYN NÃO VOLTOU a ser como antes.

Nem à noite, nem no dia seguinte.

Ela mal saiu da cama. Zelda teve que levar comida, algo que só aconteceu porque eu exigi. E mesmo assim, Raelyn só comeu algumas garfadas antes de se deitar novamente. Quando tentei falar, ela me ignorou.

No começo, isso me preocupou.

Agora, eu estava irritado.

Sentia falta da minha lutadora, o que só me irritou ainda mais. Transar com ela deveria ter matado essa obsessão, mas tudo o que eu desejava era mais. Tudo por causa dessa ligação maldita.

Todo vampiro que considerei para a tarefa de me ajudar a quebrar o vínculo foi imediatamente vetado. Ou eu gostava muito do homem para arriscar sua vida ou o odiava demais para deixá-lo perto de algo tão precioso.

— Merda — grunhi enquanto passava os dedos pelos cabelos. Não conseguia nem me concentrar no trabalho que precisava analisar. Mensagens de constituintes, todos solicitando uma coisa ou outra. Alguns queriam dinheiro. Alguns desejavam mais terra. Outros expressavam necessidades de promoção.

E tinha a pilha de cartas de intenção para assumir a posição de Tremayne.

Era por isso que a realeza tinha soberanos. Normalmente, não me importava com todas as tarefas, preferindo a maneira como elas faziam o tempo passar, mas não conseguia parar de pensar em uma certa ruiva no meu quarto.

Uma batida na porta fez a esperança brotar no meu peito, sendo esmagada quando Angelica apareceu.

— Meu príncipe — ela me cumprimentou, curvando-se um pouco.

Certo. Eu a convoquei.

— Tenho uma tarefa pra você.

Ela entrou na sala, com as mãos ao lado do corpo e a expressão curiosa.

— Sim, meu príncipe?

— Preciso que você acompanhe a Raelyn até lá fora. Tente fazê-la andar um pouco. — As duas pareceram se dar bem em Kylan City. Talvez Raelyn confiasse nela, ou gostasse da companhia feminina.

— É claro — Angelica respondeu, sua expressão transmitindo dúvida.

— Ela está se sentindo mal, mas gosta da neve. — Meus lábios tremeram com a lembrança do seu espanto pelas janelas naquele primeiro dia, quando foi sozinha para a varanda. — Certifique-se de que ela vista uma roupa quente, por favor.

Angelica assentiu com a testa levemente franzida.

— Pode deixar.

— E tente fazê-la comer algo mais do que brócolis e frango sem tempero. — Eu realmente queria apresentá-la ao chocolate, mas o momento ainda não havia chegado. — Ah, e talvez um filme depois. Algo divertido. — Falei alguns títulos que eu sabia que estavam na coleção de filmes antigos.

— Sim, vou cuidar disso — ela falou devagar. Certo, sendo tão nova na imortalidade, ela não estaria familiarizada com os antigos sistemas de entretenimento. Os únicos programas na televisão agora eram aqueles sancionados por Lilith e os poucos filmes feitos com lycans.

— O Mikael pode te dar um tutorial. — Ele estava acordado, havia se recuperado e, aparentemente, também não estava falando comigo. Quando o vi no início da noite, ele fez uma careta para mim e voltou para o quarto. Parecia que todos os humanos da casa me odiavam agora. Até Zelda pareceu me desafiar na cozinha.

— Certo. — A expressão confusa de Angelica teria sido cômica se não fosse tão precisa. — Mais alguma coisa, Alteza?

— Sim. Proteja-a — exigi com mais força do que o necessário. Ela engoliu em seco.

— Entendido.

— Bom. Isso é tudo.

— Obrigada, meu príncipe. — Ela se curvou e pediu licença. Soltei um suspiro, incerto se isso iria funcionar, mas esperançoso. Caso contrário, teria que entrar na consciência de Raelyn para procurar uma solução. Quando eu disse a ela que queria sua mente, não quis dizer isso. Queria a sua confiança, o que eu claramente estraguei. E se eu atravessasse as finas barreiras entre nós para lê-la, causaria ainda mais danos.

Apertei os lábios. Por que eu estava considerando isso? Nunca me importei com o que os outros pensavam. Se ela não confiasse em mim, eu a faria confiar. Era assim que eu operava. E se ela recusasse, eu resolveria o problema.

No entanto, não consegui preencher a lacuna entre nós.

Era como se minha alma se recusasse, com medo de machucá--la ainda mais.

— Essa merda de vínculo vai me matar — grunhi. Eu apenas o completei para ser o primeiro a prová-la, sabendo muito bem que teria que compartilhá-la.

E agora eu não conseguia aceitar a ideia de deixar outro tocá--la.

Fiquei de pé. Certo.

Estava na hora de seguir meu próprio conselho e dar o fora daqui. Bater em alguma coisa. Lutar com os lobos. Qualquer coisa para parar de pensar na minha situação com Raelyn.

Isso estava me deixando louco.

Ou, talvez, eu tivesse atingido esse estágio na minha imortalidade há muito tempo.

Tirei o paletó e a camisa.

Uma corrida.

Sim.

Era disso que eu precisava.

E uma boa transa.

Com Raelyn.

Bufei. Como se isso fosse acontecer novamente em breve. Eu era a favor de seduzir uma mulher, mas essa tarefa parecia impossível agora.

Resolva isso, disse a mim mesmo.

Mais de cinco mil anos e uma humana de vinte e dois anos me deixou em nós. Ridículo.

Talvez eu estivesse realmente enlouquecendo.

Capítulo vinte e cinco

RAE

A NEVE NA VARANDA estava mais espessa hoje à noite. Eu a vi aumentar nas duas últimas noites, as montanhas ao longe eram meu único consolo.

Me sentia morta para o mundo.

Entorpecida.

Tola por cair em uma armadilha vampírica.

Fiquei esperando o inevitável, que um homem escolhido por Kylan chegasse para *resolver* o nosso problema. O vínculo que ele nunca quis criar.

Sua mente permanecia fechada, não que eu quisesse me aventurar dentro daquela crueldade novamente. Já havia visto o suficiente por uma vida.

Ele só transou comigo para que pudesse ser o primeiro. Seu

objetivo era se livrar de mim o mais rápido possível e me passar para outra pessoa.

Eu o odiava.

Me odiava.

Odiava essa vida.

Mas o pior de tudo, odiava como não conseguia me motivar a fazer algo a respeito. Me sentia perdida, sozinha, sem esperança. Como se um redemoinho preto tivesse me consumido e se recusado a me soltar.

Silas ficaria muito decepcionado. Willow também.

Como vocês estão? Eu me perguntava com o coração apertado. *Onde vocês estão?*

Silas ainda estaria vivo?

Willow estava pior que eu?

Estremeci, sabendo a verdade. Claro que ela estava em pior situação. Kylan ia me compartilhar, mas era meu único dono. Mas Willow...

Um soluço ficou preso na minha garganta, meu lado sombrio preferindo seu destino ao meu. Com sexo, eu poderia lidar. Mas Kylan brincou com mais coisas que só meu corpo.

Semicerrei os olhos, sentindo a fúria começar a me atingir, seguida por uma onda de silêncio.

O que eu poderia fazer? Gritar com ele? Isso apenas o impressionaria. Ele queria me destruir. Ele conseguiu. Fim.

Pressionei as mãos no rosto, deixando um gemido escapar pelos meus lábios. Os mesmos pensamentos e impressões continuaram girando na minha cabeça, me empurrando mais fundo em um lugar que eu odiava.

Um abismo sombrio com garras manchadas rasgando minha alma pedaço por pedaço.

Meu futuro.

Meu destino.

Meu novo mundo

Mas eu não queria existir aqui. Queria viver, respirar, ver o céu, voar. *E ir para onde?* Quase ri. O tom sarcástico parecia muito com o de Kylan.

Eu te odeio, grunhi para ele.

Um grito se formou no meu peito, exigindo liberação, mas para quem eu queria gritar não estava aqui. E ele apenas riria.

Ah, mas chocá-lo nem que fosse por dois segundos com a minha fúria, poderia valer a zombaria.

Eu me sentei.

Onde você está? exigi.

Nada.

A parede entre nossas mentes estava trancada com firmeza.

Claro que ele queria me deixar de fora. Ele provavelmente estava trabalhando em uma lista de pessoas para transar comigo.

Caí para trás, semicerrando os olhos para o teto. *Idiota.*

Ele me usou. Esse era o objetivo, não era? Mas só por um momento, esperei...

Rolei para o lado, me recusando a continuar essa linha de pensamento. Isso era perigoso. Machucaria. Isso só levaria à agonia.

— Raelyn? — Uma voz feminina chamou, seguida por uma batida.

Fechei os olhos automaticamente, meu desejo de ficar sozinha para sempre substituiu a necessidade de reconhecer a vampira. Por que me preocupar com o decoro? Eu preferiria a morte a esta armadilha.

Me encolhi com a noção sombria. Não era inteiramente verdade. Havia razões para permanecer viva. Eu só tinha que encontrá-las.

— Raelyn? — Angelica estava ao lado da cama agora. — Sei que você está acordada. Tenho que te levar para dar uma volta lá fora.

Comecei a rir, mas saiu como um som sufocado e perturbado. A vontade de grunhir me atingiu com força, fazendo com que mais daquele barulho estranho saísse dos meus lábios.

Lá fora.

Como um cachorro.

Odeio você, Kylan, disse a ele.

Ainda sem resposta.

Claro. O idiota sequer reconhecia esse vínculo que ele me forçou a ter. Ele só queria acabar com tudo, agora que transou

247

comigo. Não havia mais diversão para ele. Eu era apenas um brinquedo quebrado para que, eventualmente, ele pudesse matar. Depois que ele me desse a todos os seus amigos.

Esse era o meu objetivo, não é?

Bufei sem entusiasmo, sentindo as lágrimas se formarem em meus olhos.

Deusa, eu estava cansada de chorar. De chafurdar na minha dor. De ficar deitada nesta cama que tinha o cheiro de Kylan.

Talvez eu devesse sair. Encontrar uma estaca de gelo afiada o suficiente para perfurar o crânio de Kylan e fazê-lo sentir dor.

Gostei da ideia.

Teria que encontrá-lo, mas talvez Angelica soubesse onde ele estava escondido.

Ou eu poderia trazer a estaca de gelo para cá e esperar por ele. Ficaria congelada na varanda.

Sim.

Parecia um plano.

Assassinato com gelo.

Que tocante, considerando nosso último interlúdio na neve.

Ri com a ideia, sabendo que nunca iria funcionar. Kylan me levou à loucura. Parecia apropriado, dado que ele possuía minha mente agora.

Angelica pigarreou.

— Não sei o que aconteceu entre você e Kylan, mas ele foi muito específico sobre eu ter que te acompanhar até lá fora.

— Aposto que sim — reclamei.

— Sugiro que nós duas o obedeçamos — ela acrescentou, seu tom misturado com aviso. — Não tenho intenção de desapontá-lo.

Parte de mim queria dizer a ela para ir embora. Ela poderia mandar Kylan vir aqui para me punir, que eu não ligava. Meu lado mais saudável e prático sabia que ele iria me disciplinar, não apenas pelo comportamento, mas também por Angelica. E ela não merecia isso. Ela tinha sido legal comigo. Mesmo agora, aguardava com paciência, esperando minha obediência. A maioria dos vampiros já teria reagido com violência.

Engoli.

— Me dê vinte minutos, por favor. — Precisava tomar banho. Encontrar roupas. Tentar escovar o cabelo. Coisas básicas.

— Só se você prometer vestir uma roupa quente — ela respondeu. — Porque ele também exigiu isso.

— Sim, ele finge se importar — resmunguei, saindo nua da cama. É melhor se acostumar a andar sem roupas entre os vampiros. Kylan provavelmente teria uma fila deles vindo em minha direção em breve.

Menos de vinte minutos depois, meu cabelo molhado estava preso em um coque no alto da cabeça, usava um suéter, calça jeans e botas cobrindo meus pés. Angelica me entregou um gorro e um cachecol, que acrescentei de má vontade e a segui escada abaixo.

Zelda passou por nós no caminho. Sua surpresa ao nos ver juntas ficou evidente. Ela imediatamente baixou o olhar e continuou sem dizer uma palavra.

Os lábios de Angelica se contraíram quando ela balançou a cabeça.

— No outro dia, você me perguntou como é. Bem, a coisa da submissão é realmente difícil de se acostumar. Eu era humana há menos de uma década. Isso me coloca do lado de fora da humanidade enquanto me marca como inferior a todos os outros. Estou nessa zona intermediária, onde ninguém fala comigo, a menos que precise de algo.

— Como me levar para fora — falei, caminhando pela porta que ela mantinha aberta.

— Exatamente. — Ela me seguiu para o pátio dos fundos, onde a neve estava profunda e intocada. — Te fazem pensar que a vida será muito maior, e talvez acabe sendo, mas essa ainda não foi minha experiência. — Ela chutou um pouco de neve. — A única razão pela qual não moro na rua é porque Kylan me ofereceu um emprego decente. A maioria dos membros da realeza delega atribuições de posição para novos vampiros aos soberanos ou regentes.

Eu a segui para o quintal, considerando.

— Então... ele te transformou? — Ninguém nunca falou sobre como era a tarefa de transformar outro em imortal, a conversa era proibida entre os humanos. Mas eu já tinha desistido de todas as pretensões de decoro com Angelica. Parecia ridículo agira assim agora.

Seus olhos escuros brilharam, encontrando o meu, mas seus lábios tremeram.

— Você é muito mais corajosa que eu — ela murmurou. — Entendo por que ele gosta de você.

Franzi a testa.

— Quem?

— Você sabe quem.

— Kylan? — Eu ri abertamente. — Sim, ele deixou bem claro o que sente por mim. E *gostar* não é a palavra que eu usaria para descrever esse sentimento. — Luxúria, talvez. Obsessão, também. Gostar? Não.

— Bem, ele age diferente com você — ela disse baixinho. — Não que eu tenha passado muito tempo com ele. E não, ele não me transformou. Kylan nunca transformou ninguém.

Entreabri os lábios.

— Nunca?

— Nunca — ela repetiu. — Transformar um humano cria um elo entre criador e progênie, algo que Kylan nunca permitiria. Ele é um solitário, confia apenas em si mesmo e em mais ninguém. É o que faz dele um líder formidável. Suas lealdades são tão profundas. Quem o trai, paga o preço. É o que todo mundo diz sobre ele, de qualquer maneira.

Seu comentário sobre ele nunca permitir uma conexão com outra pessoa quase me fez tropeçar.

Mas ele está ligado a mim.

Pelo menos, temporariamente.

Era por isso que ele estava tão determinado a cortar o vínculo entre nós? Por isso ele não podia me deixar ficar tão perto?

Isso me dava uma nova perspectiva.

O que ele disse na outra noite? Que não foi sua intenção e isso meio que aconteceu?

Fiz uma careta. Ele falou sério?

Assumi que ele havia planejado tudo por causa daqueles comentários sobre querer me possuir por completo. Mas e se tivesse sido por acidente?

— Sim, a vida como um vampiro não tão é glamorosa quanto você pensa — ela murmurou. Seu foco mudou para o céu noturno.

— Não há um guia de instruções e meu criador não é exatamente um grande mentor. Então, aprendi a confiar em meus instintos para sobreviver.

— Você parece estar indo bem até agora.

Ela deu de ombros.

— Sim. Eu estava preocupada que o Kylan pudesse me matar na semana passada por ter vindo contar a ele sobre Tremayne, mas não consegui me conter, mesmo que tentasse. A coisa toda... — Algo começou a tocar no seu bolso. Ela pegou o dispositivo fino e franziu a testa para a tela. Havia um número longo sem nome.

— Falando em criadores — ela resmungou. — Preciso atender.

— Tudo bem. — Forcei um sorriso. — Vou ficar aqui.

Ela assentiu, parecendo agradecida.

— Obrigada — ela murmurou antes de atender o telefone. — Vilheim. — Ela voltou para a mansão, me deixando com minhas reflexões na noite clara.

Pacífica.

Linda.

Solitária.

Era por isso que Kylan gostava daqui? Por que ele preferia o lago secreto na floresta? *Você está aí agora?*, sussurrei, sabendo que ele não iria me ouvir.

Fechei os olhos, aproveitando a brisa fresca.

Gostaria que você conversasse comigo, Kylan.

Ele poderia pelo menos explicar esse vínculo e o que isso significava. Ou talvez eu não quisesse saber, já que ele pretendia quebrá-lo.

— Raelyn? — A voz de Mikael chegou até a mim, fazendo meus lábios se curvarem no primeiro sorriso que dei no que pareceu anos. Ele caminhou em minha direção, usando jeans e um suéter, com a expressão um tanto reservada, mas com os olhos risonhos.

Eu o abracei, mais do que um pouco aliviada por vê-lo novamente.

— Você está bem — sussurrei, sentindo as lágrimas se

formarem em meus olhos. Sabia que ele ficaria bem, mas vê-lo trouxe à tona as emoções dos últimos dias. — Deusa, estou tão feliz que você esteja bem.

Ele deu um tapinha nas minhas costas e me deu um sorriso irônico.

— Estava com saudades de mim?

— Você não tem ideia. Kylan dá muito trabalho.

Ele riu.

— Me conte sobre isso.

Quase aceitei sua declaração retórica como um convite. Queria tanto falar com alguém, mas os instintos me seguravam. Algum tipo de aviso de que Kylan não aprovaria e, por mais que eu quisesse ignorá-lo, não consegui.

Então, em vez disso, eu o soltei com um sorriso.

— Estou realmente feliz que você esteja bem. Estava preocupada.

Ele me beijou na bochecha.

— Gosto de você, Rae.

Minhas bochechas esquentaram.

— Também gosto de você, Mikael.

— Eu sei. — Ele colocou o braço em volta dos meus ombros, me guiando pelo quintal. — É por isso que isso é tão difícil.

— O que você quer dizer?

— A vida. — Ele suspirou, olhando para a noite. — Sabia que esse mês faz onze anos que Kylan me comprou? Parece uma vida. Ele me deu muito. Eu deveria estar agradecido, mas ele é tão...

— Evasivo? — sugeri, me lembrando da vez em que o chamei assim.

— Sim, e excessivamente indulgente também. — Ele balançou a cabeça, suspirando. — Ele te faz querer coisas que nunca te dará. Ele te deixa viciado. Te força a amá-lo. Mas nunca retribui esse amor.

Suas palavras pareciam estacas contra o meu coração.

— Eu sei — sussurrei.

— Ele vai te destruir, Rae — ele sussurrou. — Não quero que isso aconteça.

Mordi o lábio. *Era tarde demais para isso.*

— Essa é realmente a minha única escolha — ele continuou em voz baixa. — Você entende isso, certo?

Franzi a testa.

— Única escolha?

— Sim. — Ele me virou para encará-lo, seu olhar triste. — O que estamos fazendo, é a única maneira de protegê-la.

— Eu não... — Engoli em seco. — O que você está dizendo?

— Que ele sente muito — disse uma voz feminina vindo da esquerda. Zelda emergiu da linha das árvores com os ombros esguios e retos, e a cabeça erguida. Nunca a vi exalar tanta confiança.

Mikael foi até ela, passando o braço ao redor da mulher e beijou sua têmpora.

— Sim, exatamente isso. Eu sinto muito.

Fiz uma careta para ele.

— Por...? — Parei, pensando em tudo o que ele havia dito. Sobre Kylan ser viciante, sua propensão a manipular humanos para cuidar dele, o desejo de Mikael de me proteger *de* Kylan.

Não.

Ele não quis dizer.

Zelda girou uma lâmina entre os dedos.

Arregalei os olhos.

— Você... — Não consegui terminar a declaração. Mas Mikael não estava com Kylan quando o harém morreu? — Mas como...?

— É complicado — ele murmurou, dando um passo em minha direção quando eu dei dois passos para trás. — Você tem que ver isso como um presente, Rae. Ele só lhe trará miséria. Pode confiar, nós sabemos.

— Eu preferiria isso a ser morta — retruquei, chocada com o absurdo de suas ações. — Vocês dois perderam a cabeça?

Ele riu.

— Provavelmente. Kylan já fodeu com a minha por tempo suficiente. — Ele parecia muito triste, muito arrasado com isso. — Por favor, não lute, Rae. Posso fazer isso rapidamente.

Ergui as sobrancelhas.

— Rapidamente? — Ele estava louco. — Kylan vai te matar quando descobrir.

— Ele vai estar muito ocupado lidando com outras coisas — Zelda declarou —, como as consequências de assassinar outro membro do harém. É o momento perfeito. Logo antes de seu grande evento e depois de te mostrar a região. Todo mundo espera ver sua preciosa Raelyn novamente. Mas para onde ela foi? — Zelda bateu no queixo com a faca. — Ah, verdade. Kylan a matou por diversão, assim como todas as outras. E, no entanto, ele puniu Tremayne por fazer a mesma coisa. Ele não está nada bem, não é mesmo?

Fiquei boquiaberta com ela, vendo pela primeira vez além da sua presença tranquila de chef.

— Quem é você?

Ela curvou os lábios.

— Isso é muito maior que você, Rae. Você é apenas uma vítima das circunstâncias e o último prego no caixão de Kylan.

Isso não foi uma resposta, apenas mais uma prova de sua loucura.

Mikael atacou. Agarrou meu braço antes que eu pudesse pular para longe. Me encarou, com uma pontada de indecisão.

— Sinto muito — ele sussurrou, sua expressão se contorcendo em dor verdadeira — Eu realmente gosto de você.

Quase ri, mas o brilho da lâmina de Zelda fez meu cérebro assumir.

Eles vão me matar.

Lutei, me afastando dele, mas Zelda me pegou por trás. Ela prendeu meus braços, me imobilizando.

Presa.

Meus ombros doíam quando tentei me mover e me soltar, mas não consegui me mexer.

Isso não pode estar acontecendo.

Meu coração batia forte.

Por que fiquei aqui, conversando com eles? Deveria ter corrido. Mas o choque e a confusão me prenderam diante dos dois.

— Não podemos nos demorar mais — Zelda falou, sua voz soando distante, apesar de estar bem atrás de mim. — Prove a si mesmo, Mikael.

Ele comprimiu os lábios em uma linha fina, e seus olhos

brilharam com irritação.

— A compaixão percorre um longo caminho, Zelda.

— Não quando estamos em cima da hora. Ele só vai segurá-la por um tempo.

Ele? Ele quem? Kylan? Não. Isso não estava certo.

— Tudo bem. — Mikael deu um passo à frente, fazendo minha pulsação acelerar.

— Não faça isso — implorei, tentando inutilmente escapar do domínio de Zelda. — Por favor, não faça isso.

Seus olhos claros irradiavam tristeza, mas um toque de determinação cintilou em suas íris.

— Estou lhe concedendo paz, Rae.

Ah, deusa, ele acredita mesmo nisso.

— Mikael... — Mas não havia nenhuma esperança. Pude ver pela maneira que ele olhou para mim. Ele ia fazer isso – me matar e jogar a culpa em Kylan. Assim como outra pessoa – Zelda? – fez com seu harém.

Kylan!, gritei para ele, precisando que ele me ouvisse. *Kylan, por favor!*

Mas a porta entre nós permaneceu fechada.

Se me ouviu, ele não demonstrou.

Kylan... preciso de você!

— Sinto muito — Mikael disse novamente.

— Por favor... — Meu pedido terminou com um ofegar quando sentir meu pescoço queimando.

Uma lâmina.

De Mikael?

— Adeus, Rae — ele sussurrou e baixou a mão cheia de sangue fresco – *meu sangue* – pingando da sua faca.

O tempo congelou. Minha mente se recusou a acreditar, a aceitar...

Ele fez isso.

Ele realmente fez isso.

Um líquido quente se acumulou na minha garganta, inundando minhas vias aéreas. Muito rápido..

Kylan, choraminguei. *Me ajude...*

Nada.

Zelda e Mikael te traíram, eu disse, precisando que ele soubesse.

Um som áspero e borbulhante encheu meus ouvidos, sufocando minha realidade.

Kylan...

Sem resposta.

Meus olhos se encheram de lágrimas. Ele bloqueou nossa conexão tão completamente que não conseguia me ouvir.

Porque ele nunca se importou.

Me descartou.

Descartou nosso vínculo.

Eu deveria ter tentado mais.

Eu deveria...

Gritei de agonia ao sentir algo afiado dentro de mim, escurecendo meu mundo, o dividindo ao meio.

N-Não posso...

Kylan... não consigo respirar...

Estou me afogando...

Pisquei e minha visão desapareceu.

A neve estava fria. Pesada.

Grande erro. Meu. Dele.

Minha alma gritou, alcançando através do nosso vínculo, chamando o único que poderia me salvar agora. *Kylan, por favor...*

As paredes estavam muito escuras.

Tão sozinha.

Tão sombrio.

Abandonada.

Ele não vem me buscar.

Ofeguei.

Vou morrer aqui...

Sozinha.

Capítulo vinte e seis

KYLAN

ME FORCEI A CORRER MAIS RÁPIDO e a pisar mais forte no chão, acolhendo a exaustão intensa que se instalava sobre meus membros. A sensação de formigamento era aquela que eu não sentia há muito tempo. Isso me consumiu, me deixando tremendo quando voltei para casa.

Minha boca estava seca, implorando por hidratação — sangue.

Caramba. Não me sentia assim há... fiz uma careta. Nunca? Eu só precisava me alimentar uma vez por mês para manter a força, e me satisfazia quase todos os dias, tendo me excedido na outra noite.

Abri a geladeira, procurando um lanche enquanto uma sensação de desconforto tomava conta de mim.

Por que estou tão cansado?

Foi uma corrida infernal, mas não extenuante. Eu me exercitava o suficiente, mesmo sem precisar.

Girei o pescoço, soltando os músculos tensos, e sentindo minha energia se esgotar a cada respiração. Quase como se minha essência da vida estivesse sendo sugada de mim.

Um espasmo me atingiu, me forçando a agarrar a bancada em busca de apoio.

Que merda é essa?

Fechei os olhos, procurando a fonte dentro de mim. Me atingiu como um trem de carga.

Raelyn.

Ela estava sugando minha imortalidade — absorvendo — me consumindo.

Grunhi e procurei por sua mente, querendo saber como isso era possível, e não encontrei nada. Sem consciência. Apenas um vazio.

Inexistente.

— Raelyn!

Me virei, procurando por um perfume e o encontrando escondido no ar. Correndo escada acima, parei em nosso quarto. Vazio.

O sangue dela estava aqui em cima. Fraco, mas presente.

Segui o perfume até o quarto de Mikael, parando lá.

Se ela escolhesse quebrar esse vínculo sozinha, procurando-o por conforto...

Bati com o pé contra a porta e a madeira se abriu, atingindo a parede. Nem sinal dela ou de Mikael, mas o som do chuveiro me fez ir ao banheiro.

Zelda gritou, pulando atrás de Mikael, que estava nu e molhado. A preocupação surgiu em seu olhar, acompanhada de culpa.

— V-vossa Alteza?

O sangue de Raelyn estava aqui, mas não havia muito. Ela tinha ido ao quarto de Mikael hoje?

— Viu a Raelyn?

Ele engoliu em seco e balançou a cabeça rapidamente.

— N-não. Por quê?

Zelda espiou por trás dele com os olhos azuis arregalados.

— Eu a vi saindo com a Angelica há pouco tempo, Meu príncipe.

O aviso me fez deixá-los sem uma palavra.

Algo estava muito errado.

Não conseguia sentir Raelyn, exceto por ela estar sugando minha essência. Meu coração disparou com o que isso poderia significar.

Eu estava do lado de fora em um piscar de olhos, e senti seu sangue muito mais forte.

Por que entrei pela frente? Eu a teria sentido aqui depois da minha corrida se eu tivesse entrado pelos fundos.

— Raelyn! — chamei, passando para onde seu cheiro era mais forte.

Angelica olhou para mim do chão. Ela estava coberta de sangue e com os olhos escuros horrorizados.

— V-vossa Alteza. E... eu... eu...

Joguei-a para longe de Raelyn, afastando o grito de dor dos meus ouvidos.

— Raelyn — murmurei, caindo de joelhos ao seu lado. Passei as mãos sobre ela, sem nem saber por onde começar. — Ah, Raelyn... — Ela estava cortada, com a garganta rasgada, o peito cheio de marcas de perfuração, e os olhos vítreos.

Minha garganta se contraiu.

Falhei com ela.

Ela estava morta.

Como?

Por quê?

Quem?

Olhei para o corpo trêmulo de Angelica perto da linha das árvores, curvada em um arco que eu desejava demolir.

— Você — grunhi, meus instintos gritando comigo para destruí-la do jeito que ela havia feito com Raelyn.

— N-não fiz isso! — ela gritou, tremendo no chão. — Eu estava tentando curá-la — acrescentou em um soluço frágil e levantou o pulso.

Fui até ela, agarrei seu braço e observei as novas marcas de mordida. O perfume de Raelyn estava por toda parte. Apertei, seu

259

grito de dor sugerindo que eu tinha quebrado o osso, mas não me importei.

— Não se mexa — exigi, voltando para o lado de Raelyn para cortar meu próprio pulso e segurá-lo na sua boca.

Uma ideia ridícula.

Ela não conseguia engolir.

Estava morta!

Gritei, furioso, sentindo a agonia me rasgar por dentro.

Destruído...

Senti meu coração bater forte, fechei as mãos contra seu corpo e caí sobre ela.

Morta...

Ela havia me chamado em seus momentos finais?

Eu nunca saberia, porque a afastei. Eu a bloqueei da minha mente. O único vínculo que poderia — deveria — tê-la protegido.

Em vez de ir até ela, eu a transferi para Angelica.

Sou um covarde.

Indigno.

Sabia que ela estava em perigo e a deixei sozinha, muito arrogante em minhas próprias defesas para considerá-la em risco aqui.

Ela merecia mais.

— Raelyn — sussurrei, tocando a têmpora na sua. — Sinto muito.

O massacre do meu harém doeu, mas isso...

Tremi, sentindo a visão turva, minha mente se rebelando, minha alma...

Minha companheira.

Às vezes, você sabe, eu disse a ela. Eu reconheci você, Raelyn.

Meus pulmões se contraíram e meu corpo tremia de fadiga.

Sua morte está me matando...

Isso seria tão ruim?, pensei. Eu vivi por tanto tempo sozinho, apenas sobrevivendo para fazer o quê? Gerenciar um império? Desfrutar dos prazeres da vida que já tive várias vezes?

Raelyn tinha sido a primeira coisa empolgante a entrar na minha vida em muito tempo.

E ela se foi.

Sem batimentos cardíacos.

Sem fôlego.

Seu corpo ainda estava quente, imóvel.

A morte ainda não a havia levado completamente.

Eu estava tão perto. Deveria ter sido capaz de salvá-la.

Falhei.

E doeu pra cacete.

Aquilo estava esmagando meu peito, me destruindo de dentro para fora. A cerimônia uniu nossas almas e a dela estava gritando — me levando com ela, puxando minha essência, como se tentasse encontrar seu caminho de volta à superfície.

Ergui os olhos, buscando algo.

Sem sinais de cura.

Mas ela ainda parece viva.

Sua mente estava vaga, mas lá. Sua alma ainda estava presa à minha.

Se ela estivesse morta, eu não a sentiria.

Me lembrei de tudo o que sabia sobre a cerimônia, as histórias, as expectativas — *ela está ligada à minha imortalidade.*

Por isso eu estava tão exausto.

Minha essência estava curando a dela.

Eu a ergui em meus braços e fiquei de pé. Quanto tempo isso levaria? Havia algo que eu pudesse fazer para acelerar o processo?

Darius saberia.

Fui em direção à casa e parei. Alguém aqui me traiu. Provavelmente Angelica, dada a cena da evidência, mas o sangue de Raelyn estava fresco na casa...

Algo não está certo.

Até saber a verdade, não podia confiar em ninguém. Exceto Judith. Eu a vi enquanto corria, patrulhando o perímetro. O que apenas confirmou que o culpado já estava lá dentro.

Equilibrei Raelyn contra meu peito nu com um braço e toquei o dispositivo no meu bolso, alertando a equipe de segurança. Era uma espécie de alarme de pânico que Judith instalou no meu telefone. Eles seriam capazes de me encontrar.

Judith apareceu, com o rosto cheio de preocupação e a arma já em punho. O alívio suavizou suas feições ao me encontrar alerta, depois franziu a testa para o corpo mutilado de Raelyn.

— Ah... — Ela pressionou a mão na boca, sua reação confirmando que ela não tinha nada a ver com isso. Eu poderia ter um traidor no meu convício, mas ainda podia ler meu povo, e choque verdadeiro brilhou em seus olhos. — Kylan, Meu príncipe, eu...

— Preciso que você leve a Angelica em custódia. Retenha sangue, e mais nenhum outro castigo até eu voltar.

Judith piscou, finalmente notando a vampira caída na neve. Eu nem conseguia olhar para ela. Independentemente de ela ter feito ou não isso com Raelyn, ela falhou comigo.

E seria punida.

— Voltar? — Judith perguntou em voz baixa.

— Entrarei em contato. — Deixei o telefone, sem querer ser rastreado, e fui até a garagem com Raelyn antes que Judith pudesse argumentar.

Selecionando as chaves do carro mais rápido, prendi Raelyn no banco do passageiro e desliguei o localizador GPS.

Se alguém enchesse meu saco, comigo nesse estado, morreria. Incluindo os guardas da cidade.

Percorri as ruas rapidamente, ciente de todos os trechos gelados de quase dois séculos de experiência. Raelyn permaneceu caída ao meu lado, sem sinais de vida além de sua alma puxando a minha. Sua forma flexível confirmou minhas suspeitas: seu corpo não estava assumindo os estágios finais da morte enquanto sua alma pendia no limbo.

Tinha que haver uma maneira de acelerar sua cura, algo que eu não estava fazendo.

Céus, a dor que ela deve ter experimentado enquanto eu a ignorava...

Me encolhi e agarrei sua mão.

— Nunca mais vou decepcioná-la — jurei. *Nunca.*

As luzes da cidade apareceram à frente, profanando o céu escuro. Sempre odiei essa visão, preferindo muito a solidão da minha casa, mas hoje à noite eu desejava chegar a esses edifícios e a um certo vampiro que estava à espreita lá dentro.

É melhor que você esteja aí, Darius.

Não sabia para onde mais ele iria, especialmente considerando nossa manobra para parecer que eu estava brincando com Juliet. O vínculo deles era puro, verdadeiro, criado do amor. Isso havia se tornado cada vez mais claro durante o jantar na outra noite, pela maneira que Darius lhe servia. Ela sorria com frequência. Seus olhos escuros estavam cheios de adoração toda vez que olhava para ele.

Raelyn e eu não tínhamos isso. Criei a conexão por acidente e quis finalizá-la com o objetivo de quebrá-la, porque não suportava a ideia de alguém tocá-la diante de mim.

Egoísta demais.

E, no entanto, era a única coisa que a mantinha viva.

Meu coração acelerou, assim como minha respiração. Inadvertidamente, salvei sua vida. Como eu poderia quebrar esse vínculo depois disso? Eu... não queria que ela morresse. Nunca.

A noção me fez apertar a mandíbula. Como essa mulher se afixou tão completamente em minha vida? Na minha cabeça? No meu coração? Desde o começo, eu fiquei obcecado. Uma familiaridade inata me fez parar diante dela no Dia de Sangue, então seus olhos azuis me cativaram. E quando ela me mordeu, precisei tê-la.

Eu esperava que a paixão morresse rapidamente, mas só cresceu e se transformou nessa obsessão que a tudo consome. Ela estava dentro de mim.

E quero que ela fique lá.

Entrei nos túneis com os faróis apagados, deixando minha visão noturna e os instintos nos guiar. Os guardas raramente patrulhavam essa área, pois poucos na cidade sabiam como usá-las. Meus engenheiros haviam construído um labirinto de propósito, me fornecendo o único roteiro real. Os portões se fechavam com frequência, bloqueando caminhos, mas eu possuía o controle remoto para todos. Bastava o simples toque de um botão e o subterrâneo se tornava meu playground.

Esta noite, era uma fuga necessária.

Acelerei, sentindo a necessidade de respostas me esmagar.

Ela está viva, eu me consolava. *Quase.*

Mas sem respirar.

Apertei o volante e a saída que eu desejava apareceu rapidamente. As ruas da cidade estavam repletas de vampiros, todos almoçando à meia-noite.

Felizmente, a maioria estava andando nas calçadas, sem dirigir.

Minutos depois, eu havia estacionado e estava com Raelyn nos braços.

Minha impressão digital chamou o elevador, mas o último andar não pareceu chegar rápido o suficiente.

Ela continuava sem batimentos cardíacos.

Vamos, Raelyn. Onde está minha lutadora?

Darius estava esperando, a chamada do elevador claramente o notificando de uma chegada iminente. A calça preta e a camisa meio abotoada sugeriam que ele havia se vestido rapidamente.

— Preciso de você — falei a título de cumprimento, e seu olhar imediatamente caiu para a mulher ensanguentada em meus braços.

Ele ergueu as sobrancelhas.

— Jesus Cristo.

— Esse é um nome que não ouço há um tempo — murmurei, passando por ele para colocar Raelyn no sofá. — Ela não está respirando, mas posso *senti-la*. — Encontrei seu olhar alarmado. — Nós concluímos a cerimônia.

— Tornando-a imortal — ele deduziu, franzindo a testa. — Mas ela não está respirando.

— E não tem batimentos cardíacos. — Passei os dedos pelos cabelos. — Me ajude. O que não estou fazendo que ela precisa? Sei que ela está aí, mas não está... ela não está se curando.

Darius soltou um suspiro, assentindo.

— Certo. — Ele olhou para o lado quando Juliet entrou usando jeans e suéter, com o cabelo despenteado e as bochechas vermelhas. Eles claramente estavam se divertindo. Ela caminhou até o lado dele e seus grandes olhos se focaram na forma mutilada de Raelyn.

— O quanto a conexão de vocês é aberta? — ele perguntou, envolvendo o braço ao redor da sua *Erosita*.

— No momento? — perguntei, incerto. — É difícil dizer, já que não consigo ouvi-la.

— Mas você a sente — ele murmurou. — Você pode seguir

esse caminho, entrar na mente dela?

— Não há nada além de um vazio. — Um grunhido sublinhou minhas palavras, nascido da frustração. O vazio estava ali porque a bloqueei e não a ouvi chorar.

Quantas vezes você me chamou, cordeirinho?

Ela deve ter se sentido muito impotente e sozinha.

Porque eu a abandonei, a forcei a ir embora, bloqueei sua mente.

— ...mais fundo — Darius estava dizendo. — Quando Juliet perde a consciência, ainda posso senti-la. É preciso navegar pela escuridão. Não procure pensamentos, mas emoções.

— Você pode me sentir quando estou inconsciente? — Juliet perguntou baixinho.

— Sim — ele respondeu sem dar mais detalhes.

Me ajoelhei ao lado de Raelyn, tocando a testa na sua. *Tudo bem, cordeirinho, onde você está se escondendo?*

Ela não respondeu, não que eu esperasse resposta.

Entrei na sua mente através da nossa conexão e a ausência de consciência provocou um calafrio na minha coluna.

— É possível que sua alma esteja aguentando, mas seu corpo esteja muito danificado para se recuperar? — perguntei, temendo que seu acesso à minha imortalidade a tivesse prendido em um lugar do qual ela nunca poderia escapar, uma eternidade no inferno.

— A *Erosita* compartilha a imortalidade com seu companheiro. Você poderia se recuperar dos ferimentos que ela sofreu?

— Sim, sem dúvida. — Demorava muito para matar um vampiro, ainda mais um da minha idade.

— Então ela também vai, mas talvez mais lentamente. Estou mais preocupado que ela ainda não tenha mostrado sinais de cura. Até um filhote estaria se regenerando agora.

— Eu sei — sussurrei, focando nela novamente.

O que não estou vendo?

A cerimônia estava completa. Senti tudo se encaixar, ela se fundir comigo e nossas mentes se tornarem uma. Isso me assustou, me forçando a construir um escudo impenetrável entre nós.

E se isso tivesse impactado nossa união?

Não.

Eu estava completamente dentro dela agora, sua essência vaga me cercando.

Tão sozinha.

Tão sombrio.

Triste.

Fiz uma careta, puxando a última sensação e seguindo-a.

Tanta dor.

Abandono.

Perda da vontade de viver.

Tristeza profunda.

Ele me deixou...

As três palavras eram um sussurro no meu ouvido. Não eram altas, mas claras.

As ilusões de traição de Raelyn atingiram meu coração, não apenas por eu tê-la bloqueado, mas por sua devastação inata pelo que fiz com ela. Eu podia sentir seu sofrimento, tudo por causa do que fiz.

E ela estava se afundando nessa autodestruição em vez de lutar.

Porque ela não via sentido em tentar.

Não lhe dei nenhuma razão para voltar para mim, nenhuma razão para sobreviver. Na verdade, demoli sua esperança através da minha insensibilidade.

Minha Raelyn. Tentei acariciar sua alma, confortar seu ser, mas era como acariciar um fantasma.

Tão destruída, perdida e abatida.

Sua psique estava se recusando a deixá-la se curar.

Não aceito isso, cordeirinho, sussurrei para ela. *Você vai voltar para mim.*

Ela não reagiu ou respondeu. Seu espírito continuou flutuando impotente, com pouca determinação ou luta. Afugentei tudo sem querer, culpando o vínculo pela minha fixação incomum, mas sempre foi ela quem me atraiu. Não era seu sangue, nem mesmo seu corpo, mas a alma.

Você é minha, querida. O tempo não importava. Eu a reivindiquei no momento em que a vi. Só não tinha percebido ainda.

Emoldurei sua bochecha enquanto minha mente ainda flertava

com a sua. *Você não pode se esconder de mim. Vou te encontrar, Raelyn.* Os inimigos me chamam de implacável por uma razão. Não desisto quando desejo algo e agora eu a queria.

Se era força o que ela precisava, eu daria tudo a ela.

Minha imortalidade.

Minha alma.

Meu coração.

Pegue, incentivei. *Me use.*

Curvei os dedos ao redor da sua nuca, resolvendo forçar o máximo de mim que eu podia nela. Ela sobreviveria. Ela acordaria. Seria minha em todos os sentidos. Qualquer que fosse o custo, eu pagaria.

Agora, Raelyn, exigi. *Você vai respirar de novo, nem que seja a última coisa que eu faça.*

Ela era teimosa, mas eu era persistente.

Eu precisava dela, não apenas para saber quem fez isso, mas porque me sentia vazio sem ela. Ainda não estávamos nem perto de terminar. Talvez nunca estivéssemos.

A eternidade era muito longa, mas se eu pudesse aproveitar com alguém, seria com Raelyn. Ela tinha o fogo que eu desejava, possuía uma inteligência que eu admirava, e a paixão entre nós era mais profunda do que todas as minhas experiências combinadas. Foi por isso que a marquei, porque lhe dei meu sangue. Nunca permiti — nem mesmo considerei permitir — que outra consorte se aproximasse de mim. Garanti a satisfação mútua e nada mais.

Dei meu sangue a Raelyn porque quis. Eu a mordi porque o calor do momento exigia. Eu raramente me alimentava de alguém durante o ato para meu próprio prazer, mas não conseguia me impedir de prová-la.

Ela era meu vício.

Meu propósito renovado.

Uma razão para gostar de viver novamente.

Respire, caramba, grunhi. *Preciso de você comigo.*

Raelyn era resiliente. Ela sobreviveria a isso. Me recusei a considerar qualquer outro resultado e falei várias vezes essas palavras. Ela poderia me ignorar o quanto quisesse, mas eu a forçaria a se curar.

Toda a minha energia — meu ser — fluiu para ela, minha antiguidade, experiência, tudo. Empurrei tudo através do nosso vínculo, não escondendo nada.

Conhecimento.

Poder.

História.

Meus segredos mais profundos e sombrios.

Exposto.

Dela.

Para sempre.

Porque eu não conseguia quebrar nossa conexão agora, não depois de conceder a ela acesso às profundezas da minha alma. Ela sempre manteria uma consciência de mim diferente de qualquer outra. E eu nunca repetiria isso novamente.

Um baque surdo chamou minha atenção.

Apenas o lampejo de um som.

Seguido por outro, distante.

Esperei com a respiração presa em meus pulmões.

Segundos se passaram.

E então uma terceira batida. Quarta. Quinta.

Lágrimas encheram meus olhos e pressionei a testa na dela.

Raelyn.

O canto da sua pulsação nunca pareceu tão bonito. Ela ainda tinha um longo caminho pela frente, mas se recuperaria. E eu estaria esperando quando ela finalmente abrisse os olhos novamente.

Capítulo vinte e sete

KYLAN

— COMO ELA ESTÁ? — Darius perguntou depois de bater na porta e entrar com uma caneca de café na mão.

Acariciei o cabelo de Raelyn. Seu corpo nu estava pressionado contra o meu debaixo das cobertas. — Ainda está se recuperando da perda de sangue, mas está se regenerando em um ritmo constante.

Ele colocou o café na mesa de cabeceira ao meu lado.

— Ótimo. A pele dela também parece saudável.

Sim, sua pele macia recuperou a cor mais hoje. Eu a banhei novamente, removendo o resto do sangue do seu corpo e deixando-a limpa e pronta para o renascimento.

— Seus pensamentos estão aumentando também.

— Alguma indicação de quem fez isso?

— Ainda não. — Fiz uma careta e decidi ser honesto. — Até agora, todos os seus pensamentos são sobre o quanto ela me odeia. — Ela dizer, era uma coisa, ouvir a verdade por trás da declaração era outra completamente diferente. — Eu realmente tenho sido um idiota com ela.

Darius riu.

— Bem, tenho certeza de que ela vai te perdoar quando perceber que você salvou sua vida.

Eu bufei.

— Você não a conhece como eu. Ela vai fazer um inferno. — Algo que eu ia gostar muito mais do que deveria.

Algo parecido com surpresa cruzou suas feições. Ele abriu a boca e depois a fechou.

— Diga — incentivei.

Ele balançou a cabeça.

— Não é importante.

— Não vou retaliar, Darius. Apenas diga.

Ele estava encostado na parede, com as mãos nos bolsos da calça preta e as pernas cruzadas nos tornozelos.

— Ela mudou você.

Meus lábios tremeram.

— Este mundo – a criação de Lilith – tira toda a diversão da vida. Raelyn forneceu algo que eu não experimentava há muito tempo. Um desafio.

— Então você não é fã da Aliança de Sangue — ele supôs.

— Posso respeitar certos aspectos do sistema, mas no geral? Não, não amo esse novo mundo. — Era chato e muito estruturado.

— Eu teria tomado você como um dos maiores apoiadores.

— De quem? Lilith? — zombei. — Odeio essa vaca. Toda essa merda de deusa é apenas uma viagem de poder glorificado.

— Mas ela tem muito apoio.

— Infelizmente, tem. Por enquanto.

— Por enquanto? — ele repetiu, erguendo uma sobrancelha.

— Se há uma coisa que aprendi nesta vida, é que os ditadores permanecem no topo por certo tempo. Lilith é muito boa em fingir que se importa, mantendo todos os membros da realeza e alfas alinhados, acariciando seus egos quando necessário, mas ela cometerá algum erro, mais cedo ou mais tarde. E nem todo mundo a adora, independentemente das fachadas existentes.

— Você acha que existem aqueles que querem derrubá-la?

— Claro. — Passei os dedos pelos cabelos de Raelyn, o encarando. — Eles não vão mostram suas cartas por um bom tempo, pois os melhores planos demoram, mas imagino que veremos mudanças em breve. — Ou talvez já estivéssemos vendo.

Olhei para sua fisionomia cuidadosamente inexpressiva, procurando sinais de seu conhecimento sobre o assunto.

Ele não piscou.

Não se mexeu.

Nem sequer se moveu.

Ou Darius era um excelente ator ou ele realmente não sabia de nada. Eu apostava na primeira opção. Um vampiro antigo se interessar de repente por política enquanto acasalava com uma humana com quem ele claramente se importava? Essas eram duas mudanças de vida muito intrigantes que aconteceram de uma só vez. Quase como se ele tivesse planejado.

Mas quem era eu para especular?

Sorri.

— Bem, mas o que eu sei? Sou apenas o membro da realeza mais antigo que existe, assumindo que Cam esteja realmente morto.

Ainda tão inexpressivo quanto antes.

— Você será um político fantástico, Darius — murmurei. — Estou animado para ver onde sua carreira te levará.

Ele finalmente sorriu.

— Obrigado, Alteza. — Ele se afastou da parede, andou com passos confiantes, e parou bem na porta. — Você poderia tentar sugerir cenas para ela.

Franzi a testa.

— Para Raelyn?

— Sim. Envie uma imagem dela lá fora com a Angelica, veja se ela te leva à verdade do que aconteceu. — Seus olhos verdes encontraram os meus. — Ela sofreu um trauma significativo. Isso está fresco em sua mente em algum lugar. Você só precisa encontrar. — Ele saiu sem dizer mais nada, me deixando considerar sua sugestão.

A resposta estava à espreita por trás de seu ódio por mim?

Vamos ver, cordeirinho.

Acariciei seus pensamentos, vacilando quando me deparei com uma parede de frustração gravada com meu nome.

É tudo um jogo. Eu não significava nada, era só um desvio temporário até a chegada de suas novas consortes.

Eu ri. Ah, se isso fosse verdade, eu já teria visitado os campos de harém para ver quem eu queria selecionar. No entanto, eu nem havia estudado os arquivos ou monitorado os vídeos enviados pelos instrutores.

Porque eu não me importava.

Só queria a consorte ao meu lado.

Não que ela acreditasse nisso.

Ele me usou. Me uniu a ele para que pudesse dominar minha mente e coração, e eu, como uma idiota, deixei. Eu esperava... não. Pare. Isso é ridículo. Qual é o objetivo? Eu nunca signifiquei nada para ele.

Se esse fluxo de consciência estivesse em tempo real, eu poderia corrigi-la. Infelizmente, sua mente apenas repetia os pensamentos mais consistentes, aqueles que ela considerou repetidamente — os itens mais importantes em sua psique. Estava tudo centrado ao meu redor e em como falhei com ela.

Suspirei e empurrei a parede inicial, curioso para ver o que havia além dela.

Imagens de uma mulher loira e Silas tremeluziam ao longe. Segui o fio até a memória deles rindo, minha visão do ponto de vista de Raelyn.

— *A cara dele* — *a mulher falou, e seus lábios carnudos se curvaram em um sorriso.*

— *Como se o desempenho da Rae tivesse sido melhor* — *Silas respondeu, balançando a cabeça.* — *Deusa, pensei que todos sabiam que ela estava fingindo.*

A risada de Raelyn perfurou meu coração — *um som que ela nunca fez na minha presença.*

— *Qualquer coisa para passar em um curso.*

— *Não vai passar para o próximo nível então?* — *Silas brincou, piscando.*

— *Querida deusa, não. As artes sexuais não são para mim.*

— *Espero que você não acabe nos haréns então* — a loira disse. — *Ou pior, os campos de procriação.*

Mas foi para lá, Raelyn sussurrou, a memória se transformando em um pensamento. *Merda, Willow, espero que você esteja bem. Sinto sua falta.*

Eu me afastei, notando o nome. Ela o mencionou uma ou duas vezes, algo sobre a mulher ser sua amiga. Vendo a interação deles da perspectiva de Raelyn, eu acreditava nisso.

Amigos de verdade.

Todos eles.

E a sociedade os despedaçou.

Peguei o tablet, ignorando o café que Darius havia deixado, e procurei nos registros uma imagem da mulher. Sua designação para os campos de procriação e cabelos loiros claros a tornaram fácil de encontrar.

Continua viva.

Mas a imagem atualizada dela a fez parecer que desejava não estar.

Sim, esse não era um destino favorável, especialmente para uma mulher.

E quanto a Silas... peguei as últimas estatísticas da Copa Imortal. Só restavam quatro, Silas estava entre eles. O vencedor seria declarado em breve, assumindo que algum deles sobrevivesse à rodada final. Seus olhos de safira não tinham a confiança que eu havia visto no Dia de Sangue, e sua estatura muscular parecia cansada, mas o aperto da sua boca indicava determinação.

Ele era um sobrevivente.

Assim como Raelyn.

Voltei para Willow, dando um zoom em seu rosto machucado. Seu olhar abatido dificultava dizer se ela possuía a força de vontade dos amigos, mas algo me dizia que ela também era uma humana formidável.

Um tópico para discutir com Raelyn em algum momento. Depois que resolvêssemos nosso problema atual.

Eu ainda queria saber quem tentou matar minha consorte. Não, minha *Erosita.*

O termo aqueceu meu coração, a noção de quem ela era para mim parecendo mais certa do que eu jamais poderia imaginar.

Coloquei o tablet de lado e voltei para sua cabeça, contornando o ataque de frases repetitivas sobre meu temperamento horrível e procurando novos tópicos. A ideia que Darius mencionou surgiu através do vínculo, mas, em vez de imaginar Angelica lá fora, Raelyn se concentrou no céu enquanto uma pontada de admiração a atingia.

Curvei os lábios com a sua felicidade.

Ela realmente amava o ar livre, a neve, as montanhas. Seu coração cantava com isso, irradiando um prazer que eu gostaria de poder dar a ela.

E então sua alegria acelerou quando o rosto de Mikael apareceu.

Soltei um grunhido baixo e profundo. Por que *ele* a fazia mais feliz que eu? Por que eu os deixei sozinhos por uma semana para treinar?

Espere...

O alívio emanou por todo o seu ser.

— *Deusa, estou tão feliz que você esteja bem.*

— *Estava com saudades de mim?*

Fiz uma careta para a troca. Quando isso ocorreu? Mikael falou que não a tinha visto, mas sua visão o mostrou guiando-a pela linha das árvores do lado de fora. Sem Angelica.

Isso era um sonho ou uma lembrança?

Eles continuaram andando e a confusão penetrou na mente dela, borrando a imagem nas bordas.

Continue, insisti, apertando os olhos.

Tudo continuava escurecendo, como se ela não quisesse pensar no que viria a seguir. E então ficou preto, depois se iluminou novamente e seu coração bateu forte quando Zelda apareceu.

Traição vibrou através do nosso vínculo.

Kylan. Me ajude...

Minhas mãos tremiam. As palavras não eram atuais, mas ditas em suas memórias. Ela me chamou — exatamente como eu pensava — e sua alma chorou quando eu não respondi.

...*te traiu.*

Um nó se formou na minha garganta. Raelyn tinha... ela passou seus últimos segundos tentando me alertar sobre a verdade. Não me xingando, mas me *avisando*.

— Ah, querida — sussurrei, puxando-a para mais perto. — Mas quem, querida? Quem me traiu?

Segui seu fio de imensa tristeza até uma imagem que fez meu coração parar.

Uma visão de Mikael cortando sua garganta com a lâmina.

— *Adeus, Rae.*

Congelei.

Mikael?

Não. Não, isso era impossível

Ele...

Eu...

A visão voltou a brilhar.

E de novo.

Se repetiu através dos meus pensamentos, rompendo a minha compreensão da realidade.

O golpe da lâmina.

Raelyn gorgolejando.

A voz triste de Mikael.

Tudo culminou dentro de mim, partindo meu coração ao meio. Confiei nele. Eu o amava do meu jeito. O meu melhor amigo...

Isso não pode estar certo. *Por quê?* Exigi. *Por que ele faria isso?*

— *Você tem que encarar como um presente, Rae. Ele só lhe trará miséria. Pode confiar, nós sabemos.* — As palavras dele em sua mente foram acompanhadas de tanta dor e sofrimento. Por minha causa? Por que eu o magoei? Como? Fiz de tudo para cuidar dele. Eu o protegi. Dei a ele coisas que poucos humanos já experimentaram.

E ele tomou a única coisa que eu adorava.

O único grão de felicidade no meu horizonte.

Tudo para, o que, salvá-la da sua própria miséria?

Eu era um idiota, mas não tão horrível. Havia muitos por aí que eram piores do que eu, mas Mikael nunca havia experimentado suas marcas de "afeto", porque eu o protegi.

Abracei Raelyn com mais força e meu coração bateu no ritmo

do dela. *Você não acha que sou tão horrível, não é?* Perguntei baixinho, ouvindo todas as suas acusações novamente em resposta. *Certo, você deve achar.*

Suspirei, a traição de Mikael fervendo entre nós e aquecendo meu sangue.

Falhei com todos eles.

Com ela.

Com ele.

Não de propósito, apenas por hábito.

Mas isso não justificava Mikael tirar a vida de Raelyn.

Minha garganta se contraiu, meu coração batia muito forte no peito. Como isso aconteceu? Por quê?

Mikael esteve comigo durante o massacre do harém. Ele derramou lágrimas de verdade, sua agonia era tangível. Eu o acalmei da única maneira que sabia. Mas ele sabia o tempo todo? Esteve envolvido? Quem o ajudou?

Pode confiar, nós sabemos, ele disse.

Quem era "nós"?

A mente de Raelyn se abriu novamente, a cena surgindo aos poucos, revelando pedaços. Os olhos claros de Mikael tinham tanta dor que seu arrependimento era tangível.

— *Ele te faz querer coisas que nunca te dará por completo. Ele te deixa viciado. Te força a amá-lo. Mas nunca retribui esse amor.*

— *Eu sei.*

Meu coração vacilou com as palavras, tão frescas e tão brutais. Era isso que eles pensavam? Que eu os forçava a se sentirem assim, me recusando a retribuir?

— Merda — sussurrei com severidade.

A memória continuou em ordem confusa. O choque de Raelyn se misturou com o meu, seu medo aumentou quando...

— Zelda — falei, tensionando o maxilar.

Parei de ouvir quando sua faca cativou minha atenção.

Ela fez parte disso e suas provocações fizeram Raelyn estremecer. Mikael parecia muito decidido.

E aquela lâmina cortou a garganta de Raelyn novamente.

E de novo.

E de novo.

— Puta merda! — interrompi a conexão, incapaz de ver mais.
Não consegui...

Isso não tinha...

Enterrei o rosto no pescoço de Raelyn enquanto minha cabeça girava com necessidades conflitantes.

Vingança.

Punição.

Tristeza.

Fidelidade.

Raelyn choramingou novamente em sua mente, meu nome sendo repetido várias vezes, seguido por uma profunda tristeza por eu tê-la deixado lá para morrer sozinha.

Puta merda, isso doeu mais que tudo — a angústia dela.

Ela achou que eu não ligava.

Que eu a havia abandonado ao seu destino.

— Não — sussurrei, abraçando-a. — Não.

Eu não a deixaria novamente. Não agora. Nem nunca.

Mikael...

Amaldiçoei em seu cabelo.

Ele teria que esperar.

Tudo tinha que esperar.

Raelyn era o que mais importava.

Estou aqui, prometi a ela. *Nunca mais vou te deixar de novo.*

Nem para procurar vingança.

Capítulo vinte e oito

RAE

SABONETE. Franzi o nariz. *Mentolado. Masculino.*

Curioso. O perfume estava por toda parte. Em cima de mim. Dentro de mim. Me consumindo. E eu também estava com muito calor. Minha pele úmida estava pressionada em algo igualmente quente — a fonte do calor.

Kylan.

Pisquei na escuridão da sala. Não havia montanhas cobertas de neve, apenas cortinas escuras como as da cobertura.

Franzi a testa. Ele me levou para lá enquanto eu dormia? Pisquei de novo. Quando eu dormi? Não conseguia me lembrar, tudo estava nublado e os últimos dias eram um borrão.

Kylan me levou de volta para sua casa. Fomos fazer uma caminhada. Meu coração disparou quando me lembrei o que aconteceu lá. Os dias subsequentes. Angelica me chamando para ir lá fora. E...

Me ergui depressa com um ofegar e levei a mão a garganta.

Mikael.

Zelda.

Kylan me abandonando ao meu destino.

Isso me atingiu com tanta força que não consegui respirar, a dor da minha morte era muito nítida e viva. Eles me apunhalaram. Várias vezes. Meu corpo morreu enquanto minha alma continuava viva, sentindo tudo.

Toquei a lateral do meu corpo nu, meus seios e estômago.

Sem marcas. Nada de sangue. Apenas a pele lisa e quente.

Como?

Toquei a garganta de novo, convencida de que isso era algum tipo de truque. Seres humanos não se curam de forma mágica.

Não sou mais mortal?

— Não, você é minha — Kylan respondeu com a voz baixa, cautelosa e repleta de uma emoção sombria.

Me virei para encará-lo e estremeci quando minha cabeça girou com o movimento. Levei as mãos à têmporas, sentindo um arrepio de dor irradiar por todo o meu ser.

— Ai — murmurei e minha voz falhou.

— Aqui. — Ele colocou algo entre os meus lábios - um canudo. — Beba isso e engula.

Quase recusei, mas precisava do líquido. Minha garganta doía. Senti a água fria tocar minha língua, acalmando a queimação da minha boca até o estômago. Me senti melhor. Estava aliviando. Acalmando. Fechei os olhos enquanto continuava a beber, e meus músculos relaxaram até que tudo que eu queria era me deitar novamente.

Kylan colocou o copo de lado e me puxou para seus braços. Apoiei a cabeça em seu ombro. Parecia certo — confortável — e muito, muito bom.

Bocejei, meu corpo relaxando lentamente...

— Raelyn — Kylan murmurou, me acordando.

Estou nos braços dele

Como eu tinha permitido que ele me atraísse para esta posição?

Ele me abandonou quando eu mais precisei, me afastou, me usou, me destruiu e...

— Salvou sua vida — ele acrescentou baixinho. — Não que isso sirva de desculpa para todo o resto, mas o seu vínculo com a minha imortalidade é o motivo pelo qual você está viva. — Ele me apertou mais em seus braços e os lábios roçaram em minha têmpora. — Você queria desistir, e eu não deixei.

O quê? A última coisa de que me lembrava era de gritar por ele em minha mente e não receber resposta.

— Ai — ele murmurou, vacilando. — Sim, eu mereço isso.

Merece o quê?, me perguntei.

— A lembrança — ele respondeu. — E a dor associada a ela.

Curvei os lábios em confusão. O que ele...? Parei meu pensamento quando uma imagem do meu corpo mutilado surgiu na minha cabeça, seguida por uma onda de emoções.

Confusão.

Fúria.

Angústia.

Não eram minhas, mas de Kylan.

Seguido por um ataque de palavras entrelaçadas com suas memórias.

Raelyn! Onde você está? O que aconteceu?

Ela está morta...

Vou matar quem fez isso, cortá-los ao meio, espalhar seus restos, queimar tudo.

Falhei com ela.

A conexão...

Ela está lutando.

Por minha causa.

Porra, Raelyn, não faça isso. Não se atreva a desistir.

Isso, cordeirinho. Respire por mim. Não vou te deixar até que você esteja acordada. Talvez nem assim.

Você está presa a mim agora, princesa.

Preciso que você me diga quem fez isso com você. Quem está por trás de tudo isso?

Essa última fez com que eu me afastasse dele, seus verdadeiros motivos finalmente apareceram.

— V-você... — Engoli em seco, sentindo a garganta doer mesmo depois da água. Mas eu tinha que dizer isso. — Você só me salvou para saber.

— Não. — Ele pressionou o dedo nos meus lábios e me empurrou para a cama enquanto se inclinava sobre mim. — Olhe mais fundo, Raelyn, e saberá que isso não é verdade.

Olhei em seus olhos quase negros, envoltos em cílios grossos e escuros. Ele não desviou o olhar, abrindo a mente para que eu explorasse. Mais palavras me atingiram, todas repletas de fúria e confusão, indícios de luxúria, murmúrios de devoção, arrependimento, tristeza e devastação total.

O nome de Mikael era o mais alto entre eles.

E uma raiva contida à espera de Zelda.

Kylan tinha visto minhas lembranças quando acordei... não... ele viu nos meus pesadelos enquanto eu estava me curando.

— Você já sabia — murmurei.

Ele assentiu.

— Sim.

— E mesmo assim você ficou?

Ele emoldurou meu rosto.

— Prometi não te deixar de novo, Raelyn. Falei sério.

Movi os lábios, mas nenhum som escapou. Ele ficou comigo.

Alcancei seus pensamentos novamente, precisando de mais explicações. Ele permaneceu paciente, me concedendo acesso total a tudo. Por inteiro.

A cerimônia me fez sua *Erosita*, assim como Juliet era de Darius. E me concedeu acesso à imortalidade de Kylan.

Foi assim que sobrevivi, com seu desejo mental de que eu não perdesse a esperança.

Suas memórias me dominaram, sua angústia quando ele achou que eu estava morta, sua reação quando percebeu que minha alma ainda florescia e quando ele nos trouxe até aqui, me abrigando na cobertura por quase uma semana enquanto eu me curava.

Promessas.

Decisões.

Na verdade, ele nunca quis romper o vínculo — pensar nisso o enfureceu —, mas ele também nunca pretendeu estabelecê-lo. E agora, ele se recusava a destruí-lo. No entanto, uma sugestão de incerteza permaneceu, vinda do seu desejo de me deixar escolher, de não forçar a conexão comigo.

— Ela só pode ser quebrada se outro vampiro transar com você — ele disse baixinho, obviamente consciente do meu bisbilhar em sua cabeça. O que significava que ele havia permitido e continuava aberto para mim.

— Eu me lembro dessa parte — resmunguei, me lembrando muito bem de suas intenções originais.

Uma onda de possessividade me dominou, restringindo minha capacidade de respirar. Pressionou meu peito, agonizou meu interior, incendiou meu sangue e levou lágrimas aos meus olhos.

E então desapareceu rapidamente, me deixando sem fôlego e um pouco tonta.

— Essa é uma mera fração de como me sinto quando penso em compartilhar você, Raelyn. — Ele olhou para mim, seus olhos escuros estavam intensos. — Embora minha intenção possa ter sido essa no começo, há uma razão pela qual não pude segui-la e me recuso a fazê-lo agora.

Fiquei boquiaberta, chocada com outra explosão daquela energia possessiva da mente dele para a minha.

— Como você está fazendo isso? — consegui perguntar com a voz rouca.

— Estamos acasalados. Posso compartilhar tudo com você e vice-versa, incluindo emoções intensas.

— E pensamentos.

— Sim, e imagens. — Ele acariciou meu lábio inferior com o polegar e baixou o olhar. — Posso ver suas lembranças, assim como você pode ver as minhas. Nossa conexão é totalmente aberta, nos tornando capazes de levar as coisas de um para o outro também.

— O que pode nos levar a lembrar de certas coisas. — *Como o que aconteceu lá fora.*

— Sim — ele sussurrou. — Eu te imaginei lá fora. Você me mostrou o resto.

Estremeci e passei a mão na garganta novamente.

— Foi horrível.

Kylan se virou para o lado, me puxando junto. Nossas cabeças dividiram o mesmo travesseiro e mantivemos os olhos um no outro. Ele passou os dedos pelos meus cabelos, afastando-os do meu rosto.

— Eu deveria estar lá, deveria estar te ouvindo. Em vez disso, te deixei com a Angelica e presumi que ela a protegeria. — A irritação dele na última parte vibrou através da nossa conexão, me fazendo franzir a testa.

— Você a culpa.

— Em parte, sim. Mas culpo principalmente a mim mesmo .

— Mas você também a culpa. — Eu podia ouvir suas intenções letais por ela, tudo porque ela me deixou desprotegida. — O criador dela ligou. Foi por isso que ela se afastou. — Não entendia completamente o vínculo entre criador e descendente, mas imaginei que isso o tornava superior dela.

— Vilheim ligou — Kylan repetiu e franziu a testa. — Esse é um momento coincidente.

Seu comentário provocou uma memória. Algo sobre pouco tempo...

Não quando estamos em cima da hora. Ele só vai segurá-la por um tempo.

As palavras de Zelda surgiram na minha cabeça. Eu não sabia a quem ela se referia naquele momento, mas e se...

— Ela estava se referindo a Vilheim — Kylan terminou por mim. — Ele é o motivo de eu tê-la contratado. Vilheim a recomendou para mim. — Seu corpo ficou tenso ao redor do meu, as lembranças de suas conversas aparecendo através do nosso vínculo. Ele não escondeu um único detalhe, me deixou ver tudo do ponto de vista dele. — Isso foi há dois anos.

O que sugeria que ela foi colocada na casa de Kylan por Vilheim com a intenção de desacreditá-lo. Ouvi enquanto ele analisava as tramas, considerações e possíveis parcerias.

Vilheim não tem experiência suficiente para herdar a região.

Mas pode se tornar um soberano sob o domínio de outra pessoa.

Então, qual membro da realeza prometeu poder a ele em troca de me derrubar?

Apareceram nomes em sua cabeça, motivos julgados e atribuídos, até que ele tinha uma lista firme de suspeitos que poderiam estar tentando tomar posse da sua terra. Bem como uma lista de membros da realeza e de alfas entediados que podiam estar se dedicando a isso por puro esporte.

— Nosso jantar na próxima semana deve ser divertido — ele murmurou enquanto um plano se formou e tomou conta de seus pensamentos.

Rápido, completo e inegavelmente inteligente.

Eu o encarei com admiração, amando esse seu lado — as reflexões complicadas de um ser inteligente com milhares de anos de experiência. Sua reconhecida crueldade era o resultado de conspirações perspicazes. Kylan não prosperava com dor. Ele punia para dar exemplo e manter a todos sob controle. E carregava o peso da região em seus ombros sem confiar em ninguém para ajudá-lo.

Ele passou a palma da mão por baixo do meu cabelo, envolvendo a parte de trás do meu pescoço.

— Nunca deixei ninguém me ver tanto, Raelyn. — Havia uma pontada de medo em sua declaração.

— Você acredita que confiar nos outros é uma fraqueza — sussurrei, ouvindo a confirmação em suas deliberações.

— Proporcionar aos outros a oportunidade de me prejudicar é uma falha inata, sim.

— Mas também pode torná-lo mais forte. — Emoldurei seu rosto e o encarei. — Só sobrevivi porque confiei no Silas e na Willow para me apoiarem. Eles me ajudaram quando eu não enxergava e eu retribui. Às vezes, ter um aliado pode lhe dar o poder necessário para se ter sucesso.

— Há uma diferença entre ter um aliado e um confidente — ele respondeu. — Tenho muitos aliados...

— Em quem você não confia — interrompi. — Você não disse nem a Judith que estávamos aqui. — Um pensamento que ouvi quando ele estava revendo seus planos de vingança para a festa. — E ela fez de tudo para ganhar sua confiança. — Pelo menos, de acordo com tudo que ele me mostrou. — Você afasta todos que podem te ajudar, confiando apenas em si mesmo para sobreviver. É uma maneira estressante de se viver.

— É mais estressante me preocupar com quando alguém pode

me trair — ele respondeu. — As pessoas são cruéis, Raelyn. Aprendi que o único em quem posso confiar nesta vida sou eu.

Ele me inundou em suas experiências, mostrando como outros o prejudicaram ao longo de sua longa existência. Todos incidentes menores que coletivamente resultaram em uma conclusão sólida — ele só podia confiar em si mesmo.

— Sim, eu concordo. Cuidar de si mesmo garante que o resultado seja sempre do seu interesse. Mas isso não significa que você não pode confiar nos outros para ajudá-lo, Kylan. Você deixou algumas experiências ruins ditarem sua abordagem da vida. — Pressionei a mão contra seu rosto. — A minha vida inteira foi governada por vampiros e lycans, a maioria dos quais foram cruéis. Não devo confiar em você como resultado do comportamento deles?

— Você não confia em mim — ele falou baixinho. — Posso ver sua indecisão, Raelyn. Você tem medo de que eu vá te magoar.

— Sim, e imagino que eu vá me sentir assim por muito tempo — admiti. — Mas isso não significa que não vou me arriscar e te dar uma chance de provar que estou errada — falei com sinceridade. Mesmo depois de tudo o que ele me fez passar, eu ainda queria confiar nele. Parte disso surgiu do meu acesso à mente dele, me concedendo a capacidade de entender seus motivos e métodos, mas uma parte maior era a crença inata da minha alma de que Kylan era o meu destino.

Não conseguia entender, mas confiava no meu instinto.

O que eu tinha a perder?

Absolutamente nada.

Nasci nesta vida como serva, e Kylan me deu a oportunidade de mais. Foi o mais próximo que já estive da imortalidade, de viver uma vida real.

— Essas não são as melhores razões para concordar com isso, cordeirinho —, Kylan disse com um toque de tristeza em seu tom. — Mas são práticos.

— Que outros motivos você me daria? — perguntei baixinho, estudando suas feições.

Sim, ele passou a última semana cuidando de mim para que eu recuperasse a saúde, mas o que me salvou — nosso vínculo —

nunca foi planejado. E se eu entendi tudo corretamente, permanecer imortal exigia minha fidelidade, não a dele. Que tipo de relacionamento era esse? Unilateral, onde eu me beneficiaria da sua energia vital, sendo forçada a permanecer fiel pela eternidade enquanto ele podia fazer o que quisesse.

— Você quer compromisso — ele murmurou, seguindo meus pensamentos. Passou o polegar sobre a minha sobrancelha e deslizou os dedos pelos meus cabelos novamente. — Nunca dei isso a ninguém, Raelyn.

Assenti, tendo visto isso em seus pensamentos também.

— Eu sei.

— Nunca me relacionei dessa maneira com ninguém — acrescentou. — Não posso te dizer o que esperar, porque eu não sei. — Ele inclinou a cabeça para o lado e seus olhos escuros ferveram. — Mas sei que quero você.

— Por enquanto.

— Sim, por enquanto. — Ele roçou os lábios nos meus, o movimento mais lento e mais terno do que seu abraço habitual. — Acho que nós dois precisamos de tempo para descobrir como as coisas vão se desenrolar.

O que ele me deu estendendo minha mortalidade.

— Sim.

— E, primeiro, precisamos lidar com aqueles que estão tentando me desacreditar.

— Nós? repeti, arqueando as sobrancelhas.

— Ah, sim. — Ele mordeu meu lábio inferior antes de se afastar. — Tive uma ideia e envolve muito você.

— Estou ouvindo.

Os lábios dele se curvaram.

— Sim. Sim, você está.

Capítulo vinte e nove

KYLAN

— LILITH, QUE GENTILEZA SUA se juntar a nós — cumprimentei a vampira loira com um abraço superficial depois que ela desceu a grande escadaria. Seu vestido vermelho escuro revelava tudo, lhe conferindo uma aparência diabólica em vez de santa. Muito, muito apropriado.

— Kylan — ela murmurou, roçando os lábios na minha bochecha. — Sabe que nunca perco uma das suas festas, por mais raras que sejam hoje em dia.

— Sim, já faz um tempo — murmurei, estendendo o cotovelo para acompanhá-la até a sala principal. — É muita coisa para organizar e nunca sei quem pode ou não aparecer. — *E sua chegada tardia significa que posso finalmente começar o show*, pensei com um sorriso interno. *Deixar a contagem regressiva começar.*

— Bem, pelo que ouvi dizer, a maior parte da sociedade planejava participar.

Sorri.

— É quase como se eles estivessem esperando algum tipo de entretenimento.

Seus lábios se curvaram em um sorriso inescrupuloso.

— Acredito que estão.

Os boatos da morte de Raelyn se espalharam, algo que Jace ajudou a circular. Ele também sugeriu em uma conversa casual que talvez fosse hora de alguém intervir temporariamente como líder da região de Kylan.

Esse era o motivo pelo qual quase todos os membros da realeza e alfas estavam presentes.

As observações desinteressadas de Jace se tornaram especulações sobre se ele iria ou não me desafiar hoje à noite.

Exatamente o que pretendíamos.

Todos esses imortais entediados queriam um show.

Era o que eu ofereceria, mas não era a revelação que eles esperavam.

— Tenho certeza de que será uma noite esclarecedora, Kylan.

—Lilith piscou quando me deixou para se misturar com os outros, sua intriga clara. Havia uma razão para ela ter subido ao trono, sua idade e experiência marcando-a como rainha no tabuleiro de xadrez. A estratégia era sua versão das preliminares e ela dominava a arte há muito tempo.

Eu a desprezava e a admirava.

Você está fazendo meu coração palpitar, Raelyn sussurrou, fazendo meus lábios se curvarem.

Peguei uma taça de champanhe de um garçom que passava para esconder minha reação. *Por quê? Porque estou destruindo sua perspectiva sobre religião, cordeirinho?*

Você está destruindo muitas coisas.

Tomei um gole do líquido cheio de sangue, me divertindo. *Ótimo. Me lembre de te mostrar alguns textos religiosos em algum momento. Acho que você encontrará algumas passagens familiares, mas com uma linguagem ligeiramente alterada.*

Sua diversão chegou até mim, quase me distraindo da tarefa em questão, mas não completamente. *Você está bem?*

Estou exatamente igual a quando você me perguntou, cinco minutos atrás.

Pode me culpar por me preocupar? Mikael e Zelda estavam no mesmo prédio que ela, embora desconhecessem completamente sua presença. Os únicos que sabiam que Raelyn estava viva eram Judith, Darius, Juliet e Jace. *Judith ainda está com você, certo?*

Seu suspiro mental quase me fez sorrir de novo. *Sim, Kylan.*

É melhor que ela...

Não vá a lugar algum, ela terminou por mim. *Sim, nós sabemos. E vou avisar se algo der errado, como já te prometi mil vezes.*

Meus lábios se curvaram com o seu fogo familiar. *Pare de ser desafiadora.*

Pare de ser evasivo.

— Você parece de bom humor — uma voz familiar ronronou quando Robyn passou as unhas pelos meus bíceps cobertos pelo terno. — Por que você está sorrindo assim?

— Um homem nunca revela seus segredos, querida. Você sabe disso. — Beijei sua bochecha, fazendo Raelyn grunhir na minha cabeça. *Calma, cordeirinho. Robyn não é meu tipo.*

Você gostaria que eu beijasse outro homem?

Quase quebrei a taça na minha mão. *É claro que não.*

Então pare de beijar outras mulheres.

Faz parte da minha farsa, amor.

O bufo dela me mostrou como ela se sentia sobre isso.

Sua possessividade é realmente muito carinhosa, Raelyn.

Você não vai gostar mais tarde quando eu te morder de novo. Ela me enviou uma imagem gráfica do que ela pretendia morder, me fazendo rir alto.

Neste ponto, amor, até essa pequena atenção pode me fazer gozar. Fazia quase duas semanas desde que estive dentro dela, principalmente porque eu queria que ela estivesse completamente curada e preparada para esta noite. E em parte como resultado da minha preocupação com seus sentimentos em relação ao nosso vínculo.

— Kylan? — Robyn retrucou, chamando minha atenção de volta para ela.

— Sinto muito, querida. Estava dizendo alguma coisa

Seus olhos azuis se arregalaram.

— O que aconteceu com você?

— Tive um mês muito esclarecedor — respondi. — E não sou mais como antes.

Sua expressão demonstrou preocupação verdadeira.

— Kylan...

— Na verdade — falei em voz alta, decidindo começar o show. — Agora que todo mundo está aqui, gostaria de dizer algumas palavras. — Coloquei a bebida em uma mesa próxima e caminhei em direção ao centro da sala.

Pronta, Raelyn?

Não que eu tenha muita escolha agora, ela me disse em pensamento, soando divertida. *É só chamar que estarei aí.*

Meu sorriso levou alguns convidados a dar um passo para trás. Todos claramente me consideravam louco. Isso estava ficando divertido.

— Obrigado a todos por se juntarem a mim em Kylan City esta noite. Sei que já faz um tempo desde que organizei uma reunião e pensei que, com os eventos recentes, poderia ser um ótimo momento para entreter todos vocês. — Vários vampiros riram disso, a implicação clara. Todos se reuniram aqui esta noite porque esperavam diversão, e eu acabei de confirmar que pretendia oferecer isso a eles.

— Como todos sabem, massacrei meu harém por diversão e minha última consorte teve um destino semelhante. Para ser justo, ela era uma mulherzinha desafiadora desde o início, como vários de vocês observaram, não é?

Murmúrios de confirmação soaram por toda a sala enquanto Raelyn zombava na minha cabeça. *Obrigada por isso.*

Disponha.

Espertinho, ela grunhiu, me divertindo imensamente. Eu adorava esse som. Isso me fez querer provocá-lo no quarto, especificamente na forma do meu nome.

Pare de me distrair, sua atrevida. Tenho um show para dar.

Então continue.

Limpei a garganta para disfarçar a risada pronta para sair de mim. Raelyn tornou o espetáculo quase agradável, uma emoção que eu precisava, considerando as tarefas em mãos.

— Ah, antes de continuar, posso apresentar a culinária de hoje à noite? — Bati as mãos duas vezes, indicando a Cherise que estava pronto para a sua apresentação.

A ex-gerente de recepção havia se mostrado bastante capaz de organizar as salas de jantar do K Hotel, então optei por oferecer a ela outra oportunidade de me impressionar — desta vez, cuidando do evento desta noite nos salões de baile do hotel.

Maeve também ajudou na organização de todos os quartos dos hóspedes e cumprimentou a todos adequadamente. A nova gerente do hotel merecia um agrado por cuidar bem dos funcionários. O que me fez lembrar que eu tinha outro anúncio para fazer esta noite.

Humanas usando diferentes tipos de lingerie saíam da cozinha com as mãos cheias de bandejas. Era típico que um anfitrião oferecesse sangue. Pedi a Cherise que improvisasse o sangue com canapés populares, além de incrementar o entretenimento com roupas reveladoras.

A aprovação irradiava por toda a sala enquanto as mortais eram admiradas e acariciadas. Os poucos lycans presentes gravitavam em direção aos aperitivos mais substanciais, enquanto os vampiros se concentravam mais nas ofertas mortais do que nas opções de comida.

Se alguém quisesse levar um humano para o andar de cima depois da festa, eu não poderia negar. Não sem levantar suspeitas. Se eu aprovava ou não, essa era a natureza do nosso mundo.

Zelda apareceu na mistura, com a expressão confusa.

Pedi de propósito a Cherise que incluísse a mulher ao grupo. Ela geralmente se escondia nas cozinhas. Não essa noite.

E, finalmente, Mikael. Solicitei algo muito especial para ele.

Ele saiu usando smoking, ladeado por dois dos meus segurança — os dois indicando-o como meu igual, não meu servo.

Era a primeira vez que eu o via desde a noite do assassinato de Raelyn, e foi necessário um esforço considerável para abrir um sorriso acolhedor.

— Ah, meu virgem de sangue favorito — murmurei enquanto o silêncio caía sobre a sala devido ao choque com o traje escolhido por ele. Todos pararam. — Não o vejo há duas semanas —

informei a todos. — Depois do que aconteceu com minha consorte, tive medo de que um destino semelhante pudesse acontecer com meu amado Mikael e optei por mantê-lo fora do meu alcance para sua segurança pessoal.

Um leve rubor coloriu suas bochechas enquanto ele caminhava em minha direção, curvando os lábios. Ele interpretou minhas palavras da maneira que eu desejava, como um pedido de desculpas sutil por abandoná-lo por tanto tempo. Queria que ele acreditasse que eu pretendia mantê-lo seguro enquanto todos supunham que eu pretendia protegê-lo da minha loucura. Vesti-lo como meu igual apenas provou meu estado mental enfraquecido, pelo menos para um observador casual.

Ele parou ao meu lado com a postura submissa enquanto ainda mantinha uma pontada de confiança. Doía fisicamente não reagir à sua proximidade.

Ele me traiu. Me incriminou. Machucou Raelyn.

No entanto, o cretino teve a audácia de sorrir como se tudo estivesse certo no mundo.

Dei tudo a ele.

E o deixaria sem nada.

Pressionei a palma da mão na parte inferior das suas costas, um gesto de apoio que ajudou a esconder a tensão que irradiava pelo meu braço.

Quase lá, eu disse a mim mesmo, a retaliação fervendo no meu sangue.

A característica final do desfile de carne provocou vários suspiros da multidão, incluindo um da própria Lilith. Ela parecia imperturbável até agora, mas seus lábios finalmente se separaram quando Angelica entrou, coberta por correntes de prata. Seu corpo macio tremia e seus olhos escuros estavam enlouquecidos pela falta de sangue.

Kylan... o desconforto de Raelyn aumentou meu nervosismo. Embora eu tenha mencionado essa parte do plano, até agora ela não havia entendido o que eu pretendia.

Confie em mim, querida, sussurrei. *Deixe-me me concentrar.*

Tudo bem, ela respondeu, aquecendo meu coração. Eu esperava que ela hesitasse, mas isso não aconteceu. Nem mesmo um piscar de olhos.

Obrigado. Acariciei sua mente com a minha, uma versão íntima de um abraço.

Angelica parou diante de mim, com a cabeça inclinada. O mais alto dos dois seguranças que escoltavam Mikael — Gavin — se adiantou para lhe dar um empurrão, forçando-a a ficar de joelhos. Ela gemeu quando caiu e a corrente machucou sua pele. Ao contrário dos lycans, os vampiros eram imunes ao metal precioso, mas as correntes eram grossas e pesadas, especialmente para alguém em um estado tão fraco.

— Humm, estamos nos esquecendo de alguém. — Olhei em volta, sabendo exatamente onde minha doninha estava. — Ah! — Encontrei o olhar do idiota e sorri de forma teatral. — Vilheim, isso te pertence, não é?

— Sim, meu príncipe — ele respondeu, erguendo as sobrancelhas.

— Então você deve se juntar a nós. — Reforcei o convite com um grande aceno, plenamente consciente de como eu parecia estar insano na sala. Era isso ou matar todos os culpados sem uma explicação adequada, e eu preferia essa rota. Especialmente, como eu esperava, isso apresentaria o verdadeiro jogador por trás dos bastidores.

Depois de muita discussão com Darius e Jace, decidimos que o culpado era alguém que apenas desejava um pouco de diversão caótica. Porque todos aqueles que eram elegíveis para herdar meu território estavam desinteressados em expansão ou muito distantes para realmente colher os frutos de minha terra. E ainda que eu tivesse muitos inimigos, provar que eu era louco rendia pouca recompensa a longo prazo e só garantiria minha retaliação.

O que significava que eu tinha reduzido a um pequeno grupo de candidatos, e apenas dois deles se dignaram a comparecer esta noite.

Robyn e Walter. O velho alfa estava se afastando, a velhice o forçando a renunciar. Ele desfrutaria de uma disputa final entre os membros mais altos da sociedade, especialmente se isso o deixasse com um legado para desfrutar.

Claro, isso não significava que eu desconsiderava Robyn. Ela era igualmente provável, especialmente considerando sua propensão a foder com os outros.

— Vilheim — eu o cumprimentei quando ele parou ao nosso lado com expressão entediada. — Agora podemos começar. — Me virei para a multidão silenciosa, satisfeito por todo mundo estar mais intrigado por mim do que pelos humanos seminus expostos pela sala. Perfeito. — Como vocês todos se sentiriam em presenciar um julgamento de vampiros?

— Isso depende da acusação — Lilith respondeu com o rosto cuidadosamente inexpressivo.

— Assassinato. — Minha resposta inspirou vários murmúrios e trocas de olhares confusos. — Certo, talvez eu deva explicar. Existem certos rumores sobre o meu estado mental, os quais não questionarei, mas as suposições a respeito do meu harém é algo que eu gostaria de abordar. Vejam bem, não matei nenhum dos meus humanos.

As vozes se elevaram com exclamações de descrença e risadas espalhadas pelo ar.

— Ah, por favor, Kylan. Todos sabemos que você tem uma propensão a sangue — Robyn falou. Sua voz estava cheia de surpresa humorada.

— Sem dúvida — concordei. — Mas não assassinato imprudente. Eu não estava em casa quando meu harém foi morto, e o assassinato de Raelyn ocorreu enquanto eu estava correndo. Encontrei a Angelica de pé sobre o corpo dela, coberta pelo sangue da minha consorte. É por isso que a mantive trancada e faminta por sangue por duas semanas. Esta noite vou julgá-la por assassinar minha propriedade.

Um coro de descrença e aborrecimento total respondeu à minha afirmação, vários deles dizendo que não podiam acreditar que eu estava bravo o suficiente para culpar alguém. Outros alegavam que punir um vampiro pelo assassinato de um mortal era ridículo. E muitos diziam que eu estava realmente louco. Obviamente.

— Chega. — Lilith levantou a mão, acalmando a multidão. Seus olhos verdes brilhavam com compreensão. — Tudo bem, Kylan. Estou intrigada. Continue.

Sorri. Ela havia acabado de concordar com um julgamento, não apenas pelos pecados de Angelica, mas também pelos meus. Se tudo desse errado, ela usaria o incidente para me declarar como mentalmente instável. É o que eu faria na posição dela.

— Obrigado, Lilith. — Inclinei a cabeça em entendimento mútuo e soltei Mikael para caminhar ao redor da vampira que usava correntes com as mãos nas costas. Ela parecia tão desolada e frágil que quase me senti mal, então me lembrei de como ela abandonou Raelyn. — Você sabe do assassinato pelo qual estou te acusando, Angelica. Como você se declara?

— Eu não fiz isso — ela sussurrou, balançando a cabeça. — Eu-eu não fiz.

— Isso é fascinante, considerando que eu te encontrei coberta pelo sangue dela na cena do crime. Me explique o que aconteceu.

— Eu... eu estava conversando com o V-Vilheim. — Ela fez uma pausa, estremecendo com violência. — Eu-eu a encontrei assim. Encontrei-a depois de desligar o telefone.

Arqueei as sobrancelhas em falsa surpresa e desviei o olhar para Vilheim.

— Ela está te usando como álibi. Você acredita nisso?

Ele riu. Sua atitude era impecável.

— É ridículo. Por que eu ligaria para ela?

— V-você ligou! — Ela levantou a cabeça e havia um fogo em seu olhar que mostrava desespero e fúria. — V-você me ligou!

Ele deu um passo à frente, mas eu o parei com a mão em seu ombro.

— Shh, vamos ouvi-la — incentivei. — No mínimo, irá me divertir.

Ele arrumou o paletó, recuou e assentiu.

— Sim. Bem. Mas quero a honra de matá-la.

— Claro — respondi. — A honra será toda sua. — Me agachei na frente de Angelica e encontrei seu olhar furioso. A maioria estaria soluçando se estivesse em seu lugar, mas ela parecia pronta para cometer assassinato. — O que ele disse quando te ligou?

— Ele me perguntou o que você estava fazendo — ela grunhiu. — Queria saber sobre a Rae. — A expressão dela se desfez com a última palavra. — Eu não deveria tê-la deixado. Mas n-não a matei.

Eu juro.

Vilheim bufou.

— Isso nem foi divertido. Por que eu me importaria com uma consorte?

Me levantei e alisei a gravata.

— Sim, de fato, por quê?

Você está pronta, Raelyn?, perguntei enquanto fingia uma expressão pensativa.

Sim. Sua resposta imediata foi inflamada. Ela queria vingar Angelica, apesar de mal conhecer a mulher. Eu admirava essa tenacidade e senso de lealdade, mesmo que eu questionasse. *Ela já foi punida, Kylan.*

Foi?, rebati, olhando para a mulher debilitada. *Eu lhe dei uma tarefa, e ela falhou.*

Mas não foi ela quem me atacou.

Você não teria sido atacada se ela tivesse feito seu trabalho, apontei.

Ela suspirou em minha mente. *Ela já sofreu o suficiente.* Uma explosão de culpa me atingiu quando Raelyn me deixou sentir seu tumulto interior ao ver Angelica ser disciplinada por algo que ela achava ser incontrolável. *Por favor, Kylan.*

Meu comando era superior a tudo mais neste território, algo que Angelica deveria saber antes de atender a ligação. Mas acalmar o desconforto de Raelyn significava mais para mim do que usar Angelica como exemplo.

Tudo bem, cordeirinho. Está na hora.

— Sinto que precisamos de outra testemunha — eu disse para a sala, olhando ao redor. — Alguém que seja capaz de ser confrontado com o relato de Angelica sobre o que aconteceu. — Puxei um dispositivo do bolso e apertei um botão. — Judith, estamos prontos para você.

— Claro, meu príncipe — ela respondeu pelo viva-voz, fazendo sua parte conforme solicitado.

Mikael ficou visivelmente rígido, mas Vilheim não parecia afetado. Eu mal podia esperar para ver seu exterior se despedaçar.

Um silêncio de especulação vibrou no ar. A maioria dos convidados ficou quieta e intrigada enquanto alguns discutiram sobre meu estado mental em sussurros. Jace encontrou meu olhar do outro lado da sala. Não demonstrou nada, mas eu sabia que ele aprovava. Era exatamente assim que ele lidaria com esse assunto.

O som de saltos soou contra o piso, fazendo com que vários olhassem na direção da grande entrada do salão de baile.

Comecei a curvar os lábios, pronto para receber minha grande surpresa.

Ela apareceu no topo da escada, as mechas ruivas presas no alto da cabeça para expor a delicada base do pescoço. O vestido vermelho que escolhi para ela ia até o chão e tinha um recorte sugestivo na parte superior das coxas enquanto o tecido opaco se agarrava a cada centímetro da sua pele sem expô-la.

Linda, pensei, com um grande sorriso agora.

— Quero lhes apresentar minha *Erosita*, Raelyn.

Capítulo trinta

RAE

CONVERSAS CAÓTICAS E SUSSURROS de descrença soaram ao meu redor enquanto eu descia as escadas. Minhas pernas tremiam pelo esforço de permanecer confiante. Judith seguiu atrás de mim. Sua presença me ajudou a focar no momento.

Eu podia sentir os olhares em mim.

A fome.

O choque.

A letalidade geral à espreita na sala.

Lycans e vampiros, a maioria de alto status, esperavam que eu me juntasse a eles como testemunha principal.

Respire, cordeirinho, Kylan sussurrou, sua mente acariciou a minha. *Estou esperando por você na parte de baixo.*

Não podia vê-lo. Baixei os olhos em uma demonstração de

subserviência necessária ao meu papel. Saber que ele estava lá me ajudou a me mover mais rápido enquanto meus saltos batiam nas escadas de mármore e o vestido se movia com meus movimentos.

— Olá, cordeirinho — Kylan cumprimentou e colocou a mão na parte de trás do meu pescoço para me atrair para um beijo quando cheguei ao andar de baixo. — Você está deliciosa.

— Obrigada, meu príncipe. — As palavras foram sussurradas em seus lábios e meu coração batia forte.

Estou com você, amor, ele prometeu. *Confie em mim.*

O calor inundou meus pensamentos e meu sangue. *Eu sei.*

Ele deu um passo para trás e estendeu o braço.

— Agora, vamos ver como conseguir respostas adequadas.

Um pouco do calor fugiu do meu corpo quando Kylan me levou para mais perto de Mikael. Gavin estava atrás dele, com uma postura protetora enquanto segurava os bíceps do virgem de sangue. Qualquer um pensaria que ele pretendia proteger o humano e, talvez, tenha sido isso o que Kylan disse a ele. Mas eu sabia a verdade, assim como Mikael. Seus olhos claros encontraram os meus e o horror misturado com tristeza irradiou dele.

Por que ele se sentia mal pelo que fez comigo?

Ou por que temia por sua situação?

Se ele se arrependesse do que fez com você, haveria pelo menos algum tipo de alívio dentro dele. Não sinto isso. As últimas três palavras foram um grunhido na minha cabeça e o descontentamento de Kylan arrepiou meus braços. Ele esperava — desejava — que Mikael demonstrasse algum tipo de alívio com relação ao fato de eu estar viva, mas seu pulso acelerou mais de medo do que qualquer outra coisa. O que provou a Kylan que Mikael só se importava consigo mesmo.

Uma profunda tristeza vibrou em nossa conexão, Kylan estava verdadeiramente perturbado por ter falhado com seu virgem de sangue.

Mas você não falhou, disse a ele. *Você o tratou melhor que qualquer um jamais fez ou faria.*

Sim, mas ele sempre desejou algo mais de mim. Algo que eu nunca poderia dar. Ele abriu sua linha de pensamento, mostrando a que se referia.

Mikael cuidando de Kylan através de pequenos atos, como lhe

trazer café da manhã, lhe servindo vinho — fazendo o que lhe era pedido, mesmo quando claramente o magoava.

Ele nunca se negou.

Sempre obedeceu.

E nunca parou de olhar para Kylan como se ele fosse o único propósito da sua vida. Seu desejo era evidente em todos os olhares, seu corpo se inclinava para qualquer ordem que lhe era dada e o coração sempre esteve ali para ser tomado.

Amor, percebi. *Ele queria o seu amor.*

— Tudo bem, onde estávamos? — ele perguntou em voz alta, em vez de me responder.

Só de olhar as feições arrasadas de Mikael, não era necessária uma confirmação. Sua tristeza era resultado de saber que ele falhou com Kylan e que nunca mais o teria. Que ele havia perdido o amor da sua vida para sempre. E todo mundo saberia disso depois de hoje.

— Ah, certo, Angelica disse que precisava atender a ligação e foi por isso que deixou Raelyn sozinha. Estou curioso para ouvir o lado da minha *Erosita*, já que ela sobreviveu. — Ele me virou em sua direção e inclinou meu queixo para encontrar seu olhar. — Fale. — Um toque de malícia acompanhou aquela palavra através do vínculo. Era sua maneira de tentar aliviar nossa situação sombria, me lembrando da nossa primeira vez juntos.

Semicerrei os olhos. *Não sou um cachorro, Kylan.*

Sim, estou muito ciente disso, querida.

— Agora, Raelyn.

— Angelica e eu estávamos do lado de fora quando o telefone dela tocou. Ela disse que era Vilheim, seu criador, e que precisava atender à ligação. Mikael me encontrou logo depois. — Fiz uma pausa para olhar de lado para ele e vi que seus olhos claros estavam cheios de lágrimas. Meu coração se apertou e a incerteza me atingiu.

O que você vai fazer com ele?

— O que aconteceu depois, Raelyn? — Kylan exigiu. *Sinto muito amor, mas preciso que você diga.*

Mas o que você vai fazer com ele?, perguntei, mantendo o foco em Mikael enquanto o observava desabar ao nosso lado. Ele sabia o que viria a seguir. Conhecia seu destino. Eu deveria ter ficado animada com a perspectiva de vingança, mas tudo o que senti foi uma imensa tristeza pela nossa situação. Pela extensão dos sentimentos que ele nutria por Kylan, tudo às custas de sua própria vida.

Ainda não sei o que vou fazer, Kylan admitiu. *Mas preciso que você termine a história.*

O desconforto e as expectativas da multidão estavam nos atingindo e a ansiedade deles pelo que eu tinha a dizer me dominou. Engoli em seco, estremecendo e fechei os olhos, incapaz de suportar a visão das lágrimas de Mikael por mais tempo.

Respirei fundo e me firmei.

— Mikael caminhou um pouco comigo, dizendo que gostava de mim e se desculpando, mas não entendi o porquê. Então Zelda apareceu com uma faca, disse algo sobre minha morte ser o prego final no seu caixão e disse a Mikael para provar a si mesmo, me matando. Então ele cortou minha garganta antes de me esfaquear.

Me encolhi com a lembrança da faca afiada perfurando minha caixa torácica e meu peito, além da sensação de me afogar em meu próprio sangue.

Kylan passou a mão ao redor do meu pescoço de repente e o apertou. Abri os olhos e encontrei os seus, calorosos, e sua expressão me puxou de volta ao presente mais rápido do que um comando.

— Parece que seus humanos precisam de uma lição de disciplina — uma mulher observou da multidão.

A atenção de Kylan se voltou lentamente para a mulher — que percebi ser Robyn — e ele semicerrou os olhos.

— Você está sugerindo que os mortais são inteligentes o suficiente para elaborar um plano como esse por conta própria?

— Bem, não ouvi a menção de um vampiro na mistura, então, sim.

Ele curvou os lábios ao soltar meu pescoço e me puxou para o seu lado a fim de encará-la.

— Fascinante que você mencione isso. Sabe, pela memória que tirei da cabeça da minha *Erosita*, posso confirmar que Angelica realmente recebeu uma ligação de Vilheim, porque a imagem do número do telefone está na cabeça de Raelyn. Além disso, há a frase de Zelda, que disse que eles estavam em cima da hora e que ele não a seguraria por muito tempo.

Ele estalou os dedos à esquerda, onde Judith apareceu segurando Zelda, que estava com o rosto coberto de lágrimas. Eu não havia notado sua presença, mas vê-la agora fez meu sangue esquentar.

Semicerrei os olhos. *Você.*

— Vou te matar, Zelda — Kylan disse de forma categórica. — A questão agora é se vai ser uma morte rápida ou longa e torturante. Gostaria de falar algo para Raelyn?

Ela empalideceu e seu foco passou por cima do meu ombro com um olhar suplicante.

Kylan seguiu seu olhar e se virou. Um vampiro de cabelos escuros com a pele pálida nos encarou inexpressivo.

— Ah, certo — Kylan falou. — Bem, para aqueles que não sabem, Vilheim era o proprietário de Zelda, mas ele me presenteou com ela depois que elogiei uma de suas sobremesas. — Ele se virou novamente para encará-la. — Estou começando a pensar que não foi coincidência, Zelda. Sugiro que você comece a falar, porque ele não pode ajudá-la e, confie em mim, estou ansioso para punir alguém pelo que foi feito em minha propriedade.

A escolha das palavras doeu até que senti o propósito por trás delas. Kylan não podia arriscar que ninguém soubesse que eu realmente significava algo para ele. Ele precisava parecer forte e infalível, não enfraquecido pela emoção.

— Eu... eu... — Ela começou a soluçar e suas pernas cederam, fazendo-a cair no chão.

— Vilheim a mandou fazer isso — Mikael respondeu em voz baixa. Seu coração estava nos olhos quando ele olhou apenas para Kylan. — Descobri que ela o deixou entrar para matar as garotas, seu harém, enquanto estávamos fora. Quando...

— Você descobriu? — Kylan repetiu.

— Sim. Encontrei uma camisa ensanguentada no quarto dela e quando perguntei a respeito, ela ficou devastada e me contou o que aconteceu. Eu ia te contar, mas ela ligou para Vilheim. E... — Mikael parou com um estremecimento e sua expressão ficou arrasada novamente. — E-ele disse que se eu os ajudasse a te desacreditar, ele garantiria que eu ficasse com você no exílio. A Rae era minha tarefa. — Seus olhos azul esverdeado encontraram os meus e desculpas irradiaram deles antes de se concentrar novamente em Kylan. — Estou...

— Não — Kylan grunhiu e a dor irrompeu em nosso vínculo. Ele não suportava ouvir aquilo, não agora, enquanto escondia sua fragilidade emocional. — Há algo que você gostaria de dizer, Vilheim? — Ele se virou lentamente para encarar o homem mais baixo, me liberando no processo. Enquanto o exterior de Kylan irradiava calma, sua fúria queimava entre nós. Ele queria matar.

— Gostaria que eu falasse por você? — Kylan o pressionou, erguendo as sobrancelhas. — Porque se eu tivesse que adivinhar, diria que você queria desacreditar meu estado mental para que outra pessoa assumisse meu território e lhe desse mais poder. Quer dizer, nós dois sabemos que você não está nem perto da idade apropriada para herdar uma região, então isso significa que assumir um novo governo seria sua única opção. E isso levanta a questão: qual membro da realeza você tinha em mente?

— Essa é uma alegação pesada — a deusa falou, se movendo para ficar ao lado de Kylan. — No entanto, também estou curiosa, Vilheim. E como você sabe, conspirar contra um membro da realeza, principalmente a sua, é punível com a morte adequada. Tenho certeza de que Kylan vai querer prolongar essa sentença pelo maior tempo possível. — Ela levantou uma sobrancelha loira para ele.

— Com certeza — Kylan confirmou.

Ela assentiu.

— Como eu pensava. Vilheim, sugiro que fale logo antes que Kylan retire sua língua por diversão.

A imagem horrível se formou na minha cabeça, com os cumprimentos de Kylan. Ele segurou minha mão antes que eu pudesse estremecer, e seu toque me forçou a permanecer calma.

— Ele é louco — Vilhein retrucou. — Com certeza você pode ver isso.

A deusa arqueou as sobrancelhas.

— Há trinta minutos, talvez eu considerasse essa hipótese, mas depois de tudo que vi hoje à noite? Está bem claro para mim que Kylan está muito vivo e bem. — Ela colocou a mão bem cuidada no braço de Kylan e se virou para ele. — Quero dizer, transformar uma consorte em *Erosita* só para pegar o culpado? Isso é brilhante.

Meu sangue gelou com a insinuação. Isso não poderia...

— Funcionou maravilhosamente, como você pode ver — ele murmurou, atingindo o meu interior.

Não. Ele estabeleceu a conexão por acidente, não para me fortalecer como isca.

Kylan, me diga que não foi por isso que você criou nosso vínculo.

Ele me ignorou, seus olhos e foco estavam completamente na deusa.

Ela balançou a cabeça.

— Sério, Kylan, às vezes acho que você joga esse jogo melhor que eu.

Ele deu um sorriso indulgente.

— Ah, por favor, querida, você sempre será a rainha no tabuleiro de xadrez.

Ela corou e curvou os lábios.

— Me esqueci do quanto você pode ser divertido. Preciso te visitar com mais frequência.

— É verdade — ele concordou. — Mas primeiro, Vilheim?

Meu batimento cardíaco estava nos ouvidos, correndo através da minha corrente sanguínea. *Por favor, diga...*

Preciso me concentrar, Raelyn, ele respondeu. Sua voz mental era rápida e direta.

Engoli em seco. *Claro.*

Uma vez terminado, poderíamos conversar. Então ele confirmaria que não havia acabado de criar o vínculo entre nós para me manter viva para esta noite. Ele abriu sua mente para mim. Eu teria visto isso, certo?

A menos que ele soubesse como esconder.

Fiz uma careta. Ele poderia esconder detalhes de mim? Não. Ele me deu acesso irrestrito a suas memórias, e eu ainda tinha a capacidade de entrar, exceto que agora parecia mais nublado, como se ele estivesse realmente tentando esconder algo de mim.

A verdade da nossa ligação?

— Não tenho nada a dizer. — Vilheim parecia imperturbável pela ameaça dos dois vampiros mais antigos que existiam diante de si.

— Nada? — Kylan repetiu. — Bem, isso é fascinante, porque nós dois sabemos que você não planejou isso sozinho. Você não é inteligente o suficiente para esse tipo de plano, e é por isso que nunca te promovo. Então, isso me faz imaginar quem colocou você nesse jogo. — Ele ergueu o queixo e olhou ao redor da sala, procurando.

A deusa olhou para ele, especulando, como se fosse um oponente.

Seus brilhantes olhos verdes se voltaram para os meus, me fazendo congelar. *Ah...* eu nem deveria estar olhando. Mas agora não conseguia me mexer, minha mente estava congelada. Ela inclinou a cabeça para o lado e a curiosidade iluminou suas feições. Como se ela não visse um humano há anos.

Muito antiga.

Muito fria.

Nada... parecida com uma deusa.

O instinto me atingiu de repente, quase me derrubando no chão. Temi esse ser desde a minha primeira respiração, mas agora eu via de verdade.

Ela era só mais uma vampira. Embora fosse incrivelmente antiga como Kylan, mas não havia nada etéreo ou semelhante a uma deusa nela.

— Robyn — Kylan chamou. — Você sabe o quanto eu adoro te ver em ação, querida. Se importa em me ajudar a acabar com Vilheim?

A deusa — *não, Lilith* — lentamente mudou seu foco para a multidão.

— Ah, querido, acho que você tem muito mais experiencia que eu — a loira da realeza respondeu. — E eu prefiro muito mais observar o seu trabalho.

— Bobagem. — Ele soltou minha mão e a estendeu para ela. Seu sorriso era tão atraente que meu coração parou. O homem era muito bonito, e esse olhar o deixou ainda mais belo. — Por favor. Junte-se a nós. Eu insisto. — Havia uma pontada em seu tom que

305

ninguém poderia ousar desafiar, nem mesmo eu.

Robyn deixou a bebida de lado e começou a atravessar a multidão.

— Bem, não posso dizer não a isso.

— Excelente. Bem, eu estava pensando que, em vez de arrancar sua língua, poderíamos sangrá-lo e dar seu sangue para os humanos na sala por diversão. — Kylan olhou para Lilith. — Um ato tão degradante deve forçar um vampiro velho como Vilheim a se abrir, não é?

— Por desperdiçar um sangue tão precioso com mortais? — Ela parecia completamente enojada. — Sim, com certeza. Mas teremos que matar os humanos depois, você sabe.

— Claro. — Kylan acenou com a mão. — Assumi que isso seria o pós-festa.

Lilith assentiu.

— Então sim, por favor, prossiga.

Vários convidados recuaram quando Kylan tirou o paletó. Ele me entregou sem dizer uma palavra e começou a enrolar as mangas da camisa.

— Vá em frente, querida. Vou me juntar a você em um minuto.

Robyn passou as palmas das mãos sobre o vestido e caminhou em direção a Vilheim. Ela semicerrou o olhar. Era a primeira rachadura em seu exterior. Passou as unhas pelo paletó dele, jogando os botões no chão e empurrou o tecido dos seus ombros. Ele abriu a boca, e ela a fechou tão rápido e com tanta força, que o sangue se acumulou em seus lábios.

Kylan, chamei.

Eu vi. Mas fingiu que não e manteve o foco na camisa.

Vilheim voltou a falar, mas foi atingido com mais força. As unhas de Robyn arrancaram a pele do rosto.

Eu me encolhi com a brutalidade, chocada que uma mão pudesse causar esse tipo de dano. Todos terem dado vários passos para trás de repente fez sentido, especialmente quando Robyn foi com força total — em seu rosto.

Lilith colocou a mão no bíceps de Kylan. Sua postura era tensa. Ela assentiu uma vez, promovendo algum tipo de troca entre eles.

Vilheim começou a revidar, ergueu os braços na frente do rosto enquanto se defendia da mulher louca.

Foi rápido demais para os meus olhos mortais. Seus movimentos eram rápidos e as palavras começaram a sair da boca do homem em um assobio estranho.

Não entendi nada. A cena se desenrolava a uma velocidade que meu cérebro não conseguia compreender.

Senti uma corrente de ar ao meu redor e minha cabeça girou quando colidi com algo duro. Fui atingida pelo cimento de forma implacável, e meus lábios se separaram em um grito que foi silenciado pelos lábios de Kylan. Breve o suficiente para me firmar e, em seguida, eu já estava olhando para suas costas.

O que acabou de acontecer?

Ofeguei e meu coração disparou no peito. Agarrei Kylan, precisando de equilíbrio enquanto ele grunhia alto.

— Você acabou de atacar a minha *Erosita*, Robyn? — ele exigiu.

— O quê? — Ela parecia sem fôlego, mas eu não podia vê-la. — Não, claro que não. Ela com certeza entrou no meu caminho. Todos vocês viram.

— Não, o que vi foi você perseguir a propriedade de outro membro da realeza — Lilith respondeu com frieza. — Parece também que você está tentando mutilar Vilheim a um ponto de incoerência.

— E-e-ela está — o vampiro murmurou. — E-ela armou para mim.

Sussurros chocados quebraram o silêncio da sala, provocando um calafrio pela minha coluna. O que era agora?

Olhei em volta e encontrei Zelda no chão, inclinada em súplica. Mikael estava ao seu lado, rodeado por dois dos guardas de Judith enquanto vigiava Zelda, trêmula.

Kylan lentamente me puxou para o seu lado. Seu paletó estava no chão e cheio de sangue. Eu o soltei no meio da confusão, não que ele parecesse triste com isso.

— Por que, Robyn? — questionou. — Por que orquestrar tudo isso?

A loira se endireitou com os lábios ensanguentados e o vestido arruinado. Ela sorriu. A aparência era tão delirante que questionei se ela realmente havia enlouquecido.

— Ah, vamos lá, Kylan. Não era grande coisa. Tudo o que fiz foi dizer a Vilheim que Jace herdaria seu território e o promoveria como soberano – sob minha sugestão, é claro. E realmente, ele fez quase todo o resto. A única coisa que tive que fazer foi mandar alguém no seu avião enviar mensagens, o que foi fácil depois de envolver sua vadia de sangue. — Ela acenou com a mão de forma teatral para Mikael, que se encolheu como se ela o tivesse tocado.

— Você tentou desacreditar outro membro da realeza por tédio? — Lilith perguntou, seu tom incrédulo.

— Por que não? — Robyn deu de ombros. — Honestamente, nem foi tão divertido.

— Nem foi tão divertido — Kylan respondeu. — Você matou o meu harém, Robyn, e quase matou minha *Erosita*.

Ela deu de ombros.

— Humanos são substituíveis. Você sabe disso melhor que ninguém. Não fique com raiva, amor. Foi tudo só por diversão e você descobriu. Tudo bem.

— Não fique com raiva — ele repetiu como se estivesse tentando compreender as palavras. — Você tentou desacreditar minha sanidade e quer que eu fique bem com isso. Lilith, acho que a Robyn é quem sofre de insanidade por idade.

— Parece que sim — ela concordou, seu tom pensativo. — Não posso deixar isso sem punição, Robyn.

— Claro. — A loira deu de ombros. — Faça o seu pior.

Sua indiferença enfiou uma faca em meu estômago. A mulher nem se importava com o fato de ter sido pega e não temia retribuição.

Porque um membro da realeza raramente era morto. O último a enfrentar o castigo da morte foi Cam por desafiar a própria deusa, e pelo que Kylan havia sugerido, Cam ainda podia estar vivo.

Portanto, não admirava que Robyn não estivesse com medo.

Ela sabia que não a machucariam permanentemente.

Lilith apertou as mãos.

— Robyn, você está banida de todos os eventos, incluindo o Dia de Sangue, por uma década. Isso a torna inelegível para comprar ou adquirir novos seres humanos a qualquer momento, até que sua expulsão esteja completa.

O rosto da loira ficou pálido.

— Uma década?

— Humm, sim, isso parece pouco. — Lilith se virou para Kylan. — Quanto tempo levou para sua *Erosita* se recuperar dos ferimentos?

— Sete dias — ele respondeu de forma categórica.

— Sim, um número muito melhor. Seu termo de excomunhão será de sete décadas, Robyn. Posso sugerir que você trate seu harém atual e a equipe da casa de forma decente nesse ínterim? Vai demorar um pouco até você tenha a chance de substituí-los, e a maioria morrerá de velhice antes desse ponto.

Robyn cuspiu e seus lábios carnudos murmuraram palavras de desacordo.

— Você prefere uma sentença mais longa? — Lilith perguntou, arqueando uma sobrancelha.

— Eu... não, não, minha rainha. — A vampira se curvou com as pernas tremendo. —Eu... eu aceito. Claro, eu aceito.

— Excelente. Então sugiro que você saia, pois este é um evento social e você não é mais bem-vinda aqui.

Robyn parou, mantendo o corpo congelado em sua reverência.

— Agora — Lilith retrucou.

— Sim, é claro. — Robyn se endireitou, os olhos azuis cheios de emoções misturadas – choque, mágoa, fúria. Ela lançou um olhar para Kylan rápido demais para eu ler e saiu da sala.

— Bem, esta foi uma noite fascinante — Lilith disse, se virando para Kylan com uma lâmina com joias na mão. — Devo fazer as honras ou você gostaria de fazer?

— Ah, me permita. — Ele estendeu a palma da mão. — Por favor.

— Ele é seu e prejudicou sua propriedade. — Ela lhe deu a faca e se virou para se dirigir à multidão. Vilheim foi acusado de conspirar contra sua realeza. Embora, sim, Robyn o tenha aliciado, ele deveria ter ido a Kylan relatar a atividade em vez de se deixar levar.

Ela fez uma pausa como se estivesse esperando perguntas.

Ninguém pronunciou uma palavra ou som.

— Existe alguém aqui que se oponha que Vilheim, vampiro da

região de Kylan, receba a punição necessária por esse crime?

Silêncio.

— Não ouvindo objeções, você pode prosseguir, Kylan.

— Obrigado. — Ele se afastou de mim para se aproximar de Vilheim, que estava ajoelhado no chão. Havia dois vampiros desconhecidos ao lado dele, segurando-o.

— Idiota — ele resmungou.

— Essa é a sua palavra final? — Kylan perguntou. — Porque não estou tão impressionado.

Vilheim falou algo em uma língua estrangeira que fez Kylan rir e balançar a cabeça.

— Você nunca foi digno, Vilheim. E nunca será. — Ele enfiou a lâmina no peito do homem de forma rápida e eficiente, e ouvi um murmúrio coletivo após o barulho.

Morte apropriada, percebi, chocada.

Nunca vi um vampiro morrer. Nem sabia como seria. E Kylan havia assassinado o homem em uma sala repleta de seus irmãos e lycans.

O corpo se desintegrou em cinzas, que se espalharam. Ele usou o paletó de Mikael para limpar a lâmina antes de devolver o item a Lilith.

Ela era a única que possuía essa arma?

Era embebida em uma substância especial ou fabricada especificamente para esse fim?

— Excelente. — Ela escondeu a arma em algum lugar do vestido e o metal desapareceu em um piscar de olhos. — Agora, imagino que você irá lidar com seu problema humano, não é?

— Bem, há uma questão que permanece por resolver.

Ela arqueou uma sobrancelha.

— É?

— Sim. Estou com um a menos na minha região, uma consequência não de minha autoria, mas de outro membro da realeza. E, dada a dor de cabeça que tudo isso causou com meu harém e as implicações falsas contra minha pessoa, sinto que tenho direito a um novo recurso.

Não entendi bem o que ele quis dizer, mas os sussurros na sala sugeriam que todos os outros entendiam.

— Certo — Lilith murmurou e semicerrou os olhos. — Temos regras por um motivo e não tenho certeza se esse incidente justifica sua violação, Kylan.

— Uma vida por uma vida — alguém disse da plateia. — Parece justificado neste cenário. Vilheim está morto. Kylan exige um aprendiz para manter o equilíbrio em seu território. Números pares e tudo mais.

Lilith olhou na direção de quem falou.

— Você está apoiando o pedido dele, Jace?

— Estou. Concordo que é justo, considerando tudo o que ele passou nestes últimos meses. — Jace avançou com uma taça de champanhe de sangue e a mão enfiada no bolso. Era a imagem de indiferença. — Posso não gostar do homem, mas estou inclinado a concordar com ele quanto a isso.

Mais sussurros soaram. A sala estava repleta de barulho e especulação.

— Ele está certo. — O rosnado baixo na voz sugeriu que as palavras eram de um lycan.

— Walter? — Lilith pareceu surpresa. — Você também concorda?

— Sim. É o que eu exigiria no lugar dele.

— Eu também — outro falou.

Vários outros começaram a se manifestar. Todos concordaram com os termos e continuaram até a conversa atingir um nível que Lilith não podia mais suportar.

— Chega — ela disse, e seu comando silenciou a sala.

Kylan estava diante dela, inexpressivo. Sua mente estava ainda mais sombria. Eu não tinha ideia do que ele estava pensando, porque ele me bloqueou novamente. Não inteiramente, mas apenas o suficiente para me impedir de ouvir seus planos.

Fiquei tão impressionada com o meu entorno e o caos que não havia notado. Meu coração deu uma pontada sutil ao ser empurrada para longe, mas eu tinha que acreditar que era para ele se concentrar melhor. Ele provavelmente estava muito abalado com minhas preocupações e confusão para se concentrar.

Sim, tem que ser isso.

Lilith suspirou.

— A Copa Imortal está chegando ao fim, Kylan. Não posso dar a você nenhum desses recrutas, já que estamos com menos de dois, mas, diante do clamor de apoio, poderia fazer uma concessão para o próximo ano.

Meu coração parou. *Já está reduzido a dois? Silas era um deles?*

— Na verdade, já tenho um humano em mente — Kylan falou baixinho, me distraindo dos meus pensamentos.

— Tem? — Lilith perguntou, erguendo uma sobrancelha. — Posso perguntar qual?

Ele sorriu.

— Sim. — Estendeu a mão para mim. — Raelyn.

Capítulo trinta e um

RAE

KYLAN ACENOU DIANTE DOS MEUS OLHOS.

Ele acabou de sugerir...?

Não.

Entendi errado.

De jeito nenhum ele havia dito...

— Sua *Erosita*? — Lilith perguntou, parecendo ainda mais chocada que eu. — Não, de jeito nenhum.

— Por que não? — ele questionou, baixando a mão para a lateral do corpo. — Ela foi uma das doze candidatas designadas para a Copa Imortal. Suas pontuações nos testes são fenomenais. Ela é linda, inteligente e desempenhou seu papel no meu jogo para capturar meus traidores com perfeição. Não consigo imaginar um candidato mais adequado à imortalidade.

— Ela é desafiadora — Lilith falou, me olhando. — Mesmo agora, ela está olhando diretamente para mim.

— Porque ela não nasceu para ser humana, mas para ser vampira. Minha vampira.

Os murmúrios começaram novamente, vários deles se elevando em concordância enquanto meu coração batia alto nos meus ouvidos.

Kylan, murmurei.

Mas ele permaneceu fechado, com a atenção exclusivamente em Lilith.

— Darius — Jace murmurou, mantendo o foco na bebida em sua mão enquanto girava o conteúdo. — Você se familiarizou bastante com Raelyn nas últimas duas semanas, certo?

O vampiro em questão sorriu.

— Sim. Kylan não havia comentado sobre suas habilidades orais no quarto, que merecem nota dez, para quem possa estar curioso.

— Bom o suficiente para se juntar a nós? — Jace perguntou.

Darius deu de ombros.

— Ela poderia ser treinada para ter um desempenho um pouco mais refinado, mas imagino que o Kylan esteja à altura da tarefa. Ele fez maravilhas na minha Juliet.

Mentira. Passamos a última semana relaxando. O relacionamento de Darius e Juliet era diferente de tudo o que já testemunhei. Sua adoração por ela era óbvia. E Kylan não havia encostado a mão nela, pois estava muito ocupado conspirando para a noite de hoje e se certificando de que eu estava confortável.

Mas nunca repassamos essa parte do plano.

Vários seres ao redor da sala expressaram consentimento, um deles até disse para dar a Kylan o que ele queria, porque ele mereceu.

Lilith me olhou de cima abaixo de novo, o biquinho em seus lábios sugerindo que ela me achava deficiente.

Ela nunca aprovaria.

E eu nem sabia se queria que ela aprovasse.

Não me tornar vampira significava renunciar ao meu vínculo com Kylan?

Então entendi a razão pela qual ele estava fazendo isso.

Você está me dando uma saída. O presente da imortalidade sem me amarrar a ele para sempre. *Kylan...*

— Ela será minha responsabilidade e prometo que você ficará impressionada com o próximo Dia de Sangue.

Ela desviou o olhar de mim e ergueu as sobrancelhas.

— Está propondo transformá-la?

— Estou.

— Sua primeira descendente — ela falou, parecendo pasma. — Nunca pensei que veria esse dia, Kylan, e muito menos que veria você desperdiçá-lo com alguém tão indigno.

— Você se esquece de que posso ver dentro da mente dela através do vínculo. Confie em mim quando digo que não há ninguém mais digno dessa honra que Raelyn. — A veracidade da sua proclamação ressoou através da nossa conexão. Seu orgulho por mim quebrou as barreiras temporárias que ele havia colocado.

Ele não estava apenas me dando uma saída, mas também nos dando a oportunidade de estarmos um com o outro por desejo, não por necessidade.

Porque eu não teria que contar com ele para a imortalidade.

O que significava que ele teria que se esforçar para manter meu interesse.

E ele queria fazer isso.

Como ele escondeu isso de mim? Olhando em sua mente agora, eu sabia que isso sempre fez parte do seu plano — exigir compensação por sua perda na forma da minha vida eterna.

Eu não sabia o que dizer

Tudo que eu podia fazer era ficar boquiaberta.

— Tudo bem — Lilith murmurou. — Se esse é o seu pedido, considere-o concedido.

— Obrigado. — Ele inclinou a cabeça.

— Mas espero ver melhorias consideráveis da próxima vez que a vir.

— Claro — ele respondeu. — Disciplinar a Raelyn é um dos meus passatempos favoritos. — Senti sua diversão, mas ainda estava chocada demais para responder ou até mesmo revirar os olhos mentalmente.

Ele quer me transformar.
Para se tornar meu criador.

— Agora, há uma pequena questão sobre o que fazer com o resto de vocês — ele falou, encarando Angelica primeiro. Em seguida, se agachou para remover algumas das correntes do corpo dela. — Você precisa muito de sangue.

Os olhos vazios dela o encararam.

— Você sabia — ela grunhiu.

— Sim, mas ainda assim você falhou comigo, Angelica. Eu te disse para proteger a Raelyn e você a deixou. — Ele arrancou mais correntes dela, mostrando sua força em cada puxão enquanto a libertava das restrições. — Quando digo para você fazer algo, isso sobrepõe todo o resto. Entendeu?

Ela engoliu em seco e seu corpo estremeceu quando ele removeu o resto do metal e arrancou os grilhões dos tornozelos.

— Sim, vossa Alteza.

— Ótimo. Então considere sua punição completa. — Ele olhou para Mikael com a expressão cruel. — Posso lhe oferecer uma bebida, Angélica?

Mikael entreabriu os lábios e seus olhos lacrimejaram novamente. Ele tinha a aparência de um homem arrasado, de um amante abandonado e destruído.

Meu coração doía por ele.

Mesmo depois de tudo o que ele fez comigo, não pude evitar o aperto no peito.

Tudo o que ele sempre quis foi Kylan.

E ele nunca o teria.

— Ajoelhe-se — Kylan exigiu.

Mikael se ajoelhou no chão e inclinou a cabeça. Ele não ia implorar. Apenas sabia.

Uma pontada me atingiu e a fonte disso era Kylan. Sua luta machucou mais meu coração, pois sua mente não sabia o que fazer. Matá-lo rapidamente, estender a dor, matá-lo no quarto... deixá-lo viver.

— Dê o seu pulso a ela. — Sua voz não vacilou, mas por dentro, o ato o estava matando.

Você não precisa matá-lo, sussurrei. *Não para me vingar.*

O que eu faria com ele?, ele perguntou baixinho. *Trancá-lo até que ele morra?*

Pode dá-lo a alguém?

Ele merece um destino pior, Raelyn.

Eu sei, mas ele fez isso porque te ama.

Mikael choramingou quando Angélica perfurou sua veia. Sua boca faminta sugou e puxou o sustento que seu corpo jovem de vampira exigia para sobreviver. Ela estava com fome e diante de um virgem de sangue. Sua essência era viciante até para os vampiros mais antigos. Contra ela, ele não teria chance. Ela o devoraria, a menos que Kylan a impedisse, e Mikael sabia disso.

Kylan se levantou, ignorando a cena, apesar do coração dolorido, e focou em Zelda com um sorriso sádico.

— Cherise — ele chamou.

— Sua Alteza — a mulher respondeu, praticamente correndo para encontrá-lo, com esperança no olhar.

— Você me agradou muito com sua melhoria. Discutiremos oportunidades de promoção mais tarde, mas, por enquanto, preciso que você cuide disso para mim. — Ele apontou para Zelda. — Ela é uma ex-chef. Talvez possa ajudá-la a criar algo com o sangue dela.

Meu estômago revirou. *Kylan...*

Ela merece coisa pior. Fique grata por não ser eu a matá-la.

— Claro, meu príncipe — Cherise respondeu com um sorriso. — Ficarei feliz em lidar com o assunto para você.

— Obrigado. Certifique-se de drená-la por completo. Não tenho mais utilidade para ela, e ela não serve mais nesta região.

— Entendo. — Cherise se curvou e agarrou Zelda pelos cabelos. — Venha, ex-chef.

Ele olhou para Judith e sua equipe de segurança antes de finalmente retornar a Mikael, que estava muito pálido. Sua mente se agitou entre o certo e o errado, acabando com aquilo e permitindo o perdão.

Ele realmente se importava com Mikael.

Eu podia ver dentro de sua alma. Não era amor, mas uma profunda amizade estabelecida ao longo de uma década.

Seu suspiro mental era pesado e cansado.

— Chega, Angélica — ele disse, afastando-a de Mikael. Ela lutou por um segundo antes de perceber quem a tinha puxado para longe e recuou, limpando a boca ensanguentada. — Judith, por favor, leve Mikael para meus aposentos. Vou terminar isso no meu próprio tempo.

— Vou prepará-lo para você, meu príncipe. — Ela deu um passo à frente e o levantou com facilidade.

Kylan assentiu e olhou ao redor.

— Bem, espero ter proporcionado uma noite agitada para todos vocês.

Algumas risadas soaram, e Lilith acenou com a cabeça.

— Nunca tenho um momento de tédio na sua companhia, Kylan.

— É a única maneira de se viver. — Ele sorriu para todos, mas por dentro, seu coração estava se partindo diante da tarefa com que tinha que lidar, e meu coração se apertou ao ver sua dor. — Pessoal, divirtam-se. Comam. Bebam. Festejem. E, claro, se deleitem com a minha hospitalidade. Pode ser a última festa que ofereço por um tempo. — Ele levantou as mãos, fazendo uma reverência teatral. — Tenho algumas coisas a resolver, incluindo uma *Erosita* para comer uma última vez, então vou deixá-los.

Lilith levantou a taça, assim como Jace e Darius.

Kylan segurou minha mão e me puxou para passar por eles com passos lentos enquanto se despedia dos convidados que entraram no nosso caminho. Quando finalmente subimos as escadas e entramos no elevador, ele soltou um longo suspiro e passou os dedos pelos cabelos.

— Só me dê um minuto antes de dizer qualquer coisa — ele falou, apertando o botão para nos levar para à área da recepção.

Em vez de responder ou apontar que eu ainda não sabia o que dizer, passei os braços ao seu redor.

Ele não se mexeu a princípio e sua surpresa ficou aparente através do vínculo. Em seguida, ele retribuiu o abraço e aninhou o rosto em meu pescoço.

Estou aqui, sussurrei. *Você não está sozinho.*

Ele estremeceu e me apertou ainda mais. *Como era a minha vida antes de você?*

Chata? sugeri. *Complacente? Mais fácil?*

Ele riu na minha mente. *Chata parece certo.* Ele beijou meu pulso e me soltou quando as portas se abriram. Maeve ficou nos esperando no saguão e entregou as chaves a Kylan.

— Excelente. Obrigado. Tenho uma tarefa final para você, se não se importa.

— Claro, meu príncipe.

— Informe a todos que promovi você e Cherise para a antiga posição de Tremayne. Uma de vocês pode cuidar do K Hotel enquanto a outra pode assumir a Torre Tremayne, mas não se esqueça de renomeá-la. Vou manter a propriedade em Lilith City. E fique à vontade para dividir as outras propriedades adequadamente entre vocês.

A boca dela se abriu.

— M-mas, Alteza...

— Você não se inscreveu, eu sei. Mas estou cansado de promover velhos vampiros para posições de poder que eles não respeitam. Faz muito mais sentido contratar alguém que realmente entenda e aprecie o negócio, o que, claramente, você e Cherise fazem. Ela só precisava de um lembrete sutil, só isso.

Os olhos da mulher se encheram de lágrimas e seus lábios se curvaram em um sorriso de tirar o fôlego.

— Não sei o que dizer.

— Comece dizendo que você não vai me decepcionar e seguiremos a partir daí.

— Não vou decepcioná-lo — ela prometeu. Sua alegria era palpável. — Obrigada, Alteza. Obrigada.

Ele assentiu e apoiou a palma da mão na parte inferior da minha coluna.

— Não deixe de contar para os outros por mim, incluindo Cherise, e deixe-me saber quem está indo para onde.

— Claro. — Ela deu um pulinho. — Me perdoe, estou...

— Animada, eu sei. Aproveite sua noite, Maeve. Você mereceu. — Ele me empurrou para a frente, com passos rápidos quando passamos por vários humanos curvados na área de recepção.

Depois de nos acomodarmos no carro, me virei para ele.

— Isso foi muito gentil da sua parte.

Ele parou na rua.

— Foi prático, Raelyn.

— Foi bom — corrigi. — Você não é nem de perto tão formidável e cruel quanto deseja que todos acreditem, você sabe.

Ele bufou.

— Não deixe mais ninguém ouvi-la dizendo isso.

— Não se preocupe. — Dei um tapinha em sua coxa e relaxei no assento. —Será o nosso segredinho.

Ele olhou para mim de lado.

— Acho que vamos compartilhar muitos deles, Raelyn.

Capítulo trinta e dois

— TEM CERTEZA DE QUE é isso que você quer fazer? — Jace perguntou com a expressão ilegível. Ele saiu da festa mais cedo com Darius e Juliet e me encontrou em casa, como pedi.

Assenti.

— Sim, tenho certeza. — Não havia outra alternativa.

— Ele não merece sua gentileza — Darius comentou, encostado na porta do meu escritório.

— E isso é realmente gentil? — perguntei enquanto assinava o último dos documentos.

Ele deu de ombros.

— Seria para alguns.

Talvez. Peguei o arquivo, olhando para os dois.

— Não posso matá-lo — admiti. — Ainda que eu saiba que

deveria...

— Você se importa — Jace terminou. — Nossa espécie está obcecada em chamar isso de fraqueza, mas não é. É o que nos liga à humanidade e nos mantém sãos.

— Suponho que essa seja uma maneira de ver as coisas — murmurei, entregando o arquivo a Jace. — Por favor, verifique que ele seja cuidado adequadamente.

Meu colega real assentiu.

— Luka garantirá que ele viva seus dias intocados.

— Em território lycan — falei, ainda confuso com a sua sugestão.

— Talvez você deva visitar o lugar algum dia — Jace murmurou de forma enigmática. — Você pode encontrar algo interessante lá.

— Por que sinto que estou sendo iniciado em alguma coisa? — perguntei, cauteloso.

— Porque está — Jace respondeu, estendendo a mão. — Você não está sozinho em suas suspeitas, Kylan.

Aceitei seu cumprimento.

— A respeito de?

— Tudo. — Apertamos as mãos, e ele me soltou. — Entrarei em contato em breve com mais detalhes. Até lá, vou lidar com o problema do seu virgem de sangue da maneira que você solicitou.

— Ileso — repeti.

— Já te dei a minha palavra. Ele ficará bem. Apenas solitário. — Jace começou a seguir em direção à porta, mas parou. — Você realmente vai transformar a Raelyn?

— Se ela quiser, sim.

— É o que você quer? — Ele perguntou enquanto passava pelo batente. — Seja honesto com ela, Kylan. Ouvi dizer que é nisso que os relacionamentos se baseiam.

Darius bufou.

— Como se ele soubesse alguma coisa sobre mulheres.

— Ele parece bastante familiarizado com elas. — Jace geralmente se cercava delas, sempre se satisfazendo. Embora, nas últimas viagens, ele estivesse sozinho. Estranho.

— Não quando se trata de sentimentos — Darius respondeu,

seguindo seu superior. — Boa sorte com a Raelyn. Siga seus instintos. Você pode encontrar seu coração.

Ele desapareceu enquanto eu os olhava.

Que conselho horrível. Meus instintos quando se tratava de Raelyn eram trancá-la no meu quarto e nunca mais deixar ninguém vê-la novamente.

Foi exatamente onde a deixei — para tomar banho e relaxar.

Apertei enviar no e-mail para meus constituintes, confirmando as substituições de Tremayne, e fechei o tablet.

Esta noite parecia não acabar nunca e ainda continuaria, se Raelyn aceitasse minha proposta.

Ela estava sentada na cama, me esperando enrolada em uma toalha, com o cabelo úmido caindo sobre a pele exposta. Seus olhos azuis encontraram os meus e a emoção transparecia em suas profundezas.

— Ouvi o que você fez com o Mikael.

Fiz uma pausa na frente dela, subitamente preocupado que ela não aprovasse.

— Ele não podia ficar aqui.

— Eu sei.

— E eu não poderia matá-lo. — Mesmo que ele merecesse. Simplesmente não consegui fazer isso, não depois dos últimos onze anos juntos. Ele me amou, o que era culpa dele, mas também minha. Submetê-lo a uma vida de solidão parecia punição suficiente.

Os lábios de Raelyn se curvaram em um sorriso triste.

— Você fez a escolha certa, Kylan. Por mais difícil que tenha sido para você, eu entendo.

— Então você não está com raiva de mim?

Ela bufou, ficando de joelhos para se colocar ao nível dos meus olhos e segurou meus ombros.

— Não posso culpá-lo por demonstrar compaixão. — Ela roçou os lábios nos meus, seu beijo disposto era a minha melhor recompensa. Fomos íntimos, mas de forma casta, durante a última semana devido à sua cura, o completo oposto do que meu corpo ansiava, mas o que o dela exigia.

Acariciei seus lábios com a língua, solicitando entrada e os penetrei. Ela aceitou a invasão com um gemido e envolveu os braços ao no meu pescoço. Segurei sua bunda, puxando-a contra mim, precisando de mais.

Foi uma longa noite.

Eu precisava me perder apenas por um momento, deixar as sensações tomarem conta e apenas desfrutar de Raelyn. Do seu toque hipnótico. Seu perfume cítrico. A carícia da sua mente contra a minha. A sensação da sua pele nua. O seu sabor.

— Puta merda — sussurrei, incapaz de me impedir de tomar mais dela. Aprofundei nosso beijo, tomando-a do jeito que eu desejava, mapeando cada centímetro da sua boca com a minha língua. Tão viciante. Tão linda. Tão minha.

Entrelacei os dedos em suas mechas úmidas, segurando-a contra mim como se ela pudesse desaparecer. Depois que eu a transformasse, ela poderia. Mas eu precisava que ela tivesse essa opção, que fosse minha igual em todos os aspectos, exceto na idade, ou esse relacionamento sempre seria unilateral. Queria que ela me escolhesse.

Meu coração batia forte no peito.

Só mais uma vez.

Sendo minha.

Isso era tudo que eu precisava. Então eu poderia libertá-la se fosse isso o que ela decidisse.

Mas por esta noite, eu a teria completamente.

— Raelyn — sussurrei. — Eu preciso...

— Sim — ela respondeu, já entendendo meus pensamentos. — Mil vezes sim, Kylan. Me tome. Fique comigo. Me *coma*.

Estremeci contra ela, com o pau duro.

Ela abriu minha calça sem pedir. Seu toque me conhecia e sua habilidade era impressionante. Joguei sua toalha no chão e levei os lábios em seu pescoço e mais abaixo em seus seios lindos. Cheios e bonitos, com pequenos mamilos intumescidos. Suguei, a fazendo arquear as costas com um gemido enquanto ela abria o zíper da minha calça.

Mudei para o outro mamilo rosado, lambendo e mordiscando.

— Você é perfeita, Raelyn — elogiei. — Tudo em você é perfeito. — O que eu disse a Lilith foi de coração. Não conseguia imaginar um candidato mais qualificado para a imortalidade.

Ela empurrou o tecido pelos meus quadris e começou a tirar minha camisa. No terceiro botão, sua paciência se esgotou e ela arrancou o resto, puxando o tecido. Dei de ombros para os trapos, ficando sem camisa diante dela.

— Calça. Tire. — Ela estava presa nas minhas coxas.

Eu sorri.

— Está me dando ordens?

— Sim, estou.

Eu ri enquanto a obedecia.

— Deite-se na cama, princesa. Com as pernas abertas. Quero ver como você está molhada para mim.

Ela gemeu, apertando os músculos em resposta. O doce aroma da sua excitação me recebeu em casa, meu corpo doendo para se juntar ao seu.

Ninguém nunca me fez sentir assim — tão completo. Como se eu pudesse me perder para sempre em seus braços.

Não queria que isso acabasse nunca.

Não queria dizer adeus.

Minhas roupas foram jogadas no chão quando ela se posicionou do jeito que eu desejava e sua boceta brilhou em espera. Beijei seus lábios úmidos, precisando prová-la. Minha língua mergulhou dentro dela, revestindo meu paladar com seu sabor único.

— Puta merda, Raelyn. Você tem a boceta mais bonita. — Mordi o clitóris e esfreguei os pelos ruivos e macios em seu monte. Ela parou de se depilar por um pedido meu, mas continuou se mantendo preparada. Eu a beijei em todos os lugares, adorando-a, apreciando cada centímetro e memorizando-a intimamente.

— Kylan — ela grunhiu, com os dedos em meus cabelos, puxando-os. — Preciso de mais.

— Ah, eu também — sussurrei. — Eu também.

Uma noite.

Um mês.

Um ano.

Uma década.

Uma eternidade.

Isso nunca seria suficiente.

Desisti de tentar entender. Parei de tentar lutar contra. E apenas abracei o sentimento.

Porque eu não tinha mais energia para ficar disputando. Nunca teve relação com o vínculo, mas com Raelyn.

Sempre foi ela.

Aquele fogo.

Seu espírito.

Seu coração.

Fiz uma trilha de beijos por seu corpo, adorando cada centímetro e ignorando o desejo do meu pau de virá-la e de transar com ela por trás.

Isso tinha que ser diferente. Especial. Real.

Queria fazer amor com ela. Algo que nunca fiz com ninguém, nem tinha visto o sentido de fazer, mas Raelyn merecia isso e muito mais. E eu queria experimentar tudo com ela. Honrá-la de uma maneira diferente de qualquer outra, reverenciá-la e amá-la.

— Raelyn — murmurei contra seus lábios, enquanto acomodava meus quadris entre os seus. — Você me mudou de forma irrevogável. — Deslizei dentro dela, sentindo meu pau me implorar para tomá-la com força enquanto meu coração me obrigava a ir devagar.

Ela se empurrou contra mim, me forçando mais para dentro.

— Você me destruiu para qualquer um — ela sussurrou. — Tomou cada parte minha e a tornou sua.

— Ah, mas Raelyn, eu não te possuo. — Depois de todas as provocações de fazer o contrário, não foi sua mente, coração ou sua alma que capturei. — É você quem me possui, querida. Cada pedaço meu é seu e de mais ninguém.

Eu a beijei suavemente, entrando e saindo dela bem devagar, saboreando a sensação de estar com ela, a maneira como suas paredes se apertavam ao redor do meu eixo, a maneira como ela gemia cava vez que eu terminava um impulso.

— Kylan. — Seus olhos azuis brilharam e suas bochechas coraram. — Vai doer?

— A transformação? — perguntei, acariciando seus lábios com os meus. — Não, querida. — Fazia anos desde o meu renascimento, mas mostrei a ela as partes que eu lembrava. O sono profundo, o despertar para novas sensações, a sede inicial.

— Vamos perder essa conexão? — ela murmurou com o corpo arqueado sob o meu enquanto procurava o prazer que desejava.

Beijei sua mandíbula e seu pescoço, mordisquei um caminho até sua orelha e contei a verdade.

— Não sei o que vai acontecer. — Meu criador morreu pouco depois do meu renascimento. — Ainda estaremos vinculados, mas de forma diferente.

— Ainda serei sua, Kylan? — ela perguntou baixinho, cravando as unhas nos meus ombros. — Diga-me que ainda serei sua.

— Uma ordem? — provoquei, mordiscando seu pulso e empurrando meu pau profundamente para dentro dela, que gemeu em resposta. Sua boceta me apertou. — Humm, continue fazendo isso e eu posso aceitar o para sempre.

— Kylan — ela grunhiu, arranhando minhas costas e me marcando da maneira mais deliciosa.

— De novo.

— Concorde em ficar comigo — ela respondeu, apertando as pernas em volta da minha cintura. — Me diga que serei sua.

Eu a empurrei de novo, dessa vez com força e mais rápido, e sorri quando ela gemeu meu nome.

— Eu amo esse som. — Eu a beijei enquanto repetia a ação, sentindo seus membros tremerem e seu orgasmo aumentar. Não demoraria muito.

Girei os quadris de uma maneira que eu sabia que ela iria gostar e seu grito de resposta confirmou.

Meu nome deixou seus lábios e sua mente se rebelou enquanto seu corpo implorava por mais. Ela queria uma resposta quase tanto quanto queria gozar.

— Você está encharcando meu pau — sussurrei. — Possuindo cada centímetro meu com sua boceta bonita. — Agarrei seus quadris, inclinando-a para cima para ir ainda mais fundo e tomá-la de forma selvagem. Seus calcanhares cravaram nas minhas costas e sua pele vibrou com a necessidade. — Grite meu nome, Raelyn. Quero que todos ouçam você me reivindicando como seu.

As palavras a enviaram para o limite e sua boca obedeceu ao

meu comando.

A cada sílaba, repetida várias vezes, senti sua propriedade sobre mim se solidificar e crescer, me consumindo de dentro para fora.

Ela podia ser minha, mas eu definitivamente era dela.

De todas as maneiras.

O clímax me atingiu, derramando nela com um impacto que senti na alma. Quase doía de tão intenso, tão completo e tão incrível. Ela me apertou, arrancando até a última gota enquanto eu tremia acima dela.

Nunca me senti tão esgotado, tão repleto, e ainda completo, em toda a minha vida.

Amor.

Devoção.

Energia.

Fluindo abertamente, nos abrigando neste momento privado destinado apenas para companheiros. Meu coração pertencia a ela. Meu espírito. Minha mente. Não escondi nada, permitindo que ela sentisse o peso de tudo o que eu possuía e entregando a ela para que mantivesse em segurança.

— Agora — ela sussurrou, se derretendo em mim. — Quero fazer agora.

— A transformação?

— Sim. Me faça sua. Sua igual. Sua companheira. Por favor, Kylan. É o que eu quero, o que preciso. — Seus pensamentos confirmaram que a decisão havia sido tomada. Mas não porque ela desejava liberdade ou uma maneira de escapar de mim.

Raelyn desejava a imortalidade para estar comigo para sempre como minha parceira.

Não conseguia imaginar uma mulher mais merecedora.

Ela realmente queria isso, sempre quis.

E eu queria isso para ela.

Era o único presente que eu poderia lhe dar, a única maneira de recompensá-la por tudo o que ela havia me dado.

Minha Raelyn.

Meu coração.

Minha companheira.

Fiz um caminho de beijos até seu pescoço enquanto meus

incisivos doíam por uma última refeição. Não seria o mesmo quando ela se transformasse. Seria melhor. Afundando, comecei a beber, sentindo sua essência cobrir minha garganta enquanto ela gemia debaixo de mim, gozando novamente com o impacto.

Puta merda, senti seu gozo ao redor do meu pau, ainda alojado dentro dela.

— Kylan — ela gemeu com as unhas enfiadas na minha pele. — Ah, Kylan.

Continue gemendo meu nome assim e serei forçado a parar e te comer de novo.

Ela gemeu, sua voz mental soando quase incoerente por causa do ataque de prazer que eu estava desencadeando em sua corrente sanguínea.

Continuei bebendo, monitorando sua frequência cardíaca e esperando o momento certo.

Sua conexão com a minha imortalidade se prolongou e sua alma já puxava a minha enquanto ela continuava se contorcendo.

Mas, eventualmente, tudo escureceu.

Seus gritos se tornaram gemidos.

Sussurros.

A pele de Raelyn esfriou e seu coração desacelerou.

Eu me afastei para vê-la parcialmente consciente, com os olhos fechados. Esse era o momento crucial em que a alma começava a se afastar de um humano, dançando com a morte.

Mordi meu pulso, colocando-o em sua boca e forçando minha essência de vida sobre sua língua.

Ela não reagiu a princípio, sua mente induzida pelo sono ficou embaçada para entender o que era necessário. Mas seu corpo começou a dominar e os instintos assumiram quando ela se agarrou ao líquido que lhe trazia de volta a vida, preenchendo-a.

Segundos se transformaram em minutos e meu corpo ficou quase vazio. Tirei meu pulso de sua boca e o grito de decepção de Raelyn me fez rir de forma sombria.

— Mais tarde te darei mais, baby. Mas por enquanto... — Eu a beijei com suavidade, odiando o que tinha que fazer a seguir.

Essa era a parte que podia doer um pouco.

Pelo menos, por um tempo.

Cobri sua boca e apertei seu nariz.

Alguns preferiam um tiro. Outros, estrangulamentos. Ocasionalmente, um pescoço quebrado.

Mas eu não poderia fazer nada disso, não com ela.

Fechei os olhos, sentindo meu corpo tremer com o esforço de ter que sufocá-la. Para parar seu coração completamente.

Está tudo bem, ela sussurrou.

Não está, respondi. *Mas vai ficar.*

Eu confio em você.

Essas quatro palavras trouxeram lágrimas aos meus olhos, porque ela confiava. De verdade. E eu confiava nela também. Algo que nunca pensei que seria possível com outra pessoa, mas com ela, sim.

Ela passou a palma da mão sobre minha região lombar, um toque final antes de deixá-la cair ao seu lado. Uma lágrima caiu do meu olho quando ela começou a convulsionar e seu corpo lutou apesar da aceitação de sua mente.

O pânico começou a crescer dentro dela, o último estágio da sua morte, onde a razão não existia mais.

E então ela ficou quieta.

Os batimentos cardíacos foram diminuindo.

Até ficar em silêncio.

Dei um momento final antes de soltá-la, apoiando a testa contra a dela.

— Bons sonhos, Raelyn.

Capítulo trinta e três

RAE

A ESCURIDÃO ME ENVOLVEU, me deixando cega. Presa. Sozinha.

Isso era um sonho?

Um pesadelo?

Realidade?

Empurrei contra a superfície dura que me envolvia. Não se mexeu.

Kylan? Eu podia senti-lo por perto, seus pensamentos divertidos. *Kylan, o que está acontecendo?*

Você pode fazer melhor que isso, princesa. A menos que você ainda seja um cordeiro.

Sua provocação fez meus lábios se curvarem para baixo. *Do que você está falando?*

Um som próximo me fez olhar para a esquerda. Pés triturando sobre a neve. Os passos de Kylan. Suas calças se esticaram quando ele se agachou, me fornecendo a imagem perfeita de onde encontrá-lo, mas não como.

O que é isso?

Um caixão. Empurre para abrir.

Não abre.

— Porque você sequer tentou. Tente de novo — ele encorajou em voz alta e abafada.

Coloquei as mãos na madeira acima de mim e dei um empurrão. A porta se abriu, revelando uma lasca de luar. Outro empurrão abriu o caixão completamente, permitindo a entrada de neve e sujeira.

Pulei para fora dele e meus pés descalços atingiram a terra fria com muito mais facilidade do que eu previa.

Kylan ergueu as sobrancelhas com uma expressão de surpresa.

— Bem, isso foi impressionante para uma novata. — Ele se levantou. Em seus braços havia roupas e sapatos. — Por mais que me doa dizer isso, gostaria de vestir algo?

Eu me virei. O movimento de uma pata me alertou para o nosso público.

Lobos.

Seis deles.

Todos descansando na lagoa congelada, nos observando.

— Por que estou do lado de fora? — perguntei, olhando o gelo brilhante pendendo das árvores congeladas. A pontada gelada do vento. E uau, a lua praticamente cintilava.

Isso era incrível.

Me ajoelhei e toquei a água cristalizada no chão. *Neve*, pensei maravilhada, como se a visse pela primeira vez novamente. *Uau...*

A diversão de Kylan aqueceu minha pele fria, demonstrando seu prazer em me ver reagir aos novos sentidos.

Espere...

— Ainda posso te ouvir — eu disse de pé novamente, meus pés mal reconhecendo o frio. — E sentir você.

— Sim — ele murmurou, se movendo em minha direção. — Não conheço alguém que tenha essa capacidade entre criador e progênie, mas suspeito que esteja relacionado às nossas almas acasaladas. Pude te sentir durante todo o seu renascimento, como se estivesse acontecendo comigo.

Tentei me lembrar de como me senti, mas minha mente estava enevoada.

— É tudo tão... obscuro. — Ele me mordeu. Acho que me sufocou. O sangue dele na minha boca. Balancei a cabeça, pois toda a experiência era um borrão. — Eu realmente não me lembro.

— Isso é normal. Vai ver que certos aspectos da sua vida mortal também irão desaparecer, pois você está oficialmente transcendida à vida imortal. — Ele me entregou a calça e um suéter, depois meias e botas. Só me vesti por hábito, sem realmente sentir necessidade, apesar do tempo frio.

— Mas por que estou do lado de fora? — perguntei novamente, ainda confusa com essa parte.

— O estágio final do processo é estar em contato com a terra. — Ele puxou um chapéu sobre minha cabeça e beijou meu nariz. — Pensei que você preferiria acordar aqui, e eu já tinha um recanto no chão de qualquer maneira.

Arqueei as sobrancelhas.

— Por quê?

Ele deu de ombros.

— Todo vampiro tem esconderijos, Raelyn. Agora você pode dividir esse comigo, porque ninguém sabe que ele existe. — Ele fechou a caixa, o topo coberto de grama, e espalhou neve sobre a área para misturá-lo com a paisagem circundante.

Reconheci o tronco atrás dele e entreabri os lábios.

— Foi aí que nós...

— Sim. — Seus lábios tremeram. — O lugar mais adequado para a sua ressurreição, na minha opinião.

Sorri e assenti.

— Você é tão profundo, Kylan.

— Eu? — Ele veio até mim e agarrou meus quadris, me puxando contra si. — Você deve estar morrendo de fome, amor.

Franzi a testa.

— Na verdade, não sinto muita fome.

— Sério? A maioria dos novatos acorda faminto. — Ele passou

os lábios pelos meus. — Vamos voltar para casa. Talvez o cheiro de sangue desperte o seu apetite.

Franzi o nariz. Pensar em morder um humano não era atraente. Mas é claro, era assim que eu iria me alimentar. Eu realmente não havia considerado a realidade até agora.

— Tudo bem — respondi, outra percepção tomando conta de mim e enviando uma explosão de adrenalina através do meu sangue. — Vou correr com você.

Ele riu.

— Raelyn, você é um bebê vampiro. Vamos dar um passo de cada vez.

Arqueei as sobrancelhas.

— Você está dizendo que eu não consigo te acompanhar?

— Eu tenho mais de cinco mil anos. Sei que você não pode.

— Então você não vai se importar de correr comigo. — Dei um passo para trás, me sentindo mais energizada que nunca. — A menos que você tenha medo.

— O único medo que tenho é que você se machuque, princesa. Você é imortal, não inquebrável. Ainda não, pelo menos.

— Me sinto bem resistente. — Forte, até. E rápida. Uma parte de mim queria correr só para ver o que eu poderia fazer. Nunca me senti tão viva, tão livre, tão exultante.

— A maioria dos vampiros acorda fraca e faminta por sangue. — Ele inclinou a cabeça com o olhar curioso. — Não sinto fome em você.

— Porque não estou com fome. — Eu só queria correr, sentir os elementos na minha pele, voar.

— Tudo bem, querida. Vou correr com você, apenas para ver se isso inspira seu apetite e porque posso sentir sua ânsia. — Ele mordeu meu lábio inferior com força suficiente para sangrar e lambeu a ferida. — Ainda deliciosa.

Semicerrei os olhos.

— Posso retribuir isso agora.

— Você pode tentar — ele provocou. — Me pegue e te deixarei fazer isso. — Ele me soltou. — Eu até lhe darei vantagem. — Ele apontou para a trilha. — Você sabe o caminho.

Ele me olhou com arrogância e arqueou a sobrancelha em

desafio.

— Posso te morder onde eu quiser quando eu ganhar?

Ele sorriu, com a expressão toda confiante.

— Claro princesa. E quando você perder, vou morder você onde eu quiser.

Estremeci, gostando do som disso.

— Combinado.

— Vá.

Soprei um beijo para ele e comecei a correr, sentindo minhas pernas me carregarem sobre a neve com facilidade — ao contrário da primeira vez que tentei.

Você terá que fazer muito melhor que isso. Sua provocação irradiava, me pedindo para que eu me esforçasse mais. *Lembre-se amor. Você não é mais humana.*

Ele abriu sua mente, empurrando experiência e conhecimento através do nosso vínculo. Isso incendiou meu sangue, excitando meus nervos e meu próprio ser.

Muito poder. Força. Agilidade.

E eu possuía todas essas características agora.

O sangue dele era meu.

Sua alma era casada com a minha.

Nossos corações batiam como um.

Fechei os olhos enquanto me movia, deixando meus sentidos assumirem o controle, meu corpo mudar e percorrer o caminho apenas com a memória muscular — *sua* memória muscular.

Foi emocionante.

Impressionante.

Lindo.

Apoiei a mão na porta dos fundos apenas alguns segundos antes de Kylan aparecer com a expressão maravilhada.

— Você se tele transportou — ele murmurou, me olhando. — Tele transportou de verdade.

Olhei para ele, confusa.

— Ah, sim. — Imaginei que sim. Era incrível, como se eu estivesse voando sobre a terra, mas sem meus pés tocarem o chão. — Vamos fazer de novo.

Ele segurou meus ombros antes que eu pudesse decolar, me

encarando.

— Raelyn, apenas os vampiros mais velhos podem se tele transportar. Levei quase dois mil anos para adquirir essa capacidade.

Entreabri os lábios.

— O quê?

— Exatamente. — Ele me olhou por completo e seus pensamentos percorreram uma infinidade de cenários ao mesmo tempo. Segui todos, observando todos os detalhes sem piscar. — Nosso vínculo parece estar lhe dando o meu nível de habilidade — ele resumiu em voz alta. — Nunca ouvi nada assim, mas é a única conclusão que faz sentido.

— Ninguém nunca transformou uma *Erosita* antes?

— Que eu saiba, não. — Ele segurou minha bochecha. — Você é a única, Raelyn.

— Rae — corrigi, sorrindo. — Agora que sou vampira, posso escolher meu nome.

Seu olhar brilhou em resposta, a escuridão se formando dentro dele. Posse, adoração, dominação, tudo se derramou dele, me envolvendo em um cobertor mental que era Kylan.

— Você sempre será a minha Raelyn, mas se preferir que outras pessoas te chamem de Rae, a escolha é sua.

Fiquei na ponta dos pés para pressionar os lábios nos seus.

— Sempre serei a sua Raelyn — concordei. — Mas para todos os outros, serei Rae. — Parecia íntimo conceder a ele o uso exclusivo do nome – aquele que ele me deu – enquanto dava a todos os outros a versão abreviada. — Ainda sou sua, Kylan. Pelo tempo que você me quiser.

— Cuidado, querida — ele sussurrou contra a minha boca. — Porque vou te possuir para sempre, se você me permitir.

— Espero que você o faça — falei de coração. — Mas só se eu puder possui-lo também.

— Ah, Raelyn, quando você vai entender? — Ele me pressionou contra a porta, e sua boca capturou a minha em um beijo dominador que me deixou sem fôlego. — Você já me possui, amor. Sempre. Para sempre. Por completo.

Estremeci contra ele e suas palavras queimaram meu ser.

— Você está dentro de mim, Raelyn. Está lá desde o momento em que te vi pela primeira vez, quando aquela primeira mordida desafiadora solidificou meu destino. — Suas mãos seguravam meu rosto e seus quadris prenderam os meus de encontro à superfície dura atrás de mim. — Minha alma te escolheu para ser minha companheira, minha parceira, e meu sangue se casou com o seu. Nunca desejarei outra, não quando isso compromete o que compartilhamos, nem quando eu tiver você na minha cama todas as noites. Qual seria o objetivo?

A sinceridade em sua voz rivalizava com as palavras em sua mente, as promessas que ele deixou por dizer, as emoções que ele reservou apenas para nós. Ele me presenteou com a imortalidade para me dar liberdade, a capacidade de escolher, porque ele queria uma parceira ao seu lado na vida, não uma serva. Esse era o maior segredo de todos, aquele que ele nunca admitiria ao mundo, porque não era necessário. Eu sabia e isso era tudo o que importava.

Kylan nunca desejou um cordeiro.

Ele ansiava por uma lutadora.

Eu.

E ele faria tudo ao seu alcance para provar que era digno do meu amor. Como me conceder imortalidade, mesmo sabendo que isso me proporcionaria ferramentas para escapar dele.

Não que eu fosse fazer isso.

— Você também está dentro de mim — sussurrei. — Te quero por inteiro, Kylan.

Ele me beijou, e seus lábios adoraram os meus, sua língua era uma presença familiar na minha boca. Não queria que isso terminasse, e não precisava.

Lutaríamos contra o novo mundo juntos.

Comigo ao seu lado.

Como igual.

Sua companheira.

— Por toda a eternidade — ele prometeu.

— Sim. — Envolvi as pernas ao redor da sua cintura quando ele me levantou. — Me faça sua de novo, Kylan.

— Ah, Raelyn. — Ele mordiscou meu lábio e tocou meu nariz

com o seu. — Essa é uma ordem que eu aceito.

Meu peito se aqueceu com diversão.

— Ótimo. Espere por isso com frequência.

— Só se você antecipar a minha em troca. — Ele me carregou para dentro, diretamente para o nosso quarto. — Quero essas roupas fora e você na cama. Agora.

— Ainda é tão dominador.

— Essa parte nunca vai mudar. — Ele mordeu meu lábio inferior. — Agora obedeça, antes que eu comece a te despir.

— Você ainda me deve uma mordida — lembrei-o quando meus pés tocaram o chão.

— Sim. Você pode me morder quando estiver nua.

Eu sorri.

— Continua criando as regras. — Não que eu desejasse de outra maneira.

— Sempre, cordeirinho.

— Não sou mais um cordeiro.

Ele jogou meu chapéu no chão e passou os dedos pelos meus cabelos, me puxando para si.

— Não, querida, você não é. Você é minha Raelyn.

— Então você é o meu Kylan.

— Até que a morte nos separe — ele brincou. — Ou então os votos se quebrem.

— O que significa que você está preso a mim por muito tempo. — Comecei a desabotoar a calça enquanto ele me segurava diante de si. — Devo te avisar: sou bastante desafiadora.

— É mesmo?

— Sim. — Agarrei a lateral do seu corpo, deixando meu jeans solto na minha cintura.

— Prove.

Me levantei para beijar sua boca enquanto o encarava. Puxei seu lábio inferior entre os meus dentes.

Mordi.

Com força.

Reivindicando-o.

Meu companheiro. Meu vampiro real. Meu Kylan.

Epílogo

RAE

UM MÊS DEPOIS...

Kylan fez uma surpresa para mim, algo que ele manteve escondido em sua mente, atrás de uma parede cuidadosamente erguida. Ele se recusou a me dar outros detalhes além de dizer que tudo seria revelado no evento desta noite.

Um mês de treinamento, e eu ainda não estava preparada para isso.

Eu sempre queria baixar o olhar.

Me esconder.

Ficar em um canto.

Ficar invisível.

Mas ao lado de Kylan, nenhuma dessas ações era uma opção. Ele me apresentou a todos como Rae, sua nova progênie e amante, e todos me cumprimentaram com uma curiosidade irrestrita.

Kylan se recusou a adquirir um harém este ano, afirmando que não precisava de novos membros. Isso só aumentou o interesse de todos.

Um membro da realeza sem harém, apenas uma companheira vampira.

Poucos em sua posição viviam tal existência, sendo o alfa do clã Majestic um deles. Conheci Luka e sua companheira, Mira, hoje à noite. Estávamos em algum tipo de cerimônia de união lycan. O alfa do Clã Clemente, Walter, estava oficialmente saindo e entregando as rédeas a seu filho, Edon.

— Gostaria de apresentar minha progênie, Rae — Kylan falou, me apresentando a mais um alfa. Niko, do Clã Ernest. Duas mulheres o ladeavam, uma que reconheci como sua companheira e a outra mulher com olhos e cabelos escuros que combinavam com os dele.

— Prazer em conhecê-la, Rae — Niko murmurou, segurando a minha mão e beijando-a de forma um pouco sugestiva.

Essa não é a companheira dele?, perguntei.

Cora, sim. Ele não é conhecido por ser fiel.

É óbvio. Forcei um sorriso enquanto afastava minha mão da dele e entrelaçava o braço de Kylan.

— Prazer em conhecê-lo também.

— Minha companheira, Cora, e nossa filha, Luna — ele falou, gesticulando para a mulher atrás dele.

Luna foi prometida a Edon, Kylan murmurou.

Ela não parece muito animada com isso.

Uma fêmea alfa prometida a um macho alfa? Não. É uma combinação feita no inferno, mas ela não tem escolha.

— Presumo que você esteja ansioso pelas festividades desta noite — Kylan falou em voz alta.

— Sim, muito. Os Clementes concordaram em levar Luna esta noite para ajudá-la com os costumes.

Luna se encolheu com as palavras casuais do pai, e seus lábios se contorceram ainda mais.

Mas ela é lycan. Ela não tem certos direitos?

Ah, querida, há muito sobre esse mundo que você ainda não sabe.

— Quando é a cerimônia de acasalamento? — ele perguntou, fingindo interesse.

— Na próxima lua cheia. — Niko parecia orgulhoso. A filha parecia pronta para vomitar. Cora agarrou a mão de Luna e a apertou, fosse em repreensão ou apoio, eu não sabia. A fêmea acasalada tinha uma expressão ilegível.

— Talvez possamos assistir — Kylan murmurou. — Estou apresentando Rae a todos os aspectos da nossa sociedade. Ela pode achar esse ritual em particular fascinante.

Os lábios de Niko se curvaram e seus olhos castanhos escurecendo com luxúria.

— Sim, pode ser bastante excitante.

Parece uma coisa que prefiro pular, observei de forma seca.

Você pode mudar de ideia em cerca de cinco minutos.

— Por falar em excitar, preciso de uma bebida adequada. Walter mencionou uma sala de alimentação?

— Sim, nos salões principais, acredito. — Niko gesticulou para o alojamento enorme ao nosso lado, aquele onde a maioria dos convidados estava hospedada.

A propriedade do Clã Clemente era muito diferente da nossa casa. Era cercada por árvores, mas muito mais quente, e todas as casas eram de madeira, em vez da arquitetura limpa e nítida de Kylan City.

— Ah, sim, obrigado. — Kylan apertou a mão de Niko. — Tenho certeza de que nos veremos em breve.

Espero que não, pensei enquanto dizia:

— Prazer em conhecer todos vocês.

Luna me deu um olhar cínico enquanto a mãe apenas assentiu uma vez, ainda sem expressão. Niko, no entanto, parecia muito satisfeito por me conhecer. Um pouco satisfeito demais.

Desta vez, ele manteve as mãos para si, principalmente porque Kylan me afastou do seu alcance e nos despedimos.

Sim, não gosto dele.

Imagino que não, respondeu Kylan. *Acredito que ele teria escolhido você para seu harém se tivesse a chance.*

Ofeguei, fazendo Kylan rir. *Me lembro de uma vez que você se sentiu assim por mim.*

Não, sempre te achei atraente, mesmo quando eu te odiava.

Ele beijou minha têmpora quando abriu a porta, me escoltando para dentro.

— Você me odeia agora, Raelyn?

— Só as vezes.

Ele riu e me levou por outra entrada.

— Bem, talvez isso incentive você a gostar mais de mim.

Olhei em volta, sem ver nada.

— O que é?

— Você vai ver. — Ele me soltou e deu um passo para trás. — Volto já. Não vá a lugar algum.

Fiz uma careta quando ele desapareceu e a porta se fechou suavemente atrás dele. *O que você está fazendo?*

É uma surpresa. Aproveite.

Outro olhar ao redor da salinha não revelou nada. *Kylan?*

Sem resposta.

As cortinas no canto farfalharam quando alguém abriu as portas de vidro do lado de fora. Isso não poderia ser parte do plano de Kylan. Comecei a ir em direção à porta, com a mão na maçaneta para sair quando uma voz familiar murmurou meu nome.

Eu me virei, encontrando um par de olhos azuis escuros que eu não esperava ver novamente.

— Silas.

Ele sorriu e correu na minha direção de braços abertos. Pulei nele, abraçando-o com ferocidade, e seus ombros largos aceitaram minha força de vampira.

— Você está vivo — sussurrei. O que eu já sabia. Kylan me disse que Silas venceu a Copa, mas vê-lo aqui, tornou tudo muito mais real.

Ele enterrou o rosto no meu cabelo e inspirou.

— Deus, você tem cheiro de vampiro — ele riu. — E de Kylan.

Eu ri.

— Hum, sim, ele meio que...

— Você se transformou em um — ele terminou para mim. — Sim, eu soube... todos souberam – também te vi lá fora com ele, mas não consegui me aproximar.

Me afastei para estudar seu rosto.

— O quê? Por quê?

— Ah, Rae, você realmente não sabe? — Ele riu, me soltando para passar a mão nos cabelos loiros. — Hierarquia, docinho. Você é a companheira de um membro da realeza, enquanto eu sou apenas um lycan novato. Eles me consideram um bebê. Conversar com um alfa, sem falar na realeza, sim, tenho sorte de ter conseguido um emprego nessa festa. O Clã Clemente me encarregou do serviço de segurança.

— Você não tem permissão para falar comigo? — perguntei, pasma.

— Não é costume — Kylan falou ao entrar na sala.

Silas deu um passo para trás e baixou os olhos.

— Sua Alteza.

— Silas — Kylan murmurou, e apoiou a palma da mão na base da minha coluna.

— Peço desculpas pela invasão. A culpa foi toda minha. A Rae não fez nada de errado.

Kylan permaneceu em silêncio por um momento enquanto eu olhava entre eles, chocada com a submissão e as palavras de Silas.

Quando os mortais recebiam a imortalidade, eles adquiriam direitos.

Mas Silas parecia nada mais que um humano neste momento, não um lycan novinho em folha.

E eu *sabia* que Silas não era submisso, podia ver isso na maneira como suas mãos se curvavam agora mesmo em deferência a outro homem.

— Você é um bom amigo para ela — Kylan disse finalmente. — Foi assim que eu soube que você a sentiria quando eu a deixasse sozinha.

Meu presente, percebi.

Sim, foi sua resposta.

— Não me importo que vocês dois mantenham contato. Apenas sejam discretos.

Silas ergueu o olhar com cautela e franziu a testa.

— Está nos dando permissão para socializar?

— Você é amigo da Raelyn. Eu aceito isso. — Ele roçou os lábios na minha têmpora. — Mas não significa que Walter ou Edon

343

o farão. Só que nunca gostei muito das regras. Basta perguntar a minha consorte. — Ele piscou para mim e se virou para sair. — Mais cinco minutos, amor. Então precisamos voltar lá para fora.

Ele fechou a porta, nos dando privacidade mais uma vez.

Silas olhou boquiaberto para Kylan, me fazendo rir.

— Você parece chocado — provoquei.

— Esse é o Kylan? — ele perguntou, gesticulando. — O formidável e sádico membro da realeza sobre o qual lemos na universidade?

— Ele tem reputação, sim, mas não é de todo ruim. Às vezes, eu gosto dele. — Eu sabia que ele podia me ouvir e sentia seu humor em minha mente. — Mas chega de falar de mim, e você? Um lycan, hein?

Silas fez uma careta.

— Sim, Walter teve prioridade, já que estava se aposentando. Na verdade, foi o filho dele que me transformou, para grande desgosto de Edon.

— Ele não queria te transformar?

Ele bufou.

— Não. Sou o primeiro, e provavelmente o último que passará por essa experiência. Tudo faz parte dos testes alfa. Sua ascensão terminará na próxima lua cheia.

— Achei que esta noite era a ascensão.

— Ah, não, esta noite é apenas a cerimônia inicial. — Ele apertou a parte de trás do pescoço, suspirando. — Vai ser um mês daqueles.

— Como assim?

Ele apenas balançou a cabeça.

— Muito disso é ritual de clã, secreto e tudo mais.

— Mas você ficará bem, certo? — eu o pressionei.

— Pfft, há quanto tempo você me conhece, Rae? — Ele cutucou meu ombro. — Sou um sobrevivente, assim como você.

Sorri, me sentindo um pouco mais tranquila.

— Sim, nós somos.

— E a Willow também, em algum lugar — ele disse baixinho.

Meu coração se partiu um pouco.

— Sim, ela também está sobrevivendo. — Espero.

— Bem, é melhor eu voltar antes que alguém perceba que estou sumido. Mas estou feliz que você esteja bem, Rae.

— Você também, Silas. — Eu o abracei novamente – com força – e vi quando ele desapareceu pelas portas deslizantes com um aceno.

Kylan se juntou a mim novamente. Seus braços me envolveram por trás.

— Quer vê-lo novamente no mês que vem?

— Na cerimônia da lua cheia? — imaginei.

Ele assentiu com a cabeça no meu ombro.

— Sim.

— Foi o que pensei. — Ele beijou meu pescoço. — Devemos voltar à festa ou sair cedo?

Me virei para encará-lo, sentindo meu sangue esquentar quando o vi parecendo pecaminoso de smoking.

— Sou a favor de uma saída antecipada.

— Uma mulher que pode ganhar meu coração — ele murmurou, me beijando suavemente.

— Não, já sou a dona dele — eu o lembrei. — É o seu pau que eu quero.

— Raelyn — ele grunhiu. — O que eu vou fazer com essa sua boca?

Dei a ele o meu melhor olhar inocente.

— Me punir?

— Farei mais do que isso. — Ele me deu outro beijo, mais intenso dessa vez. — Sempre tão desafiadora.

— Você ama isso.

— Não, eu te amo — ele sussurrou.

Eu sorri.

— Também te amo.

A história continua em Resistência Perdida...

SOBRE A AUTORA

Lexi C. Foss é uma escritora perdida no mundo do TI. Ela mora em Atlanta, na Geórgia, com o marido e seus filhos de pelos. Quando não está escrevendo, está ocupada riscando itens da sua lista de viagem. Muitos dos lugares que visitou podem ser vistos em seus textos, incluindo o mundo mítico de Hydria, que é baseado em Hydra nas ilhas gregas. Ela é peculiar, consome café demais e adora nadar.

www.LexiCFoss.com
https://www.facebook.com/LexiCFoss
https://www.twitter.com/LexiCFoss

MAIS LIVROS DE LEXI C. FOSS